# Tessa ne fait rien comme les autres

JILL

# MANSELL

# Tessa ne fait rien comme les autres

*Traduit de l'anglais*
*par Béatrice Pierre*

J'AI LU

Si vous souhaitez être informée en avant-première
de nos parutions et tout savoir sur vos auteures préférées,
retrouvez-nous ici :

**www.jailu.com**

Abonnez-vous à notre newsletter
et rejoignez-nous sur Facebook !

Paru initialement sous le titre : *Malentendus*

*Titres original*
SOLO

*Éditeur original*
A Bantam Book

# 1

Les grandes réceptions, les foules anonymes, les papotages mondains ennuyaient Tessa à mourir.

— Tu dois absolument aller à cette soirée, déclara Holly d'un ton énergique. Il y a des semaines que tu n'es pas sortie et cela promet d'être éblouissant. *Tout le monde* y va. Et sors le grand jeu… montre tes jambes… fais pigeonner ton décolleté… et peut-être arriveras-tu à te dégotter un mari comme le mien !

Tessa s'essuya les mains sur son chandail maculé de peinture et s'empara de la bouteille de chablis que Holly s'obstinait à acheter pour la marque, alors que ni l'une ni l'autre n'appréciaient comme il se doit ce vin ridiculement cher. Elle se versa un demi-verre et but. Le goût sec la fit ciller.

— Mon décolleté n'a rien de pigeonnant, dit-elle.

— Ce que Dieu ne vous a pas donné, Sellotape vous l'offrira, affirma Holly. C'est du moins ce que clame la publicité.

— Et s'il y a des semaines que je ne suis pas sortie, reprit Tessa en imitant les accents désespérés de son amie, c'est parce que je travaillais. Ce qui me sert à payer le loyer. Et me permet parfois de manger ; je n'ai tout simplement pas les moyens de fréquenter les gens de ton milieu.

— Tu n'as pas les moyens de ne pas les fréquenter, riposta Holly. Ce sont eux qui commandent aux artistes affamés des portraits outrageusement flatteurs de leurs sales gosses.

Tessa recula pour examiner la toile presque terminée. Il lui paraissait de plus en plus évident que Holly ne lâcherait pas prise.

— D'ailleurs, fit-elle, tu n'es pas mariée !

D'un grand geste, Holly remplit son verre. Un sourire éclaira son visage.

— Attention ! Je n'ai pas dit que *j'avais* un mari, j'ai dit que je l'avais *trouvé*. Il ne me reste plus qu'à exercer une légère pression.

— Et j'imagine qu'il sera là ce soir.

— C'est probable, admit Holly d'un ton suffisant. Après tout, c'est lui qui reçoit !

De son minuscule cottage, accroché à mi-pente des collines qui dominaient au nord l'élégante ville de Bath, Tessa pouvait admirer au loin le non moins élégant Charrington Manoir Hôtel.

Même si Holly n'y avait pas travaillé depuis deux mois et ne l'avait pas régalée de détails croustillants, elle en aurait entendu parler. Tout le monde connaissait le Charrington Manoir Hôtel. En quinze ans, les frères Monahan l'avaient, à partir de rien, ou presque, amené au rang des plus prestigieux palaces d'Angleterre. Cette splendide demeure de style géorgien, dont la situation au sommet des collines sud offrait sur Bath une vue à couper le souffle, était en effet tombée dans un état de délabrement désastreux après avoir été occupée pendant quarante ans par une certaine tante Monahan, vieille célibataire farfelue. Lorsqu'elle avait fini par mourir, le toit tenait à peine, des coulures d'humidité balafraient les murs des pièces aux belles proportions, et plusieurs centaines de chats, passion de la vieille excentrique, y grouillaient.

Faisant jouer tous les ressorts imaginables, les frères Monahan, Ross et Max, avaient fini par réunir la somme nécessaire pour transformer la vieille maison croulante en un hôtel digne de la clientèle la plus fortunée.

La presse avait alors trouvé matière à gloser. L'idée même que le sombre et instable Max Monahan et que ce noceur et mauvais garçon de Ross, qui n'avait jusqu'alors fait que briser des cœurs, puissent réussir une telle acrobatie était si absurde qu'on en avait ri aux larmes. Max, de deux ans l'aîné, s'était fait renvoyer d'Oxford après y avoir introduit une prostituée déguisée en bonne sœur et le leader d'un syndicat ouvrier. Puis il avait entamé une brillante carrière d'agent de change à laquelle il avait renoncé au bout de six mois, le lendemain de son vingt et unième anniversaire, pour disparaître aux Caraïbes. Il en était revenu dix-huit mois plus tard avec les manuscrits de deux épais romans. Ces thrillers, avec leur brillante combinaison de sexe, de violence, de suspens et d'humour, remportèrent un franc succès. Pourtant, Max douta quelque temps de vouloir poursuivre sur cette voie. Cela avait été amusant de s'en découvrir capable mais ce n'était pas vraiment ce qu'il appelait une situation.

Cependant, les grosses sommes d'argent proposées, le luxe d'être son propre maître, les horaires souples et la facilité avec laquelle il inventait de nouvelles intrigues l'emportèrent. Écrire l'amusait et les bénéfices étaient trop importants pour qu'il pût y renoncer. Il prit rapidement place parmi les rares auteurs que tout le monde lisait. Au fil des ans, il était devenu plus équilibré, et sa détermination à accumuler les succès ainsi que son don certain pour les affaires donnaient de lui l'image du plus sensé des deux frères. Le Charrington Manoir Hôtel était leur propriété commune et, bien que Max n'y travaillât point à plein temps, il prenait part à toutes les grandes décisions et il y résidait tout comme Ross. Ses best-sellers restaient sa principale et juteuse source de revenus, mais l'hôtel procurait l'antidote à la solitude imposée par l'écriture. N'ayant pas besoin de suer huit heures par jour sur son traitement de texte comme certains écrivains dont il avait entendu parler, il lui restait encore largement le temps de se distraire.

Ross Monahan, lui, consacrait aux plaisirs la quasi-totalité de ses jours et de ses nuits. Sans être une habituée des chroniques mondaines, Tessa connaissait sa réputation scandaleuse. Beaucoup d'écoles avaient vu passer le garçon sans jamais le retenir. Jeune homme, sa beauté physique et son charme redoutable en avaient fait un être qui paraissait voué exclusivement au plaisir. Incapable de rester au même endroit plus de quelques semaines, il avait été à vingt ans l'archétype du play-boy et ses exploits défrayaient chaque semaine la chronique. Les hommes le méprisaient tout en l'enviant ; les femmes, à l'exception de celles dont il avait brisé le cœur, l'adoraient.

Si sa décision de diriger lui-même le Charrington Manoir Hôtel avait suscité l'étonnement, l'ébahissement avait été à son comble lorsqu'on avait dû se rendre compte qu'il s'en tirait avec succès.

Quinze ans plus tard, Ross Monahan persistait, dirigeant l'établissement avec tant de brio et de panache qu'il n'avait pas l'air d'y travailler. Ayant fréquenté les milieux les plus brillants et les plus excessifs, il avait ouvert le Manoir à tous ceux qui, comme lui jadis, mettaient à se divertir un acharnement frénétique et en avaient les moyens.

Selon Holly, en ce qui concernait les femmes, Ross Monahan était un véritable danger public.

— Un type sensationnel ! avait-elle déclaré peu après qu'elle eut commencé à travailler pour lui. Mais redoutable ! Dès que je l'ai vu, j'ai fait le serment de ne pas me laisser séduire.

— Mais il a quand même réussi... suggéra Tessa, intriguée par le regard brillant de son amie.

— Si j'avais eu la moindre chance, je me serais abandonnée à mon inclination, admit Holly. Mais le salaud ne s'intéresse absolument pas à moi. Grands dieux, Tess, il me traite comme une amie !

Et voilà que Holly s'était mis en tête de le traiter en beau-frère. Elle s'était passionnément éprise de Max, ce qu'ignorait encore l'intéressé. Tessa, qui adorait Holly tout en désespérant parfois d'elle, craignait que l'histoire ne s'achève dans les larmes dont les trois quarts inonderaient ses pauvres petites épaules.

Holly devait revenir la chercher dans moins de deux heures pour l'emmener à cette horrible soirée. Et elle n'avait vraiment rien de bien à se mettre.

Deux heures plus tard, après un regard attristé sur les autres invitées, Tessa comprit que ses craintes étaient justifiées.

— Je te l'avais dit, souffla Holly en la tirant par le bras vers les portes-fenêtres qui ouvraient sur la terrasse. Regarde, presque personne n'a encore rien remarqué. Filons chez moi, on trouvera bien quelque chose de correct à ta taille. Tu ne peux rester ici dans cette tenue !

— Pas de panique, fit Tessa en repoussant les mains de Holly. Mon style, c'est la discrétion. Si quelqu'un me fait la moindre remarque, je proclame que rien n'est plus ringard que les robes des grands couturiers.

— La mienne ne l'est pas ! répliqua Holly, scandalisée.

Pour se rassurer, elle s'examina dans une glace, admirant la robe bustier vert émeraude de David Fielden qui soulignait sa poitrine généreuse, laquelle ne devait rien à Sellotape, et estompait habilement ses hanches un peu trop rondes. En comparaison, la robe en jersey noir de Tessa détonnait par son extrême simplicité. Holly lui jeta un regard critique. Cette coupe sévère qui enfermait la jeune femme du cou aux genoux et masquait complètement sa silhouette élégante et fine ne l'avantageait pas du tout. Qui pis est, elle ne portait aucun bijou et ses ongles, bien que nettoyés de toute trace de peinture, n'étaient pas vernis. Certains jours, son amie la laissait vraiment perplexe...

— En fin de compte, dit Tessa avec plus d'espoir que de conviction, je ferais aussi bien de rentrer à la maison.

— Tais-toi ! glapit Holly avec tant de véhémence que ses seins sursautèrent dans leur écrin. Je t'ai amenée ici, il n'est pas question que tu t'enfuies. Robe d'occasion de vente de charité ou non, tu restes !

— Comment as-tu deviné qu'elle venait d'une vente de charité ?

— C'est le seul endroit où tu achètes tes vêtements, idiote ! répliqua Holly en haussant les sourcils.

Ross Monahan faisait ce en quoi il était passé maître : circuler de groupe en groupe, rire avec les uns, causer avec les autres, tout en cherchant à qui il proposerait de passer la nuit avec lui. Ce jeu l'amusait, surtout quand tant de femmes étaient aussi outrageusement consentantes. Jennifer Johnson, à moins de six pas de son fiancé riche mais bête, s'était pressée contre lui et lui avait planté la langue dans l'oreille. Sally Paige-Latimer avait tenu à lui faire savoir que rien ne la rappelait à Londres avant le lendemain soir, et cette garce de Clarissa Fox lui avait bel et bien pris la main pour lui faire tâter les nouveaux implants en silicone qui gonflaient son corsage.

Il prit une coupe de champagne sur le plateau d'un serveur qui passait devant lui et, desserrant son nœud de cravate, se dirigea vers la cheminée à l'extrémité de la pièce, position stratégique d'où il pouvait surveiller à la fois la salle de bal et le hall. La soirée se déroulait bien. À en juger par le brouhaha et les rires, les deux cents invités ne s'ennuyaient pas et Max semblait même s'amuser. À cet instant, il était accaparé par Holly King, qui évoquait un arbre de Noël surchargé de décorations, mais dont les incroyables nénés ne devaient manifestement rien à la silicone. En la voyant secouer pour la troisième fois en moins d'une minute son abondante chevelure d'un roux doré, Ross sourit. Ses soupçons se confirmaient. Holly s'était entichée de son frère. Mais cette grande rouquine, plantureuse et bavarde, était exactement à l'opposé du type de femme qui plaisait à Max.

Ross ressentit une certaine compassion pour cette femme qu'il aimait bien. Il avait éprouvé des doutes à son sujet lorsqu'elle s'était présentée comme réceptionniste. Son curriculum vitæ était plutôt léger et la fortune familiale lui permettait de travailler seulement si elle le désirait. Comme elle avait perçu l'inquiétude de Ross, elle lui avait assuré qu'elle travaillerait « comme une folle » ; il s'était souvenu de sa propre jeunesse et avait pris le risque de l'embaucher. Holly ne l'avait pas déçu. Au cours de ses deux premiers mois de travail, elle avait commis quelques faux pas à la limite de la catastrophe, mais son sens de l'humour, sa ponctualité et son désir évident de mieux faire les avaient largement compensés. Les clients l'adoraient, malgré ses goûts vestimentaires pour le moins originaux.

Il se raidit soudain. La Clarissa Fox améliorée à la silicone était de nouveau en train de le prendre pour cible et il n'avait vraiment aucune envie de l'affronter. Ni elle ni les autres. Il ne lui restait plus qu'à prendre la tangente.

Pivotant sur la gauche et arborant l'expression du pouvoir directorial, Ross franchit la porte-fenêtre et sortit sur la terrasse. Des couples, encore des couples ! S'il ne s'échappait pas, Clarissa allait le rattraper et Dieu sait à quoi elle se risquerait à l'air libre. Soudain, le souvenir de son parfum entêtant et de ses doigts indiscrets lui souleva le cœur.

Assise à mi-pente sur la pelouse, les mains nouées autour des genoux, Tessa se demandait si elle vivait la nuit la plus ennuyeuse de toute sa vie. Pour s'amuser dans ce style de réceptions, elle n'avait probablement pas le caractère qui convenait, supposa-t-elle sans s'en tracasser outre mesure. À part la vue splendide, elle ne voyait aucune raison de rester là. Holly avait disparu avec Max, elle ne connaissait personne d'autre, et nul n'avait manifesté la moindre velléité de lui adresser la parole. Si elle suivait les conseils de Holly, elle devrait s'approcher d'un groupe d'invités et claironner : « Je suis artiste peintre ! Bourrée de talent ! Qui veut un portrait de sa femme... de son mari... de ses marmots... de son chien ? »

Audace dont elle se savait parfaitement incapable. Partir lui parut une excellente idée.

À la seconde même, une main lui toucha l'épaule et la fit bondir.

— Chut ! fit Ross qui s'asseyait à côté d'elle et glissait une main autour de sa taille.

Derrière lui, les talons aiguilles de Clarissa cliquetaient sur le dallage de la terrasse. Il murmura à son oreille :

— Sauvez-moi, j'en ai besoin !

— C'est ce que j'ai entendu dire, dit-elle avec un sourire après l'avoir reconnu. Mais il me semblait que vous étiez déjà perdu pour toute rédemption.

Ross lui pinça le bras.

— Mensonges. Je suis vierge depuis l'âge de douze ans... À propos, ajouta-t-il en déposant un baiser sur la main de Tessa, je ne crois pas avoir le plaisir de vous connaître. Qui êtes-vous ?

— Une invitée à la soirée de votre frère, répondit Tessa, troublée malgré elle par le contact des lèvres fermes. Et vous, vous êtes un baratineur, monsieur Monahan. Je vous préviens, je suis complètement insensible au baratin !...

Ross éclata de rire. Derrière lui, les talons aiguilles s'étaient éloignés tristement mais cela n'eut plus soudain aucune importance. Cette fille, qui se présentait comme « invitée à la soirée de son frère », était rudement belle. C'était une vraie blonde avec des yeux verts en amande et de longs cils noirs ; son visage ne portait aucune trace de maquillage et elle ignorait l'usage des parfums qui donnaient la migraine comme celui de cette abominable laque avec laquelle tant d'idiotes pétrifiaient leur chevelure. Avec sa robe noire toute simple au col officier, ses jambes nues et bronzées, ses chaussures noires à talons plats, elle était plus séduisante que toutes les femmes à demi dénudées et peinturlurées qu'il avait vues ce soir.

Il remarqua le verre vide posé sur l'herbe à côté d'elle.

— Puis-je aller vous chercher quelque chose ?

— Un taxi, ça serait gentil.

Tessa, à qui la retraite des talons aiguilles n'avait pas échappé, fit mine de se relever. Inquiet, Ross l'obligea à se rasseoir.

— Vous ne parlez pas sérieusement ! Non seulement il n'est même pas neuf heures du soir, mais en plus nous venons tout juste de nous rencontrer.

— Peut-être l'excitation d'un tel événement m'est-elle insupportable, répliqua-t-elle en riant malgré elle. Peut-être ai-je hâte de rentrer chez moi pour en noter chaque détail dans mon journal intime. Ou bien peut-être suis-je allergique à ce genre de soirées...

— Peut-être que je ne vous plais pas, poursuivit Ross avec un absurde sentiment d'exclusion.

Il n'avait pas l'habitude qu'on se moque de lui. En tout cas, il ne s'était jamais senti repoussé. Cette fille ne badinait pas, elle voulait vraiment partir.

Tessa haussa les épaules.

— Je ne vous connais pas.

— Alors, laissez-moi une chance.

Il s'était mis debout et l'aidait à se relever. Elle ne portait ni bague ni alliance, remarqua-t-il, et ses ongles étaient nus et coupés court.

— Vous pourriez commencer par me dire votre nom.

— Où allons-nous ?

Il l'entraînait à une allure telle qu'elle devait trottiner.

— Si vous aviez dans l'idée de m'emmener admirer vos gravures, n'y pensez plus, souffla-t-elle.

— Pour qui me prenez-vous ?

Il avait pris un ton offensé avant même de se rendre compte qu'il l'était vraiment.

— Nous allons faire connaissance, dit-il en ouvrant la porte de la serre. Mais pas dans le sens biblique du terme, bien entendu.

Trois heures plus tard, Ross s'avoua secrètement vaincu. Il n'en savait pas plus sur cette jeune femme que lorsqu'il l'avait remarquée assise seule sur la pelouse, sous la terrasse. Chaque question était éludée, chaque ouverture fermement repoussée. Il s'était donné beaucoup de mal, en vain. De sa vie à lui, elle connaissait presque tout mais il ignorait jusqu'à son nom.

Jamais il n'avait autant désiré une femme.

— Vous ne devriez pas rester ici avec moi, dit Tessa en le laissant remplir son verre.

Il avait déniché une bouteille derrière une somptueuse fougère tropicale. La serre, avec son dôme et ses panneaux de verre, ses spots de lumière ambrée placés aux points stratégiques, évoquait une jungle en miniature. Comme Ross avait pris la précaution de verrouiller la porte, personne ne pouvait les observer ou les surprendre, et seuls les cernaient le feuillage exubérant et le parfum des fleurs exotiques. On entendait au loin le brouhaha assourdi des réjouissances qui se poursuivaient sans eux.

Ross se renversa sur son fauteuil en fer forgé blanc que garnissait un coussin de soie et posa ses pieds sur une table.

— Et pourquoi donc ?

— Les gens vont se demander où vous êtes.

— Je suis chez moi. Si j'ai envie de me cacher, c'est mon droit ! Quel est le problème ? Je vous ennuie ?

Pour éviter de répondre, Tessa but une gorgée. Malgré l'air indifférent qu'elle affichait, elle n'était pas aussi à son aise que Ross le supposait. Au début, la mauvaise réputation de ce dernier lui avait fait accueillir ses propos avec ironie et méfiance. Bien qu'elle s'obstinât dans cette attitude, il était parvenu peu à peu à la toucher. Cette facette inconnue de Ross Monahan, son charme naturel, son humour, le don qu'il avait de gagner la sympathie d'autrui étaient quasi irrésistibles. Le champagne Bollinger dont il avait rempli son verre deux fois plus souvent que le sien y était peut-être aussi pour quelque chose.

Il arracha une feuille de fougère et lui en caressa les doigts.

— Répondez-moi, supplia-t-il. Je vous ai posé une question. Je vous ennuie ?

— À mourir, dit-elle en écartant la main. Mais n'arrêtez pas, reprit-elle avec un sourire. Pas maintenant, en tout cas.

# 2

Je dois être complètement ivre, se dit Tessa en se débarrassant de ses chaussures et en se laissant tomber sur le grand lit à baldaquin. Lorsqu'un homme comme Ross Monahan vous presse de passer la nuit chez lui et vous propose aimablement son lit en se montrant heureux de dormir sur le sofa, vous savez que vous jouez avec le feu.

Ou ivre, ou folle, se dit-elle en ôtant sa robe et en la jetant sur un fauteuil. Ou les deux à la fois, poursuivit-elle en enfilant le peignoir bleu qu'il lui avait laissé.

Suffisamment sobre toutefois pour s'amuser du jeu commencé quelques heures plus tôt. Elle n'avait pu résister au défi et elle riait d'avance d'être la seule femme au monde à avoir couché seule dans le lit de Ross Monahan.

Son appartement au dernier étage de l'hôtel était aussi somptueux qu'elle l'avait imaginé après avoir vu le reste de l'établissement. Comme des passagers clandestins, ils étaient restés enfermés dans la serre jusqu'à ce que les premières lueurs de l'aube chassent les derniers invités, les uns faisant rugir les moteurs de leurs voitures, les autres se retirant dans leur chambre.

Lui prenant la main, Ross lui avait fait visiter l'hôtel, depuis les salons luxueux jusqu'aux cuisines, en passant par le restaurant, le court de squash, le gymnase et la magnifique piscine couverte, éclairée par-dessous et entourée sur trois côtés par la végétation tropicale du jardin d'hiver. Ross était aussi fier de ces réalisations qu'un jeune père de son bébé. Son enthousiasme était touchant. Mais s'il comptait sur ce déploiement de luxe pour la subjuguer au point de la faire tomber dans ses bras, il allait être déçu.

Dire non était beaucoup, beaucoup plus amusant.

Elle noua la ceinture du peignoir trop grand, écarta les couvertures et se glissa entre les draps frais. Juste à ce moment-là, on frappa prudemment à la porte.

— Ça va, je suis décente.

— Dommage ! dit Ross.

Il était encore habillé et portait une couverture pliée sur le bras.

— C'est rudement gentil de votre part, dit Tessa en désignant le lit où elle trônait. Vous allez très mal dormir sur le sofa...

— C'est probable, répondit-il d'un air lugubre. Mais j'y survivrai.

Elle le regarda jeter la couverture sur l'étroite banquette en cuir.

— D'ailleurs, il est quatre heures et demie. Bientôt le moment de se lever.

— Ne me le rappelez pas !...

— Je vous suis très reconnaissante.

— Pas de problème...

Tessa remonta sa couverture jusqu'au menton et sourit aimablement.

— Vous êtes un vrai gentleman.

— Je vous crois ! dit Ross. Des milliers d'hommes ne se conduiraient pas ainsi...

Il restait debout, planté près du sofa, comme s'il espérait qu'elle se ravise. Alors, après un dernier sourire de gratitude, elle tapota son oreiller et se tourna de l'autre côté.

— Mmm, eh bien, merci encore ! Bonne nuit.

Tessa ignorait quelle heure il était lorsque, à la suite d'un léger mouvement, elle comprit qu'elle n'était plus seule dans le lit. Sa jambe nue reposait contre une autre jambe nue qui ne lui appartenait pas. À demi consciente, elle tendit la main et rencontra un dos lisse et chaud. Elle perçut soudain un parfum d'after-shave et de dentifrice, puis entendit la respiration paisible et régulière d'un homme qui dormait du sommeil du juste.

À sa grande surprise, Tessa ne fut ni choquée ni ennuyée par cette intrusion. Après tout, c'était son lit, et l'étroit divan au cuir glissant promettait une aussi bonne nuit qu'une baignoire émaillée.

En fait, s'aperçut-elle dans un demi-sommeil, elle avait oublié combien c'était agréable de reposer à côté d'un autre corps, de le frôler par mégarde, de partager sa chaleur, de jouir de la satisfaction toute simple d'être deux.

Dans un sursaut de culpabilité, elle se réveilla complètement. Car la façon dont ses doigts parcouraient le dos de Ross n'avait rien d'accidentel. Et, sans qu'elle l'eût décidé, sa jambe gauche était venue se loger dans la courbe de la jambe droite de son voisin et s'y adaptait aussi parfaitement qu'une pièce de puzzle.

C'était pousser un peu loin le plaisir de partager la chaleur d'autrui.

À regret, elle écarta jambe et main, puis ferma les yeux et tenta de chasser toute pensée traîtresse. Elle avait toujours cru que l'intimité physique – et pas seulement les relations sexuelles – pouvait se comparer à un magnétoscope ou à un robot ménager ; d'en être privé ne manque pas, on n'y songe plus et cela perd toute importance.

Cela faisait presque un an que sa dernière liaison s'était terminée. Au début, bien sûr, les étreintes, les baisers et le sexe lui avaient manqué, mais pas au point de lui faire perdre la tête et de l'envoyer rôder en ville en quête d'un mâle, n'importe lequel, qui pût la satisfaire.

Très vite, elle s'était réhabituée à vivre et à dormir seule. Les symptômes du sevrage avaient été supportables, parce que les étreintes, les baisers et le sexe n'entraînaient pas une dépendance physique comme l'héroïne. C'était très agréable mais on pouvait fort bien s'en passer.

Par ailleurs, une année, c'était long.

Vaguement troublée par sa propre faiblesse, Tessa identifia ce qu'elle éprouvait : du désir. Ses doigts avaient grignoté l'espace qui les séparait du dos de Ross et le besoin de le toucher était devenu quasi irrésistible.

Seigneur, me voilà nymphomane, se dit-elle, mi-souriante, mi-épouvantée. Les fantasmes s'emparaient d'elle et sa respiration s'était faite haletante. Une bouffée d'adrénaline l'envahit, tandis qu'elle se rapprochait insensiblement du corps chaud, parfait, odorant et défendu, qui gisait à quelques centimètres d'elle. C'était bien le dernier corps envers qui éprouver un tel désir : nul au monde n'avait plus sinistre réputation que Ross Monahan.

Elle s'était amusée quelques heures plus tôt à lui prouver que son charme légendaire la laissait insensible. Et voilà qu'elle se retrouvait sans défense, victime d'une convoitise qui lui tordait les entrailles. Une épave pathétique, à la merci de ses hormones. La nature se comportait parfois telle une garce.

Un murmure à peine audible s'éleva à côté d'elle.

— J'espère que vous avez remarqué l'incroyable self-control dont j'ai fait preuve pendant les vingt dernières minutes.

Laissant échapper un petit cri, Tessa sursauta et s'écarta précipitamment comme si elle avait reçu une décharge électrique. Comprenant qu'il était éveillé depuis le début, elle enfouit son visage dans l'oreiller et frissonna de honte. Comme il devait se moquer d'elle maintenant !

Doucement, très doucement, il se tourna vers elle.

— Je ne vous ai pas demandé d'arrêter, fit-il remarquer gentiment.

Incapable de prononcer un mot, Tessa garda le nez dans l'oreiller. Lorsqu'elle sentit une main caresser ses cheveux, son corps se pétrifia. L'humiliation était insupportable.

— Au cas où cela vous intéresserait, poursuivit Ross sur le ton de la conversation, j'évaluerais ces mêmes vingt dernières minutes comme les plus érotiques de toute ma vie.

— Taisez-vous, gémit Tessa qui aurait préféré disparaître.

Pour ajouter à sa honte, son désir était toujours là. Les doigts de Ross caressaient la peau sensible de sa nuque et elle ne faisait rien pour le repousser. Elle en était incapable. Les sensations qu'il éveillait étaient absolument délicieuses.

— Vous savez, murmura-t-il au bout de quelques minutes, cela fait partie du traitement que les sexologues prescrivent aux couples qui souffrent d'impuissance.

L'humour de Tessa reprit brièvement le dessus.

— Comment diable le savez-vous ?

Les doigts de Ross glissèrent sur la ligne de sa clavicule.

— Je l'ai lu, répondit-il en riant. Les effleurements mettent les gens dans un tel état qu'ils n'y résistent plus, et hop ! le problème est réglé.

— Vraiment... fit Tessa, en panne de commentaires.

— Oh oui, vraiment...

D'une main douce mais ferme, il la fit se retourner vers lui. Dans l'obscurité, ses yeux brillaient tandis qu'il écartait son peignoir et l'en dégageait.

— Je commence à croire, dit-il tout en suivant du doigt le contour de la bouche de la jeune femme, que ces sexologues n'ont pas tout à fait tort.

Ce qui suivit fut extraordinaire. Comme d'avoir été chargée d'exécuter une danse compliquée avec le champion du monde et de découvrir au fur et à mesure qu'on en connaît déjà toutes les figures, songeait Tessa, émerveillée. Réaction et rythme atteignaient la perfection. Chacun devinait à la seconde ce que l'autre désirait. L'accord entre eux était tel qu'il n'y eut ni gêne, ni hésitation... ni incertitude. Les jeux préliminaires furent poursuivis par pur plaisir, prolongeant l'attente, avivant l'extase. Lorsque Ross s'empara de la bouche de Tessa, elle crut s'évanouir de désir et se pressa ardemment contre lui. Et quand l'attente atteignit la limite du supportable, ils le sentirent ensemble et s'unirent si merveilleusement que des larmes emplirent les yeux de Tessa. L'accord parfait, se dit-elle. La demi-seconde suivante, elle entendit Ross prononcer le même mot.

— Eh bien, c'était plutôt agréable, dit Ross peu après.

Appuyé sur un coude, il la regardait avec un petit sourire qui cachait mal son émotion. Dieu, qu'elle était belle ! Du bout du doigt, il remit en place une mèche moite de cheveux blonds. Malgré sa grande expérience des femmes, il était bouleversé par la profondeur de ce qu'il éprouvait pour cette fille. Ce qui venait de se passer était plus qu'une aventure, même très réussie. Et cette expérience nouvelle le déconcertait jusqu'à l'âme, comme s'il était un voyageur égaré en terre inconnue.

Ne sachant que dire, il eut recours au badinage.

— Croyez-vous que je devrais écrire à un de ces sexologues et lui annoncer ma guérison ?

— Vous devez être soulagé, après toutes ces terribles années de célibat forcé, dit Tessa, interprétant de travers l'expression des yeux noirs fixés sur elle.

La fête était finie, il avait obtenu ce qu'il voulait et il ne savait plus maintenant que faire de cette fille qui encombrait son lit.

Sois honnête, se dit-elle, nous avons eu tous les deux ce que nous voulions. Et cela avait été fantastique, après tout.

Mais il ne s'agissait que d'une représentation unique, rien de plus, dont le prix à payer était cette terrible gêne, ces assauts de politesse et ce refus de s'accepter en étrangers qui se sont offert un petit encas...

À la lumière froide de l'aube, ce qui avait semblé merveilleux et miraculeux quelques minutes plus tôt prenait une allure triste et plutôt sordide.

Ross n'arrangea pas les choses en choisissant ce moment-là pour la questionner.

— Écoutez, je ne connais toujours pas votre nom. Il *faut* que vous me le disiez maintenant.

Tessa tourna les yeux vers la fenêtre. Le ciel gris et les collines brumeuses se fondaient dans le lointain.

— Je croyais que vous le saviez. Je suis votre bonne fortune d'un soir.

— Je veux le savoir, insista-t-il.

Elle secoua la tête, écœurée par le jeu auquel il se croyait obligé de souscrire.

— Pour quoi faire ?

— Pour que je puisse vous téléphoner.

Le ton qu'il avait pris hésitait entre la plaisanterie et la gravité. Pourquoi donc s'était-elle si vite écartée de lui ? Pourquoi cette réserve ? Il n'avait jamais vécu une telle situation.

— Oh, *je vous en prie* ! soupira Tessa avec désespoir.

Sortir du lit, retrouver ses vêtements et faire quatre kilomètres à pied à six heures et demie du matin, c'était trop humiliant, *trop* sordide et en tout cas insupportable dans l'immédiat.

Aussi se résolut-elle à l'autre solution. Elle se retourna et, cramponnée à l'extrême bord du lit, se rendormit.

Après quelques instants de somnolence, Ross se leva. Il était sept heures et demie. La jeune femme inconnue dormait profondément, ses cheveux blonds étalés sur l'oreiller, le bras gauche replié sur ses seins aux formes parfaites. Il la regarda longuement sans oser la réveiller. Pourvu qu'elle ne s'entête pas à jouer la bonne fortune d'une nuit… Que devait-il faire ?

Un important homme d'affaires américain l'attendait à neuf heures et il ne pouvait se permettre de manquer ce rendez-vous. La veille au soir, l'inconnue lui avait dit qu'elle était venue avec une amie et que, celle-ci partie, elle n'était pas sûre d'avoir assez d'argent pour prendre un taxi. Ross s'en souvint et roula un billet de vingt livres qu'il glissa dans le goulot de la bouteille de champagne vide. Il écrivit un mot sur un bout de papier qu'il appuya contre la bouteille.

Puis, tout en luttant contre le désir de la réveiller par un baiser, de l'aimer à nouveau et de lui dire ce que la nuit signifiait pour lui, il prit dans le placard les vêtements qu'il lui fallait et quitta la chambre sur la pointe des pieds.

*Désolé, rendez-vous important. Je dois partir.*
*Sonnez pour petit déjeuner.*
*Et, je vous en prie, laissez numéro de téléphone.*
*Je vous appellerai. Juré.*
*PS. Argent pour le taxi.*

Le salaire du péché, se dit Tessa en enfonçant le billet à l'intérieur de la bouteille et en le regardant se dérouler lentement sur le fond humide. Qu'il se soit senti obligé de lui laisser de l'argent en disait long.

Comme l'avait prévu Tessa, la voiture de sport vert foncé de Holly ne tarda pas à venir se garer dans un crissement strident devant chez elle.

— Alors, qu'est-ce qui t'est arrivé ?

Incapable de se résigner à une tenue aussi simple qu'un blue-jean et un chandail, elle évoquait un parterre en pleine floraison. Veste et robe associaient le rouge vif, le violet et le rose, l'ensemble ayant dû coûter une fortune. Tessa soupçonna son amie de s'être consolée en faisant des courses, ce qui laissait supposer que tout ne s'était pas déroulé comme prévu concernant Max.

— J'avais mal à la tête, dit-elle en ôtant les toiles vierges qui encombraient le canapé. Je n'ai pas pu te retrouver pour t'annoncer que je rentrais.

— Quelle heure était-il ?

Tessa fit mine de réfléchir.

— Vers dix heures. J'ai pris un taxi.

— Menteuse ! s'écria Holly triomphalement. Je suis passée ici à onze heures et demie et tu n'étais toujours pas là.

— Je devais dormir, dit Tessa qui s'affaira soudain à faire un peu d'ordre et se mit à empiler de vieux journaux.

— Chérie, j'ai jeté des cailloux sur les carreaux de ta chambre.

— Voilà pourquoi il y a une vitre cassée !...

— Raconte-moi, voyons, supplia Holly en suivant son amie dans la minuscule cuisine où elle la coinça contre le réfrigérateur. Tu as rencontré quelqu'un ? Qui est-ce ? Il est beau ?

— Que s'est-il passé avec Max ? demanda Tessa pour gagner du temps.

Avec une grimace, Holly tira sur un pan de son ensemble.

— Le salaud m'a coûté trois cents livres. Il a été charmant pendant près de dix minutes. Après quoi, il m'a présentée à cette Française, Dominique… je ne sais plus comment. Elle est médecin, tu te rends compte ? Et les voilà qui me plantent là contre le mur et se mettent à danser… Elle a un tatouage sur la cuisse, ajouta-t-elle avec une mine dégoûtée. Max a sûrement passé le reste de la nuit à l'étudier de près.

— En tout cas, c'est un ensemble ravissant.

— Merci pour le compliment, dit Holly avec un sourire, mais si tu voulais changer de conversation, c'est raté. Maintenant, dis-moi avec qui tu as passé la nuit, Tessa Duvall, ou bien tu auras de gros ennuis, je te le promets.

# 3

Le jour où Tessa dévora quatre sandwichs à la banane à la suite, elle comprit qu'elle était enceinte ; pendant vingt-sept ans, elle avait détesté les bananes.

Ce fut un choc, mais pas un drame. Curieusement, à aucun moment de cette nuit fatidique de septembre le problème de la contraception n'avait traversé son esprit. Ce ne fut que le jour suivant, lorsque Holly, pour se venger de n'obtenir aucun nom, lâcha une allusion désinvolte aux préservatifs, qu'elle comprit à quel risque elle s'était exposée. Après quoi, l'idée d'une grossesse l'avait effleurée. Cela ne pouvait lui arriver, ne cessait-elle de raisonner, ils n'avaient passé qu'une seule nuit ensemble. Et, bizarrement, elle se persuadait que l'année de chasteté qui avait précédé comptait en sa faveur.

Les semaines s'écoulèrent, rien ne survint, et la possibilité devint bientôt une probabilité.

Tessa se maudit pour sa stupidité. La réputation de Ross Monahan aurait dû la pousser à chasser de sa mémoire cette nuit d'égarement. Cependant, malgré ses efforts, elle ne parvenait pas à oublier son rire, ses yeux noirs étincelants, son sens de l'humour et la façon dont il l'avait persuadée qu'il n'était pas un aussi mauvais garçon qu'on le prétendait…

Du baratin, bien sûr. Il suffisait d'un peu de bon sens pour s'en rendre compte. Or, Tessa était une jeune femme dotée d'un solide bon sens ; lorsque le moment critique survint, elle fit appel à cette qualité et examina froidement la situation.

Ross et elle étaient aux antipodes l'un de l'autre. Réunir la reine Victoria et Mick Jagger eût été moins saugrenu.

Jamais ils ne pourraient former un couple.

Les choses allaient être vraiment difficiles ; oublier quelqu'un d'inoubliable avec sous les yeux un petit être qui le lui rappellerait constamment...

Se souvenant qu'elle avait failli à plusieurs reprises céder à la curiosité de Holly, elle frissonna. Son amie avait toujours été incapable de garder un secret plus de trente secondes. Tomber dans les bras de Ross avait été une ânerie de taille et s'être fait piéger portait l'humiliation à son comble. Mais l'identité du père de son enfant resterait ignorée de tous, elle y était fermement résolue.

Les deux arbres de Noël qui entouraient la réception se trémoussaient comme des danseuses du ventre chaque fois que quelqu'un les frôlait et les centaines de guirlandes qu'éclairait le lustre monumental du hall renvoyaient des éclats multicolores.

Holly adorait Noël et ses décorations, mais ce jour-là son excitation était telle qu'elle oublia d'ouvrir la dernière fenêtre sur son calendrier de l'avent.

Elle était encore sous l'émotion de ce que lui avait dit Tessa la veille en plein milieu du déjeuner. Cela avait commencé par :

— Tiens, à propos, j'ai une sacrée nouvelle à t'apprendre...

La suite lui avait causé un tel choc qu'il lui avait fallu un double cognac pour s'en remettre.

En face d'elle, Tessa était restée parfaitement maîtresse d'elle-même. Amusée par les réactions excessives de son amie, elle avait expliqué qu'elle avait déjà eu deux semaines pour s'habituer à l'idée et qu'elle avait maintenant hâte d'en venir au dénouement. Les choses ne seraient pas faciles, mais elle ferait face.

C'était bien de Tessa, cette attitude courageuse et ce geste aérien de la main pour repousser d'éventuelles difficultés. Elle était de la race de ceux qui survivent et certainement la personne la plus indépendante que Holly ait jamais connue ; rien ne pouvait la paniquer.

Tout en dégustant des *fettucini alla vongole* et un verre de vin rouge, Holly avait vainement tenté de découvrir l'identité du père. À son grand regret, Tessa s'était contentée de secouer la tête, écartant l'individu du même geste désinvolte que ses autres problèmes. Leur aventure n'avait duré qu'une nuit ; il était hors de question qu'elle cherche à le revoir et qu'elle l'informe de la situation.

Encore moins qu'elle le traîne devant les tribunaux pour en obtenir une pension. C'était *son* bébé et *son* affaire, et elle se débrouillerait parfaitement toute seule.

Tout en la jugeant folle à lier, Holly avait promis de l'aider autant qu'elle le pourrait.

Au milieu de la nuit, une idée merveilleuse lui était venue. Épatée par son propre génie, elle avait eu du mal à attendre l'heure de reprendre son travail. Ross allait surgir d'une minute à l'autre et elle lui sauterait dessus avant qu'il n'ait eu le temps de s'enfermer dans son bureau. Distraitement, un sourire satisfait sur les lèvres, elle gribouillait sur la marge du registre. Le mot « imprésario » lui avait toujours plu, et voilà qu'elle allait quasiment en être un !

— Donc, il s'agit d'une de vos amies... dit Ross qui tentait de trouver un sens aux propos désordonnés de Holly. Une amie dans le besoin. Ce sont souvent des emmerdeuses, je connais le genre...

Épuisé par une nuit agitée, il se laissa tomber dans son fauteuil et fit signe à la jeune fille d'en faire autant. Sa robe d'un jaune criard et le parfum dont elle s'était inondée empiraient sa gueule de bois.

— Ce n'est pas le cas de Tessa, corrigea-t-elle. Elle est ravissante. Non seulement vous lui donnerez un coup de main mais elle vous rendra aussi service. C'est vraiment une artiste de grand talent !

— Et vous voudriez que nous exposions ses œuvres à l'hôtel ? Si elle est si bonne que ça, pourquoi ne travaille-t-elle pas avec une galerie ?

Holly se rendit compte que son patron ne rentrait pas dans la combine. Adoptant un ton exagérément calme, elle reprit :

— C'est ce qu'elle fait, bien entendu, mais qui va dans une galerie ? Les gens qui veulent acheter des tableaux, non ?

— Heu... si, souffla-t-il, égaré. Holly, pourriez-vous aller me chercher une tasse de café ?

— Dans une minute, répondit-elle, déterminée à profiter de cet instant de faiblesse. Si les œuvres de Tessa sont exposées sur vos murs, elles seront vues par des gens qui *n'avaient pas* prévu d'acheter quelque chose. Ils les regarderont, ils en raffoleront, et nous leur dirons alors qu'ils *peuvent* les acheter. Ils seront d'autant plus satisfaits qu'ils n'étaient pas venus avec cette intention... Vous ne comprenez pas ? insista-t-elle en secouant la tête. Tout le monde aime se vanter d'avoir eu un coup de foudre et d'y avoir cédé. C'est un geste romantique, un peu fou... On se sent spontané et fougueux.

— D'accord, d'accord, fit Ross en levant la main. Et qu'est-ce que nous obtenons exactement en retour, à part des hôtes gesticulant romantiquement un peu partout ?

— Dix pour cent.

Jamais de sa vie Ross n'avait eu autant besoin d'un café.

— On ne va pas coller des étiquettes avec les prix quand même, grommela-t-il, à demi battu.

— Grands dieux, non ! Il y aura une notice à la réception, et c'est tout.

Elle avait déjà prévu d'endoctriner chaque client qui passerait à moins de dix mètres.

— Il faut aussi que je voie ce qu'elle fait avant de donner mon accord, soupira Ross.

Il était surpris que Holly, avec sa fortune et la vie mondaine qu'elle menait, soit l'amie d'une artiste miséreuse et enceinte. Il avait déjà rencontré une ou deux de ses relations et elles n'étaient pas du genre à faire la quête.

— Qui est-ce ? Je la connais ?

— Non. La vie que je mène ne l'intéresse pas du tout. C'est ma meilleure amie depuis l'âge de huit ans, depuis le jour où sa mère est venue travailler pour la mienne, mais à nous voir ensemble vous ne le croiriez pas. C'est exactement mon contraire.

— Dans ce cas, elle me plaît déjà, dit Ross dans une vague tentative d'humour. Au moins aurait-elle la correction de m'apporter une tasse de café.

— Il est plus probable qu'elle vous traiterait de paresseux et vous enverrait le chercher vous-même, répliqua Holly. Vous n'arriverez pas à la mener par le bout du nez comme les autres filles. Le baratin, elle y est complètement insensible.

Une corde vibra dans la mémoire de Ross, trop lointaine pour qu'il pût l'identifier. Holly revenait à la charge.

— J'ai réussi à la traîner à la réception de Max, il y a deux mois, reprit-elle, avec un mouvement spasmodique du genou qui trahissait son désir d'entendre un « oui » définitif. Mais elle n'est pas restée longtemps. Vous ne l'avez probablement pas remarquée.

Ross oublia instantanément sa tasse de café. Il en oublia même de respirer. Ce n'était plus une corde éloignée qu'il sentait vibrer, mais les battements d'un gong.

Les yeux fixés sur le mur au-dessus de la crinière de Holly, il se remémora les mots qu'elle venait de prononcer : « C'est exactement mon contraire... Le baratin, elle y est complètement insensible. » Et : « J'ai réussi à la trainer à la réception de Max. »

Seigneur, c'était elle. Ce *devait* être elle.

— Alors ? fit Holly en claquant des doigts pour attirer son attention. Je peux lui dire que ça marche ?

Ross lui paraissait dans un triste état ce matin. Ahuri comme jamais.

— Non, ne dites rien. L'idée vient d'elle ?

Oubliant sa gueule de bois, il essayait de retrouver le fil de l'histoire.

— Bien sûr que non ! s'écria Holly avec indignation. Elle en ignore tout. Je vous l'ai dit, c'est mon plan à *moi*. Elle m'a juste annoncé hier qu'elle était enceinte et c'est pendant la nuit que m'est venue cette merveilleuse idée.

— Ce bébé, dit Ross sur un ton désinvolte alors que la question qu'il allait poser risquait de bouleverser son existence, sait-on qui est le père ? Il y a un petit ami, un fiancé ?

Holly fit un geste dédaigneux de la main.

— Ni petit ami ni fiancé ! L'aventure d'une nuit, c'est tout. Le plus curieux, c'est que cette histoire aurait eu lieu lors de la soirée de Max...

# 4

L'élégant hôtel Grosvenor tenait vaillamment tête à une invasion de célébrités.

Max, coauteur d'un scénario, ne s'en tirait pas aussi bien.

Chaque fois qu'il se rendait dans ce genre de manifestation où le monde du showbiz se répandait en autocongratulations, il en venait à se demander pour quelle raison il n'avait pas tenu bon et refusé. Il ne voulait pas y aller. Il avait trop de travail pour perdre son temps ainsi. D'ailleurs, qui se souciait de sa présence ? Au milieu de six cents invités, un de plus, un de moins, quelle différence cela faisait-il ?

Il en existait une, il le découvrit subitement.

Francine Lalonde, la splendide vedette franco-anglaise d'une douzaine de films, effectuait l'entrée tardive dont elle était coutumière. Sur l'estrade, un jeune homme recevait des mains d'un vieux monsieur chauve le prix des meilleurs dessins de costumes, mais personne n'y prêta attention.

— Oh zut ! fit Francine Lalonde de la voix rauque, un peu étouffée, qui l'avait rendue célèbre, ils ont commencé sans moi !...

Bien qu'ayant abondamment utilisé le thème du coup de foudre, Max n'avait jamais cru à cette philosophie du hasard. La chose était impossible.

Comment pourriez-vous vous éprendre de quelqu'un que vous ne connaissez pas ?

Brutalement, aveuglément, il comprit. Il sut tout d'un coup que, quoi que fît, pensât, ou dît l'élue, c'était *bien*.

Et lorsque Francine Lalonde, rencontrant son regard, lui fit d'abord un clin d'œil puis se faufila vers sa table, il sut aussi que, quoi qu'elle fit, ce serait bien.

— Je dérange tout le monde, il me semble, chuchota-t-elle en se glissant sur la chaise libre à côté de Max et en lui adressant un second clin d'œil. Je ferais mieux de rester tranquille avant qu'on ne me dise de sortir.

Pour la première fois de sa vie, Max se trouva aphone et se contenta de hocher la tête. Il l'avait admirée dans ses films mais rien ne l'avait préparé à la confrontation. Elle faisait penser à un fruit, parfait, mûr à point, avec un parfum de miel. Ses cheveux châtains et brillants, ses yeux en amande d'un brun chaud, ses lèvres pulpeuses, tournaient en dérision les fausses blondes et les vraies, squelettiques et asexuées. Francine Lalonde n'avait nul besoin des artifices utilisés par tant de femmes dans leur quête de la beauté et de la séduction. Ses cheveux retombaient librement sur ses épaules, le maquillage était discret, un seul bijou ornait la robe de soie abricot qui s'adaptait à ses courbes féminines auxquelles on ne pouvait rien reprocher. Une vraie femme, naturelle, sans effort ni tricherie.

Max, par contrecoup, retrouva brutalement ses quinze ans.

Cet état de muette béatitude ne pouvait se prolonger. Francine Lalonde était l'une des invitées d'honneur et une place lui était réservée à une table plus prestigieuse au pied de l'estrade. Lorsque l'organisateur vint la chercher, elle se tourna vers Max et posa sa main sur la sienne.

— Quel dommage, on m'emmène déjà, murmura-t-elle. Et vous avez l'air si intelligent, si intéressant. J'aime les hommes intelligents. *Bonne chance, m'sieur.*

Le reste de la cérémonie se déroula pour Max dans un brouillard opaque que percèrent de brefs éclairs. De sa place au fond de la salle, il ne pouvait voir la table de la star mais, lorsqu'elle monta sur l'estrade sous un tonnerre d'applaudissements, d'abord pour offrir une récompense au plus prometteur des jeunes acteurs, puis pour recevoir celle de la meilleure actrice, il retint son souffle, but chacune de ses paroles, s'accrocha à son sourire et souhaita que l'instant magique se prolonge indéfiniment. Son cerveau cherchait fébrilement un moyen de la revoir. Il *devait* la revoir. Et cette deuxième rencontre devait la captiver au point qu'elle en provoque une troisième... et une quatrième...

— Où allez-vous ? demanda son voisin de droite, le réalisateur du film dont Max avait écrit le scénario. Ils vont annoncer le meilleur film, vous ne pouvez partir maintenant !

— Je suis désolé. C'est urgent. Je dois partir. Bonne chance...

La cérémonie s'éternisa jusqu'à cinq heures trente. Après d'innombrables salutations, félicitations, envois de baisers du bout des doigts à une centaine de vieux camarades et d'amis éloignés, Francine était prête à s'écrouler dans sa limousine et se réjouissait en songeant à la soirée paisible qui l'attendait dans sa chambre d'hôtel. Un bain chaud, un verre, peut-être un massage, ou bien...

— On m'a demandé de vous remettre ça, madame, dit Tomkiss, son chauffeur très stylé, en lui tendant un volumineux paquet.

Elle l'observa avec méfiance. Le bain chaud la tentait davantage.

— Charmant ! Croyez-vous que ce soit une bombe, Tomkiss ?

— On n'entend pas de tic-tac, madame, répondit-il, tenant le présent à bout de bras.

Elle retint un sourire. Tomkiss ne plaisantait jamais.

— C'est bon signe. Mettez-le dans la voiture, je le regarderai plus tard.

— Le monsieur m'a prié de vérifier que vous l'ouvrirez tout de suite, madame.

— Vous voulez dire qu'il vous a donné de l'argent pour s'assurer de votre coopération ? demanda Francine qui ne retenait plus son rire. Combien ? Vingt livres ?

— Heu... Cinquante, madame.

— Tomkiss, faites attention ! Vous savez comme je m'éprends facilement des hommes riches. Bon, je vais m'asseoir dans la voiture et ouvrir ce paquet. Est-ce permis ou bien le généreux donateur a-t-il exigé que je grelotte sur le trottoir ?

— À l'intérieur de la voiture, cela conviendra parfaitement, madame, répondit Tomkiss qui commençait à se demander si sa patronne ne se moquait pas de lui.

— C'est extrêmement aimable de votre part, dit Francine. Quel brave homme vous faites !

De nombreux admirateurs lui offraient des fleurs, des bijoux, du parfum. Lorsqu'elle eut dénoué le ruban de soie rouge et écarté le papier bleu sombre, un sourire éclaira son visage. Elle avait aussi reçu des chocolats, des tableaux, et une fois l'emblème de Rolls-Royce.

Mais jamais un panier en osier, contenant six bottes d'asperges, une douzaine de petits artichauts et deux homards.

Une enveloppe était coincée entre les deux crustacés. Elle l'ouvrit et en sortit une page de journal pliée. Les mots croisés du *Times*, terminés. Deux mots zébraient la marge : « Assez intelligent ? »

La portière s'ouvrit.

— Alors ? dit Max, l'éclat de ses yeux noirs contrastant avec son expression impassible. Le suis-je ?

— Ça ne fait aucun doute, dit Francine en tapotant le siège à côté d'elle. Je suis très impressionnée. Raccompagnez-moi jusqu'à l'hôtel. J'ai une suite au Ritz. Peut-être, le temps d'y arriver, m'aurez-vous encore impressionnée davantage…

Max était monté directement au paradis. Au fil de la soirée, le charme de Francine Lalonde le subjuguait de plus en plus. Elle était exactement ce dont il avait toujours rêvé. Les choses qu'il réprouvait chez une autre, comme allumer cigarette sur cigarette, ne le dégoûtaient plus. Cela faisait autant partie d'elle-même que ses mains fines et expressives, son sens acide de l'humour et son léger accent français. Il ne pouvait l'imaginer ne fumant plus. Cela aurait sonné faux…

Il aimait son solide appétit, le plaisir évident avec lequel elle mordait la tête tendre d'une asperge, riboulant des yeux et riant lorsque du beurre fondu coulait sur ses doigts. Elle extrayait chaque morceau de chair avec un air de triomphe quasi enfantin puis sa langue rose dardait lascivement entre ses lèvres, rappelant qu'elle était un *sex symbol* de quarante ans, désirée par les hommes du monde entier et très consciente de son pouvoir de séduction.

— Le repas le plus délicieux que j'aie jamais fait, déclara-t-elle en tenant ses mains en l'air, mais aussi le plus sale. Regardez, j'ai du beurre partout.

Je ferais mieux de prendre un bain. Max, pourriez-vous défaire la fermeture Éclair ?

De mieux en mieux, se dit-il en s'essuyant sur la serviette tandis qu'elle lui présentait son dos.

La glissière descendit lentement, silencieusement jusqu'à la taille, révélant une combinaison en satin vert céladon. Une seconde, les doigts de Max hésitèrent devant le dos à demi découvert, tandis qu'il luttait avec ses émotions, mais il fut trop lent. En lui jetant un sourire par-dessus son épaule, Francine s'éloignait déjà vers la salle de bains.

— Malheureusement, j'ai l'habitude de rester très longtemps dans la baignoire. Vous allez vous débrouiller tout seul ?

— Je me débrouillerai, assura-t-il en admirant sa démarche chaloupée. Si vous avez un journal quelque part, je ferai les mots croisés...

— Tellement intelligent, commenta-t-elle en laissant ses escarpins dans son sillage.

Comme elle franchissait le seuil, elle ajouta comme en rêve :

— Et si beau garçon, aussi...

Lorsqu'elle émergea de la salle de bains, une heure plus tard, drapée dans un peignoir jaune pâle, les cheveux mouillés brossés en arrière, elle parut surprise de le trouver toujours là.

— Seigneur, je vous avais complètement oublié, dit-elle avec un sourire pour atténuer l'insulte. Avez-vous vu un sèche-cheveux, *chéri* ? Je suis sûre de l'avoir laissé quelque part par là...

Elle n'avait pas seulement changé, elle semblait avoir oublié qui il était. Ce qui lui fit un coup au cœur. Sans mot dire, il ramassa l'appareil qui traînait sur la moquette au pied de la table basse et le lui tendit.

— Écoutez, commença Francine avec un soupçon d'excuse, nous avons passé un merveilleux moment. Peut-être y en aura-t-il d'autres mais, tout de suite, je suis vraiment très fatiguée. Je désire surtout dormir...

C'était exactement ce dont il rêvait, lui aussi, mais il se garda bien de lui donner la satisfaction de l'humilier un peu plus. Cette forme de masochisme n'était pas son style.

— Vous avez l'air effectivement fatiguée, répondit-il pour lui rendre l'insulte quoiqu'il mourût d'envie de la prendre dans ses bras. Et il faut que je rentre à Bath.

— Oui, il le faut. Quant à moi, on m'attend en Écosse demain à neuf heures. C'est une dure vie que nous menons, vous ne trouvez pas ?

Elle rit tout en brossant ses cheveux humides. Une seconde plus tard, elle s'était rapprochée de lui, avait passé un bras autour de son cou et l'embrassait sur la joue.

— Je suis vraiment désolée, Max. Je ne suis pas facile à vivre. Mon imprésario dit que je suis à la fois froide et brûlante. Parfois même, il dit que je suis timbrée, vous voyez ?

Il hocha la tête, trop malheureux pour sourire.

— Faites-moi signe, d'accord ? J'aimerais beaucoup vous revoir un jour où je serai moins fatiguée.

— Peut-être.

Francine fit la moue.

— Peut-être, répéta-t-elle en imitant son ton sec. *Mon Dieu !* Peut-être oui ou peut-être non ? Allons, Max, ne boudez pas avec moi. C'est tellement *british* !

Il prit sa veste et sa cravate sur le dossier du canapé et se dirigea vers la porte. La main sur la poignée, il se retourna pour la regarder une dernière fois et l'examina comme s'il s'agissait d'un tableau abstrait quelque peu incompréhensible.

— Peut-être, c'est tout, répondit-il le plus froidement possible. Et ne faites pas cette moue, Francine... C'est tellement gaulois !...

# 5

Lorsqu'elle ouvrit sa porte, Ross éprouva de nouveau un pincement de désir. Avec son grand tricot, son pantalon jaune, ses boucles blondes attachées n'importe comment sur le sommet du crâne et son visage net, elle était aussi bouleversante que dans son souvenir.

Et en même temps, il avait envie de la secouer comme un prunier. À quoi jouait-elle, bon sang ?

— Salut, Tessa.

Puis il attendit.

Elle le regarda avec ahurissement. Que faisait-il là ? Comment l'avait-il retrouvée ? Que savait-il et d'où le savait-il ?

Holly ne devait pas être étrangère à cette apparition, bien qu'elle ait su peu de choses.

Tessa s'essuya les mains sur un chiffon et s'écarta pour le laisser entrer puisqu'il y semblait déterminé.

— Salut. Vous voulez boire quelque chose ? demanda-t-elle après un coup d'œil à sa montre.

— Non.

Alors qu'il avait disposé de plusieurs heures pour rassembler ses pensées et préparer un discours, Ross resta muet, ce qui n'était pas dans ses habitudes.

— Je suis en train de peindre, précisa inutilement Tessa en désignant le chevalet.

Ross remarqua le pot de pinceaux sur le rebord de la fenêtre, les toiles vierges appuyées contre un fauteuil, la palette pleine de peinture sur un des accoudoirs et la demi-douzaine de tableaux encadrés accrochés aux murs blancs du salon.

— Vraiment ? dit-il sans rire.

— Il y a un peu de désordre, je suis désolée...

— Oh, taisez-vous !

Il enfonça les mains dans ses poches et se campa résolument devant elle.

— Tessa, pourquoi diable avez-vous fait ça ?

— Fait quoi ?

Agacée, elle s'approcha de la fenêtre comme pour guetter un autre visiteur. Elle ne vit que la voiture de Ross, une splendide Mercedes blanche qui étincelait sous le froid soleil de décembre et rappelait cruellement leur différence de conditions.

— Tout, fit-il avec un grand geste qui faillit renverser le chevalet. Pourquoi avez-vous filé ce matin-là sans me laisser votre numéro de téléphone ? Pourquoi avez-vous enfoncé le billet de banque dans la bouteille ? Pourquoi ne m'avez-vous même pas dit votre nom ?

Tessa haussa les épaules.

— Aucun de ces détails ne m'a paru utile.

— Pourquoi ? Qu'y avait-il de plus utile que de me laisser un moyen de vous contacter ? Je vous avais dit que je voulais vous revoir, bon sang !

— Mais il n'y avait aucune raison pour que nous nous revoyions, tenta-t-elle d'expliquer.

Dans sa tête, tout était parfaitement clair mais le visage de Ross prouvait qu'il n'en était pas de même pour lui. Il n'avait tout simplement pas l'habitude qu'on le fuie. Son orgueil avait été blessé. Elle avait résisté à un homme irrésistible et il la sommait d'admettre qu'elle s'était trompée. Il avait besoin d'être rassuré.

Comme il ne semblait pas être au courant du bébé, elle s'offrit le plaisir de se moquer de lui.

— Pour quelle raison devrions-nous nous revoir ? reprit-elle d'un ton raisonnable. Regardez comme nous sommes différents, tous les deux. Je suis pauvre et vous êtes riche. Vous avez brillamment réussi et moi, pas du tout, enfin, pas encore. Nous sommes très différents sur quantité de points...

— Je ne sais rien de vous, interrompit-il. Pendant toute cette soirée, vous n'avez rien voulu me dire.

— Croyez-moi sur parole, déclara-t-elle solennellement, nous sommes aux antipodes. Rien ne se serait produit, je veux dire, rien de bien, si nous nous étions revus. Vous pouvez avoir toutes les femmes que vous voulez, bon sang. Je savais que je ne pourrais supporter la concurrence. En disparaissant sur la pointe des pieds, je nous ai épargné quelques moments embarrassants. C'était la meilleure solution, vous ne trouvez pas ?

— Non, pas du tout, protesta-t-il, les poings serrés. Et si ces prétendues différences étaient si importantes, pourquoi diable avez-vous couché avec moi ?

Pour la première fois depuis son intrusion, Tessa sourit. Ses yeux verts se rétrécirent et sa tête s'inclina sur le côté tandis qu'elle cherchait une réponse. Et malgré l'irritation que cette belle fille obstinée suscitait en lui, il ne put s'empêcher de sourire aussi.

— D'accord, d'accord, fit-il en passant les doigts dans ses cheveux noirs. C'est la question la plus bête que j'aie jamais posée...

— C'était agréable.

— La question ? demanda-t-il en faisant exprès de comprendre de travers, ce qui les fit sourire à nouveau et dissipa d'un coup l'atmosphère tendue.

— La question était bête, mais dormir avec vous, c'était agréable.

— Vous le pensez vraiment ? insista-t-il en riant ouvertement. Vous ne dites pas ça pour être gentille ?

— Si. Vous savez comment cela se passe avec vous, les hommes, et votre ego fragile. Nous ne voudrions pas que vous redeveniez impuissants, après tout...

Ross fit un pas vers elle. Il mourait d'envie de la prendre dans ses bras, de lui ôter ce grand chandail informe et de l'aimer, là, tout de suite. Il se contenta de faire un pas en avant. Peut-être était-il en train d'apprendre comment manœuvrer avec Tessa Duvall...

— Nous ne voudrions pas ? répéta-t-il sur un ton de défi.

Ses intentions étaient manifestes. Tessa fut bouleversée de se sentir d'avance consentante. Tout recommençait, la décharge d'adrénaline, la montée du désir si brutale que ses genoux en tremblaient, l'envie de le toucher, d'explorer, de donner et de recevoir du plaisir...

Mais cette fois-ci, elle n'allait *pas* y céder. Les raisons qu'elle avait énumérées pour ne pas revoir Ross ne faisaient pas partie d'un jeu. Elle avait dit la vérité. Et il avait déjà été difficile de l'oublier après une seule nuit. Céder de nouveau ne ferait qu'empirer les choses. Elle devait éviter de prendre de mauvaises habitudes, sinon la situation lui échapperait complètement.

Cette fois-ci, elle allait dire non.

Et, d'ailleurs, c'est ce qu'elle aurait fait si Ross n'avait pas choisi cet instant pour l'attirer doucement mais fermement contre lui.

Son passé glorieux ne l'ayant pas habitué à ce qu'on lui résiste, Ross ne pouvait admettre que Tessa renouvelle cet exploit. Le pire était qu'elle n'avait même pas la décence de le prendre au sérieux.

— Qu'y a-t-il de si drôle ? demanda-t-il en se renversant sur les oreillers comme elle riait sans vergogne.

— Toi, fit-elle en l'embrassant sur le bout du nez. Je parie que tu dis ça à toutes les filles. Tu devrais être plus prudent... Un de ces jours, quelqu'un va te prendre au sérieux.

— C'est la première fois que je demande quelqu'un en mariage, protesta-t-il avec indignation. Et je n'avais pas prévu que lorsque je m'y risquerais on me rirait au nez. Alors, bon sang, veux-tu m'épouser, oui ou non ?

— Non ! gloussa Tessa en regrettant que le côté comique de la situation lui échappe. Écoute, c'est absurde !... On ne propose pas aux gens de les épouser juste parce que c'est sympa d'aller au lit avec eux... Ne t'inquiète pas, chuchota-t-elle dans son oreille, je ne le dirai à personne. Ta réputation n'en souffrira pas.

— Ah bon ? Et la tienne ? Après tout, c'est toi qui es enceinte.

Il la vit se figer puis s'écarter brutalement de lui et enfouir son visage dans ses mains. Comme elle restait muette, il reprit :

— Holly m'a mis au courant. Elle m'a expliqué que tu t'étais payé une petite folie d'une nuit avec un type que tu avais rencontré à la réception de Max, que tu ne devais pas le revoir, qu'il avait disparu du paysage. Mais me voilà, et tu es enceinte, et je t'ai demandé de m'épouser. Comment peux-tu être aussi têtue ?

— Je te l'ai dit, marmonna-t-elle entre ses mains. Ça ne marcherait pas et c'est stupide de prétendre le contraire...

— Mais c'est mon enfant que tu portes !

De nouveau le démangeait le désir de la secouer comme un prunier afin de lui insuffler un peu de bon sens. Soudain, une pensée le frappa.

— Tu vas le garder ?

— Bien sûr...

— Alors pourquoi ne voulais-tu pas que je le sache ?

— Oh, je t'en prie, s'écria Tessa avec un regard foudroyant, que devais-je faire ? Me traîner jusqu'à l'hôtel et te demander de l'argent ?

— Dans ta situation, c'est ce que la plupart des filles feraient.

— Eh bien, je ne suis pas la plupart des filles, répliqua-t-elle d'un ton bourru. Et je ne fais pas la quête. Je me débrouillerai très bien toute seule.

— Un enfant a besoin d'un père, déclara-t-il d'un ton pompeux qu'il se reprocha aussitôt. C'est malhonnête de l'en priver par pure obstination. Comment réagira-t-il quand il aura grandi et qu'il se découvrira illégitime ? As-tu pensé qu'il en sera marqué ?

Il ne s'attendait pas à la réaction de Tessa : elle lui envoya une gifle magistrale, avec tant de violence qu'il vit réellement un chapelet d'étoiles.

— Jésus, murmura-t-il en se tâtant le visage, s'attendant à y trouver du sang.

— Exactement, dit Tessa, tremblante de rage. Il était illégitime. Et moi aussi ! Et je ne crois pas que nous en ayons beaucoup souffert, ni l'un ni l'autre.

Ross eut honte de lui. Risquant bravement sa vie, il attira Tessa et enfouit son visage dans l'épaisse chevelure blonde.

— Je suis désolé, vraiment désolé, répéta-t-il avec insistance. Si j'ai dit ça, c'est parce que tu avais rejeté tous mes autres arguments. Je n'en pensais pas un mot de toute façon.

Les yeux fixés sur le plafond bleu de Prusse de sa chambre, Tessa garda un long silence. Puis elle lui tapota le bras d'un geste curieusement maternel.

— Moi aussi, je suis désolée. Je n'aurais pas dû te frapper.

Elle fit une pause puis ajouta avec un sourire narquois :

— Mais imagine un peu combien j'aurais été offensée si j'avais été réellement illégitime.

Holly était débordée lorsque Tessa traversa le hall au bras de Ross. Elle lui fit signe, mais Tessa, la garce, se contenta d'un clin d'œil et poursuivit son chemin, laissant son amie se dépatouiller avec un groupe de mafieux surexcités qui semblaient persuadés qu'en parlant lentement et à tue-tête, leur dialecte sicilien deviendrait compréhensible.

Piaffant de curiosité, elle dut supporter encore une heure de chaos et de frustration avant que Tessa n'émerge, seule, de la salle à manger. Par miracle, personne n'avait besoin d'elle et le téléphone restait silencieux. Holly bondit de la réception et rejoignit Tessa dans les toilettes pour dames.

— Dis-moi tout ! exigea-t-elle en regardant sa montre. Et en moins de trente secondes ! Ross me tuera s'il découvre mon absence. Il se fait de drôles d'idées sur les vessies féminines.

— Bien ! fit Tessa.

Elle brandit les doigts d'une main et, tout en parlant, les replia un à un.

— Nous nous sommes rencontrés. Nous avons couché ensemble. Il m'a demandé de l'épouser. J'ai refusé. Je l'ai giflé. Zut, je n'ai plus de doigts. Tant pis. Et il a accepté que j'expose mes tableaux à l'hôtel.

Tessa savoura le silence qui suivit. C'était la première fois qu'elle voyait son amie à court de commentaires.

— Vous vous êtes rencontrés, vous... *quoi* ? cria Holly, le visage verdissant malgré la couche de fond de teint. Allons, arrête de plaisanter, dis-moi ce qui se passe.

— Est-ce que je te mentirais ? demanda Tessa en prenant un air innocent.

S'examinant dans l'un des miroirs, elle se lécha un doigt et lissa ses sourcils.

— Laisse-moi juste te dire que ton patron a un grand talent de persuasion, ajouta-t-elle d'un ton anodin.

Holly connaissait l'expression « bouche bée » mais c'était la première fois qu'elle en découvrait l'exacte signification.

— Jésus ! explosa-t-elle. Tu as vraiment couché avec lui ? Tessa, dis-moi la vérité... Tu es ivre ?

— Moi ?

Le regard blessé de Tessa rencontra celui de son amie dans le miroir.

— Mais non, je ne suis pas ivre !

— Mais tu es enceinte ! Tu le sais et Ross le sait. Je savais que c'était un salaud mais je me refuse à croire qu'il puisse agir de façon aussi infâme !

Avec une jubilation qu'elle avait du mal à cacher, Tessa saisit son amie par le poignet.

— Tes trente secondes sont passées, Holly. Mais comme je ne veux pas que tu mésestimes ton patron, je vais te faire part d'un secret. Ça n'a pas été du tout infâme... ça a été fantastique.

Exaspérée, Holly fit ce dont avait rêvé Ross quelques heures plus tôt. Elle attrapa Tessa par les épaules et la secoua violemment.

— Arrête ! cria-t-elle. Dis-moi ce qui se passe avant que je ne perde complètement la tête.

Le risque paraissait réel, aussi Tessa se résigna-t-elle, sans perdre son sourire.

— Détends-toi. Si cela peut te rassurer, Ross ne faisait qu'aller là où lui seul s'était rendu. Depuis un an, en tout cas.

Le choc anéantit Holly qui se laissa tomber sur un pouf capitonné en velours rose.

— Tu veux dire que...

— Il est le père, compléta Tessa avec un grand soupir.

Après tout, si vous ne pouvez vous confier à votre meilleure amie, à qui le pourrez-vous ?

— Mais, attention, cela n'appartient pas encore au domaine public, alors bouche cousue, si tu peux.

— Ross ? Toi et Ross ? Oh, Tessa, qu'est-ce que j'ai fait ?

Tessa tapota l'épaule de Holly, du même geste maternel qu'elle avait eu envers Ross un peu plus tôt.

— Je sais, je sais. C'est entièrement ta faute. C'est presque ton bébé. Mais, rassure-toi, je ne te réclamerai pas de pension alimentaire...

Lorsqu'elle revint dans la salle à manger, Max était assis à sa table et Ross avait disparu.

— Il a dû aller régler un problème de double réservation, dit Max qui lui jeta un regard désapprobateur. Notre réceptionniste a disparu. À propos, je m'appelle Max Monahan.

— Je sais, dit Tessa en s'asseyant. Et moi Tessa Duvall.

— C'est ce qu'on m'a dit.

Son air bourru ne sembla pas impressionner la jeune femme qui s'installa nonchalamment sur sa chaise. Il sut aussitôt qu'il ne s'était pas trompé. Au cours d'une discussion orageuse, peu dans leurs habitudes, Ross lui avait raconté son histoire et Max avait fini par lui lâcher qu'il avait perdu la tête. Ross n'était pas amoureux ; il était la proie d'une rusée qui savait sauter sur une bonne occasion quand elle se présentait. Et cette fille jouait remarquablement bien. Si elle avait immédiatement accepté d'épouser Ross, il aurait vite douté de son innocence et il aurait repris ses esprits à temps. C'était dans le but de piquer son intérêt et d'accroître sa détermination qu'elle avait commencé par le repousser.

Stratégie que Ross refusait d'admettre. Max avait pour lui la chance de ne pas s'être entiché d'un sourire candide, d'une crinière dorée, d'un regard vert enjôleur et d'un talent de séduction hors du commun.

Tessa, assise en face de cet homme insaisissable, jugeait que les deux ans qui séparaient les deux frères en paraissaient dix. Les cheveux de Max, noirs et lisses, étaient striés de gris. Les yeux, semblables à ceux de Ross par leur couleur et leur forme, étaient assombris de paupières plus lourdes, de mille petits plis et d'un éclat totalement dénué d'humour. La bouche était la même, fine et bien dessinée, mais les coins s'affaissaient dans une expression maussade.

On eût dit un fauve en courroux. Pour une raison qu'elle soupçonnait, Max Monahan n'était pas ce soir d'humeur festive.

— Dites-moi à quoi vous pensez, risqua-t-elle en le regardant par-dessus le bord de son verre. À moins que je ne puisse le deviner ?

Les yeux noirs se rétrécirent.

— Je suis sûr que vous le pouvez...

— Ne vous inquiétez pas, je ne vais pas l'épouser !...

— C'est sacrement vrai, dit-il d'un ton glacial. Surtout si je m'en mêle. Mais juste pour mémoire, laissez-moi vous dire que je vois clair dans votre jeu. Ross a pu se laisser avoir par l'idée romantique d'un mariage en coup de vent et d'une paternité inattendue, mais pas moi. Et je ferai tout pour qu'il comprenne qui vous êtes avant de se rendre complètement ridicule.

Curieusement, il refusait de voir qu'ils étaient tous deux du même camp. Elle en aurait ri si sa fierté n'avait pas été en jeu. Être accusée d'avoir piégé Ross pour l'amener au mariage était plutôt déplaisant.

— Et qui suis-je exactement ? le défia-t-elle.

Si Holly réalisait son vœu étrange d'épouser cet inquisiteur glacial et cynique, qu'elle ne compte pas sur son amie comme demoiselle d'honneur !

— Une croqueuse de diamants, lâcha-t-il.

— D'accord, fit Tessa, les coudes plantés sur la table, prête au combat. Peu m'importe ce que vous pensez puisque cet hypothétique mariage n'aura pas lieu et que nous ne serons jamais apparentés. Ce qui me met hors de moi, c'est cette façon d'imaginer le pire et de me juger avec une idée préconçue sans rien savoir.

— J'en sais assez, dit Max avec un regard dédaigneux.

— Alors savez-vous que je n'ai jamais cherché à reprendre contact avec votre frère ? C'est le hasard qui l'a fait me retrouver.

— Et comment donc ! s'exclama-t-il en feignant l'émerveillement. Le hasard ! C'est par le plus grand des hasards que votre amie d'enfance a déballé à Ross toute votre histoire. Allons, miss Duvall ! Ni vous ni moi ne sommes nés de la dernière pluie… Et si vous voulez mon avis, je doute que ce bébé, s'il existe, ait quelque lien avec mon frère…

C'en était trop. Tremblante de rage, Tessa bondit sur ses pieds. L'insulte dépassait ce qu'elle pouvait tolérer.

— Ne jugez pas selon vos critères, dit-elle à voix basse en s'emparant de la bouteille de bordeaux à demi pleine.

Elle se leva, fit le tour de la table qui était dans un coin de la salle à manger bruyante et bondée et, la masquant aux yeux des convives, elle vida jusqu'à la dernière goutte le vin rouge sur les genoux de Max.

— Et ne vous tracassez pas trop pour votre frère, ajouta-t-elle avec un sourire aimable. Vous êtes tous les deux adultes, après tout.

# 6

Ignorer les propos de Max était relativement facile mais garder le contact avec quelqu'un qui refusait de vous voir était une autre paire de manches, constata Ross. Furieuse contre l'un des frères, Tessa libérait sa colère sur l'autre. C'était parfaitement injuste. Lorsqu'il téléphonait, elle récitait comme une leçon bien apprise les commentaires déplaisants et calomniateurs que Max lui avait adressés. Lorsqu'il venait jusqu'à sa porte et demandait à la voir, elle déclarait que cela lui serait très désagréable, ce qui était pur mensonge, et refusait de le laisser entrer.

La situation était ridicule. Il avait fait tout ce qui était en son pouvoir pour les faire revenir à la raison l'un et l'autre mais ils s'obstinaient dans leurs idées fausses. Ross était coincé.

Lorsque Antonia lui téléphona la veille de Noël, il était dans un tel désœuvrement qu'il accepta immédiatement son invitation. Puisqu'il n'avait rien à attendre de Tessa, autant qu'il saisisse l'occasion de s'amuser un peu.

— Chéri, cesse de te tracasser pour moi !

Antonia, nue devant sa coiffeuse, luttait avec l'une de ses boucles d'oreilles.

Sur le seuil de la chambre, Richard Seymour-Smith jouait nerveusement avec ses clefs de voiture, ce qui avait le don d'agacer sa femme.

— Je n'aime pas l'idée de te laisser seule la veille de Noël. Pourquoi ne changes-tu pas d'avis ? Viens avec moi. Père sera enchanté de te voir...

— Je serai très bien ici, affirma-t-elle.

Le père de Richard était un vieux raseur qui, sans oser l'avouer, n'aimait pas sa belle-fille. Elle s'approcha de son mari et lui tendit une joue poudrée.

— Vous allez passer une soirée tranquille à discuter affaires et politique, choses auxquelles je ne comprends rien, tandis que je me délasserai devant la télévision en me gorgeant de chocolat et de cognac et en me regardant grossir.

— Tu as un corps parfait, dit Richard, comme elle s'y attendait. Bon, j'y vais. Je serai de retour vers minuit au plus tard. Et sois prudente, chérie. N'ouvre pas la porte à un inconnu.

— Promis, dit Antonia sans mentir. Au revoir, chéri. Embrasse ton père de ma part.

Ross, comme d'habitude, était en retard. Le temps que sa Mercedes blanche s'arrête dans l'allée couverte de neige, Antonia avait déjà descendu la moitié d'une bouteille de vin blanc. Elle sourit à l'idée de sa réaction tandis qu'elle courait lui ouvrir et apparaissait, vêtue d'une simple chemise transparente, sur le seuil éclairé.

— Mon Dieu... souffla Ross.

Ce qu'il aimait chez Antonia, c'était qu'on savait toujours où on en était. Au lit, généralement.

— Rentre vite ! On pourrait te voir.

Elle fit mine de scruter l'allée bordée d'arbres et le parc obscur.

— Il n'y a sûrement pas plus d'une centaine de personnes qui se cachent là-dedans. Ne sois pas si ennuyeux, Ross. Tu as déjà fait l'amour dans la neige ?

Elle lui caressa la poitrine, s'attardant lascivement sur ses pectoraux.

— Et toi, tu as déjà fait l'amour avec un homme au pénis de la taille de celui d'un escargot ? Il fait un froid de loup, ici.

Il la fit rentrer et referma la porte du pied. Ses demi-résolutions de fidélité fondaient aussi vite que neige au soleil. Elle l'avait envoyé promener et il n'était qu'un homme après tout. Lorsqu'une femme comme Antonia se jetait dans vos bras, le refus n'était pas la réponse qui venait naturellement à l'esprit.

Ils firent l'amour dans le salon, devant la cheminée, avec l'aisance et l'habileté de deux êtres qui se connaissent intimement depuis plus d'un an et qui savent comment donner à l'autre le maximum de plaisir.

Comme Antonia reposait dans ses bras, une jambe entre les siennes et la tête contre son épaule, une vague de déception envahit Ross, violente au point qu'il en eut mal à l'estomac.

Cela n'avait rien à voir avec le sexe. Leurs ébats avaient été parfaits. Techniquement, du moins. Mais cela ne lui suffisait plus.

Ce n'était pas Antonia qu'il avait désirée, mais Tessa, et une part de lui protestait, réclamait son dû.

Bravo, se dit Ross dans un accès de dérision. Non contente de me planter là, elle s'est débrouillée pour gâcher ma vie sexuelle.

Holly maudissait Tessa, et ce n'était pas la première fois. Aujourd'hui, veille de Noël, cela faisait une semaine que Ross traînait une tête d'enterrement, terrifiant les jeunes serveuses et répandant sur son passage mélancolie et accablement. Ce jour, semblait-il, ne ferait pas exception.

Holly ne comprenait pas que Tessa refuse de le revoir. Elle avait de bonnes raisons d'en vouloir à Max, mais l'opinion de ce dernier importait peu.

À sa place, Holly aurait saisi l'occasion et se serait pendue au cou de Ross.

Elle-même n'avait guère de quoi se réjouir. Convaincu que les deux amies avaient tramé ensemble le complot contre son frère, Max ne lui adressait plus la parole.

Le gros bouquet de houx qu'elle avait acheté et suspendu au-dessus de son bureau n'avait été qu'une perte de temps et d'argent.

Holly ne comprenait pas davantage ses propres sentiments. Max se comportait de façon odieuse et son humeur était spécialement revêche depuis qu'il était revenu sans prix de cette cérémonie très chic à Londres. Drôle d'histoire ! Plus il était insupportable, plus elle le trouvait irrésistible.

Vers le milieu de l'après-midi, Ross sembla se dégeler un peu. Les deux ravissantes filles d'un entraîneur de chevaux irlandais l'entraînèrent sans mal dans la salle de bal où se déroulait avec force trucages et tricheries un jeu bruyant et mimé de charades. Après un repas de six plats et des flots de champagne, les quatre-vingt-cinq invités ne montraient aucun signe de lassitude. Holly, qui devait terminer son service à trois heures trente, avait hâte de rentrer chez elle. Ses parents, qui passaient invariablement les mois d'hiver aux Caraïbes, lui avaient envoyé un cadeau de Noël d'une taille surprenante qu'elle avait miraculeusement réussi à s'empêcher d'ouvrir. Tessa, qui depuis la mort de sa mère cinq ans plus tôt passait la veille de Noël avec son amie, était sûrement déjà en train de leur préparer un déjeuner tardif.

Elle fut donc pour le moins contrariée lorsqu'on lui annonça par téléphone que Sylvie Nash, la réceptionniste remplaçante, était malade. Elle n'avait même pas eu la décence d'appeler elle-même ! Holly grinça des dents en écoutant les excuses avinées de son petit ami ; Sylvie souffrait d'une violente migraine et gisait à demi consciente sur son lit, incapable de ramper jusqu'au téléphone. Qu'elle soit couchée, Holly n'en douta pas, mais il était peu probable que ce soit la migraine qui la fasse souffrir.

— Je suis vraiment désolé !... dit Ross d'un ton compatissant lorsqu'elle lui transmit le message.

— Je ne *peux* pas rester ici, gémit-elle. J'avais d'autres projets...

— Je vous en prie, vous ne pouvez pas nous laisser tomber ! Et pour Noël, il y a des endroits pires qu'ici. La soirée va être très animée...

— Taisez-vous, Ross. Tessa m'attend chez moi. Elle a dû passer des heures à nous préparer un bon déjeuner, et je n'ai pas du tout l'intention de la laisser seule le jour de Noël.

Elle ne s'était pas rendu compte que Max se tenait derrière elle et avait entendu ses bruyantes protestations.

— J'ai une idée, dit Ross en sortant de sa torpeur des derniers jours. Pourquoi ne pas inviter Tessa ? Est-ce qu'elle viendrait si vous lui expliquiez la situation ?

— Bien sûr que non ! explosa Holly en ricanant. Grâce à votre mufle de frère, elle ne voudra pour rien au monde mettre les pieds ici, et je ne le lui reprocherai pas.

— Mufle, moi ? Pas tant que ça, glissa Max avec un léger sourire.

Holly sursauta. Il était trop tard pour revenir en arrière. Elle pivota vers lui, les yeux étincelants de fureur.

— Si, vous en êtes un ! Vous avez été odieux avec elle, et sans raison ! Elle ne le méritait pas du tout...

Par chance, Max était dans l'un de ses bons jours. Il comprit aussi que si Tessa ne venait pas, Holly lâcherait son poste. Privé de réceptionniste, aucun hôtel ne pouvait fonctionner à plein régime, surtout pas le jour de Noël.

— Donnez-moi votre adresse, dit-il.

Pour d'autres raisons, Holly avait attendu cette demande pendant des mois.

— Et pour l'amour de Dieu, ne faites pas cette tête-là ! Je vais la ramener.

Dans le salon de Holly, Tessa s'était assise, jambes croisées sur le rebord de la fenêtre, et dessinait la vue qui s'offrait à elle, le cercle parfait de maisons de style géorgien qu'on appelait *Le Cirque* et dont la perspective était si difficile à rendre. Les fenêtres illuminées laissaient voir des réceptions en cours, des arbres de Noël scintillants et des gens qui s'amusaient, buvaient, s'embrassaient. Tessa avait l'habitude de la solitude mais, le jour de Noël, c'était différent. L'appartement luxueux de Holly fleurait bon la dinde rôtie, les aiguilles de pin et les bougies à la cire d'abeille ; la télévision donnait le dernier James Bond. Cependant, Tessa sentait l'irritation la gagner ; son amie avait déjà quinze minutes de retard.

De sa position, elle ne vit pas Max rentrer dans l'immeuble, trois étages plus bas. Lorsqu'elle entendit la clef tourner dans la serrure, elle descendit du rebord et courut accueillir son amie.

Se retrouver face à face avec Max fut une surprise déplaisante.

— Bonjour, dit-il posément en lui tendant une bouteille de Veuve Clicquot. Vous remarquerez que je n'ai pas apporté de vin rouge. Cela m'a paru plus prudent...

— Je ne comprends pas ce que vous faites là, dit Tessa qui s'aperçut aussitôt de sa grossièreté mais ne chercha pas à la corriger. Où est Holly ?

Max fit sauter le bouchon de champagne et, sans prêter attention au fait que Tessa lui disait ne plus boire d'alcool, remplit les verres. Après quoi, il lui exposa le dilemme de Holly.

— Elle m'a traité de mufle, enchaîna-t-il. Je lui ai dit que si je pouvais vous pardonner d'avoir bousillé mon costume la semaine dernière, vous pouviez bien m'excuser d'avoir dit ce que je pensais.

— Ah bon ? fit Tessa d'un ton circonspect. Mais avez-vous changé d'avis ou suis-je toujours une sale garce menteuse, tricheuse et grippe-sou ?

Max finit son verre, pénétra dans la cuisine et éteignit le four.

— Vous l'êtes peut-être, mais comme je ne vous connais pas, je suis prêt à admettre que je n'aurais pas dû faire ce genre de remarques. Aussi, je propose une trêve. Ça ira ainsi ?

— Vous êtes quand même un mufle, dit Tessa, avec l'esquisse d'un sourire. Mais c'est bon ! Allons-y !...

— Joyeux Noël, dit Ross en se demandant s'il oserait embrasser Tessa.

La voir entrer dans l'hôtel avec Max lui avait fait une curieuse impression. Lui qui avait traversé l'adolescence avec insouciance et en commettant mille bêtises se sentait aussi timide et angoissé qu'un très jeune homme lors de son premier rendez-vous. Elle portait un gilet de laine rouge, une jupe courte assortie et ses jambes gainées de noir étaient aussi belles que dans son souvenir.

Il hésita puis désigna le nœud écarlate qui retenait ses cheveux soyeux.

— Très joli. Tu es... splendide.

— Et affamée, dit Tessa que les compliments mettaient mal à l'aise. Mon déjeuner est resté dans le four de Holly. Reste-t-il un pilon de dinde quelque part ?

Ross y avait pensé. En le suivant à la salle à manger, elle remarqua qu'une table était mise au centre de la pièce. Un bouquet de roses rouges et blanches la décorait. Un chandelier jetait sa lumière dorée sur la nappe et la serviette immaculées et faisait rutiler les couverts en argent et les verres en cristal. Une bouteille de champagne attendait dans un seau couvert de givre.

La table était mise pour deux. Après l'avoir aidée à s'asseoir, Ross s'installa en face d'elle.

— Apparemment, tu ne t'attendais pas à ce que je vienne, remarqua-t-elle ironiquement.

— Je l'espérais. Je serais bien allé te chercher moi-même mais tu aurais pu refuser. C'était à Max de faire le premier pas et de s'excuser.

Il saisit l'expression des yeux verts et ajouta :

— Il s'est *réellement* excusé, non ?

— À sa façon...

Elle respira profondément le parfum des roses. Il fallait qu'elle se souvienne que le charme de cet homme était la raison même qui devait la retenir de se laisser séduire. Céder à ce charme, à ce visage parfait, à ce corps admirable ne mènerait qu'aux larmes, pas forcément aujourd'hui, mais sans aucun doute dans un très proche avenir.

Elle n'avait nul besoin de ce genre de complications.

Ross ne lui facilita pas les choses en lui adressant son plus beau sourire.

— Voilà, dit-il. Notre premier Noël ensemble. Tu n'es pas contente d'être là ?

Son regard sombre fixait Tessa comme pour l'hypnotiser. Elle reconnut le vieux truc du séducteur et lui rendit son sourire.

— Je ne sais pas encore, répondit-elle en dessinant des huit avec sa fourchette. Cela dépendra du repas.

# 7

Quelques heures plus tard, la salle de bal était bondée de joyeux convives qui présentaient tous les degrés possibles de l'allégresse.

Les jambes croisées de façon que sa jupe fendue en révèle le plus possible, Antonia fumait une cigarette au parfum exotique tout en surveillant la table principale avec une expression d'indifférence amusée.

Intérieurement, elle était plutôt intriguée et mal à l'aise. Ses désirs ayant toujours été comblés au point qu'elle en avait oublié le goût de l'échec, un sixième sens l'avertissait qu'une menace planait au-dessus d'elle. L'ordre parfait de son existence risquait d'être sérieusement compromis.

Elle avait beau éplucher la fille à côté de laquelle Ross était assis, elle ne comprenait pas ce qu'il lui trouvait.

Bien sûr, se disait-elle en reprenant son examen, elle est jolie. Mais comme des centaines d'autres qui savaient au moins en tirer parti. Celle-ci n'était même pas maquillée. Aucun coiffeur n'avait touché à ses cheveux blonds depuis des mois, jugea Antonia d'un œil expert. L'ensemble de laine rouge était correct mais peu approprié à une soirée de ce genre. Et les ballerines noires carrément démodées. Comme toutes les ferventes de *Vogue*, cela faisait au moins un an qu'Antonia s'était débarrassée de ces chaussures et qu'elle les avait fait déposer chez Oxfam par sa femme de chambre. Manifestement, cette fille n'avait aucune idée de la mode.

Et pourtant... c'était cette souillon que Ross avait prise à sa table et qu'il semblait crever d'envie de toucher. Elle ne reconnaissait pas l'homme qui, vautré dans son fauteuil, riait ouvertement des efforts des femmes pour attirer son attention.

Cette fois-ci, c'était lui qui se penchait avec égard vers sa voisine et paraissait littéralement captivé. Avec un serrement de jalousie, Antonia comprit que son bonheur était plus sérieusement menacé qu'elle ne l'avait d'abord imaginé.

Sous l'effet de la rage, les glaçons s'entrechoquèrent dans son verre. Il fallait faire quelque chose, décida-t-elle en avalant la dernière gorgée du mélange de vodka et de tonic. Ross et elle avaient mis au point un arrangement parfait. Qu'elle ait un mari ne le troublait point et elle ne s'inquiétait pas des femmes avec lesquelles il s'amusait... Tant qu'il en restait au stade de l'amusement.

Elle avait toujours cru bien le connaître et était sûre qu'il ne changerait jamais. La possibilité qu'il tombe amoureux ne lui était jamais venue à l'esprit.

La menace était évidente. Et lorsque Antonia se sentait menacée, elle ripostait.

L'humeur de Ross s'était considérablement améliorée depuis l'arrivée de Tessa, ce qui l'avait amené à déposer son fouet. Holly avait reçu l'autorisation de se joindre aux convives à condition de ne pas trop s'éloigner du téléphone, et elle s'amusait comme une folle en flirtant avec un producteur de films français dont les grands yeux bruns l'auraient fait fondre si elle n'avait pas été aussi éperdument amoureuse. Elle ne l'encourageait que dans l'espoir que Max le remarque et que, submergé par une vague de jalousie à la Heathcliff, il l'emporte dans ses bras. Elle n'en obtint qu'un clin d'œil alors qu'il passait près de sa table en dansant avec Mme Ellis, l'élégante et énigmatique divorcée de la chambre 12. C'était un début. Elle ne devait pas oublier que quelques heures plus tôt elle l'avait traité de mufle. Un homme a sa fierté, après tout.

Holly sourit à Grace, la nouvelle serveuse à l'air d'enfant abandonnée, et prit un canapé dans le plateau que la jeune fille tenait gauchement des deux mains. À ce moment-là, elle remarqua la silhouette ondoyante d'Antonia Seymour-Smith qui se levait de son fauteuil à l'autre extrémité de la pièce. Merde, se dit Holly en jetant un regard anxieux à Tessa et à Ross. La présence d'Antonia était inattendue. Même si elle avait du mal à garder les secrets, elle n'avait pas encore trouvé le bon moment pour informer Tessa de la liaison à peine secrète de Ross. Seul un miracle pouvait expliquer que le mari ignore encore ce que tout le monde savait, les précautions n'étant pas le souci majeur des deux intéressés.

Le producteur français se mit à marmonner des propos certainement gaulois en direction du décolleté de sa voisine, mais celle-ci ne l'écoutait plus. Grace, la jeune serveuse, se tenait sans bouger à côté d'elle et toutes les deux regardaient dans la même direction. Le regard dur, Antonia se frayait un chemin vers la table de Ross. Le cœur de Holly se serra. Elle ignorait ce qu'Antonia avait en tête mais elle savait d'avance que ce serait déplaisant.

Ayant malencontreusement griffonné la caricature de l'entraîneur de chevaux au dos d'un papier cadeau, Tessa se voyait assiégée de demandes.

— Signe tes dessins, lui conseilla Ross tandis qu'elle cherchait à rendre, sans les exagérer, l'ampleur des formes de T. J. Henderson, un baron du pétrole de la seconde génération, lequel visitait le Royaume-Uni en compagnie de sa fille de dix-neuf ans, une grande perche, terne mais richement dotée. Et vends-les très cher, sinon ils n'apprécieront pas.

Tessa sourit. Ces gribouillis ne visaient que l'amusement, pas le profit. Avec une claque sur ses cuisses épaisses, T. J. Henderson éclata d'un gros rire.

— M'avez drôlement bien arrangé, ma poulette. Dites-moi votre prix, l'affaire est faite !

— Grands dieux ! dit Antonia qui s'était glissée à côté de Tessa, vous lui parlez comme à une prostituée...

Les yeux de Ross se rétrécirent. Tacitement, Antonia et lui ne s'étaient jusqu'à ce jour jamais tiré dans les pattes. Elle l'observait manœuvrer de loin, quitte à se moquer de lui, après coup. Il avait fallu qu'elle choisisse cette soirée entre toutes, et Tessa parmi toutes les femmes, pour venir mettre son grain de sel ! Exaspéré, il vit Antonia poser un ongle verni sur l'épaule de Tessa.

— Antonia, dit-il avec l'idée de faire les présentations tout en la prévenant de bien se conduire, voici Tessa Duvall. Elle va vendre ses tableaux à l'hôtel.

— Il faut qu'elle ait du talent, remarqua Antonia en souriant à T. J. Henderson d'une telle façon que seul Ross en saisit le double sens.

— Où est Richard ? demanda-t-il, regrettant de ne pouvoir lui dire de décamper.

Elle tourna vers lui un regard déterminé.

— Quelque part, au bar. Noël ou pas, il s'est débrouillé pour trouver quelqu'un avec qui parler affaires. Je suis sûre qu'il est en train de débattre d'un sujet aussi palpitant que les réductions d'impôts ou la fluctuation du mark. C'est pourquoi, ajouta-t-elle en bravant avec désinvolture le regard irrité de Ross, j'ai préféré me joindre à vous. Qui pourrait m'en blâmer ?

Le temps qu'elle finisse son petit exposé, Tessa avait saisi la situation et fini son dessin. Cette blonde doucereuse qui sortait visiblement des mains d'un grand coiffeur, d'un masseur expérimenté et d'un couturier de renom, était l'une des folles maîtresses de Ross. D'une main ferme, elle signa la caricature.

— Celle-ci est gratuite. Grâce à Dieu, je ne suis pas une prostituée, sinon je serais ruinée en moins d'une semaine !...

— Ne dites pas cela, dit Antonia en se glissant sur la chaise voisine. Vous êtes très douée. Veillez seulement à ce que ce vieux Ross n'en abuse pas.

Ross découvrait le sentiment de l'impuissance. Ses yeux rencontrèrent ceux de Holly, aussi désemparée que lui.

— Il ne le fera pas, protesta Tessa avec un sourire.

— Il en est capable, dit Antonia, poussée à bout. Ross ne laisse passer aucune bonne occasion. Pas plus tard que la nuit dernière, j'en ai eu la preuve. J'aurais préféré ne pas en parler, bien sûr, mais il faut que vous sachiez comment il se comporte dès qu'on a le dos tourné.

— Elle appartient au passé, affirma Holly. La prostituée, c'est elle, et tu ne dois pas te laisser impressionner. Ne sois pas folle !

— Je ne suis pas folle, corrigea Tessa, de la banquette arrière de la voiture de Max. Mais il me reste quelques scrupules. Si quelqu'un se prostitue dans l'histoire, c'est Ross Monahan. Et cela prouve que j'avais raison depuis le début en ne voulant plus avoir affaire à lui.

En s'arrêtant devant la maison de Tessa, Max éprouvait un conflit d'émotions contraires. Sans s'être encore forgé une opinion sur la jeune femme, il devait admettre qu'elle s'était tirée avec dignité d'une situation embarrassante. Antonia ne lui avait jamais inspiré qu'une sorte de mépris sans animosité. Il désapprouvait la liaison de son frère mais se disait qu'elle était à long terme sans conséquence.

— Je suis désolé pour ce qui s'est passé ce soir, dit-il en tirant sur le frein à main.

— Ne vous donnez pas ce mal, dit Tessa qui était déjà sortie de la voiture. Je suis contente que quelqu'un m'ait mise au courant, même si je le dois à Antonia Seymour-Smith.

— Il est comme ça, fit Max, paumes ouvertes dans un geste d'impuissance. Je croyais que vous le saviez...

— Je le savais, répliqua-t-elle par la fenêtre ouverte, mais cela dépasse l'imagination. Merci de m'avoir ramenée.

— Voulez-vous un peu de café ? demanda Holly comme la voiture s'arrêtait devant son immeuble. Il y a même de la dinde, ajouta-t-elle sans conviction.

C'était la première fois qu'ils étaient seuls et en dehors de l'hôtel, et elle cherchait à en tirer parti.

— Peut-être une autre fois, répondit-il distraitement.

Holly était une réceptionniste efficace mais elle l'intéressait autant qu'un traité sur le botulisme. Actuellement, sa principale préoccupation était de revoir Francine Lalonde. Il ne pouvait l'oublier et il avait décidé de passer à l'action. Mais l'astuce était de déguiser la préméditation. Si elle soupçonnait qu'il la poursuivait comme n'importe lequel de ses admirateurs, cela ne marcherait pas.

— Oh, mais si ! s'exclama Holly. Vous avez sûrement le temps de prendre un verre !

— Je conduis. Je dois vraiment...

— Bien sûr ! J'ai du jus d'orange frais et je peux vous servir de la dinde froide farcie aux noix…

— Non, Holly, trancha-t-il. Je dois rentrer. Et merci infiniment d'avoir autant travaillé aujourd'hui.

Il se pencha vers elle. Pendant un instant, le cœur battant, elle crut qu'il allait l'embrasser. Au lieu de quoi il lui ouvrit sa portière.

Il était presque minuit lorsque Grace arriva chez elle. Le salon était toujours éclairé, ce qui signifiait que sa mère était restée à l'attendre, probablement captivée par un film tardif, la boîte de chocolats qu'elle lui avait offerte le matin même sur les genoux et à moitié vide.

En faisant reculer la vieille Fiat résistante de sa mère dans l'unique place disponible, Grace se rendit compte combien elle avait hâte de lui raconter sa journée. L'insatiable curiosité de Mattie l'avait toujours agacée. Sa réserve naturelle en souffrait comme d'une intrusion dans sa vie privée, mais depuis un mois, c'est-à-dire depuis qu'elle travaillait comme serveuse au Manoir, Grace éprouvait le besoin, quasi irrésistible, de parler de son travail. Ses deux dernières années de scolarité, elle avait été irritée en entendant ses camarades parler constamment de leurs petits amis, chacune de leurs phrases commençant par « Darren dit… » ou « Colin pense… ». Elle comprenait enfin leur obsession et le besoin de citer à tout instant le prénom de l'élu. Car elle aussi était enfin tombée amoureuse. Couvrir des pages et des pages de son journal intime en développant à l'excès chaque détail, c'était bien, mais prononcer le nom chéri à haute voix était une tentation à laquelle elle ne pouvait résister…

Effectivement, Mattie Jameson regardait la télévision, un vieux film en noir et blanc avec Bing Crosby, qu'elle avait dû voir une douzaine de fois mais qu'elle savourait d'autant plus qu'elle en connaissait le dénouement heureux. La vie était trop courte, disait-elle fréquemment, pour la gaspiller à regarder des films tristes ou horribles. Elle n'avait aucune patience devant les productions d'Ingmar Bergman.

Blottie douillettement près de la cheminée et drapée dans sa robe de chambre blanc et rose, elle ne paraissait pas ses quarante ans. Elle posa sa tasse de café au lait et son visage s'éclaira d'un sourire affectueux quand Grace entra dans la pièce. La mère et la fille s'embrassèrent tendrement. Grace reconnut le parfum du savon et des sels de bain au magnolia, ses autres cadeaux de Noël.

— Tu rentres tard. Comment s'est, passée la journée ?

— Très bien. Beaucoup à faire, bien sûr.

— Il en est toujours ainsi dans les hôtels à cette époque de l'année. Je ne comprends pas pourquoi tant de gens préfèrent passer Noël à l'hôtel plutôt que chez eux...

— Probablement pour s'éviter du travail...

Grace suspendit son manteau, prit un fruit dans la corbeille et s'assit aux pieds de sa mère, le dos contre son fauteuil de façon à suivre le film tout en bavardant sans rencontrer le regard maternel.

Rien n'échappait aux yeux gris de Mattie et Grace trouvait plus facile de parler lorsqu'elle n'était pas soumise à leur muette interrogation. Elle ne voulait pas se livrer complètement.

— Prends un chocolat, dit Mattie en lui tendant la boîte à moitié vide.

Après des années de régime, elle en était venue à admettre que la taille quarante et les privations n'étaient pas pour elle. Depuis cette sage décision, elle mangeait tout ce dont elle avait envie et en tirait grand plaisir.

— Alors, qui y avait-il aujourd'hui d'intéressant ?

— Le baron du pétrole m'a donné un pourboire de cinq livres. Le producteur français a essayé de me pincer les fesses. J'étais en train de lui servir la sauce au cognac... la moitié a coulé dans son verre de vin. Quand je l'ai raconté à Ross, il m'a dit de ne pas m'en faire pour ça, que tous les Français souffraient de DTCF et que la prochaine fois je n'avais qu'à lui renverser la sauce sur la tête.

— DTCF ?

— Doit Toucher Chair Fraîche, expliqua Grace avec un sourire au souvenir de l'incident. Et puis Ross a dit que c'était ma faute si j'étais aussi appétissante.

Le regard de Mattie se fixa sur sa fille par-dessus le bord de sa tasse.

— J'espère que *lui*, au moins, s'arrange pour ne pas porter la main sur toi.

— Maman ! s'écria Grace, scandalisée. C'est le directeur ! D'ailleurs, il a eu assez de problèmes avec ses affaires ce soir. Il avait invité à l'hôtel une nouvelle petite amie alors que sa maîtresse en titre, Antonia Seymour-Smith, était là avec son mari, Richard. Antonia a dû être très jalouse car elle s'est approchée de la jeune femme et lui a tout dit, devant les autres.

Il y a des gens qui ne changeront jamais, songea Mattie.

— Et que s'est-il passé ? demanda-t-elle à voix haute.

— Je n'ai pas tout entendu, j'étais trop loin. La nouvelle n'a pas dit grand-chose mais Ross a entraîné Antonia au bar et l'a flanquée dans les bras de Richard en lui disant qu'elle était ivre et qu'il était temps qu'elle aille se coucher. Antonia n'a pas pu discuter puisque son mari est censé ignorer son aventure. Ils sont partis et, cinq minutes plus tard, Max a raccompagné la jeune femme et Holly.

— C'est comme dans un feuilleton, remarqua Mattie. Ross devait être furieux.

— Fou furieux, précisa Grace avec une sorte de jubilation. Il a essayé de retenir la fille mais elle ne voulait même plus lui répondre. Quant à Antonia, il était si furieux contre elle qu'il n'en voudra sûrement plus...

— Eh bien... Il y a des gens qui aiment les complications, soupira sa mère qui estimait en avoir assez entendu sur Ross Monahan pour la soirée. Tiens, ce beau film est fini. Veux-tu manger quelque chose avant d'aller te coucher, chérie ? Que dirais-tu d'un peu de jambon avec des cornichons ?

# 8

La neige était si belle, pourquoi fallait-il qu'elle soit aussi froide, songea Tessa en soufflant sur ses mains. L'étroit sentier, bordé de talus blancs, se serait mieux prêté à une descente en bobsleigh qu'à une promenade à bicyclette, seul moyen de transport dont la jeune femme disposait.

Une fois qu'elle aurait poussé son vélo jusqu'à la route, elle n'aurait plus de problème. En tout cas, moins qu'à pied.

Ses prévisions se révélèrent exactes. Sur la route, la neige était devenue une boue noire, peu esthétique, mais plus manœuvrable. Les pieds gelés, lâchant des bouffées de buée blanche, elle s'inséra dans la circulation.

Il ne s'était pas passé deux minutes que la bicyclette, écrasée et tordue, basculait dans le fossé. Le semi-remorque dérapa sur quelques mètres et finit par s'arrêter.

En sentant le contrôle de son engin lui échapper, le chauffeur avait klaxonné juste à temps. Tessa avait tourné la tête et vu le monstre la prendre pour cible. Le pare-chocs frôlait sa roue arrière comme elle s'envolait par-dessus le talus enneigé.

Plus tard, son sens de l'humour apprécia qu'elle ait évité de peu un camion transportant plusieurs centaines de boîtes de nourriture pour chiens. Sur le moment, c'était à qui tremblerait le plus, du chauffeur ou d'elle.

— Bon Dieu de bon Dieu de bon Dieu, jurait l'homme. J'ai bien cru vous passer dessus... Ça va, ma p'tite dame ? J'ai perdu le contrôle. Nom de Dieu de nom de Dieu de...

L'atterrissage de Tessa avait été assez doux mais froid. Elle accepta l'aide du chauffeur et saisit ses grosses mains tendues pour se remettre debout.

— Je crois que ça va, dit-elle avec un sourire tremblotant. Rien de cassé. Ne vous en faites pas, ce n'était pas votre faute.

Elle se demanda si elle devait aller voir son médecin. Lorsque ce genre d'accident arrivait dans une série télévisée, l'héroïne enceinte se pressait les mains sur le ventre, gémissait : « Le bébé ! » et s'évanouissait.

Tessa se sentait très bien.

— Le vélo a l'air un peu chiffonné, remarqua-t-elle en enfonçant ses mains gelées dans les poches de sa veste. Je n'irai pas loin. Si vous pouviez me déposer chez une amie, ce serait merveilleux.

Le camion ne pourrait jamais emprunter le chemin enneigé et étroit qui menait jusque chez elle mais Holly pourrait certainement l'y ramener.

— Bien sûr, ma p'tite dame. Appuyez-vous sur moi... Seigneur, j'ai bien cru que vous y étiez passée. Ça m'a retourné les sangs !

Tessa semblait déterminée à mener sa vie à sa façon ; jusque-là, Holly, tout en la jugeant cinglée, s'était contentée d'en rire.

Mais le calme avec lequel Tessa lui raconta l'accident qui aurait pu être tragique, sinon fatal, la mit hors d'elle.

Et lorsqu'un peu plus tard dans l'après-midi elle tomba sur Ross, plongé dans un tête-à-tête qui n'avait rien de professionnel avec une Suédoise lippue, fiancée d'une vedette de rock en séjour à l'hôtel, sa colère n'eut plus de bornes. Ross portait un costume sombre qui avait dû coûter des centaines de livres, une chemise rayée vert et gris du meilleur couturier et des chaussures italiennes étincelantes. Son bronzage ne devait rien à la saison et sa coupe de cheveux venait des mains d'un maître. Quant à la Suédoise, elle portait un manteau de cuir roux qui tombait jusqu'aux chevilles. À cette vue, Holly se révolta. Elle n'avait rien d'une socialiste mais elle fut soudain prise d'un désir violent de dépouiller Ross de ses oripeaux de riche, de ses privilèges, de son style de vie insouciant et de les déverser sur ceux qui en manquaient et les méritaient plus que lui.

Ross leva la tête et remarqua la jeune femme. En temps normal, il l'aurait saluée d'un sourire et d'une plaisanterie sur sa nouvelle tenue ou sa coiffure. Mais la fille au manteau de cuir choisit ce moment pour se hisser sur la pointe des pieds et lui murmurer quelque chose à l'oreille, tout en appuyant sur sa poitrine une main ornée d'un énorme diamant. Ross replongea dans le charmant tête-à-tête, ignorant Holly, et ce fut la goutte d'eau, l'ultime insulte. Tremblante de rage au nom de Tessa, justement parce que son amie, incapable de faire une scène, était prisonnière d'un univers aux antipodes de celui de Ross, elle jeta sa veste groseille sur le bureau de la réception et se dirigea d'un pas résolu vers Ross et sa nouvelle conquête.

— Holly ! Vous avez l'air très fâchée. Encore des problèmes avec les Italiens ?

— Je voulais seulement vous dire, monsieur Ross, que, pendant que vous étiez ici, en train de vous payer du bon temps, j'étais avec Tessa. Elle a failli passer sous un camion ce matin avec sa bicyclette. Elle a de la chance d'être encore en vie…

N'ayant pas préparé sa diatribe, elle se retrouva à court d'inspiration. Le visage de Ross prit cependant une expression horrifiée qui la réjouit.

— ... je pensais qu'il fallait que vous le sachiez, c'est tout, conclut-elle en observant le teint bronzé de Ross virer au papier mâché. Après tout, ajouta-t-elle en se tournant vers la Suédoise, ils ont été assez liés, à un moment donné.

En arrêtant sa voiture, Ross pensa d'abord que Tessa était sortie. Toutes les lumières étaient éteintes. Puis il remarqua la lueur ambrée qui éclairait vaguement les fenêtres du rez-de-chaussée et songea qu'elle devait regarder la télévision dans l'obscurité.

— Ô Seigneur, encore ! lâcha Tessa en ouvrant la porte.

— Moi aussi, je suis enchanté de te revoir, répliqua-t-il, blessé de cette absence d'enthousiasme.

Puis il leva les mains en signe d'excuse.

— Je suis désolé. Je venais voir comment tu allais. Je peux entrer ?

— Cette brave vieille Holly...

Consciente de la maladresse avec laquelle elle tentait de masquer sa joie, Tessa s'effaça pour le laisser entrer.

— Garde ton manteau. J'ai des ennuis avec le feu. Le bois est humide.

Ross s'approcha de la cheminée et constata que les bûches suintaient. Puis il remarqua que la lueur ne provenait pas de la télévision mais des chandeliers. Enfin, il comprit avec horreur que ceux-ci n'avaient pas été allumés pour créer une atmosphère romantique mais pour compenser l'absence d'électricité.

— Grands dieux ! explosa-t-il. Je n'en crois pas mes yeux. D'abord, tu manques de te faire tuer. Et maintenant, te voilà toute seule dans une maison glacée. Qu'est-ce qui se passe, bon sang ?

— La neige de la nuit dernière a dû casser des lignes. Il n'y a jamais de panne de courant au Manoir ?

— Nous avons un générateur en cas de besoin.

Elle haussa les épaules.

— Eh bien, pas moi, et du coup, je suis peut-être plus habituée à me passer d'électricité que toi. Pourquoi ne t'assieds-tu pas ? As-tu faim ?

— Non... oui, corrigea-t-il aussitôt quand il comprit qu'on l'invitait à rester.

Ce léger progrès dans leurs relations cahotantes lui fit plaisir.

— Alors, assieds-toi, dit-elle en se dirigeant vers la minuscule cuisine qu'éclairait une bougie. J'en ai pour deux minutes.

Au lieu de s'asseoir, Ross se promena et admira l'art avec lequel Tessa avait transformé cette petite pièce biscornue en salon charmant et confortable. Le plafond, d'un pourpre sombre, tranchait sur les murs blancs qui offraient un arrière-plan parfait aux tableaux. Sur les rebords des fenêtres, assez profonds pour s'y asseoir, se pressaient de grandes coupes de fleurs séchées, disposées sans artifice, des coussins en soie peinte à la main et un chat en argile émaillé. Le tapis pourpre était usé et fané par endroits et les lourds rideaux en dentelle blanche effrangés sur les bords, mais le mélange très personnel d'un lampadaire en cuivre, de photographies dans des cadres en argent, d'objets en verre teinté et de coupes remplies de billes, d'œufs peints à la main, de fleurs et de fougères, créait un ensemble accueillant et chaleureux. Ross n'était pas homme à se délecter des trésors disparates d'une brocante mais il reconnaissait que la pièce était chaleureuse.

Après avoir réalimenté et attisé le feu, il s'approcha des tableaux qu'il n'avait pas eu le temps d'examiner lors de sa précédente visite.

Inclassables tout comme leur auteur, songea-t-il en admirant d'abord la grande huile suspendue au-dessus de la cheminée qui représentait, dans des couleurs sombres et profondes, un orage en montagne, d'une beauté dramatique et violente.

À droite de cette œuvre figurait une aquarelle légère et brumeuse, de style impressionniste, puis une huile représentant un vernissage dans une galerie. Les expressions des visages, l'anxiété, la joie, la curiosité, les coups d'œil en coin, la jalousie, tout était rendu avec vie et humour.

Il avait toujours admiré les artistes pour le don qu'ils avaient reçu et dont il se sentait totalement privé, mais ces trois œuvres lui firent une forte impression. La variété des styles qu'elle maîtrisait le convainquit qu'elle possédait un talent sortant de l'ordinaire. Il se déplaça et sourit devant le portrait inachevé de Holly qui soulignait son goût pour les tenues excentriques et son caractère enjoué. Sans tomber dans la flatterie, l'œuvre trahissait l'amitié sincère qu'éprouvait le peintre pour son modèle. Vêtue d'une robe d'un bleu électrique, aux multiples volants, qui contenait tout juste l'abondance de ses formes, Holly était représentée comme la vedette d'un saloon, brisant le cœur de tous les cow-boys de passage et profitant de chaque minute de la vie.

Poussant la porte d'un coup de genou, Tessa entra, un plateau à bout de bras.

— Tu as eu de la chance de ne pas recevoir une carte de Noël avec une reproduction de ce tableau, dit-elle en souriant. Elle voulait en faire imprimer trois cents pour tous ses amis et y inscrire que leur portrait par Tessa Duvall ne coûterait que deux cents livres !...

Il la débarrassa du plateau qu'il déposa sur la table basse devant la cheminée. Deux assiettes de lasagnes, dans une sauce crémeuse, exhalaient un délicieux parfum d'ail et d'herbes aromatiques. Tessa déboucha une bouteille de Valpolicella. Sachant qu'elle ne buvait plus d'alcool, il apprécia son sens de l'hospitalité.

— C'était une bonne idée, dit-il. Tu ne devrais pas cracher dessus. Cela pourrait très bien marcher...

— Je n'en doute pas, dit Tessa en haussant les épaules. Mais comme quelqu'un le faisait remarquer la semaine dernière, ça ressemblerait trop à du racolage. J'aurais l'impression de me prostituer... Ça me gêne.

L'allusion aux propos désobligeants d'Antonia ne fut pas relevée mais Ross piqua un fard.

Sur son insistance, il s'installa dans le fauteuil tandis qu'elle s'asseyait en lotus sur le sol. Les bûches avaient fini par sécher et le feu crépitait. Les lasagnes étaient délicieuses, le vin à la bonne température et les bougies répandaient une lumière douce et chaleureuse. Avec son pantalon en coton blanc, son chandail bleu foncé au col en V, ses longs cheveux simplement brossés en arrière et ses joues rosies par la chaleur du foyer, Tessa était extrêmement séduisante.

— Alors, raconte-moi ce qui s'est passé ce matin, dit Ross en luttant contre les pensées rebelles qu'un tel spectacle suscitait. Tu m'as l'air d'être complètement remise. L'hôpital t'a confirmé que tu n'avais rien ?

— Je n'étais pas blessée et il était inutile d'aller voir un médecin. Tout se résume à un envol inattendu suivi d'un atterrissage en douceur sur un tas de neige.

— Seigneur, tu faisais de la *bicyclette* ! s'écria Ross, les sourcils relevés de désespoir. Avec un temps comme celui-ci, tu cherches les ennuis ! Qu'est-ce que tu as, des pensées suicidaires ?

— Un Raleigh sport, plus précisément. Enfin, jusqu'à aujourd'hui.

— Et qu'est-ce que tu vas faire maintenant ? demanda-t-il avec un geste vers la fenêtre pour désigner la couche de neige.

Tessa inclina la tête et prit un air de profonde réflexion.

— Je cherchais un nom, finit-elle par dire. Quelque chose comme *Splash* ou *Crac* et exposer l'œuvre à la Tate Gallery.

— Écoute, fit-il en la fixant de ses yeux noirs, tu peux plaisanter, que tu le veuilles ou non, ta sécurité me concerne. C'est mon enfant que tu portes et je ne peux pas rester, les bras ballants, à te regarder mettre ta vie en péril... vos vies, plutôt !

Tout à la fois touchée par son inquiétude et indignée qu'il ait une aussi mauvaise opinion d'elle, Tessa le fusilla des yeux.

— Je sais, je sais, j'aurais dû prendre ma Lamborghini toute neuve pour aller en ville, jeta-t-elle. Ross, tu n'as pas l'air de comprendre. Si je pouvais m'offrir une voiture, je n'hésiterais pas, mais en attendant, je dois me contenter d'un engin meilleur marché. Bon sang, à voir ton expression ahurie, on me prendrait pour une aveugle parachutée d'un avion. Et ce n'est pas mon vélo qui a causé l'accident, mais le camion.

— Est-ce que le bébé va bien ? demanda-t-il abruptement.

— Autant que je puisse le savoir, oui.

— Tu en es presque à quatre mois. Ça commence à se voir ?

Elle ne put retenir un sourire. Il faisait penser à une sage-femme. Encore un peu, et il brandirait un stéthoscope et se mettrait à écouter les battements de cœur du fœtus.

— Oui, j'ai déjà pris quelques kilos et mes blue-jeans ne ferment plus, assura-t-elle solennellement. D'où ce grand chandail qui cache tous mes péchés.

— Et tes seins ont grossi, remarqua-t-il en examinant sa poitrine avec intérêt.

Elle éclata de rire.

— C'est vrai ! Bientôt, j'aurai un décolleté aussi impressionnant que celui de Holly. La grossesse présente certains avantages...

Le dîner fini, Ross repoussa son assiette.

— Raconte-moi ton mystérieux passé. Où as-tu appris à peindre ?

Tessa, assise par terre, pelait une orange.

— Il n'y a pas de mystères. Et pas d'école à proprement parler. Ma mère m'a toujours encouragée à dessiner et à peindre, tout en me corrigeant et en me critiquant dès que j'ai été assez grande pour en tirer parti. Elle-même aimait beaucoup les arts plastiques. Elle n'avait reçu aucune éducation artistique mais possédait un œil juste et exercé. Et elle savait merveilleusement enseigner. Elle m'a appris à apprécier l'art de Van Dyck, de Michel-Ange, de Bruegel et de Canaletto, alors qu'à l'époque je prétendais n'aimer que Toulouse-Lautrec. Quand j'étais très jeune, nous passions des journées entières dans les musées.

— Vous viviez à Londres ?

Ross sentait que pour une fois Tessa était d'humeur à causer. Et, plus que jamais, il voulait découvrir son passé, en savoir toujours plus sur la fille farouchement indépendante assise devant lui.

— Mon père est mort quand j'avais un an.

Elle fit une pause, les yeux perdus dans les flammes rougeoyantes, puis s'ébroua et tendit à Ross un quartier d'orange.

— J'avais sept ans quand ma mère a rencontré un homme, un artiste. Il était grand et beau. Il portait de longs cheveux blonds, une moustache brune et s'appelait Tom Charteris. Nous l'aimions beaucoup toutes les deux, mais comme beaucoup d'artistes, c'était un égoïste. Il a laissé maman l'entretenir pendant quelques mois puis il l'a quittée pour une femme qui pouvait lui offrir une vie plus luxueuse. Maman a été anéantie parce qu'elle avait cru en lui et avait fait tout ce qui était en son pouvoir pour l'aider. Elle ne pouvait croire qu'il l'avait tout bonnement roulée. C'est à ce moment-là que nous sommes venues à Bath. Maman a été embauchée comme gouvernante pour tenir la maison des parents de Holly. Nous sommes devenues amies tout de suite, alors que tout nous séparait. Suzannah et Michael King étaient très riches. Ils le sont toujours d'ailleurs, mais ils menaient alors une vie très éloignée de la nôtre. Holly les accompagnait un peu partout dans le monde tandis que ma mère prenait soin de leur maison, astiquait leur argenterie et époussetait leurs fauteuils Chippendale. Mais chaque fois qu'ils revenaient de Gstaad, de la Barbade ou de New York, Holly et moi reprenions notre amitié au point où nous l'avions laissée. Il faut dire au crédit de ses parents qu'ils n'ont jamais essayé de nous séparer. Je n'étais que la fille de la gouvernante, après tout.

— En voilà une idée ridicule ! glissa Ross, indigné par ce préjugé.

— Pas si ridicule que cela. Holly fréquentait une école très chic où elle pouvait se faire des amies de son milieu. Ses parents voulaient pour elle ce qu'il y avait de mieux. Heureusement, Holly refusait qu'on choisisse ses amies à sa place et ils ont été assez intelligents pour ne pas la brusquer et tenter de la faire changer d'avis. Ils ont été mes premiers clients et les tableaux qu'ils m'ont achetés quand j'avais vingt ans sont toujours accrochés dans leur salon. Quand maman est morte, deux ans plus tard, ils m'ont proposé de rester chez eux.

— Ce que tu as refusé, bien sûr.

— J'étais une adulte, répliqua-t-elle d'un ton ferme. Et tout à fait capable de me débrouiller seule.

— Je m'étonne que tu n'aies pas partagé un appartement avec Holly.

— Elle me l'a proposé, bien entendu, mais partager le loyer des appartements où habite Holly est bien au-delà de mes moyens, et je ne voulais pas qu'elle m'entretienne. Aussi ai-je trouvé cette maison. Le propriétaire est un fermier qui réside un peu plus loin dans la vallée, et j'habite ici depuis maintenant cinq ans.

— Et tu arrives à vivre de ton travail ? Pourquoi n'as-tu pas vendu ces tableaux-là ? demanda Ross en désignant les œuvres suspendues aux murs. J'aimerais acheter le vernissage. Je peux ?

— Maintenant, j'arrive à subvenir à mes besoins, dit-elle modestement. Tout juste. Mais jusqu'à l'année dernière, ce sont des petits boulots, ici ou là, qui m'ont aidée à payer le loyer. J'ai travaillé comme femme de ménage pendant un certain temps, puis comme croupier au Casino royal de Bath. J'ai été serveuse, j'ai fait beaucoup de baby-sitting et, durant six longues et atroces semaines, j'ai été le guide de groupes de touristes japonais et américains. J'ai cru devenir aveugle. Tous ces flashes...

— Voilà qui m'impressionne beaucoup, dit Ross que l'expression de Tessa amusait. Mais j'ai toujours envie d'acheter ce tableau. Vraiment.

— Il n'est pas à vendre, malheureusement. J'avais donné ces toiles à ma mère. Après sa mort, je n'ai pu supporter l'idée de m'en séparer. Et elles sont restées là. Désolée.

Il hocha la tête d'un air compréhensif. Soudain, son visage s'éclaira.

— Mais je peux te commander un tableau. Tu serais d'accord, non ?

— Bien sûr, répondit Tessa en esquissant un sourire. Que voudrais-tu ? Un portrait d'Antonia Seymour-Smith ?

Et voilà... Il aurait dû deviner qu'elle y viendrait tôt ou tard. Comment gâcher une bonne soirée en trois secondes... Elle avait dû prendre des leçons de Max.

— Je suis navré de ce qui s'est passé à l'hôtel, dit-il de son ton le plus raisonnable, mais comme j'ai essayé de te le faire comprendre, c'était sans importance. Elle ne représentait... elle ne *représente* rien pour moi. Si tu n'avais pas constamment refusé de me voir, jamais je ne serais allé chez elle la veille de Noël.

Tessa l'écouta jusqu'au bout puis secoua la tête.

— Je ne t'accusais pas de trahison ni d'infidélité et ce n'est pas pour cette raison que je suis partie. Rien ne nous liait, je m'étais montrée très claire sur ce point. Tu étais libre de faire ce qui te tentait, avec qui tu voulais...

— Alors pourquoi diable es-tu partie ? s'écria Ross, perplexe.

— Écoute-moi bien...

Elle se pencha vers lui et parla en articulant chaque mot.

— Tu peux avoir une liaison avec une personne que tu aimes. Mais tu n'*aimes* même pas Antonia. Tu as reconnu toi-même qu'elle ne représentait rien pour toi. Et c'est ce qui me choque, le fait que tu puisses entretenir une liaison avec une femme pour laquelle tu n'éprouves rien. Surtout, ajouta-t-elle comme Ross allait l'interrompre, alors qu'elle est manifestement éprise de toi.

— Mais elle n'est pas du tout éprise de moi, répliqua-t-il. Nous savons tous deux qu'il ne s'agit pas de ça. Elle a son mari, j'ai mes... amies et de temps en temps nous nous arrangeons pour nous retrouver. Ce n'est ni compliqué, ni embarrassant, ni douloureux.

— Le soir de Noël, c'*était* embarrassant, lui rappela Tessa, parce que même si Antonia a eu beau se répéter qu'elle ne tomberait pas amoureuse de toi, elle l'est cependant. Tôt ou tard, les sentiments devaient entrer en jeu, parce que c'est ainsi que les femmes sont faites. C'est son cas. Elle est piégée, pas toi. Cette histoire va mal tourner, tout va devenir difficile et très, très triste.

Quelque chose dans sa voix éveilla l'intérêt de Ross et lui fit oublier qu'il était censé se défendre.

— Tu en parles comme d'une expérience que tu aurais faite toi-même...

Sa stupidité étonna Tessa. Il n'avait vraiment, *vraiment* rien remarqué.

— Non.

La bougie rouge qui les séparait vacilla et s'éteignit. Elle écrasa la mèche entre ses doigts. Une douleur vive jaillit puis, comme la cire se refroidissait et durcissait, disparut aussitôt.

— Non, reprit-elle, je n'ai pas connu ça. Je suis beaucoup trop maligne pour me laisser piéger par ce genre de types.

Lorsqu'il se leva pour partir, Ross déposa sur la joue de Tessa le chaste baiser qu'il eût accordé à une vieille tante célibataire, et la remercia cérémonieusement pour le dîner. Elle se raidit contre l'envie humiliante de l'enlacer et resta sur le seuil, avec un sourire figé et les poings serrés dans le dos.

Ce ne fut qu'en revenant au salon qu'elle remarqua les clefs qu'il avait oubliées sur la table basse, à côté de la bougie éteinte. Elle les ramassa, courut vers la porte et s'élança, pieds nus, sur le chemin enneigé. La silhouette sombre de Ross s'éloignait vers la route.

— Tes clefs ! cria Tessa, suffoquant dans l'air glacial. Ta voiture ! Qu'est-ce que tu *fais* ?

Il s'arrêta et se retourna.

— Tes clefs, répliqua-t-il. Ta voiture. Et ce que je fais, c'est d'essayer de te prouver que je suis capable de temps à autre de me comporter en gentleman.

Mais c'est ta voiture, répéta Tessa, ahurie. Et c'est une Mercedes.

Il sourit dans l'obscurité.

— Et tu préfères les Lamborghini. Je suis désolé...

— Mais c'est ridicule, protesta-t-elle en claquant des dents.

Le froid brûlait ses pieds et respirer devenait douloureux.

— C'est sacrément moins ridicule que de virevolter à vélo.

— Mais...

— Oh, ça suffit, Tessa.

Lui aussi était gelé. Se conduire en gentleman était un dur labeur et il avait du mal à se contrôler. La vue de Tessa, plongée dans la neige jusqu'aux chevilles, ses cheveux blonds presque blancs sous le clair de lune, était à la limite du supportable. Il leva la main en signe de salut.

— Et si cela peut te rassurer, dit-il pour l'empêcher de protester, ce n'est pas pour toi que je le fais. Nous devons tenir compte d'un enfant, après tout !...

# 9

Tout en disposant sur le comptoir de la réception un bouquet de tulipes roses, Holly mettait au point la stratégie de sa future campagne, au nom de code Séduire Max, avec une telle intensité de réflexion qu'elle ne remarqua pas Grace, vêtue d'un uniforme nettement raccourci et les lèvres barbouillées d'un rose agressif, s'introduire dans le bureau du directeur, un plateau sur les bras. Elle ne vit pas non plus le Dr Timothy Stratton-Staines, de la chambre 7, se diriger rapidement vers sa voiture, une petite mallette en cuir à la main.

Ayant fini par admettre que Max n'était pas l'homme des coups de foudre et que, les semaines passant, il ne voyait en elle que la réceptionniste et non un objet de désir, Holly avait décidé qu'un plan de bataille s'avérait nécessaire. Max avait besoin d'un peu d'aide et elle avait plus d'un tour dans son sac. Cela n'avait rien de malhonnête, avait-elle expliqué à Tessa. Il s'agissait juste de l'aider à ouvrir les yeux, car le pauvre homme, en toute innocence, ne savait pas ce qu'il manquait.

Ce qui expliquait, après de savantes recherches, la jupe marine de chez Jaeger, le chemisier en soie blanche boutonné jusqu'au cou, les bas d'un bleu foncé opaque, les mocassins et les cheveux ramassés dans un petit chignon si serré que les tempes en étaient douloureuses. Incapable de se montrer le visage nu, même au laitier, elle avait dû trouver un compromis pour le maquillage, se limitant à un nuage gris sur les paupières, un rouge discret sur les lèvres et presque rien ailleurs.

Elle faisait plutôt office de repoussoir selon ses goûts, mais, la veille, elle avait soigneusement observé Caroline Mortimer, l'ambitieuse et impitoyable agent littéraire de Max, qui était venue déjeuner avec lui. La trentaine bien tassée, Caroline Mortimer avait des pommettes saillantes et la silhouette svelte d'une danseuse. Aucun détail n'avait échappé à Holly, ni l'austérité du tailleur beige ni le vernis à ongles et le rouge à lèvres assortis. Le chignon noir était une œuvre d'art et, à l'exception d'une montre-bracelet noire, les mains ne portaient aucun bijou.

Holly l'avait jugée effrayante. Max avait paru la trouver irrésistible. Il n'avait sûrement pas besoin de jouer la comédie, son succès était tel que la faveur de Mlle Mortimer lui était acquise sans qu'il ait à feindre l'adoration. Ce qui amena Holly à conclure que Max aimait réellement les femmes qui s'habillaient de façon sobre et dynamique. S'il ne l'avait pas trouvée séduisante, le déjeuner n'aurait pas duré trois heures et n'aurait pas été suivi de deux heures d'entretien en tête à tête dans sa chambre.

Holly avait été plus choquée que peinée. Elle avait imaginé que les relations entre un auteur et son agent, tout comme celles d'un médecin et son patient, étaient sacrées et résolument platoniques.

Mais lorsque Mlle Mortimer avait quitté l'hôtel, son chignon avait montré des signes légers mais indiscutables de dégradation. Holly espérait que sa métamorphose aurait le même effet sur Max. Il le fallait : cet ensemble affreux avait coûté une fortune.

Ross était assis et parlait au téléphone lorsque Grace frappa à la porte. Elle entra sans attendre la réponse. Puis, apparemment effrayée de sa propre audace, elle se figea à mi-chemin entre la porte et le bureau, paralysée par l'indécision et se cramponnant au plateau comme à une bouée de sauvetage.

— N'importe quelle voiture, Mike, dit Ross en haussant les sourcils d'un air interrogateur en direction de la jeune fille pétrifiée. Tu sais ce que je veux dire. Quelque chose de correct. Peut-être une autre Mercedes. Ou bien une Lamborghini ? Non, ce n'est pas un échange. Je l'ai passée à un ami. Ouais, j'avais envie de changer un peu.

Grace avait remarqué que la voiture de Ross n'était pas à sa place habituelle, en haut de l'allée. Les astres du jour lui avaient recommandé de risquer sa chance ; aussi, effarée mais résolue, attendit-elle qu'il ait terminé sa conversation avec Mike Donnelly, un de ses grands amis propriétaire du plus beau garage de Bath. Elle parvint même à déposer le lourd plateau sur un coin du bureau encombré.

— Qu'est-ce que c'est ? demanda Ross en raccrochant. J'ai un rendez-vous ?

— Non... Heu... Je ne crois pas, bredouilla Grace, les joues en feu. Je ne sais pas. Je me disais que vous aimeriez peut-être prendre un café et manger quelque chose.

Ross fit de gros efforts pour se rappeler son nom, ce qui lui était facile en temps normal. Mais cette jeune fille, d'ordinaire réservée et incolore, à cet instant pourtant carrément écarlate, était quelqu'un dont l'identité lui échappait régulièrement.

Pour compenser, il lui adressa un grand sourire.

— Excellente idée ! D'habitude, je dois supplier Holly à genoux pour qu'elle m'apporte un café et elle est persuadée que tout le monde l'aime noir et sans sucre.

— Je me disais, reprit Grace, bouleversée par ce sourire, que je pourrais vous apporter un plateau tous les matins. Du café et des toasts… Ou, si vous préférez, un petit déjeuner complet… je pourrais…

— Seulement du café, ce serait parfait, interrompit Ross qui ne prenait jamais de petit déjeuner. Oui, c'est une bonne idée…

Les mots « de bonne grâce » jaillirent dans sa mémoire, les mêmes qui lui étaient venus à l'esprit lorsqu'il avait reçu la jeune fille deux mois plus tôt et qui l'avaient amusé.

Il versa le café et ajouta de la crème et du sucre.

— Merci, Grace. Excellente idée, dit-il en ouvrant un dossier.

Elle comprit qu'il la congédiait mais, enivrée par le parfum de son after-shave, elle repartit à l'assaut.

— J'ai une voiture, jeta-t-elle, enhardie par le fait qu'il se soit rappelé son prénom. Si vous voulez, je peux vous déposer où vous voulez.

Amusé, Ross releva les yeux. Il avait eu de la peine à se souvenir de son nom mais sa voiture ne lui était pas inconnue. Elle avait même été l'occasion d'une petite conversation avec Hugh Stone, son assistant, afin que soient réservées aux tas de rouille, comme la petite Fiat peu avenante de Grace, des places de parking plus discrètes derrière les cuisines. Une semaine plus tôt, une proposition de ce genre eût déclenché une repartie blessante de sa part. Il lui fallait aller à Manchester et la voiture de Grace semblait tout juste capable de ramper jusqu'au bout de l'allée. Mais lui revinrent à l'esprit les remarques acerbes de Tessa : tout le monde n'avait pas les moyens de s'offrir les modèles prestigieux qu'il semblait considérer comme un dû.

— C'est très gentil de votre part, répondit-il en remarquant pour la première fois la jupe raccourcie, mais Max en a deux. J'utiliserai une des siennes jusqu'à ce que Mike me livre... Encore une chose, ajouta-t-il comme elle s'apprêtait à sortir.

Elle pivota vers lui, les joues enflammées, le cœur battant.

— Oui, monsieur Monahan ?

— Votre uniforme, dit-il en désignant ses jambes nues. Nous ne tenons pas à tourner les sangs de nos clients. Pourriez-vous revenir à la longueur habituelle ?

Max passait une mauvaise journée.

La veille, au contraire, avait été extrêmement satisfaisante. Caroline lui avait apporté les chiffres de vente de son dernier roman, ainsi que ceux, mirobolants, qu'on pouvait espérer d'un contrat avec les Américains sur les droits cinématographiques du best-seller de l'année passée. Elle était aussi habile dans les négociations financières que dans les ébats amoureux, et Max avait passé une agréable journée à constater ces deux talents.

D'où le contraste. En s'installant comme d'habitude à huit heures trente devant son ordinateur, il avait découvert que rien n'allait comme prévu. D'abord, Dieu seul savait pourquoi, deux chapitres entiers avaient disparu du disque dur. Ensuite, l'intrigue présentait une faille. Enfin, son inspiration l'avait quitté. À quoi s'ajouta, suprême injure, une panne du percolateur.

Travailler sans disposer régulièrement de café noir lui était physiquement impossible. D'une humeur de chien, Max dévala l'escalier en quête d'un nouveau percolateur et, sans l'espérer vraiment, d'inspiration.

Ce fut pour trouver Holly, absorbée dans une conversation téléphonique manifestement d'ordre privé. Sa tenue austère lui fit froncer les sourcils. À qui cherchait-elle à ressembler ? À une vieille demoiselle bibliothécaire ou à une stripteaseuse déguisée en bibliothécaire ?

Holly, qui était en train de discuter de Bikini et des prix d'avion pour la Barbade, s'interrompit au milieu d'une phrase et enchaîna à toute allure sur les jours où la suite pour jeunes mariés était disponible. Au bout de deux secondes, hors d'haleine, elle raccrocha brutalement. Comme elle ouvrait la bouche pour s'adresser à Max, la sonnerie retentit à nouveau. Il s'appuya sur le bureau et, très surpris, l'écouta affirmer qu'il n'y avait pas une chambre de libre. Peut-être en trouveraient-ils au Royal... Et elle raccrocha.

— Max !

Un grand sourire éclaira son visage. Se souvenant soudain de son plan de bataille, elle le chassa pour le remplacer par un demi-sourire mystérieux.

— Max, puis-je vous aider ? Vous semblez quelque peu soucieux...

— Quelque peu soucieux ? répéta-t-il, partagé entre l'exaspération et la perplexité.

Holly n'avait pas pour habitude d'utiliser un langage aussi précieux.

Elle rougit, ce qui se vit pour la première fois depuis ses quinze ans, faute de maquillage.

— Que se passe-t-il ? insista-t-elle.

— À vous de me le dire. Il y a quelques minutes, j'étais à ma fenêtre et j'ai vu ce type à la perruque quitter l'hôtel avec sa valise. Sa chambre n'est pas libre ?

— Le Dr Stratton-Staines ? Il n'a pas réglé sa note, dit Holly, en tentant de cacher son malaise.

Le bon docteur portait une perruque ridicule mais il avait voué sa vie aux enfants cancéreux. C'est pour cette raison qu'elle avait enfreint le règlement de l'hôtel et accepté qu'il paie à la fin de la semaine quand il aurait reçu son nouveau carnet de chèques.

— Feriez mieux d'envoyer quelqu'un inspecter sa chambre, dit Max dont le visage s'était assombri. On dirait bien qu'il a pris la fuite...

Grace le confirma cinq minutes plus tard.

— Nom de Dieu, quelle poire vous faites ! s'écria-t-il. Et que diable faisiez-vous quand il est passé devant vous avec sa valise ? Vous rêvassiez ?

— Oui, admit-elle, très malheureuse.

En tout cas, il ne saurait pas, et ne saurait jamais qu'il n'était autre que le sujet de ses rêveries. Un aussi grossier personnage n'en méritait pas tant.

— Vous êtes indécrottable, poursuivit-il en jetant un regard dédaigneux sur l'ensemble bleu marine et le chemisier blanc.

Il ne put s'empêcher de comparer cette pauvre fille à l'élégante et féminine Francine Lalonde. Pour rien au monde elle n'aurait revêtu de tels oripeaux, se dit-il avec un regain de désir pour la femme splendide qu'il n'avait pas revue depuis deux mois.

— L'efficacité, ça se passe dans la tête, Holly. Pas dans la garde-robe. Et mon percolateur est en panne. Si ce n'est pas trop vous demander, je vous serais très reconnaissant de le faire remplacer. Tout de suite. Il faut bien que quelques-uns d'entre nous travaillent, ajouta-t-il avec cruauté.

# 10

Tessa recula et s'accorda un sourire de satisfaction. Après sept heures de travail acharné, le tableau était aux trois quarts achevé. Selon le désir de Ross, le sujet en était une soirée animée et colorée qui battait son plein dans la salle de bal du Manoir.

Elle était vraiment contente. La composition avait été difficile mais elle s'en était bien tirée. Bien qu'elle n'ait représenté personne en particulier, l'œil était naturellement attiré par une silhouette qui se dressait devant l'immense cheminée, un verre à la main. Un homme aux cheveux noirs et vêtu d'un smoking, vu de dos mais dont l'attitude désinvolte et l'inclinaison de la tête étaient aussi identifiables que les traits d'un visage. Ross rirait, se dit Tessa, de se voir représenté sous l'allure sombre d'un étranger, seul au milieu d'une foule bigarrée. S'il se reconnaissait, bien entendu, car c'était un spectacle qui ne devait pas lui être familier.

Comme la tournée du facteur avait été freinée par le temps, le courrier n'arriva pas avant midi. Il n'était plus tombé de neige mais des journées ensoleillées suivies de nuits glaciales avaient rendu les routes dangereusement glissantes. Tessa plaignit le pauvre homme qui se risquait jusqu'à sa maison isolée pour n'y déposer parfois rien de plus palpitant que des circulaires de la banque.

Ce jour-là, cependant, elle fut heureuse qu'il ne l'ait pas oubliée. Les premiers mots qui apparurent lorsqu'elle déchira l'enveloppe grise libellée en magenta flamboyant furent : « ... à jeudi, 1 h 30. »

C'était typique de Dominique de s'inviter pour une période indéterminée sans laisser à son hôte la possibilité de refuser, songea-t-elle avec un mélange d'exaspération et de plaisir. Elle n'aurait pas refusé, d'ailleurs, mais l'idée que l'on puisse être empêché de le recevoir ne traversait jamais la tête du jeune homme. Il n'avait pas l'esprit à cela.

Elle parcourut la lettre et recueillit en une minute les nouvelles d'une année. Il pensait se remarier mais son épouse refusait impitoyablement le divorce. Par ailleurs, ses statues grandeur nature étaient très demandées et se vendaient bien par l'intermédiaire d'une galerie, petite mais prestigieuse, de Truro, en Cornouailles. Comme il était tombé d'un escabeau et s'était cassé la jambe, il avait décidé de s'évader pour un moment et d'aller se refaire une santé en compagnie de la plus belle pépée du Sud-Ouest... à l'exception de la femme qu'il allait épouser, bien entendu. Il prendrait le train, arriverait à Bath jeudi à 1 h 30 et trouverait bien quelqu'un pour l'emmener chez elle. Et si elle pouvait préparer un bon repas, ce serait formidable. Sinon, il l'emmènerait dans un endroit bon marché, amusant et bruyant, où ils pourraient picoler, et peut-être bien qu'il se casserait l'autre jambe...

À part le plâtre blanc qui lui enfermait la jambe gauche de la cheville à la cuisse, Dominique Taylor n'avait pas changé du tout. Avec son regard bleu pétillant d'humour, ses cheveux d'un blond presque blanc coupés très court, son visage tanné aux traits fins, il évoquait le dieu scandinave dont rêvent maintes jeunes filles. D'une taille moyenne, sa silhouette élancée le faisait paraître plus grand. Tessa s'en étonnait à chacune de leurs retrouvailles. En l'embrassant, elle respira l'odeur d'iode qui émanait de son blouson d'aviateur.

— Tessa, tu as grossi !

Comme il n'avait que la peau sur les os, les quelques kilos supplémentaires de son amie ne lui avaient pas échappé.

— Et toi, pour le moment, tu es infirme, répliqua-t-elle en tapotant le plâtre. Alors, fais attention à ce que tu dis ! Les filles se vexent parfois de ce genre de remarques…

— Tu es superbe, dit-il en l'embrassant. Je ne m'attendais pas à ce que tu viennes me chercher à la gare. J'espère que tu n'as pas l'intention de me ramener sur un tandem.

— Ne te moque pas de moi. J'ai fait mon chemin dans le monde…

— Une voiture ?

— Oui, dit Tessa avec un sourire. Une voiture ! Et il n'y a pas de quoi prendre cet air stupéfait, tu n'es pas le seul artiste à avoir du succès en Angleterre. Depuis ma dernière exposition, je me suis enrichie au-delà de mes espérances.

— Bon Dieu ! s'écria Dominique comme elle ouvrait la porte de la Mercedes. Tu parlais sérieusement !

— Tu doutais de mon talent si je comprends bien ? demanda-t-elle en riant.

Elle jeta les béquilles de Dominique sur la banquette arrière et aida le jeune homme à s'installer.

— Bien sûr que non, dit-il. Mais j'ai du mal à admettre que tu as mieux réussi que moi.

Il tourna le bouton de la radio et un air de Rachmaninov inonda la voiture.

Sortant du bar à vin du Beaumont, après un agréable déjeuner avec des amis, Max remarqua sans grande surprise la Mercedes blanche stationnée de l'autre côté de la rue sur une double ligne jaune.

Cependant, lorsqu'il s'approcha et vit un inconnu aux cheveux blonds qui fumait tranquillement une cigarette sur le siège du passager, ses soupçons s'éveillèrent. Quand il n'en avait pas besoin, Ross avait l'habitude de laisser sa voiture en ville deux ou trois jours de suite. Des petits voyous avaient apparemment profité de l'occasion.

— Qui conduit cette voiture ? demanda-t-il par la fenêtre ouverte.

Imperturbable, Dominique prit le temps d'exhaler un rond de fumée parfait avant de répondre :

— Une splendide jeune femme, bourrée de talent, et extrêmement séduisante. Pourquoi ? Vous voulez qu'on vous dépose quelque part ?

— Écoutez, ça ne va pas du tout, s'écria Max, prêt à passer à l'action. Cette voiture appartient à...

— Salut, Max ! intervint Tessa qui, les rejoignant, avait tout de suite saisi le malentendu.

— Tessa..., fit-il en inclinant la tête, les sourcils ramassés en une ligne féroce.

La voiture n'avait pas été volée, admit-il en son for intérieur. Mais il aimerait bien savoir pourquoi Tessa la conduisait et qui était son compagnon, ce petit godelureau qui le dévisageait ironiquement.

Les bras chargés des provisions qu'elle venait d'acheter dans une épicerie italienne, Tessa cherchait en vain comment expliquer avec tact le geste extravagant de Ross. Elle finit par y renoncer. C'était la voiture de Ross. Il pouvait en faire ce qu'il voulait. En quoi cela regardait-il son frère ?

— Il a insisté pour que je la prenne, dit-elle.

Elle perçut le soulagement dans le sourire de Dominique. Aucun artiste n'aime vraiment qu'un autre réussisse mieux que lui *à ce point*.

— Il vous a *donné* cette voiture ? insista Max. Je n'en crois pas mes oreilles...

Max affichait une expression dégoûtée.

Tessa avait toujours eu l'intention de rendre la Mercedes dès que la neige et la glace auraient fondu. Mais la hargne soupçonneuse de Max et son absence d'humour la mirent en colère.

— En tout cas, j'ai refusé de l'épouser, dit-elle en déposant ses sacs sur la banquette arrière. Réfléchissez bien, Max ! Qu'est-ce qui est le plus important pour un homme ? Sa voiture ou sa liberté ? Ross s'en est bien tiré et vous devriez être soulagés tous les deux. Une Mercedes, ce n'est pas cher payé, non ?

— Tu n'aurais pas dû poser ta main sur mon genou au moment du départ, reprocha-t-elle à Dominique quelques instants plus tard comme ils finissaient leur repas devant la cheminée.

— Pourquoi donc ? répliqua-t-il, le regard malicieux. Ce type n'est qu'un prétentieux...

— Oui, mais tu n'aurais pas dû le faire. Il va se mettre des idées dans la tête et raconter des horreurs à qui voudra l'entendre.

— Et qui va l'écouter ? Un dénommé Ross ? Est-ce qu'il est aussi emmerdant que son frère ?

Tessa fixa les flammes dansantes du foyer.

— Non, pas autant. Il a ses moments. Max est convaincu que je suis une sale garce. Au moins, ce n'est pas l'opinion de Ross.

— Tu remarqueras, dit Dominique après un coup d'œil à sa montre, que six heures se sont déjà écoulées depuis que nous nous sommes retrouvés. J'ai été très gentil, très patient. Je trouve qu'il est temps que tu me racontes ce qui se passe. Donne-moi mon verre. Non, remplis-le d'abord, et prends l'histoire au début...

Il était presque minuit lorsque Max tomba sur son frère au bar de l'hôtel. Il attendit qu'il se soit dégagé d'un groupe de clients surexcités, puis le rejoignit.

— J'ai vu ta voiture aujourd'hui…

— Oui ? fit Ross en dévisageant son frère d'un air agressif.

— Et il se trouve que Tessa la conduisait. Si tu veux mon avis, tu es en train de te comporter comme un imbécile.

Ross posa soigneusement son verre.

— Écoute, ne va pas tout de suite tirer des conclusions. Tessa avait besoin d'une voiture. Ce que tu ne sais pas, c'est que l'autre jour elle a eu un accident de bicyclette. Elle a eu la chance de ne pas y rester. Mais tant qu'elle portera mon enfant, je tiens à ce qu'elle soit assurée de son moyen de transport. Je ne veux pas qu'elle se fasse tuer, d'accord ?

— Parfait, répliqua Max. C'est un geste qui t'honore. Du moment que tu sais qu'elle utilise ta bouée de sauvetage pour se balader en ville avec son combinard de petit ami.

Mattie n'en revenait pas de faire une telle chose, à savoir fouiller la chambre de sa fille à la recherche de son journal intime. Il en existait un, elle le savait mais ne l'avait jamais vu.

Grace l'inquiétait. Sérieusement. Et lorsque sa fille avait dit incidemment que Ross l'avait complimentée, en termes plus précis, sur sa silhouette, son anxiété avait été telle qu'elle s'était décidée à agir.

Selon Grace, Ross avait demandé qu'elle, et elle seule, lui apporte du café chaque matin ; il lui parlait beaucoup plus qu'aux autres serveuses et lui accordait un intérêt particulier.

Mattie dénicha rapidement le livre relié de cuir rouge qu'elle cherchait. Désespérément désordonnée elle-même, elle ne cessait de s'étonner d'avoir mis au monde une fille aussi soignée et méthodique, ce qui simplifia sa recherche. Le journal était rangé sur la planche supérieure de la table de chevet, sous des revues de beauté et une boîte de mouchoirs en papier couleur pêche.

Lorsque Mattie eut fini de lire, elle frémit et referma le journal. La glace de l'armoire renvoya l'image d'une femme livide et lasse, paraissant brutalement plus âgée que ses quarante ans.

Cela allait mal. Elle devait agir. Les béguins de la jeunesse étaient un phénomène normal, mais maintenant qu'elle savait à quel point Grace s'était entichée de Ross, elle ne devait plus prendre de risques.

Grace devait apprendre que Ross Monahan était son père.

# 11

— Max ! cria Francine en repoussant sa capeline et en l'enlaçant avec tant d'enthousiasme qu'il s'émut de la chaleur et de la fermeté de ses seins. Seigneur, tu es venu me tirer de l'enfer ! Un vrai chevalier dans son armure étincelante !

Lorsqu'elle relâcha son étreinte, il ne put retenir sa main et lui ôta lentement ses lunettes de soleil. Le regard brun chaud pétillait. Autour d'eux, techniciens et figurants suivaient la scène avec intérêt.

— Oui, c'est bien moi, lui assura-t-elle sans le lâcher. Et je promets d'être gentille cette fois-ci. Je suis *bien trop contente* de te voir pour être méchante.

Voilà qui était très gratifiant. Répondre en vingt-quatre heures à un appel au secours pour remplacer un scénariste lunatique était assurément lucratif, mais ce n'était pas le passe-temps préféré de Max. Les manœuvres politiques et les disputes entre célébrités, qui abondaient sur les plateaux de cinéma, surtout quand le tournage ne marchait pas bien, ne l'intéressaient pas. Le scénariste débutant s'empêtrait inévitablement dans les jalousies, les discussions et les luttes de pouvoir. Il était beaucoup plus simple de répondre qu'on s'était engagé ailleurs et de refuser la proposition avec un regret poli.

Mais quand Jack Weston l'avait appelé la veille d'Amalfi et lui avait déclaré que la vedette de son film en panne recommandait personnellement Max Monahan pour ce travail, il n'avait pas hésité. Stupéfait qu'elle se soit souvenue de lui et enhardi par la confiance qu'elle lui manifestait, il avait compris combien il désirait la revoir.

Et l'idée qu'elle souhaite aussi le revoir était, bien sûr, enivrante. Restait à savoir si c'était comme scénariste ou comme amant. Espérant remplir les deux emplois, Max avait accepté de sauter dans un avion.

Et il se retrouvait avec Francine dans les bras sur la Riviera napolitaine, au milieu d'une petite place ensoleillée tandis qu'un réalisateur coiffé d'une casquette rose de base-ball penchait vers lui un visage qui ne cachait pas son soulagement.

— C'est vous, Max ? dit-il en tendant une main moite et poilue. Merci d'être venu. Je vois que vous pourrez au moins réconforter Francine. Elle n'avait rien d'un rayon de soleil ces derniers jours. Le scénariste et elle étaient comme chien et chat.

— Comme chien et chat ? répéta Francine en haussant ses sourcils bruns. Si j'avais eu un fusil, je l'aurais descendu, sans problème ! Une tapette, un parvenu ! Il était jaloux parce que son petit ami me préférait. Moi, je n'en voulais pas, il était trop laid, mais chaque fois qu'il me regardait, l'autre perdait la tête. Et il n'arrêtait pas de changer le scénario et de m'attribuer un texte de plus en plus stupide. Jamais mon personnage n'aurait pensé des choses aussi bêtes... Oh, Max ! Il est reparti ce matin pour Londres et te voilà, et tout va mieux déjà. Je suis si contente de te *voir*...

— Tu le verras plus tard, Francine, dit Jack Weston avec fermeté. Le scénario passe en premier. Max et moi, nous nous y mettons tout de suite après le déjeuner.

Ils s'installèrent à une grande table en bois blanc à l'extérieur du Ristorante il Saraceno, des pages maintes fois corrigées éparpillées devant eux entre des plats de pâtes au parfum aillé, des carafes du vin rouge local et une profusion de verres. Au loin, en contrebas des spectaculaires falaises rocheuses et des maisons roses et jaunes, s'étendait la baie de Salerne. L'eau d'un bleu intense scintillait sous le soleil de février. De petites barques de pêche haletaient pour sortir du port ou y rentrer. Dans les bars et les restaurants de la ville, les Italiens mangeaient, buvaient, se retrouvaient entre amis et profitaient joyeusement de la pause du déjeuner.

Max eut à peine le temps de remarquer, encore moins de goûter, l'étonnante beauté du spectacle. Pas question de savourer les plats disposés sur la table. Son verre de vin resta intact tandis qu'il examinait le scénario désordonné et écoutait le résumé que Jack Weston lui faisait de ce qu'aurait dû être le film.

Francine avait indéniablement empiré les choses en se disputant avec le jeune écrivain, talentueux mais instable, mais elle avait eu raison de protester contre les changements qu'il n'avait cessé d'apporter. En modifiant le personnage, il avait brisé l'élan de l'intrigue et l'histoire en avait perdu toute vraisemblance. D'après une évaluation prudente, avança Jack Weston en repoussant son assiette et en réallumant son Monte-Cristo mâchouillé, ils avaient déjà perdu trois semaines et peut-être un demi-million de dollars.

— Un dépassement, c'est normal, dit-il à Max, en plissant de douleur son visage tanné tandis qu'il se pétrissait la poitrine, mais des chiffres comme celui-ci me font mal au cœur. L'ennui, avec Francine, c'est qu'elle est terriblement entêtée. Une fois qu'elle s'est mis quelque chose en tête, inutile d'essayer de la faire changer d'avis. Et elle a décidé que son personnage irait dans l'autre sens et attirerait toute la sympathie… Ça ne marchera pas. Elle veut absolument protéger son image mais, moi, je dois protéger le film. Est-ce que vous pourriez lui faire entendre raison, Max ? Récrire son rôle de façon que tout le monde soit content ?

— Je ne sais pas, répliqua-t-il honnêtement.

Francine était une énigme vers laquelle il était irrésistiblement attiré mais qu'il n'était pas encore capable de comprendre. Il prit une gorgée d'*espresso* et adressa au réalisateur un sourire rassurant.

— Laissez-moi le reste de l'après-midi pour commencer le travail. Ce soir, je parlerai à Francine. D'une façon ou d'une autre, nous allons faire de notre mieux.

— Bien, je comprends, dit-elle finalement, en inclinant la tête sur le côté et en se mordant la lèvre inférieure comme un petit enfant. Je comprends parfaitement, Max. Mon personnage doit de temps en temps être un peu garce pour ne pas écœurer tel un baba au rhum et donner au public l'envie de vomir.

— Eh bien, c'est un peu ça…

Soulagé, Max retint un sourire et lui mit sa veste sur les épaules. La température était tombée et Francine frissonnait à côté de lui.

— Ton public ne veut pas te voir jouer une faible femme qui encaisse tout ce qu'on lui jette à la figure. Il te connaît trop bien. Il sait que tu es une femme qui obtient ce qu'elle veut.

— Et toi, tu es encore plus intelligent que je ne le pensais, répliqua-t-elle en se penchant pour ôter ses sandales de cuir blanc.

D'un geste désinvolte, elle les jeta dans la mer.

— Tu vas te faire mal aux pieds, dit Max.

Au moins cinquante mètres de grève caillouteuse les séparaient des pelouses du jardin exotique de l'hôtel.

Elle ramassa sa chevelure soyeuse dans une seule main et lui sourit.

— Je suis une femme qui obtient ce qu'elle veut, lui rappela-t-elle doucement. Et je veux que tu me portes dans tes bras, jusqu'à mon lit.

La semaine suivante passa plus rapidement que toutes celles qu'il avait déjà vécues. Il avait rarement été aussi heureux en dormant si peu. Le jour, il travaillait d'arrache-pied à métamorphoser le scénario. Le temps était parfait, la température tournait autour de vingt-cinq degrés, ce qui le changeait agréablement des conditions hivernales qu'il venait de quitter, sans pour autant que la chaleur nuise à son travail.

La nuit, c'était une autre histoire... Francine, la prodigieuse Francine, se chargeait de le divertir de la façon la plus attrayante possible. Parfois, ils dînaient avec le reste de l'équipe. Plus souvent, ils s'enfonçaient dans les rues d'Amalfi à la recherche de petites trattorias familiales où ils pouvaient souper en tête à tête, sans cesser de parler, et où ils traînaient des heures durant devant une nourriture délicieuse et d'innombrables capuccinos.

Francine l'avait complètement subjugué. Pendant ces longues soirées, elle pouvait le faire rire aux éclats, l'impressionner par son mélange d'intelligence, d'esprit et de perspicacité et le mettre hors de lui par des raisonnements d'une logique très personnelle. Sa voix rauque, avec cet accent français que l'excitation ou l'émotion renforçait, le bouleversait. Ses tenues en soie, de couleur claire, étaient d'une ligne dépouillée qu'aucun bijou ne surchargeait. Elle se maquillait à peine et cela lui allait bien. Elle était tout simplement ensorcelante, parce qu'elle était elle-même, Francine Lalonde.

Et chaque nuit, lorsqu'ils rentraient à l'hôtel vers minuit, la magie reprenait. Francine était une séductrice talentueuse et une maîtresse insatiable. Ils faisaient l'amour avec un enthousiasme sans cesse renouvelé. D'où tirait-elle chaque matin à cinq heures et demie l'énergie de se glisser hors du lit et de se maquiller ? Max ne pouvait l'imaginer.

— C'est fini ! soupira Francine, en buvant une gorgée de champagne et en glissant sa jambe nue entre celles de Max. Et le scénario est un chef-d'œuvre. Max, tu es un génie ! Cette fois-ci, nous allons *tous* avoir des prix, j'en suis sûre !

— Je doute que ce genre de production reçoive une récompense. Il faut que nous nous habillions en vitesse, ajouta-t-il après un coup d'œil à sa montre. Jack a réservé une table chez Dino pour neuf heures.

— Chéri, protesta-t-elle en se tortillant de plaisir comme les lèvres chaudes de Max s'attardaient sur sa nuque, c'est dommage de gaspiller notre dernière nuit. Je me disais que nous pourrions rester ici, tous les deux, seuls...

Il sourit tout en continuant à butiner la peau tendre de Francine.

— Et moi, je me disais, murmura-t-il, que je pourrais rester à Amalfi. Il te reste encore deux ou trois semaines de tournage. J'ai fini le scénario mais rien ne m'oblige à rentrer immédiatement en Angleterre. Je peux travailler à mon roman ici aussi bien qu'ailleurs. Et nous serons ensemble...

— Mais ce n'est pas possible ! s'écria Francine en s'écartant. Tu m'as dit que tu repartirais dès que tu aurais fini !

— J'ai changé d'avis, répondit-il en imitant son accent. Comportement bien peu *british*, je le sais, mais j'ai décidé de rester. Ce n'était pas impossible, en fait...

Francine s'écarta encore.

— Bien sûr, dit-elle avec un sourire désinvolte, tu peux rester, mais tu dois comprendre, chéri, que j'ai fait d'autres projets...

— De quoi parles-tu ? s'écria-t-il, le regard sombre. Quels autres projets ?

— Chéri, ne fais pas l'innocent, reprit-elle avec une moue. Tu dois comprendre. Je croyais que tu partais demain, aussi ai-je téléphoné à Jacques, à Paris. Il arrive demain pour me tenir compagnie. Je ne peux rester seule, chéri. Je déteste qu'on me laisse seule...

Max sentit quelque chose mourir en lui. Le bonheur des dix derniers jours venait d'être balayé d'un seul coup. Il n'avait pas commencé à bâtir une relation durable ; il avait simplement fait du baby-sitting.

— Oh, Max, voilà que tu m'en veux, dit Francine avec un hochement de tête chagriné. Mais je n'ai pas à m'excuser. Je suis comme ça... Et cela ne veut pas dire que je n'ai pas passé un très bon moment avec toi. Tout a été merveilleux, mais maintenant tu dois rentrer chez toi et je continuerai à travailler, d'abord ici... ensuite en Normandie... puis à New York... tu vois, chéri, la vie que je mène ? Jamais fixée. Et c'est pourquoi je suis comme ça. Je t'aime beaucoup mais je ne suis pas du genre à me fixer. Nulle part. Avec personne.

Elle haussa les épaules, cherchant les mots susceptibles de le convaincre et de l'apaiser.

— Nous nous reverrons, Max. Ce sera tellement plus romantique que de rester sans cesse ensemble, à s'ennuyer l'un l'autre et à faire comme si tout allait pour le mieux en singeant les couples. S'il te plaît, ne me regarde pas ainsi... Ce que je dis, c'est la vérité, tu ne le sens pas ?

Écœuré par sa froide logique et sa franchise cynique, il détourna les yeux. Ce qui accentuait l'ironie de la situation, c'était que peu de temps auparavant il partageait cette façon de voir. Seulement, il n'avait pas imaginé qu'on puisse un jour la lui renvoyer à la figure.

— Si c'est ce que tu ressens vraiment, dit-il d'un ton posé, alors tu *as* raison. Et ne t'inquiète pas, je ne vais pas m'imposer. Je vais partir ce soir même !

— Tu ne dois pas faire ça ! Tu ne peux partir ce soir ! Nous allons rester ici et faire l'amour…

Elle s'accrocha à lui, le regard brillant de promesses, ses doigts experts s'égarant sur le ventre plat et musclé.

Max parvint à sourire. Refuser une telle proposition tiendrait du masochisme. Il bascula sur le dos, respira le parfum enivrant du corps nu qui se pressait contre le sien et se prépara à s'abandonner à un plaisir sans mélange.

— Bon, si tu insistes… murmura-t-il d'un ton résigné.

# 12

Lorsque lady Roberta McPherson, l'organisatrice du Clifton Midsummer Bal, s'était aperçue que les billets d'entrée avaient été achetés par trop de jeunes gens, la panique l'avait saisie. Dans une tentative désespérée de rattraper au moins partiellement la situation et de sauver tant le bal qu'elle-même d'une honte éternelle, elle avait immédiatement ordonné à sa fille d'offrir des billets gratuits à quarante de ses relations les plus respectables du sexe féminin. Ni hippies, ni grosses, ni laiderons, avait-elle insisté, uniquement des filles séduisantes, dotées de caractères agréables, de jolis sourires, et sachant s'habiller et se tenir dans le monde.

Mattie Jameson avait bien quelques rondeurs mais elle ne pouvait être qualifiée de grosse. Âgée de vingt-deux ans, elle avait un visage plein et bien dessiné, des cheveux châtain clair qui descendaient jusqu'aux épaules, un sourire timide mais charmant et une allure tout à fait correcte.

Elle avait manqué s'évanouir de plaisir lorsque la brillante mais étourdie Corinne MacPherson l'avait invitée au Midsummer Bal. Cette dernière travaillait dans la même agence de publicité qu'elle comme assistante personnelle du directeur et Mattie, vulgaire dactylo, ne cessait de rattraper ses erreurs. Ce bal était la chose la plus palpitante qui lui soit jamais arrivée, et elle avait aussitôt dilapidé une semaine de salaire dans une robe à volants romantique de Laura Ashley, d'un jaune estival parsemé de myosotis. Quoi qu'il arrivât, Mattie savait qu'elle n'oublierait jamais ce bal, le premier de sa vie.

Au milieu de la soirée, cependant, elle déchanta. Sottement, elle avait cru qu'elle pourrait passer au moins quelques instants avec Corinne. Il ne lui était pas venu à l'esprit que cette dernière et sa bande d'amis, aussi branchés qu'elle, s'installeraient à l'une des tables du devant où ils s'amuseraient comme des fous, tandis qu'elle, Mattie, serait parquée à la table trente-sept dans un coin de la grande tente avec un groupe de banquiers d'un certain âge et leurs épouses peinturlurées. Elle avait fait de gros efforts pour afficher un visage souriant et se joindre à leur conversation mais le seul fait de leur demander leur nom avait été un labeur épuisant. Et bien que son expérience des homosexuels fût très limitée, elle eût trouvé grotesque de faire du plat à l'unique célibataire de la table dont les penchants étaient clairement affichés.

En regardant avec envie Corinne et ses amis s'agiter et s'amuser bruyamment sur la piste de danse, Mattie s'aperçut que pour atteindre les toilettes il lui faudrait passer à côté d'eux. C'était mieux que rien. Et il y avait une chance pour que quelqu'un la remarque, soit subitement saisi parle charme de son sourire et l'invite à danser. Mattie avait dévoré assez de romans roses de Mill & Boon pour savoir que de telles choses *pouvaient* arriver…

Mais rien, bien sûr, ne se produisit. Absolument rien, malgré les méandres qu'elle dessina sur la piste de danse, à pas si lents qu'une serveuse s'enquit de son état de santé.

Se sentant trahie par Mill & Boon, Mattie regagna sa chaise solitaire ; les banquiers s'étaient mis à danser, et elle se consola avec un verre de vin. Lorsqu'un mulot vint à passer sur son pied quelques secondes plus tard, elle lâcha un cri strident qui attira l'attention des tables voisines. Mattie n'y prêta pas attention. Dans un sursaut de frayeur, son genou avait heurté la table et le verre s'était renversé, inondant sa robe neuve. Elle regardait, horrifiée, la tache s'élargir en tentacules rouges sur le tissu jaune.

Elle releva enfin les yeux. Les visages curieux qui se tournaient vers elle lui firent comprendre sa solitude. Sa mésaventure n'était qu'une source d'amusement. Personne n'allait se précipiter à son secours.

Cette fois-ci, c'est à la vitesse de la lumière qu'elle se rua vers les toilettes. Tête baissée, les joues en feu, la jupe ramassée en avant pour cacher l'horrible tache, elle se fraya un chemin dans la foule qui dansait au rythme d'un air à la mode des Rolling Stones. Et, suprême ironie, quelqu'un tenta de l'entraîner.

— Allons, mignonne, on fait un petit tour ?

Il avait au moins cinquante ans, il était gros et soûl, son visage était encore plus rouge que celui de Mattie et il répandait une forte odeur de sueur.

— Non, merci, dit-elle, les yeux pleins de larmes.

Le sourire aguicheur du séducteur vira à la grimace.

— Avec vous, les filles, on perd son temps, dit-il en ôtant sa main moite du bras de Mattie. Je voulais juste rigoler un peu. D'ailleurs, tu n'es pas si jolie que ça...

Lorsque Ross poussa la porte des vestiaires pour dames et vit Mattie très affairée devant l'un des lavabos, il s'arrêta et profita du spectacle sans se faire remarquer. De dos, avec sa robe jaune relevée jusqu'aux cuisses, ses jambes fines gainées de bas couleur chair et ses jarretelles blanches, elle offrait un spectacle émouvant. S'il ne la connaissait pas déjà, cela vaudrait peut-être la peine d'en faire l'effort...

Il toussa légèrement, ce qui la fit se retourner. La robe, qui trempait dans le lavabo, se déroula jusqu'aux pieds et une mare se forma sur le sol.

— C'est les toilettes pour dames, ici, glapit-elle, bouleversée par l'intrusion d'un aussi beau garçon.

Ross eut un petit sourire qui cachait fort bien son état d'ébriété.

— Je sais, excusez-moi. Je cherchais Susie Rossiter. Vous ne l'avez pas vue ?

Mattie secoua la tête. Amusé par la situation difficile dans laquelle elle se trouvait et par son expression atterrée, Ross s'approcha d'elle.

— C'est du vin rouge ? demanda-t-il en désignant le devant de la robe.

Les bras ballants, plantée au milieu d'une mare qui s'élargissait, elle le regardait sottement. Jamais de sa vie elle n'avait vu de tels yeux, noirs et brillants, des cils aussi fournis, une silhouette aussi parfaite.

Elle finit par baisser la tête et constata le désastre. On eût dit qu'elle s'était oubliée.

— Une souris a couru sur mon pied.

— Je comprends, fit Ross en hochant la tête.

— Je voulais dire que ça m'a fait bondir et renverser mon verre, s'empressa-t-elle d'expliquer. Je ne sais pas ce que je vais faire, ajouta-t-elle d'un ton désespéré. Je ne peux pas retourner là-bas avec une robe trempée...

Il sourit de nouveau. Susie Rossiter avait disparu, sans doute avec son petit ami à la tête de singe mais au portefeuille bien garni. Sa propre cavalière ne l'intéressait plus. Cette ravissante petite brune dénommée Cassandra, au gloussement irritant, était malheureusement persuadée que les rapports physiques ne se pratiquaient qu'après un mariage en bonne et due forme.

Bien qu'apparemment un peu perdue dans un milieu qui n'était pas le sien, cette fille avait suffisamment d'attraits pour inciter Ross à mieux la connaître. D'ailleurs, pour l'instant, il n'avait rien d'autre à faire.

— Allons nous promener dehors, proposa-t-il en lui prenant la main. Votre robe séchera vite ; à propos, je m'appelle Ross Monahan.

— Et moi, Mattie.

Ils n'imaginèrent ni l'un ni l'autre qu'elle puisse refuser. Ross avait dix-huit ans et, jusque-là, aucune fille ne l'avait jamais repoussé.

Beaucoup plus tard, lorsqu'il la fit s'allonger sur un coin à l'écart de la pelouse, il ne vint pas à l'esprit de Mattie de s'opposer à ce que Ross, le maître séducteur, la débarrasse tendrement de sa virginité. C'était un cadeau qu'elle lui faisait, le seul moyen qu'elle avait de le remercier pour avoir fait de ce Midsummer Bal la nuit la plus fantastique, la plus mémorable, la plus heureuse de toute sa vie.

Survivre aux semaines suivantes tint du miracle. Les minutes se succédaient avec une lenteur terrifiante tandis que, dans une torture exquise, Mattie revivait en Technicolor chaque instant vécu auprès de Ross. Elle se souvenait du parfum de l'herbe fraîchement tondue et du goût de la bouche qui s'était écrasée contre la sienne. Elle sentait sous ses doigts l'épaisseur soyeuse de ses cheveux noirs et la chaleur de sa peau tannée. Elle réentendait sa voix rauque lui murmurer à l'oreille qu'elle était belle, très belle, la plus belle.

Très clairement, elle se rappelait son baiser d'adieu lorsqu'il l'avait aidée à monter dans un taxi et qu'il lui avait demandé où il pouvait la joindre dans la semaine. Tremblante de béatitude, elle avait griffonné adresse et numéro de téléphone sur le dos d'un paquet de cigarettes.

Depuis, elle n'avait vécu que dans l'attente d'un coup de fil, et comme les téléphones du bureau ne cessaient de sonner, son cœur s'emballait toutes les trois minutes. À la maison, ses parents et elle menaient une vie paisible, et on les appelait rarement. Mattie n'osait sortir, ne fût-ce que trois minutes, et chaque soirée était une longue et vaine attente.

Elle avait gardé son secret. Personne ne savait ce qu'elle endurait. Le lundi matin, Corinne MacPherson, débarquant au bureau à dix heures moins vingt comme d'ordinaire, lui avait jeté un sourire, lui avait demandé si elle s'était amusée « à la bringue » et avait disparu sans attendre de réponse. Mattie, les muscles du haut des cuisses encore endoloris de l'exercice inaccoutumé auquel ils avaient été soumis, les yeux pleurants à cause du fard inhabituel dont elle s'était peinturlurée au cas où Ross aurait surgi sur le seuil du bureau pour l'emmener déjeuner dans un endroit chic, ne s'en formalisa pas. Cela *n'avait pas* été un rêve, c'était vraiment arrivé. Et à tout instant Ross pouvait appeler, ainsi qu'il avait promis de le faire. La vie de Mattie changerait du tout au tout et elle avait de la peine à cacher son impatience.

Sa vie changea, effectivement, du tout au tout. Le téléphone continua de sonner mais jamais ce ne fut Ross. Sept jours passèrent, puis quatorze, puis vingt-huit. Finalement, dans un délire de confusion et de fierté blessée, Mattie parvint à coincer Corinne à l'heure du déjeuner et lui demanda d'un ton désinvolte si elle connaissait quelqu'un du nom de Ross Monahan.

— Ross ! s'écria Corinne dans un grand éclat de rire. C'est un démon, ma chérie. Terriblement dangereux pour les filles. Ross est merveilleux tant que tu refuses d'avaler un seul mot de ce qu'il dit. Si je te disais avec qui on prétend qu'il sort en ce moment, tu ne *pourrais* simplement pas me croire...

Dans un frisson glacial, Mattie comprit de nouveau que personne n'allait l'aider. Après s'être cramponnée à l'idée qu'il avait jeté son numéro de téléphone en même temps que le paquet de cigarettes, elle était obligée d'affronter la vérité. Durant la fameuse soirée, comme ils se promenaient sur les vastes pelouses émeraude, elle lui avait dit très clairement pour quelle société elle travaillait, que Corinne MacPherson était son amie, quel était son nom de famille, et il en avait pris note puisqu'il avait fait la remarque que son restaurant préféré à Clifton s'appelait Chez Jameson. Même s'il avait perdu son numéro de téléphone, s'il l'avait voulu, il aurait fort bien pu la revoir.

Mais il ne l'avait pas fait. Il ne l'avait donc pas voulu. En même temps que cette vérité, elle dut affronter le fait qu'elle était enceinte.

Ce n'était pas facile d'élever seule un enfant mais Mattie s'en tira au mieux. Ses parents respectables n'ayant pas l'intention d'aider une fille qui avait souillé leur nom, elle avait déménagé de Bristol à Bath, dans une minuscule chambre meublée et plusieurs années s'écoulèrent avant qu'elle ne s'aperçoive que Ross et son frère vivaient dans la même ville.

En lisant dans les journaux que les deux Monahan projetaient de transformer la demeure croulante du Manoir Charrington en hôtel de luxe, elle avait été bouleversée. À maintes reprises durant ces nuits solitaires dans un lit glacé, avec sa fille pour seule compagnie, Mattie avait imaginé être confrontée avec l'homme qui l'avait fait tomber au sortir de l'adolescence dans le piège le plus banal et le plus usé du monde.

Par pure volonté, elle parvint à se persuader qu'elle était bien mieux seule, mentalement sinon financièrement. Ross était le type même du play-boy, s'éparpillant à tort et à travers et se tirant toujours d'affaire ; il était peu probable qu'à cette période de sa vie il accueille les bras ouverts Mattie et leur fille. Peu à peu, sans s'en rendre compte et simplement parce qu'elle n'avait pas le choix, elle en vint à admettre qu'elle n'avait été pour lui qu'une diversion. Elle se mit à chérir son indépendance et à y trouver un motif de fierté, tandis que tout ressentiment à l'égard de Ross cédait la place à de la pitié. Il menait peut-être une existence brillante et luxueuse, mais était-il aussi heureux qu'elle l'était avec sa fille chérie ?

Et personne n'aurait pu souhaiter un enfant plus gentil. Bébé, Grace dormait toute la nuit, pleurait rarement et souriait souvent. À trois ans, elle était gaie, affectueuse et obéissante. Plus tard, bonne écolière, elle faisait son travail sans qu'on ait à le lui demander et employait son temps libre à lire ou à aider sa mère à la maison.

Grace ne s'inquiéta de son père qu'une seule fois, à l'âge de dix ans. Mattie, qui se préparait à cette question depuis des années, s'assit avec sa fille et lui raconta une histoire. C'était en fait l'intrigue d'un roman qu'elle avait lu plusieurs mois auparavant et qui lui avait paru la solution la plus sensée et la plus douce. Le père de Grace était un soldat américain dont elle avait fait la connaissance alors qu'il passait ses vacances en Angleterre ; elle en était tombée éperdument amoureuse. Carl Shaunnessy était grand, brun et très beau. Il avait de l'humour et son sourire était renversant. Au bout de six semaines de bonheur parfait, il était reparti aux États-Unis mettre en route les préparatifs du mariage. Mattie devait le rejoindre un mois plus tard. Deux jours avant qu'elle ne quitte l'Angleterre, elle avait reçu un appel du seul parent encore vivant de Carl, sa grand-mère adorée. Le jeune homme avait péri dans un accident tragique, brûlé mortellement, alors que, simple passant, il tentait de sauver deux enfants d'une maison en flammes. Ces derniers avaient survécu à leurs brûlures et devaient la vie à la présence d'esprit et au courage désintéressé de Carl Shaunnessy. Lui était mort en héros. Et Mattie n'avait jamais aimé un autre homme.

L'histoire était si émouvante que Mattie l'acheva dans les larmes tandis que Grace réfléchissait tout en hochant la tête avec le sérieux dû à son âge.

Mattie s'était préparée à broder mais ce ne fut pas nécessaire. Grace ne revint jamais sur le sujet. Le passé avait été proprement bouclé, comme un paquet, et elle paraissait entièrement satisfaite des informations qu'elle avait reçues.

Lorsque Grace lui avait annoncé qu'elle s'était portée candidate pour travailler au Manoir, Mattie était à peine parvenue à dissimuler ses émotions. Choquée et saisie d'un sombre pressentiment, elle avait maquillé son trouble en un souci maternel. Grace avait bien réussi à l'école ; c'était une fille intelligente qui pouvait prétendre à beaucoup mieux. Servir à table était une occupation respectable mais qui ne la mènerait pas à une brillante carrière. Mal payé, avec des horaires longs et peu commodes, ce travail ne lui procurerait aucune occasion de promotion. Elle n'utiliserait pas ce qu'elle avait appris. Ses pieds lui feraient atrocement mal. Et l'homme pour lequel elle allait travailler était un salaud désinvolte, baratineur et dépourvu de principes.

Cette dernière appréciation, Mattie ne put l'exprimer, et Grace se cramponna à sa décision. Le secrétariat l'assommait et elle avait aimé servir le dimanche dans un café du centre ville. Travailler dans cet établissement prestigieux était exactement ce qu'elle voulait faire et les objections confuses de sa mère ne la troublèrent pas le moins du monde.

# 13

Dominique avait attentivement écouté Tessa lui expliquer sa situation. Il avait bien noté qu'elle refusait de se lier à Ross Monahan et avait dû se résoudre à l'approuver. Lui-même se plaisait dans les incertitudes et les émotions en dents de scie. Il n'était jamais aussi heureux que lorsqu'un drame couvait. Mais Tessa était différente. Non seulement elle était fière et indépendante, mais elle tenait surtout à rester maîtresse d'elle-même et de ses sentiments. Elle ne se laisserait pas ridiculiser, elle ne supporterait pas de s'avouer vaincue. Heureusement, sa volonté était à la mesure de ces exigences. La connaissant depuis des années, il admirait sa force de caractère.

Mais réprimer une attirance naturelle envers un homme plutôt appréciable pour la seule raison que « tôt ou tard, ça finirait mal », c'était une autre paire de manches. Cette fois-ci, Dominique eut l'impression que même Tessa Duvall pouvait avoir besoin d'un coup de main.

Lorsque Ross débarqua chez la jeune femme le matin suivant, il fut très surpris d'être accueilli par un jeune homme blond vêtu d'une robe de chambre en satin écarlate beaucoup trop petite. Sa jambe gauche était emprisonnée dans un plâtre et il arborait une expression de curiosité amusée.

— Je cherchais Tessa, dit Ross dont les yeux se contractèrent en reconnaissant la robe de chambre de la jeune femme.

— Elle est allée à Bath faire quelques courses.

Adossé au chambranle de la porte, Dominique comprit tout de suite qui était le visiteur. Bien qu'attiré seulement par les femmes, il pouvait cependant constater que Ross Monahan était doté d'un physique aussi parfait que Tessa le lui avait dit. Ce qui ne devait pas simplifier les choses, songea-t-il avec une bouffée de sympathie.

— Elle devrait revenir bientôt. Entrez et attendez-la.

Le but de sa visite ayant été de prouver que son frère se trompait, la situation déplut profondément à Ross mais il lui fallait approfondir un peu les choses. Il hocha la tête et entra dans le petit salon de Tessa.

Elle avait travaillé au tableau qu'il lui avait commandé. Il s'approcha de la toile presque finie, plus pour se donner le temps de réfléchir que pour la juger. Malgré ses préoccupations, son attention fut immédiatement captivée. La peinture était vraiment bonne, très vivante, avec des couleurs chatoyantes et un style enjoué. Ross se reconnut avec amusement dans la silhouette qui se dressait devant la cheminée. Une seconde plus tard, il faillit rire tout haut, car à l'extrême droite de la toile se tenait le portrait craché de Max, en grande conversation avec une fille dont il semblait très épris. L'élue, en qui il ne reconnut personne, était laide à faire peur, monstrueusement grasse, et évoquait l'un de ces poissons qui nagent en eaux profondes et dont aucun affamé ne voudrait dans son assiette. Cependant, l'attitude et les traits de Max exprimaient un amour éperdu et le désir ardent d'attirer cette femelle hideuse dans son lit.

— Elle est vraiment douée ! remarqua-t-il tandis que Dominique, son rival, rentrait clopin-clopant dans la pièce, un pack de bières sous le bras.

— Vous pensez si je le sais ! répliqua celui-ci avec un sourire désarmant. Je l'aime beaucoup mais ça me rend fou de voir combien elle sait mal se vendre. Un artiste n'a pas les moyens d'être timide, grands dieux, il doit sortir de son atelier et *se pousser*...

— Mon frère ne trouvera pas ça drôle, fit Ross en désignant le personnage. C'est excellent mais j'ai du mal à croire qu'elle lui a fait ça...

— Croyez-le !

Dominique se laissa tomber sur le canapé et ouvrit une boîte de bière. Il avait un grand talent et, bien que sa passion fût la sculpture, la peinture et le dessin n'avaient pas de secret pour lui. Le style de Tessa n'avait pas été difficile à imiter mais il doutait qu'elle applaudisse à son retour devant ce qu'il avait ajouté au tableau. Cela tenait du blasphème...

Mais c'était nécessaire. Et il était satisfait d'avoir atteint à une telle ressemblance après avoir parlé seulement quelques instants avec Max Monahan.

— Prenez une bière, dit-il en lançant une boîte dans la direction de Ross. Je suis désolé, je ne me suis pas présenté. Dominique Taylor.

— Ross Monahan, fit celui-ci en prenant la main tendue à contrecœur. Vous habitez chez Tessa ?

— Quelques semaines, peut-être plus, répondit Dominique allégrement. Comme je vous l'ai dit, Tessa et moi sommes très liés. Elle m'a parlé de vous, bien sûr...

Ross sentit sa mâchoire se crisper.

— Que vous a-t-elle dit exactement ?

— Oh, juste quelques détails sordides... L'aventure d'une nuit, la grossesse imprévue, c'est tout !

Persuadé que Ross ne s'attaquerait pas à un infirme, il poursuivit :

— Elle sait que vous courez à droite et à gauche, que vous n'êtes pas le mari idéal, c'est pourquoi elle va se débrouiller seule. Enfin, à peu près... Quand elle m'a téléphoné, je suis venu tout de suite... bien que ce ne soit pas le meilleur moment pour moi, ajouta-t-il en tapotant son plâtre. Mais Tessa et moi avons toujours eu des rapports très particuliers...

Sa voix s'éteignit dans une sorte de soupir, et Ross, au bord de l'explosion, se demanda si, après avoir tabassé un type dans le plâtre, il pourrait encore se regarder dans la glace.

— Je ne cours pas à droite et à gauche, répliqua-t-il en se maîtrisant. Et Tessa a de curieuses idées sur l'indépendance. Je lui ai proposé de l'épouser, ce que jamais je n'avais demandé à aucune femme ! Elle a des idées très arrêtées sur elle, sur le mariage et sur moi. Quant à ces deux dernières, il se trouve qu'elles sont fausses.

Dominique s'amusait énormément tout en espérant que Tessa ne revienne pas trop tôt.

— En tout cas, dit-il en prenant un ton raisonneur, elle a pris sa décision. Ne vous vexez pas, mais qui a-t-elle appelé quand elle a eu des ennuis ? Ce qu'elle et moi nous partageons ne dépend ni de privilèges sociaux ni de l'argent. Nous nous comprenons l'un l'autre. Et je ne suis pas le genre de type à m'encombrer de préjugés sur la légitimité. Si j'aime un enfant, peu m'importe que sa mère ait été mariée ou non. De même, conclut-il en articulant lentement, si j'aime une femme, le fait qu'elle puisse avoir un enfant de quelqu'un d'autre ne me gêne pas.

— Vous n'avez même pas attendu qu'elle rentre ? demanda Holly, sidérée.

Elle avait déjà entendu Tessa parler de Dominique mais elle était sûre que rien d'*intime* n'existait entre eux. Elle avait hâte de faire la connaissance de l'homme qui avait si profondément ébréché le moral de son patron.

— Ce salopard habite dans sa maison, qui n'a qu'*une seule* chambre, et pour une période indéfinie, jeta Ross avec un regard furieux. Vêtu de la robe de chambre de Tessa et se vantant en termes précis de ses liens particuliers avec elle. Que diable vouliez-vous que je fasse dans ces conditions ?

— Mais vous avez dit qu'il avait une jambe cassée, remarqua Holly qui s'aperçut soudain qu'elle était sur le point de le plaindre. Mon père s'est cassé la jambe aux sports d'hiver il y a deux ans et son médecin lui a prescrit de ne pas... vous comprenez... tant qu'il était dans le plâtre. Ma mère était dans tous ses états. Ce Dominique n'est pas bien dangereux, du coup.

— Foutaise ! Je *me* suis cassé la jambe quand j'avais dix-neuf ans et ça ne m'a pas arrêté...

— Allons, calmez-vous ! fit Holly en lui tapotant la main.

Peu habitué à ce traitement, il s'écarta brutalement.

— C'est une garce ! Je n'arrive pas à croire qu'elle puisse se conduire ainsi...

— Je lui en parlerai. Ne vous tracassez pas. Je verrai ce qu'il en est.

Elle lui adressa un sourire rassurant. Cela lui donnait en tout cas l'occasion d'aller chez Tessa et de voir à quoi ressemblait le « salopard ».

— Il prend un bain, annonça Tessa avant même que Holly n'ait ouvert la bouche. Oh, ne prends pas cet air ahuri, j'ai deviné ce qui allait se passer. Le téléphone arabe du Manoir fonctionne bien, je le sais.

— Eh bien ? fit Holly en scrutant le visage de son amie. C'est vrai ? Long John Silver et toi, vous filez le parfait amour ? Ross en devient fou, tu sais....

— Ça lui fera du bien, dit Tessa en reprenant sa place devant le chevalet planté au milieu de la pièce. Mais bien sûr, c'est faux. Dominique m'a joué un de ses sales tours, il a raconté des bêtises juste pour s'amuser et je n'ai pas encore décidé si j'allais l'engueuler ou en rire. C'est pourquoi il s'est prudemment retiré dans la salle de bains.

— Voilà qui est intéressant ! Tu crois qu'il aimerait qu'on lui savonne le dos ?

— Tel que je le connais, il t'offrirait plutôt le devant. Holly, n'y pense plus ! Bon sang, tu riboules des yeux alors qu'en principe tu es amoureuse de Mad Max.

— Je le suis, protesta Holly. Mais il s'est montré très grossier l'autre jour au sujet de mon nouvel ensemble, aussi ai-je décidé de changer de plan. Une touche de jalousie n'est jamais perdue. En tout cas, ajouta-t-elle avec un clin d'œil, ça ne t'a pas fait de mal.

— Des jeux, fit Tessa avec un geste de mépris. Toutes ces comédies... je ne peux pas les supporter. Ça n'a vraiment aucun intérêt. Pourquoi ne pas simplement être honnête l'un envers l'autre ?

— Ce serait moins drôle...

— Moins compliqué, en tout cas ! Viens voir ce que Dominique a fait sur cette toile ! Il a dit à Ross que c'était moi. Il est vraiment impossible !

Holly s'en approcha et examina le portrait peu flatteur de Max.

— Il a vraiment fait ça ? C'est incroyable.

Elle frémit. Ce type était d'une audace époustouflante !

Les réactions chimiques étaient chose étrange, se dit Dominique dix minutes plus tard. Cet infaillible, imparable flux nerveux l'avait toujours mis dans un état de trouble invraisemblable face au sexe opposé, et c'était risible.

Ce qui se produisait à cet instant, supposa-t-il, devait en être l'envers. L'antichimie. Ou peut-être, puisqu'il s'agissait de réactions, était-ce celle du lion face à la hyène.

En fait, de Holly King, il ne supportait *rien*. Attitude, voix, caractère, tout l'irritait à un point incroyable. Jamais de sa vie il n'avait autant exécré quelqu'un. Si ce monstre et lui avaient dû être les deux seuls êtres vivants sur Terre, il serait mort vierge.

Quasi muet, il s'affala dans l'unique fauteuil, appuya sa jambe plâtrée sur la table basse et s'absorba d'un air maussade dans la contemplation des trous effilochés de la jambe restante de son très vieux blue-jean.

Mais oublier la présence de Holly était impossible. L'odeur familière de la peinture à l'huile était submergée par son parfum écœurant. Ses vêtements, sûrement hors de prix, étaient un cauchemar ; il n'avait jamais été un fan de Kandinsky et son œuvre ne gagnait guère à être transposée sur du jersey. Son maquillage outrancier devait briller dans l'obscurité. Et sa voix, aux intonations distinguées et assurées, s'élevait bien trop haut pour le volume de la pièce.

Elle appartenait à cette race de femmes à qui il vendait ses sculptures à des prix faramineux, mais ça, c'était les affaires. Jusqu'à ce jour, il n'avait jamais été obligé de frayer avec l'une d'entre elles et il découvrait combien c'était une attitude raisonnable.

— Cela nous ferait très plaisir, dit Tessa, malgré le pinceau qu'elle tenait entre ses dents. N'est-ce pas, Dominique ?

— Comment ? Qu'est-ce qui nous ferait très plaisir ?

— Holly nous invite à dîner ce soir chez elle. Tu seras enchanté, c'est une excellente cuisinière !

— Non. Je suis désolé mais je n'irai pas.

— Pourquoi donc ? gémit Holly, profondément vexée.

Elle se pliait en quatre, proposait de préparer un repas chinois qui lui demanderait des *heures* de travail, et ce type splendide mais effroyablement grossier ne faisait même pas l'effort de justifier son refus.

— Parce que je n'en ai pas envie, répondit-il froidement. Je préfère rester ici. C'est permis ? ajouta-t-il avec un sourire sarcastique.

— Non seulement c'est permis, s'écria Tessa en enveloppant ses pinceaux dans un chiffon et en les jetant sur les genoux de Dominique, mais c'est obligatoire. Reste ici, espèce de sale égoïste, nettoie mes pinceaux et ne touche pas à mes toiles. Moi, je vais passer la soirée chez Holly. Et j'espère que tu t'embêteras bien tout seul !

# 14

L'éclairage ambré qui traversait le feuillage et inondait la piscine d'une lumière chaude flattait le corps bronzé d'Antonia et créait une ambiance décadente qui convenait à son humeur.

Elle se lissa les cheveux en arrière et, d'un bond, se hissa hors de l'eau. Un coup d'œil à sa montre lui apprit qu'il était presque dix heures. Si Ross avait prévu de prendre un bain ce soir, comme il le faisait souvent, il serait là d'une minute à l'autre et elle le reverrait pour la première fois depuis plusieurs semaines.

Semaines vraiment pénibles. Choquée de constater à quel point il lui manquait, Antonia avait d'abord décidé de chercher du secours dans la diversion, de façon à le chasser de ses pensées.

Elle avait outrageusement flirté avec un banquier suisse rencontré lors d'un dîner très ennuyeux que donnait l'un des non moins ennuyeux associés de Richard. Le beau banquier avait répondu à ses avances avec un doux empressement et elle avait repris confiance en son pouvoir de séduction, mais le lendemain avait tourné au cauchemar. Elle devait le retrouver pour déjeuner dans un restaurant intime de Castle Combe et, après s'être préparée des heures et avoir menti de manière éhontée à Richard, elle s'était fait plaquer par ce salaud qui, trop lâche pour le lui dire en personne, avait demandé au maître d'hôtel de lui remettre un message.

Il était profondément désolé, avait-il écrit, mais voilà, il avait réfléchi. Elle était une femme extrêmement séduisante, mais il aimait trop son épouse pour risquer de gâcher leur avenir à cause d'un moment de plaisir.

Si le plaisir durait si peu avec lui, se dit Antonia avec dérision, elle n'avait rien à regretter !

Mais sa fierté avait été blessée et, comme elle n'avait plus de quoi s'occuper l'esprit, elle se remit à penser à Ross. Après de longues semaines désœuvrées loin du Manoir, il lui parut qu'elle *devait* le revoir. Elle s'excuserait de sa conduite. Elle lui rappellerait ce dont il s'était privé... comme s'il pouvait l'avoir oublié ! Et ils reprendraient leurs relations de plaisir et de tacite entente.

L'ennui surprit soudain Dominique. Légèrement honteux de sa conduite, plus à cause de Tessa que de l'horrible Holly, il avait nettoyé les pinceaux qu'elle lui avait jetés et avait même lavé les innombrables tasses de café qu'il avait salies durant la journée.

Puis il s'était assis avec son carnet de dessin et ses fusains ; tout à coup, l'ennui lui avait fondu dessus sans crier gare. Comme Tessa le lui avait souhaité... Il fallait qu'il sorte, qu'il *fasse* quelque chose. La maison n'ayant pas le téléphone, il était pris au piège.

Moins d'une demi-heure plus tard, Dominique se hissait sur un tabouret, appuyait ses béquilles contre le comptoir et commandait un cognac pour fêter l'événement. Malgré son agilité, le trajet de la maison à la route avait été à la fois glacial et périlleux. Mais il ne s'était pas trompé en imaginant que tous s'arrêteraient et proposeraient d'emmener un jeune homme aussi visiblement handicapé. Ce fut finalement un éleveur de moutons à la retraite qui l'emmena jusqu'à l'entrée illuminée du Manoir Charrington.

Être infirme procurait certains avantages, en fin de compte.

Entre autres, cela procurait une entrée en matière. Où qu'il aille, on lui demandait comment il s'était cassé la jambe et, par gentillesse, il avait mis au point une série d'histoires rocambolesques qui illuminaient la journée de ses interlocuteurs.

— Comment est-ce arrivé ? demanda justement l'homme assis sur le tabouret voisin.

Âgé d'une quarantaine d'années, les yeux battus derrière des lunettes à monture d'acier, une expression d'immense lassitude sur le visage, cet homme avait visiblement besoin d'une distraction. Avec obligeance, Dominique lui servit une de ses versions : un avion de tourisme, un pilote souffrant d'une crise cardiaque, un amerrissage forcé au milieu de la Méditerranée et trente-six heures passées à bouchonner sur l'eau, sans rien à manger ni à boire et avec, pour seule compagnie, l'aileron d'un requin qui faisait des cercles autour de lui.

— Depuis, je me rattrape, conclut-il en levant son verre vide et en espérant que son voisin, captivé, saisirait l'allusion et lui en offrirait un second.

— Pour le baratin, vous vous rattrapez bien, effectivement, remarqua l'homme avec un sourire rusé. Mais je vais vous offrir un verre quand même.

Sans se troubler, Dominique lui serra la main et se présenta.

— Comment avez-vous deviné que je mentais ?

— Richard Seymour-Smith, dit l'homme en faisant signe au barman de les resservir. Je suis expert-comptable, c'était facile pour moi. Et ma femme est une menteuse invétérée. L'art de détecter les mensonges est l'une de mes passions.

Dominique comprit rapidement toute l'histoire. Cet homme intelligent mais effacé était éperdument amoureux de sa femme et encaissait ses infidélités à sa manière : en fermant les yeux et en faisant comme si de rien n'était. C'était plus facile qu'une confrontation. Il ne voulait pas courir le risque de la perdre. Imaginer la vie sans Antonia lui était impossible. Mieux valait pour lui une femme infidèle que pas de femme du tout.

Au nom d'Antonia, tout se mit en place. Dominique ne put s'empêcher d'admirer l'ironie de la situation. Il dut se mordre la langue pour éviter de révéler comment lui-même se situait dans l'imbroglio.

Lorsque Richard s'excusa pour aller téléphoner, Dominique décida d'explorer l'hôtel. Se balançant adroitement sur ses béquilles, il traversa la réception et adressa un sourire à Sylvie Nash qui travaillait dans l'équipe du soir et qui, avec son visage de poupée Barbie, correspondait beaucoup mieux à l'image qu'il se faisait d'une réceptionniste que la tempétueuse Holly.

Il passa la tête par la porte du restaurant bondé et la retira très vite. Max Monahan soupait à la première table. Il n'avait aucune envie qu'on le jette à coups de pied dans la neige à cette heure de la nuit. Il s'amusait beaucoup. Et découvrir les lieux où sévissait l'impudente Antonia le passionnait.

Lorsqu'il plongea dans la piscine, Ross se croyait seul. Ce ne fut qu'en refaisant surface pour respirer qu'il la remarqua. Elle était assise dans l'ombre et le regardait. Le hasard n'y était pour rien, il le comprit aussitôt.

— Antonia... fit-il d'une voix neutre.

— Salut, Ross, murmura-t-elle. Tu m'as manqué...

Comme il restait silencieux, elle reprit d'une voix plus forte tout en le dévorant des yeux :

— Je suis venue pour m'excuser. Je n'ai pas respecté la règle du jeu, je le regrette. Et me voici de retour.

— C'est ce que je vois.

Il ne pouvait s'empêcher d'admirer ses talents. Elle savait se mettre à son avantage. Dans ce Bikini jaune clair, très discret, avec ses cheveux lissés en arrière, les orteils agitant doucement la surface de l'eau, elle avait l'air à la fois gentille, innocente et provocante.

Il savait très bien ce qu'elle voulait et ce n'était pas des leçons de natation.

Il pensa à Tessa que *lui* voulait.

Puis il pensa à Dominique, qui vivait chez Tessa et qui, très probablement, puisqu'il n'y avait qu'une seule chambre, partageait son lit.

Lorsque Antonia, sentant que c'était le bon moment, glissa sans bruit dans l'eau et nagea lentement vers lui, il ne bougea pas.

Dominique, qui s'appuyait contre la lourde porte en verre dépoli de façon à l'entrebâiller légèrement, se permit un sourire triomphant. Depuis un jour ou deux, il se disait que Ross et lui se ressemblaient sur plusieurs points. Cependant, l'amitié qui le liait à Tessa le mettait dans le camp opposé. Ce fut avec jubilation qu'il poussa la porte et brandit l'une de ses béquilles en signe de salutation.

— Bonsoir, monsieur Monahan.

Il mit une main en visière pour mieux voir puis, exagérant sa claudication, s'approcha du bord de la piscine, un sourire désarmant sur les lèvres.

— Ma parole, quelle surprise ! Madame Seymour-Smith, si je ne me trompe, en train de profiter de *tous* les services que propose cet établissement.

— Qui diable êtes-vous ? s'écria Antonia qui, tout en remerciant le ciel que cette intrusion ne soit pas survenue cinq minutes plus tard, remit hâtivement en place le haut de son Bikini.

— Un détective privé, madame Seymour-Smith, engagé par votre mari. Et je l'avoue, je suis très choqué ! Ce matin, M. Monahan m'affirmait qu'il ne couchait pas à droite et à gauche et vous voilà tous les deux...

— Vous êtes *quoi* ? hurla Antonia.

— Pas de panique, intervint Ross en regardant s'éloigner le jeune homme qu'il regrettait plus que jamais de ne pouvoir écraser. Ce sont des blagues. Il n'est pas plus détective que moi. Voyons, calme-toi ! Il est parti...

— Eh bien, moi aussi, dit Antonia qui regagna d'une brasse désordonnée le bord de la piscine.

Une fois sortie de l'eau, elle se tourna vers Ross, immobile au milieu de la piscine.

— En tout cas, ton ami a un sens de l'humour plutôt bizarre et qui ne me fait pas rire du tout.

— Moi non plus. Mais, pour l'amour de Dieu, ne l'appelle pas « mon ami ». Ce n'est vraiment pas approprié.

— Chérie, viens t'asseoir. Il faut que nous ayons une petite conversation toutes les deux.

Grace jeta un regard circonspect sur sa mère. Dans quel sujet allait-elle se lancer ? Encore la contraception ? Toute l'année passée y avait été consacrée.

Très émue, Mattie tapotait la place à côté d'elle sur le canapé. De quelque façon qu'elle décrive la situation, Grace allait recevoir le plus grand choc de sa vie.

— Chérie, il y a quelque chose que je dois te dire, se lança-t-elle en serrant les doigts de sa fille si fort que celle-ci grimaça. Je ne croyais pas que ce serait nécessaire, mais maintenant je me rends compte qu'il le faut. Et tu vas m'en vouloir quand tu sauras comment je m'en suis rendu compte.

— Rendu compte de quoi ? demanda Grace, sincèrement intriguée.

Cela ne ressemblait pas à une conférence sur la sexualité et le visage de Mattie était littéralement gris d'anxiété.

Lorsque sa mère glissa une main derrière les coussins du canapé et en retira son journal intime, Grace le lui arracha en poussant un cri strident.

— C'est à moi ! Tu n'as pas le droit d'y toucher !

— Chérie, je l'ai lu, avoua Mattie qui mourait d'envie de prendre son enfant dans ses bras mais reconnaissait que ce n'était pas le moment. Je l'ai lu tout entier et c'est pourquoi je dois te parler.

— C'est personnel ! cria Grace, tremblante de rage. Ça ne te regarde pas. Tu n'as pas le droit de mettre ton nez dans mes affaires...

— Je devais le faire, interrompit Mattie d'un ton douloureux, pour une raison très précise que je vais t'expliquer. Chérie, je désirais ne pas avoir à le faire mais je dois te dire quelque chose à propos de Ross, quelque chose qui va te donner un coup terrible.

— Vas-y alors...

Grace avait pris une expression maussade. Sa mère allait sûrement lui exposer en long et en large les dangers qu'on court auprès des hommes plus âgés. Dangers qui malheureusement ne la concernaient pas, se dit-elle avec amertume.

— Très bien !

Le cœur battant, les paumes moites, elle ferma les yeux et se jeta à l'eau.

— Chérie, Ross Monahan était... est... ton père.

# 15

Le soleil brillait et la neige avait fondu. Tessa gara la rutilante Mercedes en haut de l'allée et, après une petite tape de gratitude sur le cuir rouge, elle sortit de la voiture. Elle ouvrit le coffre et en extirpa le tableau, soigneusement recouvert de papier kraft.

— Grands dieux, Tessa, tu es folle ? Repose ce truc.

Ross, dont le bureau donnait sur le devant de l'hôtel, se précipita pour l'aider. L'arrivée inattendue de Tessa lui remontait le moral, et lui faisait presque oublier le café noir et sans sucre de Holly auquel il devait se résigner, puisque la jeune Grace était encore malade.

Tout en s'emparant du grand tableau, étonnamment lourd, il observa la silhouette de Tessa. Malgré l'ample chandail rose et gris, des changements étaient perceptibles depuis leur dernière rencontre.

— Merci pour la voiture, dit-elle en lui glissant les clefs dans la poche de sa veste. Elle a très bien marché.

— Elle marche toujours bien, protesta-t-il. Du moins, je l'espère.

Elle rit et, à la grande joie de Ross, le suivit vers l'hôtel.

— Je ne l'ai pas mise dans le fossé, si c'est ce qui t'inquiète. Et, hier, je l'ai lavée.

— À la main ?

— À la main, précisa-t-elle en se moquant de lui. Et maintenant, je te la rends. La neige a fondu et j'ai acheté une nouvelle bicyclette.

Il s'arrêta en haut des marches et lui fit face.

— C'est ta voiture, dit-il, les sourcils froncés. Je te l'ai donnée. Je ne veux pas que tu te balades à vélo. C'est trop dangereux.

— C'est sans aucun danger, répondit-elle patiemment, et cela me fait faire un peu d'exercice. Je n'ai pas besoin de ta voiture, Ross. Et si jamais il m'en faut une, je l'achèterai moi-même.

— Oh, femme entêtée…

Les deux mains occupées, il dut attendre qu'elle lui maintienne la porte.

— Où est ton ami, aujourd'hui ? demanda-t-il. Lui au moins paraissait apprécier cette fichue bagnole.

Cette fois-ci, Tessa se retint de sourire.

— Dominique ? Sa femme a débarqué chez moi ce matin. Elle a fait tout le voyage depuis Truro pour avoir une conversation sérieuse avec lui.

— Il est marié ? demanda Ross qui avait posé le tableau sur son bureau et commençait à dénouer la ficelle. Holly ne me l'avait pas dit…

Tessa se laissa tomber dans le fauteuil et passa la main dans ses cheveux encore humides du shampooing matinal.

— Pourquoi l'aurait-elle fait ? Et depuis quand un petit obstacle comme le mariage empêche-t-il les gens de courir à droite et à gauche ?

— *Touché*. Mais s'ils étaient bien mariés, à la personne qui leur convient, ils n'en éprouveraient pas le besoin. Si j'étais heureusement marié, ajouta-t-il d'un ton anodin, je ne penserais pas à coucher avec quelqu'un d'autre…

— Arrête ! protesta Tessa que la situation amusait beaucoup, l'idée de t'imaginer avec une auréole sur la tête est plus que je n'en peux supporter. Maintenant, tais-toi et regarde ton tableau !...

Ross, caricature de l'homme comblé et blasé, examina l'œuvre dans un profond silence. Pour éviter de noyer le tableau, Tessa avait choisi une marie-louise gorge-de-pigeon et un cadre argenté très simple. C'était exactement ce qu'il souhaitait, et même mieux. La composition était magistrale, les couleurs parfaites, les détails d'une précision malicieuse et les touches d'humour, sublimes.

— Si tu le détestes vraiment, finit-elle par dire, je peux toujours me couper l'oreille...

Avant qu'elle n'ait eu le temps de réagir, il l'avait embrassée. Un baiser très bref, fugace, qui pourtant les émut tous deux plus qu'ils ne l'auraient voulu.

— Tu es stupéfiante, dit-il, comme son regard allait du tableau au peintre.

Ses lèvres gardaient le goût du rouge à lèvres abricot.

— Et beaucoup plus jolie que Van Gogh, ajouta-t-il. D'ailleurs, si tu te coupes une oreille, tu ne pourras jamais porter de lunettes.

Elle hocha la tête. Tous deux faisaient comme si le baiser n'avait pas eu lieu.

— Quand il verra ça, Max pourrait bien s'en prendre à mon oreille, reprit-elle.

— Pas de panique. Il a le sens de l'humour.

— Il le cache bien alors.

Elle paraissait brutalement accablée et Ross se retint de l'embrasser de nouveau. Il ne trouva rien de mieux que de sortir son carnet de chèques.

— Tu ne peux pas me donner tout ça ! s'écria-t-elle en lisant la somme qu'il venait d'inscrire.

— Je ne te donne rien du tout. Je paie un prix raisonnable une bonne peinture...

Il soupira. Elle allait recommencer à faire des difficultés. Y avait-il jamais eu dans l'histoire du monde une femme aussi obstinée que Tessa Duvall ?

— Nous nous étions mis d'accord sur un prix...

— Cent cinquante livres ! Autant dire rien ! Si tu veux attirer sérieusement l'attention, tu dois quadrupler tes prix. La peinture bon marché n'est achetée que par les gens qui cherchent quelque chose à accrocher au-dessus de la cheminée. Il faut éveiller l'intérêt des vrais collectionneurs. Dès qu'ils commenceront à débourser une belle somme pour ton travail, ils te recommanderont à leurs collègues, rien que pour protéger leur investissement. Chacune de tes toiles attisera leurs désirs, tes prix monteront, tu attireras sans cesse davantage... et ta fortune sera faite !

Tessa éclata de rire.

— C'est aussi facile que cela ?

— C'est aussi facile que cela, répéta-t-il en claquant des doigts. Tu fournis des articles de luxe et, tant qu'ils seront bien mis en valeur, les gens voudront les acheter. Et, ici, ajouta-t-il en l'entraînant hors du bureau, nous ferons tout pour qu'ils soient mis en valeur.

— Où allons-nous ? demanda Tessa. Je suis censée revenir à la maison pour arbitrer la lutte entre Dominique et sa femme.

— Qu'elle l'étrangle ! dit Ross sans s'émouvoir. En tout cas, laisse-les se dépatouiller tout seuls. Nous allons déjeuner pour célébrer ton futur succès.

Le restaurant où il l'emmena, au centre de Bath, était vraiment très chic. Ross, vêtu d'un complet gris sombre fait sur mesure et arborant une cravate de Dior, était dans son élément. Mais Tessa, qui portait un chandail un peu délavé, un caleçon en coton et des baskets blanches n'avait pas la tenue appropriée pour entrer Chez Zizi.

— Ne commence pas ! dit Ross comme elle ouvrait la bouche pour protester, sinon je te fais payer l'addition. Détends-toi et amuse-toi. Rappelle-toi, il s'agit de célébrer ton succès à venir.

Qu'il était aisé de se prendre pour Cendrillon, s'étonna Tessa en admirant la décoration or et émeraude. Des lampes à abat-jour en mousseline éclairaient chacune des tables, les pieds s'enfonçaient dans une moquette moelleuse et les murs tapissés de vert étaient striés d'un jaune orangé.

— Tu es déjà venue ici ? demanda Ross, sûr de la réponse.

— Des douzaines de fois, dit Tessa. Je préfère la nouvelle décoration. Le rose et l'argent de l'année dernière étaient un peu trop dans le goût de Barbara Cartland.

Ross, qui avait voulu l'épater en l'invitant dans ce restaurant somptueux, fut très vexé.

— Avec qui sortais-tu l'année dernière ? Qui diable avait les moyens de t'emmener des *douzaines* de fois dans un endroit pareil ?

Tessa haussa les épaules et se mit à étudier la carte. Qu'allait-elle choisir comme entrée ? Des crevettes royales sautées au beurre d'escargot ou des champignons sauvages marinés dans du vin rouge parfumé aux herbes ?

— Des champignons marinés, dit-elle enfin en relevant les yeux.

Ross la regardait toujours, attendant une réponse.

— J'ai toujours adoré ce plat, ajouta-t-elle malicieusement.

— Qui ? répéta-t-il sans cacher son impatience. Avec qui sortais-tu l'année dernière ?

— Bon, fit Tessa, cela ne te regarde pas, mais il se trouve que l'année dernière je venais ici trois fois par semaine. Je faisais la plonge. Un gros travail et peu glorieux… Mal payé, mais les restes étaient fabuleux, ajouta-t-elle après une gorgée d'eau glacée.

Ross avait le sens des affaires. Durant tout le repas, il ne cessa de présenter Tessa à de nombreux amis et relations en leur soulignant qu'elle était un talent à surveiller, une étoile montante et un investissement sans pareil. Très demandée pour les portraits, elle était actuellement surchargée de travail mais, si certains clients en parlaient à Ross, il se chargerait de les faire passer en priorité.

Avec la curieuse sensation d'en être réduite au rôle du ventre d'un ventriloque, Tessa souriait, opinait du chef, acquiesçait à chacun des scandaleux mensonges de Ross.

— Tu prendras une commission ? demanda-t-elle lorsqu'ils furent seuls.

Les yeux noirs de Ross la scrutèrent.

— J'accepterai volontiers des paiements en nature.

— Non, je t'en prie, fit-elle en secouant la tête.

Savait-il combien sa gentillesse la troublait et lui rendait la tâche difficile ? Grands dieux, que lui arrivait-il tout à coup ? Jamais, jamais de sa vie, elle n'avait pleuré en public.

Grâce au ciel, cela n'arriva pas. Un sourire penaud sur les lèvres, Ross versa une cuillerée de sucre brun dans son café et s'adossa sur sa chaise.

— Désolé, ça m'a échappé. Je ne pense qu'à cela…

Tessa lui rendit son sourire.

— Je sais bien ! Et c'est pourquoi je souhaite que nous en restions à l'amitié. Nous en souffririons moins. Mais je te suis très reconnaissante pour tout ce que tu fais. Si ces gens sont vraiment intéressés par mes tableaux, dit-elle en désignant la pile de cartes de visite qu'ils avaient laissées sur la table, tout changera. Et seule, je n'aurais jamais réussi à susciter un tel intérêt.

Ross ravala une remarque grivoise sur l'intérêt qu'elle éveillait en lui et s'efforça de ne la regarder qu'avec amitié. Ce qui s'avéra très difficile.

— Je ne fais que protéger mon investissement, dit-il. J'ai encore une ou deux idées mais il me faut y réfléchir un peu. En attendant, dis-moi comment tu vas. Est-ce que le médecin est content de toi ? Est-ce que tout se passe normalement ?

Tessa sourit en l'entendant réendosser la blouse de la sage-femme.

— Il est enchanté ! répondit-elle, les doigts croisés sous la table. (Pour achever la toile, elle avait dû annuler ses deux derniers rendez-vous.)

— Et tu as commencé les cours d'accouchement sans douleur ? insista-t-il en faisant signe au garçon de leur apporter deux autres cafés.

Ils étaient les derniers consommateurs.

— Ma mère les a toujours tenus pour une innovation des temps modernes, mise au point par les hommes pour que les femmes enceintes se sentent encore plus ridicules qu'elles ne le sont. Et je suis d'accord avec elle. D'ailleurs, je vais avoir beaucoup trop de travail. Ça fait des millions d'années que les femmes se débrouillent fort bien sans l'aide de cours pour apprendre à respirer et je suis sûre que le moment venu je saurai faire comme elles.

En conduisant comme s'il transportait une cargaison d'œufs, Ross ramena Tessa chez elle. Il lui ouvrit la portière et l'aida à mettre pied à terre. Ses yeux ne la quittèrent pas tandis qu'elle fouillait dans son sac à la recherche de sa clef. Elle était adorable. Quelle frustration de penser que, si Tessa avait ignoré sa réputation passée, ils se seraient aimés sans retenue et auraient été très heureux ! Au lieu de se cramponner au rôle du grand frère bienveillant…

— Merci pour le déjeuner, dit-elle en serrant son sac contre elle comme une écolière.

Le spectacle du sac à main sur le ventre rond le fit sourire.

— Merci pour le tableau…

Tessa haussa les épaules. Elle aurait voulu dire autre chose mais ses pensées restaient confuses.

— J'ai passé un excellent moment. C'était très… agréable.

— Oui, pour moi aussi, fit Ross qui, de peur de se ruer sur elle, s'écarta et se dirigea vers sa voiture. Ce n'est peut-être pas l'avis de ton ami, ajouta-t-il en désignant la maison. Enfin, s'il est encore en vie…

— Il l'est sûrement. Sa femme l'adore. Simplement, elle n'arrive pas à admettre qu'il soit tombé amoureux de quelqu'un d'autre.

Il y avait là une leçon que Ross enregistra.

— Bon, il faut que je rentre à l'hôtel.

— Et moi, j'ai quelques douzaines de tableaux à mettre en chantier, dit Tessa en souriant. Merci encore, Ross, pour ton aide.

En tournant la clef de contact, il lui adressa un signe d'adieu.

— Je suis toujours très attentionné envers les femmes enceintes et les enfants. Surtout, ajouta-t-il avant de s'éloigner, lorsque l'enfant est le mien.

# 16

Mattie continuait à s'inquiéter au sujet de Grace. Une quinzaine de jours s'étaient écoulés depuis le soir dramatique où elle avait dû avouer la vérité sur Ross Monahan mais elle n'en savait pas plus sur ce qu'éprouvait sa fille.

Grace avait écouté en silence les explications bredouillantes de sa mère. Les larmes attendues n'étaient pas venues. Mattie, qui s'était préparée à une explosion de rage ou d'hystérie, à une réaction violente, avait été sidérée lorsque, le récit achevé, la jeune fille l'avait regardée dans les yeux.

— C'est ça, la vérité ? s'était-elle contentée de demander.

Sa mère le lui ayant tristement confirmé, elle s'était levée et avait quitté la pièce.

Depuis, elle refusait systématiquement que Mattie revienne sur cette histoire. Elle partait chaque matin à l'heure habituelle et s'enfermait le soir dans sa chambre. Lorsque sa mère abordait des sujets neutres comme la nourriture, la lessive ou ses programmes préférés de télévision, elle lui répondait avec à-propos mais n'entamait jamais d'elle-même la conversation. Toute allusion à Ross ou à l'hôtel était accueillie par un silence impénétrable.

Désespérée, Mattie repartit à la recherche du journal intime qu'elle finit par trouver dans la corbeille sous forme de lambeaux noircis par les flammes.

La réaction de sa fille, à l'égard de cet événement imprévu, semblait être de le tenir à l'écart de sa vie.

Mattie, qui se tourmentait au point d'avoir perdu un demi-kilo, jugeait cette réaction malsaine mais ne savait comment rattraper la situation. Le mal était fait et, puisque Grace refusait d'en parler, il lui faudrait assumer ses émotions toute seule.

— Allez-vous-en, dit Holly vivement. Vous êtes ivre !...

— Peut-être, peut-être, admit l'ivrogne en lui offrant l'œillet rouge de sa boutonnière. Mais je tiens quand même à vous inviter à dîner demain soir. Après tout, vous n'avez qu'à dire non...

Max traînait à proximité et Holly craignit qu'il ne l'accuse de perdre son temps.

— Bien, dit-elle en se plongeant dans le courrier, dans ce cas, c'est non.

— Mais je suis le garçon d'honneur, protesta-t-il. Vous ne savez pas ce que vous manquez.

— Une gueule de bois, probablement. Voyons, vous devriez être dans la salle de réception en train de prononcer un discours. Laissez-moi travailler et allez rejoindre les invités.

Holly aimait les hommes minces, bruns, à l'air mystérieux... comme Max. Ce soupirant était bâti en joueur de rugby ; il avait un gros nez camus et des poches sous ses yeux gris ; sa crinière hirsute évoquait un flot de bière blonde et son grand sourire découvrait toutes ses dents. Sa jaquette le comprimait et on l'imaginait mieux en blue-jean et chandail. Il s'exprimait d'une voix basse et rocailleuse avec un léger accent du Nord. Enfin, il était carrément soûl.

Il laissait Holly parfaitement froide.

Du coin de l'œil, elle le regarda s'éloigner vers la salle où se poursuivait à grand bruit un mariage. Dommage que Max n'ait pas vu son habileté à se débarrasser d'un gêneur...

Quinze minutes plus tard, une demoiselle d'honneur s'approcha de son bureau.

— Pourriez-vous venir avec moi, s'il vous plaît ? On a besoin de vous tout de suite.

Perplexe, Holly la suivit. Un tonnerre d'applaudissements l'accueillit sur le seuil de la salle. À sa grande surprise, trois cents invités avaient pivoté sur leur chaise et la dévisageaient. Des sifflements approbateurs ricochèrent de mur en mur. Le garçon d'honneur, debout à la table principale, leva son verre en souriant.

— Mesdames et messieurs, la voici. La femme de mes rêves, celle qui a brisé mon cœur... la femme qui a refusé mon invitation à dîner.

— C'est mon frère, murmura la demoiselle d'honneur tandis que les acclamations reprenaient. Un grand timide...

Une envie de meurtre s'empara de Holly dont les joues s'enflammaient. Les lourdes portes avaient été refermées derrière elle et cet homme allait se venger en la ridiculisant en public. Où donc se trouvait Ross, au moment où elle avait tant besoin de lui ? se demanda-t-elle avec désespoir.

— Mais je n'accepte pas un « non » comme réponse, claironna le garçon d'honneur. Et le chantage ne me fait pas peur. Aussi... mon discours ne démarrera-t-il que lorsque cette superbe jeune personne se sera ravisée et aura accepté de dîner avec moi demain soir dans un restaurant de son choix.

Holly avait imaginé bien pire et sa première réaction fut un profond soulagement.

La seconde fut de rire. L'homme était tenace. Et s'il lui offrait le choix du restaurant, cela signifiait qu'en tout cas il en avait les moyens, sinon la classe.

Les invités attendaient. Les joues en feu, Holly finit par hocher la tête affirmativement. Un concert d'applaudissements et de cris de joie accueillit sa décision.

— Merci, dit le garçon d'honneur. Soyez gentille d'inscrire vos nom, adresse et numéro de téléphone sur un bout de papier et de le donner à ma sœur. Et, comme je sais que vous êtes très occupée, vous feriez mieux de retourner à votre bureau. Je vais entamer le long discours tant attendu. À demain soir, huit heures et demie.

— Il ne viendra sûrement pas, dit Holly qui tournait en rond dans le petit salon de Tessa en mettant à rude épreuve les nerfs de Dominique.

— Sans doute pas, fit celui-ci. Surtout s'il est sobre...

Tessa, qui peignait, intervint tranquillement :

— Il semble être un type intéressant et je suis sûre qu'il viendra. Où as-tu décidé d'aller ?

— Chez Zizi, répondit Holly dont c'était l'un des restaurants préférés. Mais je ne sais même pas son nom !

— King Kong, marmonna Dominique.

— En tout cas, ses manières ne peuvent être pires que les vôtres, répliqua-t-elle.

L'antipathie qu'il éprouvait à son égard la blessait d'autant plus qu'elle n'en comprenait pas la raison. Elle ne voyait pas non plus ce que Tessa lui trouvait.

— Tessa, tu crois que je dois sortir avec lui ? reprit-elle. Ça va être un désastre.

— Vas-y, dit Tessa d'un ton ferme. Tu vas t'amuser. Et mets ta robe en soie rouge.

— Je ne vois pas pourquoi je suivrais tes conseils quand tu n'écoutes même pas les miens.

— Tu m'as *demandé* mon avis, lui fit remarquer son amie, aussi je te fournis des réponses sensées. Toi, par contre, tu essaies de me pousser dans des situations que toute personne saine d'esprit éviterait comme la peste. D'ailleurs, ajouta-t-elle en trempant son pinceau dans un petit tas de terre de Sienne brûlée, je ne t'ai jamais demandé ton avis. Tu me le donnes quand tu en as envie. La plupart du temps, je n'écoute même pas.

— Eh bien, tu devrais ! répliqua Holly. Parce que Ross a vraiment changé. Je sais avec certitude qu'il ne voit plus Antonia. Elle n'est pas revenue à l'hôtel depuis la nuit de Noël.

Tessa cilla. Dominique avait pris grand plaisir à lui faire un récit détaillé de sa récente visite au Manoir. À cet instant, le visage grimaçant, il affectait d'étudier les résultats des courses.

— Merci, Holly, mais de toute façon, ça ne m'intéresse pas, s'empressa-t-elle de répondre à contrecœur. Je ne *veux* pas dépendre d'un homme, d'aucun homme, et je suis tout à fait capable de me débrouiller seule. Tout comme ma mère l'a fait. Comprends-tu ?

— Bravo ! s'écria Ross, exaspéré. Cela n'aurait pu tomber pire !

Il ôta du bureau la pile de lettres qu'on venait de lui apporter à signer, mais c'était déjà trop tard. Le café chaud s'était infiltré de page en page et commençait à dégouliner sur le tapis ivoire.

— Ne restez pas là à ne rien faire, jeta-t-il à la jeune fille. Nettoyez-moi ça ! Et si vous n'êtes pas fichue de porter un plateau sans le renverser, pourquoi donc vous êtes-vous donné le mal de revenir ?

Grace s'enfuit de la pièce, s'enferma dans les toilettes et fondit en larmes. C'était pire qu'un cauchemar. Incapable d'affronter Ross et tout aussi incapable de rester à la maison pour y subir les sempiternelles questions de sa mère sur ce qu'elle ressentait, avait, désirait, regrettait, etc., elle avait dit à son médecin qu'elle était déprimée et avait obtenu un congé maladie. Alors que Mattie la croyait en train de travailler, Grace déambulait dans les rues de Bath, s'asseyait seule dans les cafés bondés de touristes, parcourait les musées et restait parfois des heures dans sa petite voiture à réfléchir.

Elle ne pouvait s'empêcher de réfléchir. Son cerveau ne cessait de bouillonner, en plein chaos, oblitérant la réalité.

Dans l'espoir de s'abstraire totalement, elle avait demandé à son médecin une ordonnance de tranquillisants et de somnifères et avait reçu, à la place, un sermon sévère. Comme elle paraissait plus jeune que son âge, elle avait essuyé le même refus lorsqu'elle avait voulu acheter de l'alcool. Finalement, grâce à une bonne couche de maquillage, elle avait trouvé un petit supermarché où elle pouvait s'approvisionner en vodka sans subir d'interrogatoire. Si elle la buvait trop vite, elle était aussitôt malade mais elle apprit à l'ingurgiter par petites doses régulières, ce qui atténuait sa souffrance et lui permettait au moins de dormir la nuit.

Ce n'était pas grand-chose mais c'était mieux que rien.

Et voilà qu'après avoir rassemblé tout son courage pour affronter Ross de nouveau, le pire s'était produit. Une lampée de vodka à jeun n'avait pas dû arranger les choses, mais elle était loin d'être ivre. Résolue à se comporter de la façon le plus normale possible, elle avait serré les dents et apporté le plateau du café dans le bureau du directeur.

Mais à la vue de Ross, si grand, si beau, si captivant, ses mains avaient été prises de tremblements incoercibles. Il émanait de lui une aura de séduction, le charme naturel de celui qui peut obtenir ce qu'il désire et qui il désire. L'esprit de Grace avait été à nouveau en proie à l'image de Ross et de sa mère dans les bras l'un de l'autre.

Le plateau était tombé brutalement sur le bureau et la cafetière s'était renversée, répandant un peu partout le liquide noir et brûlant. Au bord des larmes et terrorisée, Grace s'était enfuie.

Il ne lui restait plus qu'à quitter l'hôtel avant qu'on ne la voie dans cet état.

Il lui fallait aussi trouver une nouvelle situation, de préférence chez quelqu'un dont elle ne risquait pas de s'éprendre... et qui ne se révélerait pas être son père.

# 17

— Vous êtes épatante !

— Et, moi, je suis épatée, dit Holly en arrangeant la robe en soie qu'elle venait de repasser avec grand soin. C'est la première fois qu'on m'emmène dîner dans une Land Rover !

Adam Perry lâcha ce rire tonitruant qui le caractérisait.

— Une Land Rover ne vous laisse jamais tomber, assura-t-il avec un accent du Nord prononcé. C'est un véhicule solide et fiable. En fait, j'avais l'intention de prendre la Rolls mais ma sœur l'a bousillée cet après-midi. Elle est rentrée dans un autobus.

— C'est passionnant ! dit Holly d'un ton lugubre.

Scrutant l'obscurité, elle s'aperçut qu'ils s'écartaient du centre ville.

— Mais où allons-nous ? Chez Zizi, c'est dans l'autre sens...

— J'ai changé d'avis, répliqua Adam tranquillement. Nous allons ailleurs.

— Seigneur... gémit Holly, la tête dans les mains, craignant que la soirée ne dépasse ses pires prévisions. J'ai été kidnappée.

Ce fut pire, en effet. Bien pire.

Son bracelet de diamants et de perles, dont les nuances irisées auraient été délicatement mises en valeur par l'éclairage de Chez Zizi, eut l'air en toc sous l'éclat brutal des néons. Son maquillage était sans aucun doute criard, et les regards indiscrets des routiers et des banlieusards restaient rivés sur son généreux décolleté.

Si la station-service de Leigh Woods, sur l'autoroute M4, convenait très bien à Adam Perry qui portait comme les autres clients un pantalon de coton délavé et une chemise de rugby ornée d'anneaux bleus et dorés, elle ne convenait pas à Holly.

— Écoutez… commença-t-elle comme il posait sur leur table en Formica orange, souillée de ketchup, deux plateaux chargés de saucisses, d'œufs, de chips et de thé.

Adam l'interrompit.

— Allons bon, elle a une panne d'humour ! Holly, je sais ce que vous allez dire et je suis très déçu. Dès que je vous ai vue, je me suis dit : voilà une fille qui sait rigoler. Et vous gâchez tout avec vos airs prétentieux. Chérie, c'est pour rire…

— Mais ça ne m'amuse pas ! répliqua-t-elle, trop furieuse pour le regarder en face. Nous devions aller Chez Zizi et je me suis mise sur mon trente et un, et tous ces horribles types sont en train de loucher sur mon décolleté…

— Et vous préféreriez que ce soit des types en complet-veston qui louchent, remarqua Adam d'un ton sec.

Elle le vit sortir son portefeuille avec horreur.

— Vous trouvez que je vous joue un sale tour en vous amenant ici au lieu d'aller dans un restaurant où l'on vous fait payer chaque grain de riz. Eh bien, je suis vraiment déçu ! Mais si ça vous tracasse à ce point, mettez ça dans votre sac et invitez un ami chez ce foutu Zizi… Ça paiera bien deux omelettes, ajouta-t-il en jetant deux billets de cinquante livres dont l'un tomba dans l'assiette de Holly.

Jamais de sa vie elle n'avait subi un tel affront. Les yeux emplis de larmes, elle repoussa sa chaise et se leva.

— Je savais que je ne devais pas sortir avec vous. J'avais commencé par refuser mais j'ai cédé parce que vous insistiez. J'ai eu tort, et vous, vous n'êtes qu'un mufle.

La Land Rover la rattrapa à l'endroit où la bretelle d'accès rejoignait l'autoroute. Holly, qui tremblait de froid et chancelait sur ses talons aiguilles, affecta d'abord de l'ignorer.

— Pour l'amour de Dieu, laissez tomber le numéro de la débutante effarouchée et montez ! cria Adam couché en travers du siège du passager. Et inutile de paniquer, vous savez ! Nous ne pouvons pas nous marier… Holly Perry, ça ne fait pas sérieux.

Holly était furieuse. Le vent du nord la transperçait jusqu'aux os. Elle avait été humiliée, elle avait faim et ses chaussures la torturaient.

Mais ces derniers mots la firent éclater de rire et la forcèrent à céder.

Le restaurant *Chez Zizi* était bondé mais le maître d'hôtel qui semblait bien connaître Adam finit par leur dénicher une table. Les diamants de Holly retrouvèrent leur éclat délicat et sa bonne humeur revint presque malgré elle.

— Je ne vois pas ce qui vous rend si joyeuse, dit Adam au milieu du repas. C'est vous qui payez !

— Je n'ai pas pris l'argent que vous m'avez jeté à la figure, précisa-t-elle en piquant son dernier morceau de homard.

— Dans ce cas, il y aura une serveuse aux anges ce soir à la station-service.

— Vous avez vraiment une Rolls-Royce ?

— Ça a de l'importance ? Mon caractère ne suffit pas ?

— Je n'ai pas l'habitude de gens comme vous, admit-elle en souriant. Je ne sais même pas ce que vous faites... ni dans quelle école vous avez été.

— C'est vraiment important ?

Pareille stupidité la fit sursauter.

— Bien sûr !

— Est-ce important que vous sachiez que j'ai été élevé dans le Yorkshire, que j'ai fréquenté le collège et que j'en ai été renvoyé à quinze ans pour avoir pris des paris sur les courses de chevaux ?

— Vous l'aviez fait ?

— On ne jouait pas gros mais le professeur de mathématiques m'a dénoncé parce qu'il ne pouvait pas payer ses dettes.

Holly déglutit. Rien de ce bref récit ne ressemblait à ce dont elle avait l'habitude.

— Et maintenant ?

— Maintenant ? fit Adam avec un sourire moqueur. Maintenant, j'ai une chaîne de bureaux de pari mutuel et partout dans le pays il y a des professeurs qui me font gagner de l'argent. Ça me fait rigoler. J'étais nul en maths mais je gagne en une semaine plus qu'eux sur toute l'année. C'est pas beau, ça ?

— C'est beau, dit Holly qui ne savait plus où elle en était.

L'histoire lui paraissait incroyablement sordide. Adam Perry ne ressemblait à aucun homme qu'elle connaissait mais il la fascinait comme l'insecte étrange qu'on trouve nageant à la surface d'un verre. Elle ne pouvait le quitter des yeux. Et le fait que le très exigeant maître d'hôtel l'ait autorisé à rentrer Chez Zizi dans ce pantalon informe la laissait sans voix.

Au premier regard, Adam l'avait trouvée complètement farfelue. Elle avait de l'allure, ce qu'il appréciait, mais une allure particulière, ce qui lui plaisait encore plus. Il ne supportait pas les jeunes personnes BCBG, bien élevées, avec un rang de perles sur le twin-set. Il voulait une femme qui ait l'air d'une femme et qui n'ait pas peur d'afficher ses attraits, et Holly n'hésitait pas à les découvrir. Il ne lui restait qu'à mettre au point une méthode pour briser sa réserve, pour se frayer un chemin jusqu'à elle.

— Quand vous aurez fini de dîner, nous irons chez moi, dit-il en vidant sa coupe de champagne comme s'il s'agissait d'une bière. J'ai un lit aquatique, ça vous plaira beaucoup.

Holly lui jeta un regard méprisant.

— Même si nous étions égarés en plein désert de Gobi, je ne partagerais pas un lit aquatique avec vous, répliqua-t-elle sèchement.

# 18

— Tu m'as dit de travailler, protesta Tessa en tentant de reprendre sa palette. Tu m'as *prescrit* de peindre jusqu'à ce que je m'écroule... et maintenant tu m'arraches en plein milieu de mon élan. Je parie qu'on n'embêtait pas tant Michel-Ange...

— Après sept ans couché sur le dos pour peindre ce foutu plafond, il n'a sûrement pas craché sur quelques diversions, répliqua vivement Ross en lui tendant son manteau. Et puis, il n'était pas enceinte ! Les artistes enceintes ont besoin de faire des pauses au milieu de leur travail. Sans parler, ajouta-t-il avec un de ses sourires irrésistibles, d'un repas ou deux.

Un tour. Il lui avait joué un sale tour, se dit Tessa sombrement, vingt minutes plus tard. Elle avait accepté de le suivre parce qu'elle avait faim et voilà qu'elle était emprisonnée dans une pièce sinistre, tout en gris et beige, devant un film répugnant, et dévisagée sans vergogne par de nombreux regards indiscrets.

À Bath, les cours d'accouchement sans douleur tenaient manifestement des réunions mondaines. Jetant des coups d'œil à droite et à gauche dans la pénombre, Tessa remarqua une majorité de blondes, maquillées comme pour aller au bal et portant des vêtements de gymnastique aux couleurs très recherchées. Même leur vernis à ongles était impeccable, nota-t-elle en examinant ses mains, tachées comme d'habitude de peinture.

Rien n'était plus pénible que d'être forcée de regarder un film, de bien mauvaise qualité, montrant le déroulement d'un accouchement. Il n'y avait rien d'enchanteur là-dedans ; en tout cas, elle se félicitait de ce que, lorsque son tour viendrait, sa position ne lui permettrait pas d'en voir autant.

Ross tenait sa main serrée dans la sienne et elle ne pouvait s'échapper.

Qui pis est, il paraissait passionné et parfaitement inconscient de l'émoi que sa présence suscitait.

Néanmoins, Ross Monahan n'avait rien d'un imbécile. Avec un serrement de cœur, Tessa comprit soudain qu'il la mettait devant le *fait accompli*. Sans y avoir sérieusement réfléchi, elle avait plus ou moins présumé que l'identité du père de son enfant resterait inconnue, sauf des quelques personnes déjà au fait de leur histoire.

Manifestement, Ross avait d'autres idées. Malgré l'approche imminente du dénouement, l'attention des spectateurs était dispersée. Des coups d'œil obliques, certains discrets, d'autres carrément inconvenants, les visaient de chaque coin de la salle. Tout le monde connaissait Ross Monahan de réputation et l'étonnement était grand de le voir en ce lieu. Tessa, tout aussi stupéfaite, s'affaissa dans son fauteuil, ferma les yeux et fit semblant de dormir.

— Quel sale tour tu m'as joué ! dit-elle à Ross en lui jetant un regard sévère par-dessus la cuisse de poulet qu'elle mordait à pleines dents.

Il sourit sans remords et, avec un air innocent, se servit abondamment de la salade de pommes de terre à l'ail.

— Mais c'était nécessaire ! Et instructif. Tu ne commencerais pas une nouvelle peinture sans préparer la toile, non ? demanda-t-il, avec un geste vers les tableaux qui recouvraient les murs du salon.

— Ce n'est pas la même chose.

— C'est exactement la même chose. Si tes muscles pelviens ne sont pas en bon état, tu vas au-devant de tas d'ennuis.

— Cela ne te concerne pas, précisa-t-elle gentiment.

Ross la regarda. Avec son habituel petit chignon croulant, les manches de son grand chandail remontées et les coudes plantés sur la table pour pouvoir ronger son os, elle avait une allure angélique qui contrastait tellement avec son air boudeur qu'il eut envie de rire.

— Cela pourrait me concerner, répliqua-t-il. Si seulement tu n'étais pas aussi entêtée.

— Ce n'est pas de l'entêtement, c'est du bon sens !

— Bravo ! s'écria-t-il avec irritation. Rappelle-toi que tu as passé ces cinq dernières années à te débattre pour survivre comme peintre à mi-temps. Peux-tu au moins admettre que mes idées concernant ta carrière ont été plus efficaces que les tiennes, ou est-ce trop te demander ?

— Nous verrons en temps utile, répliqua-t-elle.

L'attitude de Ross l'ennuyait. Elle lui était reconnaissante pour son aide mais elle n'allait pas le laisser en abuser, en parler à chaque occasion, exiger des remerciements pantelants pour une dette qu'elle ne pourrait jamais complètement rembourser.

— La seule personne à qui j'ai vendu quelque chose jusqu'à maintenant, c'est toi, lui rappela-t-elle. (Et elle ajouta d'un ton acerbe :) Ne me dis pas qu'il faut que je couche avec chacun de tes amis pour qu'ils daignent s'intéresser à mes tableaux...

Ross avait gardé le secret toute la journée, attendant le moment idéal pour le lui annoncer. Ce n'était pas exactement ce qu'il avait imaginé : c'était mieux.

— Couche avec Nico Coletto, dit-il d'un ton neutre, et je te tue !

L'os de poulet retomba dans l'assiette de Tessa. La colère la quitta. Jubilant, Ross piqua un champignon avec sa fourchette et le porta à sa bouche.

— Qu'est-ce que tu veux dire ?

— Je veux dire qu'il est venu me voir hier à l'hôtel. Nous sommes de vieux amis. Il a remarqué ton tableau dans mon bureau et ton style lui plaît beaucoup. Il repart aux États-Unis la semaine prochaine mais, dès son retour, il voudrait que tu fasses son portrait.

— Nico Coletto veut que je le peigne, *lui* !

Tessa était ahurie. Paralysée par l'effroi. Abasourdie. La publicité serait sensationnelle. Et Holly, pauvre Holly, se dit-elle en se retenant un sourire, en suffoquerait de jalousie.

— Deux mille, précisa Ross qui savourait la réaction de Tessa. Et deux cents de plus si tu peux le finir à temps pour l'anniversaire de sa femme.

— Deux mille livres !

Oubliant qu'elle ne buvait plus, elle s'empara du verre de Ross et prit une rasade de vin blanc.

— Deux mille, répéta-t-elle en secouant la tête. J'ai du mal à y croire.

— Et pourtant, c'est vrai. Et maintenant, je suis formidable, non ?

Reprenant ses esprits, Tessa eut un petit sourire.

— C'est Nico Coletto qui est formidable. Et pour une pareille somme, je peux bien coucher avec lui...

— Ce n'est pas du tout son genre, s'empressa-t-il de préciser.

Il savait bien qu'elle ne faisait que le provoquer, mais l'idée même le rendait fou. La jalousie était un sentiment nouveau pour lui. Seule Tessa était capable de la susciter, à volonté semblait-il.

— Il vit l'un de ces mariages heureux à l'existence desquels tu refuses de croire…

Elle haussa les épaules. La discussion l'amusait beaucoup.

— Je sais qu'ils existent… pour un temps. Mais tôt ou tard, chacun peut céder à la tentation. Et Nico a eu sa part d'aventures dans le passé… autrement dit, si la fille qu'il faut se présente au moment voulu, il pourrait ne pas…

— Arrête ! s'écria Ross en la fusillant du regard. Arrête ! J'ai tout arrangé et tu n'as même pas la décence de me remercier. Tout ce que j'obtiens en échange, c'est la description minutieuse de tes projets malsains envers l'un de *mes* meilleurs amis, visant à briser un mariage heureux…

Tessa était satisfaite d'avoir marqué un point, même si Ross à cet instant était trop furieux pour s'en rendre compte. Il s'octroyait le droit de débaucher les femmes mariées qui lui plaisaient mais il ne supportait pas l'idée qu'on pût lui être infidèle. Rien d'étonnant, se dit-elle tristement, à ce qu'elle refusât de se lier avec lui.

— Je plaisantais, dit-elle d'un ton rassurant.

— Eh bien, cela n'avait rien de drôle, répliqua Ross, le regard encore sombre.

Tessa prit un air contrit.

— Je jure de ne pas séduire Nico Coletto.

— Tu ne risques pas de le séduire, dit-il en suivant de la pointe de son couteau le contour de la main de Tessa. Parce que tu seras chaperonnée lors de chaque séance de pose.

— Comment ça ?

— Je serai là, annonça-il avec tant de gravité qu'elle n'osa même pas sourire.

Il avait prévu de le faire depuis deux jours et cela lui était complètement sorti de la tête. Sur le trajet de l'hôtel, Ross remarqua une petite boutique de fleurs au bout d'une rangée de magasins aux vitrines élégantes et, repérant une place de stationnement, s'y arrêta. En fouillant dans son portefeuille à la recherche du bout de papier sur lequel il avait griffonné l'adresse de la jeune fille, il faillit renoncer. L'idée lui en était venue sur un coup de tête, suite à un sentiment de culpabilité peu conforme à son caractère. Le visage livide, l'expression angoissée de cette fille l'avaient ému et... ah, le papier était là. Sauf erreur, elle habitait tout près. Il pourrait même les déposer...

Mattie avait froid et était épuisée. Elle s'arrêta au bout de la rue pour passer le sac de provisions le plus lourd d'une main à l'autre. Il ne lui restait qu'une centaine de mètres à parcourir et elle rêvait déjà de la bonne tasse de thé qu'elle allait se préparer. Il eût été plus réconfortant d'être accueillie par une fille aimante et souriante mais il lui fallait se résigner, un tel miracle ne se produirait pas. Elle fronça les sourcils, scrutant la rue sombre à la recherche de la petite Fiat bleue qui signalait la présence de Grace.

La Fiat n'était nulle part mais une immense et somptueuse voiture blanche était arrêtée devant chez elle, feux allumés, portière grande ouverte.

Une Mercedes, nota Mattie en se rapprochant. Elle était garée n'importe comment et le moteur tournait.

Soudain elle se pétrifia et serra les doigts autour de ses sacs si fort que les ongles s'enfoncèrent dans ses paumes. Même dans la semi-obscurité, il lui était impossible de ne pas reconnaître la haute silhouette sortant de l'ombre du porche et regagnant la voiture.

Dix-huit ans s'étaient écoulés depuis qu'elle l'avait vu, qu'elle lui avait parlé, qu'elle lui avait offert sa virginité, qu'elle l'avait attendu dans l'angoisse... et voilà que Ross Monahan se tenait devant elle, en chair et en os.

Mattie n'eut pas le temps de préparer un plan d'action. Durant les quelques secondes pendant lesquelles elle aurait pu s'élancer vers lui ou crier pour attirer son attention, elle resta figée, souffle coupé, le cerveau tourbillonnant tandis que montait en elle comme un haut-le-cœur un mélange de colère contenue, de honte et de volonté de protéger sa fille contre un surcroît de souffrance.

Elle entendit un rugissement qui allait en s'amplifiant. Les phares éblouissants la firent ciller. La tête lui tourna et elle chancela. Sans s'en rendre compte, elle trébucha du trottoir et se retrouva sur la trajectoire de la voiture.

Il dut donner un coup de volant pour l'éviter. Un dixième de seconde, dans la lueur orange des réverbères, elle reconnut le visage de l'homme, ses yeux noirs, ses pommettes hautes et sa bouche fine et sensuelle.

Il devait sûrement être en train de la maudire pour sa stupidité, de fulminer contre la ménagère étourdie qui n'avait même pas la présence d'esprit de regarder de chaque côté avant de traverser. Dans moins de vingt secondes, il aurait cependant chassé de sa tête l'incident, et aurait oublié l'agacement d'avoir dû faire une embardée pour éviter une femme pataude encombrée de ses paquets.

C'était là qu'ils différaient, songea Mattie qui se retournait pour voir s'éloigner à toute allure la Mercedes. Elle n'avait pas oublié. Elle n'oublierait jamais. Et un jour Ross Monahan apprendrait à respecter un peu plus les autres.

Le bouquet de roses, rouges et rose pâle, était appuyé contre la porte d'entrée. Lorsque Mattie se pencha pour le prendre, le papier brillant crissa et un filet d'eau glissa des tiges humides jusque dans son poignet. La petite enveloppe agrafée en haut de l'emballage était adressée à Grace.

Ce ne fut qu'une fois chez elle que Mattie se rendit compte à quel point elle tremblait. Elle dut s'asseoir à la table de la cuisine et respirer à fond avant d'ouvrir l'enveloppe.

« *Je suis désolé, je n'aurais pas dû m'emporter. Remettez-vous et revenez vite. Ross Monahan.* »

Espèce de salaud, se dit Mattie en déchiquetant la carte, les larmes aux yeux.

Salopard, pensa-t-elle en enfournant les morceaux dans un pot de café presque vide qu'elle enfouit dans la poubelle.

Triple salaud, fulmina-t-elle en arrachant le papier en Cellophane qui enveloppait les fleurs. Le parfum s'en exhala. Le bouquet était trop gros pour qu'elle puisse s'en débarrasser d'un seul coup. Il lui faudrait le diviser avant de l'envelopper dans du papier journal.

— Salaud, salaud, salaud, dit-elle à haute voix en jetant les paquets dans la poubelle.

Et pour faire bonne mesure, elle y rajouta le contenu de la boîte à ordures de la cuisine.

Elle protégerait Grace de ce salopard égoïste, insouciant, grossier, se jura-t-elle tandis qu'elle remettait brutalement en place le couvercle. Dût-elle en mourir.

# 19

Holly trouva dans le journal la rubrique qui l'intéressait et se percha sur l'accoudoir d'un fauteuil pour lire à son aise ce que lui réservait l'avenir.

— Ma situation financière va se détériorer mais, à part cela, ma journée ne sera que plaisir et amusement, annonça-t-elle d'un ton théâtral à ses collègues qui l'entouraient dans le vestiaire. Quelles bêtises ! Je n'ai jamais eu de problème financier de ma vie et quant à passer une journée de plaisir et d'amusement, je suis coincée ici par un double service de seize heures !

— Mme Polonowski dit la bonne aventure, dit Lucy, l'une des femmes de chambre. Elle m'a lu l'avenir dans des feuilles de thé la semaine dernière et m'a dit que j'allais me fiancer avec un beau garçon. Le soir même, poursuivit-elle, de plus en plus excitée, j'ai fait la connaissance de Derek. Et le jour suivant, j'ai trouvé cette bague en diamant dans une taie d'oreiller de la chambre 6…

Holly se souvint de la bague, un énorme diamant jaune taillé à angles droits appartenant à une cantatrice australienne tout aussi flamboyante, laquelle avait fait un esclandre en s'apercevant de sa disparition. Pour toute récompense, Lucy avait reçu une pièce de monnaie. Le lien entre ces deux événements n'était pas évident, songea Holly, mais les prédictions concernant les beaux garçons étaient tout à fait de son goût.

Rosa Polonowski faisait la plonge à la cuisine de l'hôtel. Il fut inutile de la supplier pour qu'elle accepte de quitter son évier, le temps d'une tasse de thé et d'une brève séance de chiromancie dans les vestiaires. Cette volubile personne, de soixante et quelques années, était arrivée en Angleterre après la guerre et vingt-cinq ans de prédictions de foire en foire avaient amélioré sa maîtrise de la langue anglaise. Elle n'était plus Madame Rosa mais continuait à exercer ses talents. C'était un moyen efficace pour se faire des amis et si ceux-ci étaient assez gentils pour la remercier d'un verre ou deux de porto, ce n'en était que mieux.

Elle examina longuement la main de Holly qu'elle tenait dans ses doigts noueux, tout en admirant la montre élégante qui ornait le poignet.

— Vous avez de la chance, dit-elle avec un accent prononcé. Tellement de chance que vous aurez beaucoup de bonheur. Mais il y a un problème. Un gros problème avec les hommes.

Tiens donc ! se dit Holly avec un sourire triste, mais elle garda le silence.

— Un gros problème pour décider quel homme choisir, poursuivit Rosa Polonowski en vrillant ses yeux sur le visage de Holly. Deux hommes, grands, l'un brun, l'autre blond. Très différents mais tous les deux très amoureux en secret. Le brun, il sourit jamais. Un vrai cheval noir, vous comprenez. Un vrai cheval noir et un grand ours brun, vous voyez. Et quand vous aurez choisi, vous serez heureuse, heureuse. Deux enfants vous aurez, et une bonne santé pour tout le monde.

Si émue qu'elle pouvait à peine parler, Holly murmura :

— Mais lequel choisir ? Le brun ? Est-ce qu'il m'aime vraiment ? C'est lui que je vais épouser ? Mon Dieu, je ne peux y croire !

Rosa Polonowski s'abstint de remarquer qu'elle n'avait pas parlé mariage. Elle tapota la main de Holly et sourit, révélant une dentition incroyablement chaotique et aurifiée.

— Ça, je peux pas dire. Vous devez choisir seule. Une fille intelligente, vous ferez le bon choix, je le sais.

— Oh, madame Polonowski, s'écria Holly, prise de vertige, c'est incroyable ! Et tout ce que vous m'avez dit est absolument vrai. Seulement, je ne savais pas, je ne pouvais pas savoir qu'il était déjà amoureux de moi. Mais maintenant que je le *sais*...

— Holly, qu'est-ce que vous foutez là, nom de Dieu ? rugit Max en faisant irruption dans la pièce.

Tout le monde se figea de frayeur, sauf Holly, encore sous le choc des révélations de Mme Polonowski. Rageusement, Max la saisit par la main, cette même main qui avait révélé un brillant avenir, et l'arracha de son tabouret.

— Pour l'amour de Dieu, aboya-t-il en l'entraînant vers la porte, il y a la queue à la réception, le téléphone s'emballe et ça fait quinze minutes que la pause café aurait dû s'achever. Aussi, arrêtez de sourire bêtement, rassemblez vos esprits et remettez-vous à votre foutu travail. Si ça se reproduit, ajouta-t-il d'un ton menaçant, vous perdrez votre boulot.

Il l'aimait, pensait Holly, toujours sur son nuage. Il était grand, brun, et ne souriait jamais, mais cela n'avait aucune importance. Parce que, désormais, elle savait que Max Monahan, sous cet aspect sombre et terrifiant, était amoureux d'elle...

D'un air maussade, Antonia regardait par la fenêtre l'allée que la voiture de Ross n'empruntait plus. Elle avait failli hurler des horreurs à l'étranger mince et blond qui avait interrompu leurs retrouvailles dans la piscine. Depuis lors, elle avait traîné autour de l'hôtel comme une groupie et, chaque fois, Ross avait réussi à l'éviter. Le pire, c'était que plus il l'ignorait, plus il la fascinait.

Accablée par l'ennui et la mauvaise humeur, elle se laissa tomber sur le canapé recouvert de soie jaune et ramassa le journal que Richard avait laissé, ouvert comme d'habitude sur les sinistres pages financières. Pendant quelques secondes, on n'entendit plus que le bruissement irrité des pages que ponctuait le lent battement de l'horloge. Mais Antonia s'arrêta soudain de feuilleter le journal. Le nom de Ross lui sauta aux yeux dans la chronique mondaine. Elle parcourut l'article. Une violente nausée s'empara d'elle tandis qu'elle apprenait l'imminente paternité de Ross et la dévotion qu'il portait à la blonde Tessa Duvall avec laquelle il avait suivi des cours d'accouchement sans douleur à Bath.

Antonia laissa tomber le journal et regarda à nouveau l'allée désertée. La fille avait donc été assez maligne pour se faire engrosser, se dit-elle en fermant les yeux. Sa silhouette désuète apparut, agrémentée d'un ventre répugnant. Apparemment, enchanté de cette paternité inattendue, Ross se pliait à tous les caprices de cette créature.

Mais Antonia le connaissait trop bien pour s'inquiéter sérieusement. Ross pouvait avoir cédé à l'attrait de la nouveauté mais la réalité lui paraîtrait bientôt fade et ennuyeuse, elle n'en doutait pas. Il n'était pas taillé pour ce genre d'obligation. Elle avait reçu un choc, admit-elle tandis que la nausée s'estompait, mais pas si terrible que cela. Connaissant Ross comme elle le connaissait, elle n'avait pas à se tracasser. D'ici à quelques mois, il ne se souviendrait même plus du nom de cette petite putain.

Après avoir lu l'article, Mattie ne sut si elle devait se réjouir ou s'irriter.

Elle plaignait la fille enceinte, bien entendu. Tessa Duvall, cette jeune artiste blonde, ignorait à quoi elle s'engageait. Mattie se demanda si elle l'avait fait exprès, afin d'acculer Ross au mariage.

Mais pour Grace, cette nouvelle serait difficile à avaler. Après ce qu'elle avait déjà dû admettre, elle en serait d'autant plus bouleversée ; qu'éprouverait-elle lorsque en sa présence Ross exulterait de joie ?

Comme elle avait catégoriquement refusé de changer de travail et de quitter l'hôtel, Mattie cherchait en vain un moyen de l'aider.

— Te voilà célèbre, ricana Holly en brandissant le journal à la face de Tessa. Regarde, ils ont même écrit ton nom sans faute d'orthographe. Quel dommage qu'il n'y ait pas de photo !

— Une photo de moi, couchée sur le dos, les jambes en l'air ? Les gens en perdraient l'appétit... Je savais que quelque chose de ce genre se produirait, poursuivit-elle en appliquant d'une main preste des petites touches d'ocre jaune sur sa toile. Ross doit être en train de le regretter maintenant...

— C'est Ross qui m'a montré l'article. Il le lisait à tout le monde. Tess, il est fier comme... comme un jeune père.

— Ne t'inquiète pas, dit Tessa en se concentrant sur sa peinture. L'attrait de la nouveauté ne durera pas. Il reviendra vite à son état normal.

— Tu devrais demander à Rosa Polonowski de te lire les lignes de la main, dit Holly qui avait déjà décrit à son amie l'avenir merveilleux qui l'attendait.

— Elle n'y arrivera pas, répliqua Tessa en lui montrant sa paume. Mon destin est bel et bien scellé. Par la peinture.

Grace n'aurait pas vu l'article si elle n'était pas tombée à l'heure du déjeuner sur Sylvie Nash dans un café de Bath.

— Grace, comment ça va ? s'écria Sylvie, enroulée autour de son petit ami, sa minijupe noire remontée jusqu'en haut de ses cuisses hâlées. Tu as entendu la dernière sur Ross ?

Grace sursauta.

— Non. Qu'est-ce qu'il y a ?

— C'était dans le journal, aujourd'hui. Il va être papa ! Quelle chance il a, ce bébé ! dit Sylvie qui aimait rendre jaloux son ami.

Avec une moue aguichante, elle ajouta :

— Imagine un peu : avoir Ross Monahan pour père !

— J'imagine ! fit Grace en écho.

Elle se dirigea vers la porte. Le désespoir l'avait brutalement envahie. Elle avait besoin d'un verre, vite. Et d'un exemplaire de ce journal.

— C'est une drôle de fille, murmura Sylvie comme Grace sortait. Si réservée. Elle n'a pas l'air dans son assiette en tout cas…

— Y a pas pire que les réservées, remarqua son ami avec un sourire vaniteux. Je parie que je pourrais la réveiller, lui mettre un peu de couleur aux joues.

— Essaie donc ! riposta Sylvie jalousement. Et tu sauras ce que c'est que d'avoir les joues *vraiment* rouges.

# 20

L'hélicoptère survolait le champ de courses.

— Mon Dieu, cria Holly par-dessus le vrombissement des turbines. Comme c'est *grand*, c'est incroyable !

— Ah, doux propos, dit Ross avec une grimace. Ils chantent à mes oreilles...

Holly éclata de rire et Max se tourna ostensiblement vers la petite fenêtre de côté. Il dédaigna leurs plaisanteries en se demandant comment une journée tant attendue avait pu si rapidement mal tourner. Que devait-il craindre encore ?

Il n'osait y penser. Crazy Daisy, la jument noire de cinq ans, dotée d'un tempérament fantasque mais d'un courage de croisé, comptait énormément pour lui. Si quelque chose lui arrivait pendant la grande course de l'après-midi, il deviendrait fou, à coup sûr.

C'était pour Francine qu'il avait loué un hélicoptère, un Bell Jet Ranger rutilant rouge et blanc, qui lui avait coûté une fortune. Lorsqu'elle l'avait appelé de Normandie la semaine passée, tous les vieux sentiments avaient resurgi. Elle revenait en Angleterre pour quelques jours, lui avait-elle dit, avec sa voix rauque et son léger accent ondoyant. Oui, elle adorerait assister aux courses d'Ascot en compagnie de Max et regarder son cheval courir pour la prestigieuse Amerson Cup.

Et puis, la veille, il avait reçu un télex l'informant sans ménagement qu'elle ne pourrait finalement pas se rendre en Angleterre. C'était tout. Ni explication ni excuse. Il pouvait seulement supposer qu'un autre prétendant avait surgi sur la scène avec un projet plus intéressant.

Cachant sa déception, il avait invité Ross à l'accompagner. Celui-ci, dès qu'il avait appris que l'hélicoptère comportait cinq sièges, s'était empressé de dire :

— Merveilleux, nous allons emmener Tessa !

Puis, pour quelque raison mystérieuse, Holly King avait réussi à se faufiler à bord et la sortie *à deux*, soigneusement préparée, avait été complètement défigurée. Holly ne cessait de caqueter au sujet d'une diseuse de bonne aventure et de l'importance vitale des chevaux noirs. C'était du non-stop. Son ensemble ridicule, avec ses fanfreluches rouge géranium et son chapeau assorti planté en équilibre instable auraient peut-être convenu pour un concours de déguisements mais pour une réunion hippique un jour de mars venté, c'était tout à fait inadéquat.

La déception était amère. Tandis que l'hélicoptère descendait bruyamment vers le sol, Max regretta de ne pas être venu en voiture. Seul.

Cependant, à peine l'hélicoptère s'était-il posé sur la pelouse balayée par le vent, que l'irritation de Max s'évanouit. L'atmosphère électrique, le brouhaha général, l'excitation collective étaient irrésistibles. Ross aida Tessa à descendre et Max se tourna vers Holly qui, agrippée à la porte, chancelait sur ses talons aiguilles rouge vif. En tout cas, son parfum puissant se diluerait dans l'air frais, se dit-il, résigné, mais avec cette tenue, il y avait peu de chances qu'on la perde dans la foule.

S'accrochant à Max, Holly sauta. Le temps que ses pieds touchent terre, sa jupe s'était relevée, révélant une culotte vert émeraude, des cuisses pâles et potelées et des jarretelles d'un rose vif.

Holly n'avait pas prévu de l'impressionner à ce point. Ou pas tout de suite. Avec un glapissement, elle tira sur sa jupe et, comme ses talons s'étaient enfoncés dans le sol meuble, manqua basculer. Ross lâcha un rugissement d'hilarité.

— Si tu étais un gentleman, tu lui prêterais tes chaussures, protesta Tessa.

— Si Holly était une dame, riposta-t-il, elle ne porterait pas de jarretelles d'un rose agressif, et même pas de jarretelles du tout... Pas en public tout au moins, ajouta-t-il en adressant un clin d'œil à l'intéressée.

Pendant le déjeuner léger qu'ils prirent à l'Arundel, situé à l'est de la tribune d'honneur, l'humeur de Max continua à s'améliorer. Il avait été voir Crazy Daisy qu'il avait trouvée dans une forme splendide et à qui le terrain mou convenait à la perfection. Sans lâcher sa bouteille de champagne, Ross bavardait avec un vieux camarade de collège. Holly et Tessa épluchaient les pages hippiques du *Sporting Times* et affectaient de comprendre les commentaires sur l'entraînement et la forme des concurrents. Toujours obsédée par les chevaux noirs, Holly prétendait jouer dix livres, gagnant et placé, sur Black Monday. Tessa accordait plus d'importance à la casaque des jockeys qu'aux prouesses des montures. Le rose et le lilas, couleurs de sa grande veste rayée, de son pantalon et de son chemisier, figuraient abondamment dans sa sélection. Les femmes, se dit Max, exaspéré, avaient une logique particulière. Surtout Tessa Duvall, au sujet de laquelle, d'ailleurs, il ne s'était pas encore forgé d'opinion.

En dépit de sa méfiance première, Tessa passait un bon moment. Lorsque Ross l'avait invitée, l'idée de se joindre aux deux frères lui avait paru absurde et elle avait éclaté de rire. Depuis son retour d'Amalfi, Max, qu'elle soupçonnait d'être plus envoûté par Francine Lalonde qu'il ne le laissait paraître, était d'une humeur de chien. Ses commentaires acerbes et ses regards cyniques lui rappelaient régulièrement ce qu'il pensait d'elle.

Mais alors qu'elle finissait d'énumérer toutes les raisons pour lesquelles sa présence aux courses était peu souhaitable, Holly était intervenue.

— Tessa, c'est le destin ! s'était-elle écriée en agrippant la manche de Ross tant elle était excitée. Tu ne comprends pas ? Quand Rosa Polonowski m'a parlé d'un cheval noir, je ne savais même pas que Max avait acheté Crazy Daisy. Ce qui a une double signification puisque Max est *mon* cheval noir... Tessa, c'est ma vie qui est en jeu. Nous devons y aller !

— Nous ? fit Tessa qu'une pareille audace épatait.

Comprenant que Tessa viendrait si son amie était de la partie, Ross hocha la tête.

— Pas de problème, dit-il en souriant à Holly. Il y a cinq sièges. Et c'est votre jour de congé de toute façon. Alors, tout est arrangé.

— Mais est-ce que... commença Tessa, sourcils froncés.

— Je m'occupe de Max, dit Ross, négligeant le problème. Quand je lui dirai que cela peut changer toute sa vie, je suis sûr qu'il acceptera.

Après le déjeuner, ils se frayèrent un chemin dans la foule vers les guichets. Le comportement de Ross choqua Tessa. Pendant qu'elle pariait une livre sur chacun de ses chevaux, il poussait des paquets de billets sur le comptoir, plaisantait avec le caissier et enfonçait les bulletins dans la poche arrière de son pantalon comme s'il s'agissait de tickets d'autobus.

Il connaissait une foule de gens, remarqua-t-elle, sidérée. Ils n'étaient arrivés que depuis une heure et demie et il s'était déjà heurté à plus d'une douzaine d'amis et de relations.

Ils menaient des existences complètement différentes, se rappela-t-elle comme ils regagnaient les tribunes pour assister à la première course. Avec des styles de vie et des valeurs opposés. À cause de ces différences fondamentales, ils ne pourraient jamais être liés.

C'était triste mais ce n'était pas une révélation. Elle décida de ne pas gâcher cette journée et le laissa prendre sa main et l'entraîner vers l'escalier.

— Attention, femme enceinte ! claironna-t-il. Allons, laissez passer une femme enceinte. Respire à fond, chérie, et surveille ta montre entre les contractions. En tout cas, pour l'amour de Dieu, tâche de ne pas accoucher pendant la course.

Crazy Daisy courait dans la troisième course de l'après-midi. N'ayant gagné qu'une fois depuis le début de la saison, elle n'était qu'un outsider à 66 contre 1. Max se comportait comme un père rongé par l'anxiété et affirmait à tous ceux qui voulaient l'entendre qu'elle ne gagnerait pas mais qu'elle pouvait fort bien être placée. Colin Eames, l'entraîneur de Crazy Daisy, leur fit une brève visite et glissa à l'oreille de Tessa qu'elle devrait parier sur Hard as Nails, un des deux favoris, coté à 7 contre 4.

— Mais Daisy a-t-elle une chance ? demanda loyalement Holly.

Elle avait follement misé vingt livres sur le cheval noir auquel Max et elle accordaient tant d'importance, et dix livres, gagnant et placé, sur Secret Desire dans la seconde course.

— Chaque cheval a une chance, concéda Colin, mais ne rêvez pas. Le terrain convient à Daisy mais il lui manque l'expérience de cette distance. Tout ce que nous pouvons espérer, c'est qu'elle fasse une bonne course.

Lorsque Max répéta pour la dixième fois à Tessa que Daisy était une vaillante petite jument mais qu'ils ne devaient pas compter sur une victoire, un élan de pitié la prit. Avec son visage livide et ses mains fébriles, il avait l'air de souffrir d'une crise aiguë de trac.

— Et cette folle de Holly n'arrange rien, se plaignit-il. Elle est convaincue que Daisy va gagner.

— Prenez un autre verre, dit Tessa en s'emparant de la bouteille à demi pleine que tenait Ross. Il semble que posséder des chevaux de course soit mauvais pour la santé. Et calmez-vous, Max ! Que Daisy gagne ou perde, nous continuerons à vous adresser la parole. Nous sommes là pour nous amuser.

Elle s'amusa réellement lors de la première course. Sous un soleil éclatant, la foule accompagna la cavalcade de ses hurlements et, au milieu des encouragements et des applaudissements frénétiques, le favori, un grand cheval gris nommé Derelict, passa en coup de vent devant le poteau d'arrivée, la tache rose et blanc de son cavalier toujours sur son dos.

Tessa gagna deux livres. Black Monday, sur lequel avait misé Holly, n'était que septième. Ross perdit cinquante livres sur une jument baie qui s'était débarrassée de son jockey dans la troisième rivière.

Holly était euphorique. La défaite de Black Monday annonçait à coup sûr la victoire de Crazy Daisy. Elle ne cessait de répéter à un Max de plus en plus énervé qu'il toucherait d'ici peu l'Amerson Cup et le chèque confortable qui l'accompagnait. Lui remonter le moral était un nouveau rôle qu'elle découvrait avec délectation. Avec son chapeau solidement arrimé grâce à une demi-douzaine d'épingles à cheveux et sa jupe joliment arrangée sur ses genoux, Holly était convaincue d'incarner la fiancée d'un propriétaire de chevaux. Ascot, décréta-t-elle, était un lieu qui lui convenait parfaitement.

À cet instant, un sifflement strident déchira l'air, que suivit immédiatement l'envolée d'un bouchon de champagne, lequel, après une course parfaite, rebondit sur le large bord de son chapeau et s'insinua dans son décolleté.

— But ! hurla une voix au milieu de rires masculins. Hé, Holly ! J'ai perdu mon bouchon. Je peux venir le chercher ?

Rouge au point de jurer avec son chapeau, Holly extirpa le missile offensant de son nid douillet et s'écarta de la balustrade. Maudit soit Adam Perry et sa grande gueule ! Comment *osait-il* l'humilier ainsi ? Et s'en amuser aussi bruyamment ?

— Quels amis charmants vous avez là, remarqua Max en jetant un coup d'œil sur la foule en contrebas. Qui est-ce ? Un de vos flirts ?

— Non, pas du tout ! cracha-t-elle. C'est un mufle sans éducation. Il serait l'unique survivant mâle de la planète que je refuserais de le voir.

— Ah bon ? En tout cas, il est en train d'envoyer des baisers dans notre direction et je doute qu'ils me soient destinés.

— C'est un type répugnant, déclara Holly qui fit mine de se plonger dans la lecture de son guide sur les courses.

— Je crois qu'il vient vers vous.

— Ô mon Dieu… gémit-elle.

Si Adam Perry la dévalorisait aux yeux de Max, elle le tuerait de ses propres mains.

Comment il se débrouilla pour franchir le contrôle de sécurité à l'entrée des tribunes, elle ne le comprit pas. Trente secondes plus tard, Adam Perry faisait irruption dans leur loge, soulevait Holly dans ses bras et l'écrasait sur sa poitrine avec tant d'énergie qu'elle craignit de jaillir hors de sa robe.

— Holly, que vous êtes belle ! Quel spectacle sublime ! Et quelle surprise de vous retrouver ici !... Salut, ajouta-t-il en se tournant vers les autres occupants de la loge. Adam Perry. Enchanté de vous connaître. Je suis le type que Holly va épouser, dès que j'aurai légalement changé de nom. La semaine prochaine, je m'appellerai Adam Day et, tout de suite après, cette fille splendide sera, pour le meilleur et pour le pire...

Remarquant la honte et l'aversion dans le regard de Holly, Max l'interrompit.

— En fait, dit-il d'un ton aimable mais ferme, cette dame est avec moi. Et elle le sera le mois prochain... et celui qui suivra... Aussi, si j'étais vous, je mettrais de côté ces projets de mariage. S'il doit y avoir des mariés, ce sera elle et moi, d'accord ?

Ross, dont Adam Perry ne pouvait voir le visage, luttait contre le fou rire. Tessa retenait son souffle, priant le ciel que rien d'atroce ne survienne. Adam relâcha son étreinte et Holly retomba sur ses pieds, au bord de l'évanouissement.

Adam, contrit, s'empara de la main de Max et la secoua avec énergie.

— Je suis désolé, vraiment ! J'ignorais que Holly était... avait quelqu'un dans sa vie. J'espère sincèrement n'avoir offensé personne.

— Pas du tout, dit Max poliment.

Soulagé, Adam secoua les épaules.

— Bon, eh bien, je ferais mieux de rejoindre mes amis. Vous avez de la chance, monsieur, si je puis me permettre. Holly est une fille merveilleuse. Trop bien pour un type comme moi, de toute façon.

Puis, avec un grand sourire adressé à toute l'assistance, il ajouta :

— Mais on peut toujours espérer. Peut-être qu'un jour j'aurai de la chance et que je me trouverai une fille aussi belle que celle-ci. Alors, au revoir, monsieur…

— Monahan, fit Max qui s'empara de la main tendue.

— Monsieur Monahan, répéta Adam en secouant la tête en signe de reconnaissance. Bien sûr ! Encore toutes mes excuses, Holly. La prochaine fois que nous nous reverrons, vous serez sans doute Mme Monahan. En tout cas, je vous souhaite d'être très heureux tous les deux.

— Nous le serons, cela ne fait aucun doute, dit Max qui pressa tendrement le bras de Holly.

Incapable de parler, celle-ci hocha la tête.

La deuxième course se déroula sous ses yeux dans un brouillard opaque. Elle comprit que son cheval avait gagné lorsque Tessa lui écarta les doigts pour en arracher le paquet de bulletins.

— Tess, je n'arrive pas à y croire, murmura-t-elle, les yeux fixés sur le large dos de Max.

— Moi non plus, dit Tessa en lissant les bulletins froissés. Secret Desire, dix livres gagnant et placé… à vingt contre un… cela fait plus de deux cents livres !

Holly sourit. Tessa était si pragmatique qu'elle n'avait pas compris. Mais les faits étaient là. Sa vie allait complètement changer, tout comme Rosa Polonowski l'avait prédit…

# 21

Tandis que les chevaux s'alignaient pour le départ de l'Amerson Cup, Max fumait cigarette sur cigarette. Il avait déjà vu courir Crazy Daisy mais ceci était sa première grande épreuve et jamais de sa vie il ne s'était senti aussi ému. Il savait qu'elle n'avait aucune chance de gagner, mais cependant... comment ne pas imaginer que par quelque miracle...

— Elle est splendide, dit Tessa, à côté de lui.

Elle observait les chevaux aux jumelles, l'expression tendue, le ventre appuyé contre la balustrade.

— *En plus*, votre jockey porte une toque rose. Ils ne peuvent pas perdre.

— Elle ne gagnera pas, répéta Max machinalement. Je veux juste qu'elle fasse une bonne course. J'espère seulement...

— Eh bien, moi, je veux qu'elle gagne, nom de nom, déclara Ross qui s'insérait entre eux et s'emparait des jumelles. Et notre personnel sera sacrément furieux si ce n'est pas le cas, vu que j'ai misé sur elle les salaires du mois prochain.

Trois secondes plus tard, les chevaux s'élançaient. Holly, qui avait recouvré sa voix, hurla jusqu'à sentir ses poumons s'embraser. Tessa se cramponnait à Ross. À la sortie du premier virage, Crazy Daisy était à la dixième place. Le souffle coupé, Max vit l'un des meneurs s'affaler sur la rivière. Le jockey de Daisy la poussa sur la gauche juste à temps pour éviter le cheval à terre. Elle sauta la rivière, dépassa deux autres concurrents et s'élança joyeusement à l'assaut de l'obstacle suivant. Daisy, manifestement, s'amusait comme une folle, ce qui n'était pas le cas de son propriétaire. Tandis que Ross et Holly s'époumonaient, Max ferma les yeux une seconde.

— Max, regardez ! cria Tessa en lui agrippant le bras. Elle a dépassé Hard as Nails ! Elle *vole* !

Il avait désespérément besoin d'une cigarette ; se sachant incapable de l'allumer, il serra le paquet de toutes ses forces. Une autre barrière fut franchie... puis une autre... et Daisy se retrouva en quatrième position à six cents mètres de l'arrivée.

— VAS-Y, DAISY ! hurla Holly en couvrant les rugissements de la foule.

Max s'aperçut soudain qu'il serrait les doigts de la jeune fille au point de les rendre bleus. Il n'était plus capable de regarder la course. S'il levait les yeux, Daisy allait tomber. Les cris du public étaient assourdissants. Holly trépignait à côté de lui tandis que les chevaux approchaient de la dernière barrière.

— Elle gagne du terrain, souffla Tessa.

Puis, s'apercevant que Max ne pouvait plus regarder, elle reprit :

— Ils arrivent sur le dernier obstacle et elle est en train de rattraper le favori. Max, il faut que vous la voyiez !

Il redressa la tête et, les yeux mi-clos comme pour se protéger, fixa les chevaux qui se ruaient vers l'arrivée. Daisy était en troisième position, à une longueur du deuxième et à une longueur et demie du premier. Pétrifié, muet, il la vit accélérer encore sur un rythme parfait, sa queue noire volant derrière elle...

La foule devint frénétique. Holly arracha son chapeau, le jeta en l'air sans même regarder où il atterrissait. Elle se retrouva dans les bras de Max, l'étreignant de toutes ses forces, étreinte par lui, submergée de bonheur, les larmes aux yeux.

Puis Max se retourna pour embrasser Tessa tandis que Ross débouchait un magnum de Bollinger, acheté à l'insu de son frère.

— À notre Daisy chérie, dit-il en leur tendant les verres dégoulinants remplis hâtivement. Trente mètres de plus et elle aurait gagné. Mais la seconde place est un miracle qu'aucun d'entre nous n'osait espérer. Que Dieu la bénisse et tous ceux qui ont parié sur elle. Je ne sais pas ce qu'il en est pour toi, ajouta-t-il en attirant Tessa à lui et en déposant un baiser sur le bout de son nez, mais moi, j'ai gagné huit mille cinq cents livres.

— Il faut que nous allions la voir, dit Max en reposant son verre d'une main tremblante.

À demi ivre de joie et de champagne, il baissa les yeux et vit que son bras enlaçait la taille de Holly.

— Vous venez avec moi ? demanda-t-il.

Rentrant le ventre et se concentrant sur la délicieuse sensation des doigts posés sur elle, Holly fit le vœu de se mettre au régime. Le parfum de son after-shave, la chaleur de son corps si proche lui firent tourner la tête. Elle aurait pu jurer que de vraies larmes embuaient ses yeux noirs.

— Nous allons tous y aller, déclara Ross en prenant la main de Tessa. Moi aussi, je veux la voir… Mais je dois vous prévenir, ajouta-t-il avec un clin d'œil à l'adresse de Max, je suis tombé amoureux de cette jument. Si Crazy me demande en mariage, j'accepte !

Tessa ne se sentait pas dans son assiette mais, comme elle ne savait à quoi l'attribuer, elle n'en parla pas. La journée avait été merveilleuse. Constater que Max était un être humain avait été réconfortant.

En pleine extase, Holly ne touchait plus terre. Et Ross avait eu un comportement attendrissant, veillant à son confort, cherchant à la faire rire et faisant de son mieux pour qu'elle passe un bon moment.

Mais elle craignait qu'il ne se lasse.

Ce n'était pas facile, songea-t-elle, de faire semblant de s'amuser quand tout le monde s'enivrait et qu'il vous fallait rester sobre. C'était encore plus difficile quand, en plein milieu des réjouissances, une douleur sourde vous creusait l'estomac, alors que six mois de grossesse s'achevaient tout juste.

— Je vais attendre ici, dit-elle à Ross comme Holly et Max quittaient la loge.

Il la regarda avec ahurissement.

— Tess, tu ne peux pas ! Nous allons voir Daisy. C'est la course de sa vie.

— Et tu es tombé amoureux d'elle, dit Tessa en essayant vainement de badiner. Peut-être suis-je jalouse. J'ai envie de rester ici. Je t'attends.

— Tu vas bien ? demanda-t-il, partagé entre l'inquiétude et l'irritation.

Il s'était donné du mal pour que Tessa passe une bonne journée et voilà qu'elle ne cherchait même plus à cacher son ennui. Il reconnut l'expression fermée qu'elle prenait pour le repousser et comprit que l'intimité heureuse et libre des instants précédents était bel et bien perdue.

— Ça va, dit-elle brièvement.

— Bien ! À tout à l'heure... Ne t'amuse pas trop de ton côté.

Holly devina que quelque chose ne tournait pas rond lorsqu'elle aperçut Ross et la fille de Colin Eames en tête à tête dans un coin du paddock. Elle ignorait de quoi ils discutaient mais leur attitude en disait long. Rachel Eames, une jeune personne de dix-neuf ans, ne cessait d'agiter sa crinière noire, de se passer une langue rose sur les lèvres et de tripoter le bras de Ross chaque fois qu'elle se penchait pour lui chuchoter quelque chose à l'oreille. Un mot de Ross la fit rire aux éclats. Ni l'un ni l'autre ne prêtaient la moindre attention à Daisy qui, une couverture blanche sur le dos, trottait joyeusement sur la piste, sous le regard ému de Max, de Colin Eames, du palefrenier et de quelques autres admirateurs.

Enhardie par l'alcool, Holly traversa en clopinant sur ses hauts talons la cour pavée.

— Puis-je vous parler en particulier ? demanda-t-elle à Ross en jetant un œil hautain sur Rachel Eames.

— Vous arborez votre air de croisé, remarqua Ross en perdant son sourire lorsqu'ils furent seuls.

— Qu'est-ce qui se passe ? s'écria Holly. Sacré bon sang, Ross, pourquoi faites-vous *ça* ? Que voulez-vous prouver ?

Son regard noir se durcit.

— Nous ne faisions que bavarder...

— Quelle blague ! Vous flirtiez carrément. Et où est Tessa ?

— Elle n'a pas voulu se donner la peine de venir. Ça ne l'intéressait pas. Et vous savez comme elle est entêtée quand...

— Elle est enceinte, bon sang ! explosa Holly. Elle doit être fatiguée. Y avez-vous seulement pensé ou bien avez-vous été trop occupé ?

Ross lui jeta un regard perplexe.

— Est-ce que nous parlons de la même Tessa Duvall ? Bon Dieu, elle est forte comme un bœuf ! Elle fait des kilomètres à pied, elle monte cette foutue bicyclette et refuse d'utiliser ma voiture... Elle a plus d'énergie que je n'en ai moi-même. Holly, il se trouve simplement que tout cela l'ennuie.

Il fit un grand geste vers Daisy et son cercle d'admirateurs, et reprit :

— Je voulais qu'elle passe une merveilleuse journée. Je voulais lui montrer le genre de vie qu'elle pourrait mener avec moi. N'importe quelle femme aurait été impressionnée... Et *vous*, vous ne l'êtes pas ?

C'était un appel auquel Holly ne put résister. Ross n'avait pas l'habitude qu'on le malmène et il ne savait comment réagir. Cet aveu de faiblesse lui allait bien, se dit-elle, mais elle ne le lui dirait pas.

Elle frissonna. Le soleil pâle avait disparu derrière un amas de nuages gris sale et une brise légère s'était levée.

— Tessa ne s'est pas ennuyée du tout. Au contraire. Ça a été une très belle journée. Mais elle est enceinte, et les femmes enceintes ont parfois besoin de faire une pause. Et si leur compagnon leur montre un peu de considération, ça les aide. Rouspéter et flirter avec la première fille venue ne résout rien... et prendre leur numéro de téléphone, encore moins, ajouta-t-elle d'un ton neutre.

Ross eut un petit sourire. Holly était une brave fille, et loin d'être sotte. Il ôta son blazer et, avant de le lui mettre sur les épaules, retira de la poche un bulletin froissé et le fourra dans sa main.

— Elle m'a effectivement donné son numéro, dit-il calmement. Mais ne vous inquiétez pas, je n'allais pas l'utiliser.

— Je le savais, dit Holly en déchiquetant le papier. Ce n'est pas votre type...

— Dans ce cas, nous ferions mieux d'y aller, suggéra Ross avec un sourire. Sinon, mon type va se demander où nous sommes passés...

Le temps qu'ils regardent le film vidéo de la magnifique course de Crazy Daisy au Pall Mall, que l'hélicoptère les dépose à un restaurant au bord du Great Park de Windsor et qu'ils y fêtent bruyamment la victoire, il était neuf heures du soir. Tessa n'avait plus mal au ventre. Vingt minutes de repos, pieds en l'air, avaient suffi, et elle n'avait pas jugé utile d'en parler. Elle n'avait pas eu non plus à s'excuser pour sa brusquerie car, en revenant dans les tribunes avec Max et Holly, Ross lui avait serré la main en murmurant : « C'est ma faute. Pardon » et lui avait jeté un regard si tendre que ses genoux avaient failli se dérober sous elle.

— Ce n'était pas ta faute, c'était... avait-elle commencé.

Mais il l'avait interrompue en posant un doigt sur ses lèvres.

— Chut. Il est rare que je m'excuse. Profites-en tant que tu peux. Et j'ai une grande nouvelle à t'annoncer.

— Laquelle ?

— J'ai demandé à Daisy de m'épouser... Elle m'a envoyé promener. Elle a dit que je n'étais pas son type.

— Le pauvre homme ! s'écria Tessa. Pourquoi est-ce une grande nouvelle ?

— Parce que cela signifie que je suis toujours célibataire, dit-il avec un clin d'œil, disponible et ouvert à toutes les propositions...

— C'est la plus belle des journées, soupira Holly lorsqu'elle se retrouva seule avec Tessa dans les vestiaires. C'est incroyable, Max n'est plus le même.

Tessa essayait de démêler ses cheveux ébouriffés par le vent.

— Tu veux dire qu'il a limé ses cornes ?

— Je veux dire qu'il est réellement gentil avec moi, déclara fièrement Holly.

Faisant la moue, elle appliqua une généreuse couche de rouge sur ses lèvres.

— Plus que gentil, reprit-elle. Il a envoyé promener Adam, non ? Quand il a dit que nous allions nous marier, j'ai failli m'évanouir...

— Ne t'emballe pas trop ! prévint Tessa. Il ne l'a dit que pour te tirer d'une situation gênante...

Holly n'était pas d'humeur à se laisser décourager. Elle s'aspergea abondamment les seins et la tête de parfum et s'exclama d'un ton triomphant :

— Il *croit* qu'il l'a dit pour me tirer d'une situation gênante. Mais au fond de lui-même, c'est ce qu'il veut. Simplement, il ne le sait pas encore !

Ils avaient fait la moitié du chemin lorsqu'une vague de douleur s'empara de Tessa. Une vraie douleur cette fois-ci. Elle serra les mains sur son estomac et un cri lui échappa.

— Pardon, fit Ross, croyant l'avoir heurtée du coude par inadvertance.

Puis il vit les mains crispées sur le ventre et les yeux fermés de la jeune femme.

— Tessa, que se passe-t-il ? s'écria-t-il.

Elle secoua la tête.

— Je ne sais pas. Ça fait mal...

— Seigneur ! Max, il faut emmener Tessa à l'hôpital. Dis au pilote d'atterrir. Où sommes-nous ?

Holly se mordit les lèvres et passa un bras autour de son amie. Max se retourna et vit le visage de Tessa marqué par la souffrance. Elle était livide et grelottait, bouleversée par la soudaineté de l'attaque et follement inquiète à l'idée de ce qu'elle pouvait signifier.

Mais, comme le pilote le fit remarquer, il eût été absurde d'atterrir immédiatement. Ils étaient à vingt minutes de Bath et pouvaient se poser sur le terrain du Royal United Hospital. Tessa n'avait plus qu'à serrer les dents et à tenir bon. Et à prier pour que la douleur n'empire pas.

Le reste du voyage ne fut pas marqué par la bonne humeur. Ross tenait Tessa dans ses bras, et rompait le silence par des paroles de réconfort. Holly, qui n'avait jamais rongé ses ongles, n'en laissa guère à vernir. Les yeux fixés sur le paysage obscur que parsemaient des milliers de lumières, Max se méprisait pour oser se poser la question suivante : une fausse couche ne serait-elle pas un bienfait ?

Lorsqu'ils eurent atterri sur le terrain de cricket adjacent à l'hôpital, Ross souleva Tessa dans ses bras et la déposa à terre. À sa demande, Max et Holly devaient regagner l'hôtel où Ross les appellerait dès que possible.

— Ne vous inquiétez pas ! dit Tessa pour les rassurer. Je suis sûre que tout va s'arranger...

— Je le pense aussi, dit Holly en affichant une confiance qu'elle n'éprouvait pas.

— Je téléphonerai, promit Ross en portant Tessa vers l'entrée de l'hôpital.

— Ta veste va être fichue, dit-elle faiblement. Je le sens. Je suis désolée...

— Mon Dieu, dit-il en la regardant, le cœur serré en sentant le sang chaud imprégner sa manche. Que de bêtises vous pouvez proférer, Tessa Duvall...

# 22

— On se serait cru en train d'attendre Elizabeth Taylor, grommela Sylvie en passant la suite à Holly. Je n'ai jamais vu Ross piquer une telle crise, et pourtant… Ton amie Tessa est rudement forte.

— Elle est plutôt fragile en ce moment, dit Holly qui étudiait la liste de ce qu'elle avait à faire.

Comme d'habitude, elle effectuait toutes les corvées auxquelles Sylvie se dérobait.

— Et elle ne voulait pas s'installer ici mais c'est Ross qui a insisté. Elle doit rester au lit toute la journée, et chez elle, ce n'était pas possible. Ross et moi, nous nous sommes ligués pour la convaincre.

— Mmmm, soupira Sylvie. Je n'aurais pas fait tant d'histoires. Il y a des choses pires que de paresser au lit et être servi par Ross Monahan en personne…

Tessa n'était pas de cet avis. Au bout d'une journée au Manoir, elle se sentit sur le point de devenir folle. Si elle n'avait pas été convaincue qu'il lui fallait rester allongée, elle se serait enfuie. Le plus frustrant était qu'elle ne pouvait reprocher quoi que ce soit à Ross puisqu'il agissait pour son bien.

Il y avait des fleurs partout, des roses de toutes les teintes au parfum entêtant et de grands vases d'iris bleus.

Il y avait des carafes d'orange pressée, des paniers de fruits, des piles de revues, d'épais blocs de papier à dessin tout neufs, des boîtes de crayons, de 3H à 5B, et un baladeur Sony.

Il y avait une énorme télévision couleur, un magnétoscope et une chaîne hi-fi. Et des cassettes, et des disques.

Il y avait un téléphone, ainsi qu'un petit bouton à côté de son lit, sur lequel elle n'avait qu'à appuyer pour obtenir de l'aide.

Et au sous-sol, il y avait un chef cuisinier qui n'attendait qu'un signe pour préparer n'importe lequel des repas légers mais nourrissants qu'il lui prendrait la fantaisie de déguster.

Tout était luxueux.

Mais il y avait aussi Ross et elle se demandait à quoi pourrait bien lui servir le petit bouton à son chevet puisqu'il était tout le temps *là*. Penché au-dessus d'elle. S'inquiétant de ses sensations. Lui versant un énième verre de jus d'orange dont elle n'avait pas envie. Lui écrasant les pieds chaque fois qu'il s'asseyait au bout du lit. Et lui tapant sérieusement sur les nerfs.

L'hôtel, apparemment, se débrouillait pour survivre sans lui ; c'était du moins ce qu'il disait. Vêtu d'un blue-jean délavé et d'un chandail rose pâle, il restait affalé dans un fauteuil à côté d'elle, ses longues jambes étendues devant lui, et semblait enchanté de consacrer le reste de la soirée aux mots croisés.

C'était pire qu'à l'hôpital où au moins la distrayaient les allées et venues des infirmières, d'autres malades et d'une très sociable femme de ménage irlandaise du nom de Fidelma O'Feharty qui n'avait pas caché son admiration pour Ross.

Être l'objet de son attention était carrément épuisant. Ross la veillait plus étroitement qu'un kidnappeur. Et Tessa, qui détestait les embarras de toute sorte, ne souhaitait qu'une chose : être seule.

— Je vais lui en parler, dit bravement Holly le lendemain matin.

Appelé au rez-de-chaussée pour un rendez-vous, Ross lui avait confié la malade en promettant d'accourir au premier appel.

— Mais tu *dois* te reposer, ajouta Holly, et il fait de son mieux pour t'aider.

— Il fait vraiment de son mieux, murmura Tessa, épuisée.

— Mais s'il ne tient pas compte de ce que je dis, ce qui est le cas en général, il ne te reste qu'à rester couchée et à endurer dignement ses attentions... Et être reconnaissante car, en tout cas, le bébé va bien.

— Je sais, je sais, je suis confondue de reconnaissance, dit Tessa en vidant son verre de jus de fruits dans le vase le plus proche. Ross a été merveilleux. Cela a été très réconfortant qu'il soit là ces derniers jours, à l'hôpital. Je ne sais pas ce que je serais devenue sans lui.

Elle fit une pause, les yeux fixés sur ses orteils nus au bout du lit.

— Mais c'est justement là que réside une partie du problème, ajouta-t-elle. Tu ne comprends pas ? Il se rend indispensable et je prends l'habitude de me reposer sur lui. Je me *repose* vraiment sur lui, et cela m'effraie.

Une heure plus tard, Ross fit irruption dans sa chambre.

— Qu'est-ce que tu as raconté à cette garce, en bas ?

Le cœur serré, Tessa le vit jeter sa veste sur le fauteuil le plus proche, arracher sa cravate et se laisser tomber lourdement au pied du lit. Elle n'eut que le temps d'écarter les pieds.

— J'ai seulement...

— Tu lui as dit que je t'étouffais, jeta-t-il d'un ton glacial.

Heureusement que Holly n'avait pas choisi de faire carrière dans le corps diplomatique, songea Tessa. Comme elle désirait dans son propre intérêt éviter une discussion, elle posa la main sur le bras de Ross.

— Je suis désolée. Ce n'est pas ce que je voulais dire. Mais tu fais tout pour moi et j'ai l'habitude de me débrouiller seule. C'est bizarre pour moi...

Ross se détendit et son expression s'adoucit.

— Dans l'immédiat, dit-il, tu as besoin qu'on s'occupe de toi. J'ai peut-être exagéré un peu mais c'est la première fois que je fais ce genre de chose. Et j'aime *vraiment* m'occuper de toi, ajouta-t-il avec un sourire en coin.

— J'aime ça aussi, admit-elle d'une voix faible.

Soudain, les tensions, les craintes et les émotions des dix derniers jours firent violemment surface. Il lui sembla qu'elle allait fondre en larmes. Ses défenses s'effondraient autour d'elle, plus rien n'obéissait à sa volonté. Elle se sentait trop fatiguée pour se trouver des excuses, inventer des mensonges.

— J'aime ça, répéta-t-elle, la vue brouillée par les larmes. Et c'est pourquoi j'ai peur.

Touché par cet aveu de faiblesse, Ross se rapprocha et la prit dans ses bras, à l'instant même où la première larme glissait le long de sa joue. Faisant preuve d'une maîtrise de soi surhumaine, il limita ses baisers au front et aux tempes et ce ne fut que lorsqu'elle eut cessé de pleurer qu'il lui releva la tête et caressa doucement de sa bouche les lèvres entrouvertes de la jeune femme. Lorsqu'il la sentit répondre à son baiser, écarter les doigts sur ses épaules et rapprocher légèrement son corps pour se blottir plus étroitement contre lui, il eut l'impression d'avoir remporté une grande victoire. La magie indescriptible était toujours là, il n'en avait jamais douté, mais il l'avait enfin prouvé à Tessa. Et c'était quelque chose de trop rare et de trop important pour l'ignorer.

— C'est la première fois que je fais ça, dit-il, quelques minutes plus tard.

Ils étaient allongés l'un contre l'autre.

Elle leva un regard incrédule.

— Ça, quoi ?

— Embrasser quelqu'un. De cette façon. Avec des intentions honorables.

Elle lui tapota la main.

— Pauvre garçon ! Tous ces efforts pour rien. Te voilà au lit avec une célibataire endurcie. Garce de vie !

— Ne ris pas, dit-il, blessé. Ce n'est pas cela du tout.

— Alors, c'est l'attrait de la nouveauté, fit Tessa en risquant un pâle sourire. Ne t'inquiète pas, ça ne durera pas.

— Pourquoi ne peux-tu me prendre au sérieux ? demanda-t-il.

Il reposa son verre et obligea Tessa à rencontrer son regard. Ses yeux noirs étaient graves et son cœur battait.

— Il n'y a rien de nouveau. Rien n'a changé. Je t'aime. Et je veux t'épouser.

Cette fois-ci, Tessa ne rit pas. Il n'y avait rien de drôle. Elle commençait à se rendre compte que plus elle luttait pour garder son indépendance, plus Ross était résolu à la lui ôter. Et dans l'immédiat, elle doutait d'avoir la force de poursuivre la lutte.

Elle en venait même à se demander si elle avait raison de résister. Combien de filles, après tout, repousseraient cet homme ? Il avait un charme rayonnant, il était terriblement séduisant et c'était un amant hors pair. Ses affaires marchaient très bien. Il était riche. Et il savait la faire rire.

Plus elle essayait de se convaincre qu'une relation sérieuse ne pourrait durer parce qu'il était d'une nature trop capricieuse, qu'il se lassait rapidement et que c'était un homme à femmes, plus il faisait d'efforts pour lui prouver le contraire. Il s'était montré d'une gentillesse et d'une patience à toute épreuve, s'était comporté en père idéal et, d'après ce qu'elle savait, ne manifestait plus aucun intérêt envers d'autres femmes.

Très bientôt, elle n'aurait plus d'arguments à lui opposer.

— Tu sais, dit Ross, cette habitude que tu as de ne pas répondre quand je te parle de mariage me met le moral à zéro.

— Ah bon ? Moi, non !

— Et alors ?

— Est-ce qu'on ne pourrait pas voir comment les choses tournent pendant un certain temps ?

— Ça veut dire oui ou non ?

— Ça veut dire : voyons-comment-les-choses-tournent-pendant-un-certain-temps, dit Tessa d'un ton apaisant.

Il leva les yeux au plafond dans une attitude de désespoir.

— Tu n'as jamais pensé à faire de la politique ?

Ross avait eu l'intention de porter lui-même le plateau à Tessa mais Holly l'avait rattrapé au pied de l'escalier. On l'appelait de Floride en urgence.

Il posa le plateau sur les bras de Grace qui passait à côté de lui. Plus réservée que jamais, elle ne l'avait pas remercié pour les fleurs qu'il avait déposées chez elle. Son visage pâle lui donnait une expression d'hallucinée et elle n'avait pas l'air dans son assiette.

— Pouvez-vous monter cela à Tessa ? Elle est dans la suite 12.

Comme si Grace ne le savait pas...

— Entrez, dit Tessa lorsque la jeune fille eut frappé à sa porte. Oh, merveilleux ! Comme c'est gentil de votre part. Laissez-moi juste ranger un peu tout ce fourbi.

Désarmée par le sourire de Tessa qui tentait de ranger les dessins qui envahissaient son lit, Grace surmonta sa timidité.

— Vous ne devriez pas faire ça…

Elle posa le plateau sur la table de chevet et se mit à rassembler les croquis. Celui de Holly la retint.

— C'est très ressemblant, dit-elle.

Tessa s'adossa contre les oreillers et admira la sveltesse de la jeune fille. Depuis peu, elle se mettait à envier les tailles fines.

— Si vous avez dix minutes de libre, je peux vous dessiner. Maintenant que je suis exilée ici, je suis à court de sujets. Vous êtes terriblement occupés en bas ?

Ils l'étaient, mais Grace ne pouvait refuser cette invitation inattendue. Désespérément obsédée par Ross Monahan, elle était aussi curieuse de tous ceux qui lui étaient proches. Et qui d'autre que Tessa pouvait l'être davantage ?

— Votre déjeuner… commença-t-elle.

Tessa écarta sa faible protestation d'un mouvement de crayon.

— Du saumon froid et de la salade. Je ne peux pas me permettre de grossir encore. Je ressemble déjà à un Bouddha.

Grace n'était pas de cet avis. La pièce était chaude et Tessa était assise sur son lit, ses jambes nues étendues sur les couvertures. Elle portait un grand T-shirt blanc et ses cheveux blonds retombaient souplement sur ses épaules. La chambre ensoleillée était remplie de fleurs, son regard était amical et son sourire chaleureux lorsqu'elle lui fit signe de s'asseoir. Après s'être demandé si elle pourrait haïr cette femme qui avait reçu ce dont elle avait rêvé elle-même pendant des mois, Grace rendit les armes.

— M. Monahan allait vous apporter votre déjeuner, dit-elle en s'asseyant du bout des fesses sur le bord du fauteuil, mais il a dû prendre un appel.

— Tant mieux ! s'écria Tessa. Ces deux derniers jours, je l'ai dessiné au moins une douzaine de fois. Vous m'offrez l'occasion d'un agréable changement. Pourriez-vous tourner légèrement la tête sur la gauche ? Merci, c'est parfait...

Dans sa nouvelle position, Grace pouvait voir la pile des dessins précédents. Elle se pencha, écarta les deux premiers et s'empara du troisième. Les yeux noirs aux cils épais la regardaient avec une tendresse qu'elle n'avait jamais remarquée. Grace sentit son cœur s'emballer. Respirer normalement était difficile. Incapable de garder le silence, elle finit par lâcher :

— Il est beau...

— Racontez-nous plutôt quelque chose de nouveau, dit Tessa en se concentrant sur les pommettes de son modèle. Non, ne vous raidissez pas. Asseyez-vous et détendez-vous.

Subjuguée par la ressemblance du portrait, Grace reprit :

— Mon père était très beau, lui aussi.

— Était ? demanda gentiment Tessa. Que lui est-il arrivé ?

Un léger sourire, un peu triste, flotta sur les lèvres de la jeune fille.

— Il est mort.

— Le mien aussi.

Tout en s'appliquant à saisir le sourire tendre et désabusé, Tessa s'était exprimée d'un ton neutre de peur de provoquer une crise de larmes.

— Vous pouvez le garder si vous voulez, dit-elle, remarquant que Grace n'avait pas lâché le dessin. Punaisez-le quelque part et vengez-vous à coups de fléchettes lorsqu'il se sera montré trop autoritaire.

— Bon Dieu de bon Dieu ! jura Ross en surgissant dans la pièce cinq minutes plus tard et en jetant un regard glacial sur Grace. Le restaurant est au bord de l'explosion, tous les clients attendent d'être servis et rouspètent. Qu'est-ce que vous *foutez* là ?

— Ne te mets pas en colère, dit Tessa qui terminait son dessin. Et ne crie pas contre elle, c'est ma faute. C'est moi qui lui ai demandé de rester.

— Je crierai contre qui je veux, répliqua-t-il d'une voix moins irritée. C'est mon hôtel.

— Je ferais mieux de m'en aller, s'empressa de dire Grace.

Ses joues avaient rosi et ses doigts s'agitaient fébrilement. Tessa lui fit un clin d'œil et lui tendit le portrait achevé.

— Ne vous inquiétez pas, je ne le laisserai pas vous punir.

— Merci !

Grace examina le dessin dont la ressemblance était frappante. Elle se mit debout. Ses yeux allèrent de Ross au ventre de Tessa. Quand elle était enfant, elle avait toujours désiré avoir un frère ou une sœur. Et, curieusement, voilà qu'elle allait en avoir un.

— Allons, dépêchez-vous ! s'impatienta Ross.

Elle avait aussi toujours désiré avoir un père.

— Pardon, monsieur Monahan.

— Merci d'avoir posé pour moi, dit Tessa.

Ross fronça les sourcils.

— Tu n'aurais pas dû l'encourager, dit-il lorsque Grace eut refermé la porte. Elle n'arrête pas de prendre des libertés avec ses horaires. Il y a quelque chose de bizarre chez cette fille. Je n'ai pas du tout confiance en elle...

# 23

La chance leur souriait : les conditions météorologiques étaient excellentes. Un pâle soleil éclairait un ciel encore plus clair. Une douzaine de montgolfières, plus ou moins gonflées, jonchaient la pelouse derrière le Manoir ; leurs couleurs vives rappelaient celles d'un champ de foire et contrastaient avec les expressions solennelles de ceux qui s'apprêtaient à les faire voler. Les réservoirs de propane avaient été vérifiés, les sacs de sable mis en place, les cordes testées et les vents soigneusement calculés. Pour ceux qui étaient prêts à payer pour ce privilège, voyager dans une montgolfière n'était rien de plus qu'une distraction, onéreuse, certes, mais très amusante. Pour les propriétaires, les préparatifs avaient demandé un travail acharné.

Antonia se souciait peu des questions techniques ; elle ne pensait qu'à la promenade dans les airs. Surtout depuis qu'elle s'était arrangée pour se trouver dans la même nacelle que Ross.

Les mains enfoncées dans les poches de son blouson de ski, elle était adossée au capot de l'Audi couleur bronze de Richard. Devant elle, les deux hommes vérifiaient les cordes d'amarrage qui retenaient le ballon Nizo aux rayures bleues et vertes, dont Richard partageait la propriété avec un Français, à la laideur décevante, du nom de Maurice Bertrand.

À voir Ross, elle se sentait déjà mieux, plus vivante. Dans son blue-jean délavé et sa veste blanche rembourrée, ses cheveux noirs rebiquant sur le col et ses mains reposant naturellement sur ses hanches étroites, il lui inspirait un tel désir qu'elle avait du mal à respirer. Il fallait qu'elle le reprenne.

— Tu as l'air en forme, lui dit-elle une heure plus tard lorsqu'ils décollèrent.

Le gaz jaillissait en sifflant. Le visage marbré de froid, Maurice consultait son compas. Absorbé par les manœuvres, il ne pouvait prêter attention aux propos d'Antonia.

— Ce ne doit pas être facile pour toi, dit-elle à voix basse, en se rapprochant de Ross.

— Qu'est-ce qui n'est pas facile ?

Il ne la regardait pas. Ses yeux scrutaient l'horizon. Sous la nacelle, des rangées de maisons de poupée, couleur sable, se nichaient au creux de la colline. Lorsque le gaz fut éteint, un silence stupéfiant s'établit. Ils flottaient loin au-dessus de la vie et la sensation parut à Antonia proche de l'extase érotique.

— Ce ne doit pas être facile pour toi, reprit-elle patiemment. Avec cette pauvre Tessa condamnée à rester couchée. Tu ne trouves pas ça… frustrant ?

— Pas du tout ! répliqua Ross avec un enjouement exaspérant.

Ce grossier mensonge ne visait qu'à écarter Antonia et à ne pas rentrer dans son jeu. Il ne désirait pas lui donner cette satisfaction. Il ne lui donnerait aucune satisfaction d'ailleurs…

— Tu m'étonnes…

Elle souffla sur ses mains pour les réchauffer tout en regrettant de ne pouvoir les glisser sous le chandail de Ross.

— Je ne te voyais pas mener une vie de moine !…

— Eh bien, tu peux ! Je suis un type surprenant…

— Tu l'étais sûrement l'année dernière, remarqua-t-elle en jetant un coup d'œil sur Maurice par-dessus son épaule. La dernière fois que nous sommes montés dans ce ballon ensemble, nous avons rejoint le club des amants volants. Tu te souviens, chéri ?

Il sourit ; les procédés peu subtils d'Antonia ne le touchaient plus.

— C'est bien possible… J'en ai même été l'un des membres fondateurs.

— Et ne cherche pas à me faire croire que tu as changé, murmura-t-elle en se rapprochant de lui. Ross, c'est contre nature. Je sais que ce n'est pas la faute de la pauvre Tessa mais elle ne peut te donner ce dont tu as besoin, et puisque Richard n'est pas en forme en ce moment, nous n'avons pas…

— À ta place, interrompit Ross, j'arrêterais de l'appeler « pauvre Tessa ». Elle va bien, le bébé aussi et nous sommes très heureux. Et puisque les malheurs de ta vie sexuelle ne me passionnent pas, garde-les pour toi. Tiens, ajouta-t-il en désignant un véhicule qui serpentait sur un chemin bordé d'arbres, voilà Richard dans la Land Rover sur la route de Landsdowne.

— Oh, qu'il aille se faire voir ! déclara Antonia, excédée. Ces derniers jours, il ne fait que se plaindre de l'argent que je dépense en vêtements. Si seulement il savait ce qu'ils coûtent vraiment…

— Et avec quelle fréquence tu les enlèves… remarqua-t-il malicieusement.

Les choses ne tournaient pas comme Antonia l'avait prévu.

— Tu te lances dans la morale, maintenant ? Ross, cela ne te va pas du tout.

Il haussa les épaules avec insouciance.

— Je donne deux mois à cette histoire. Non, rectifia-t-elle brutalement, six semaines.

— Donne ce que tu veux. Mais fiche-moi la paix. L'année dernière, on s'est payé du bon temps, mais tout est différent maintenant. Je vais épouser Tessa.

Maurice avait fini par tendre l'oreille mais Antonia n'était plus en état de se contrôler. Sa voix s'éleva pardessus le sifflement du gaz dont on avait rouvert le robinet.

— Seigneur, quelle fille futée ! Tu ne vois pas quel tour elle te joue ?

— Puisque je ne peux décemment pas te jeter pardessus bord, dit-il avec un regard las, je vais le savoir.

— C'est une ruse vieille comme le monde ! cria Antonia, exaspérée. Elle n'a rien, tu as tout. Elle a fait exprès de tomber enceinte, et après, elle a joué celle qui ne voulait rien accepter. Mon Dieu, n'importe qui peut monter un coup de ce genre... *Moi*, j'aurais pu le faire !

C'en était trop. Et ces propos ressemblaient à s'y méprendre à ceux de Max. Excédé, Ross se retint de la secouer comme un prunier. Il serra le bord épais de la nacelle en osier au point que ses phalanges blanchirent.

— Tu *aurais pu* le faire, admit-il d'un air lugubre. C'est ce qui rétrospectivement me fait peur et je remercie Dieu d'avoir rencontré Tessa à temps... Les femmes comme toi, ajouta-t-il avec une cruauté délibérée, sont une publicité vivante pour les préservatifs.

— Et toi, tu es un sale hypocrite, jeta-t-elle tandis que ses lèvres pâles se contractaient en une fente hideuse. Parce que d'ici peu, tu les achèteras par paquets de cent. Et ce n'est pas avec Tessa Duvall que tu les utiliseras...

# 24

Chaque année, à la fin du mois de mars, la Royal Academy invitait les artistes à lui soumettre une œuvre pour voir si elle méritait de figurer dans sa célèbre exposition d'été. Chaque année, douze mille tableaux au moins défilaient à une vitesse étourdissante devant la rangée des membres de la Royal Academy, qui évaluaient, rejetaient et finissaient par choisir entre quinze cents et deux mille œuvres. Les peintres qui avaient la chance de voir leur tableau sélectionné y gagnaient un prestige fou. Les innombrables découvreurs de talents, qui travaillaient aussi bien pour le compte de collectionneurs que pour celui des plus grandes galeries d'Europe et des Etats-Unis, examinaient chaque toile et tentaient d'estimer le talent de l'artiste et son poids commercial. Personne ne voulait manquer la possibilité de découvrir un autre Hockney, Annigoni ou Cook. Être sélectionné pour l'exposition d'été de la Royal Academy pouvait bouleverser la vie d'un artiste.

Max, qui feuilletait le *Telegraph,* fit une pause pour lire l'article. Le roman sur lequel il travaillait avait pour personnages un marchand malhonnête et un faussaire toxicomane. Ce genre d'information pouvait s'avérer utile.

Ross trouva le journal ouvert à la bonne page et lut l'article avec un intérêt plus grand encore. Le défilé des peintures devant les juges excita son sens de l'humour ; cela rappelait la parade de Miss Monde, les maillots de bain en moins. Sans rien connaître à l'art, Ross avait entendu parler de la Royal Academy. Chacun pouvait soumettre trois œuvres. L'élan ainsi donné à une carrière artistique en cas de sélection pouvait être énorme.

Il fit pivoter son fauteuil et leva les yeux sur le tableau de Tessa. Jamais jusqu'à présent il n'avait éprouvé le drame d'être amoureux d'une femme qui refusait de le prendre au sérieux parce qu'il avait trop d'argent. Pour Tessa, le fait qu'il soit fortuné et qu'elle soit pauvre constituait une barrière infranchissable. Une telle obstination le rendait fou. Et il n'avait absolument pas l'intention de renoncer à son argent, même pour elle. Quitter ses habitudes de luxe pour vivre d'amour et d'eau fraîche n'était pas dans ses projets.

La seule solution raisonnable semblait donc être de la traîner malgré elle dans le monde des réalités où l'argent comptait autant que l'amour.

Et, par chance, remarqua Ross en souriant, ces braves vieux de l'Academy n'entamaient le travail de sélection que le lendemain.

Pas un seul instant Holly n'avait douté des talents de Rosa Polonowski, mais l'impatience commençait à la gagner.

Elle n'en voulait pas non plus à Tessa d'avoir modifié aussi énergiquement le cours des événements lors de leur retour d'Ascot la semaine passée. Une menace de fausse couche était une menace de fausse couche, après tout.

Mais Holly ne pouvait s'empêcher d'être déçue qu'une journée aussi idyllique se fût achevée aussi platement. Rien ne s'était présenté comme elle l'avait prévu au terme de cette journée. Et jusqu'à présent, aucun signe ne laissait présager une éclaircie. Le terrain gagné avait été aussi vite perdu, elle se retrouvait au point de départ et Max se comportait comme si ce jour béni et leur intimité miraculeuse n'avaient jamais eu lieu.

Le destin le voulait ainsi. Elle le savait. Ce qui devait être serait. Il se trouvait simplement que Max prenait son temps pour comprendre qu'il ne pouvait échapper à leur destinée commune. Cela aussi, elle le savait. Mais il était quand même sacrément exaspérant d'attendre aussi longtemps quelque chose qu'elle savait inéluctable.

Et cela n'arrangeait rien de tomber à chaque instant sur quelqu'un comme Adam Perry qui tenait absolument à se mêler de tout.

Lorsque Holly avait postulé pour le poste de réceptionniste, Ross l'avait prévenue que ses tâches seraient variées et feraient appel à son sens de l'initiative. Elle avait répondu avec enthousiasme qu'elle ne rêvait que de cela.

Néanmoins, elle n'avait pas imaginé se retrouver à quatre pattes dans l'entrée à la recherche d'une lentille de contact dont la propriétaire languissait dans un fauteuil, un gin tonic à la main, sans manifester la moindre intention de joindre ses efforts à ceux de la jeune fille.

Des fleurs plein les bras, Adam s'arrêta pour admirer le somptueux arrière-train de Holly qui reculait sur ses genoux, la dame négligente ayant suggéré qu'« elle » était peut-être tombée plus près des portes. Le tissu fin de la jupe jaune crocus soulignait l'ampleur des cuisses et, lorsqu'elle se pencha en avant, il eut une vue aguichante sur la chair pâle au-dessus des bas blancs.

Rien de tel pour vous mettre en forme un mardi de grisaille, se dit-il. Holly était somptueuse.

Se sentant observée, celle-ci jeta un coup d'œil pardessus son épaule et pesta. Puis, comprenant quelle partie d'elle-même Adam Perry reluquait sans vergogne, elle se redressa sur les genoux et le fusilla du regard.

— Qu'est-ce que vous faites là ? jeta-t-elle, irritée par son sourire niais. Je suis occupée. Et, de toute façon, je ne veux pas de vos fleurs !

— Elles ne sont pas pour vous, dit-il avec un grand sourire comme Holly en se remettant debout lui offrait à nouveau une vue intéressante sur ses cuisses. Vous n'aurez pas à vous donner le mal de chercher une poubelle où les jeter.

Doublement embarrassée, Holly s'efforçait de discipliner la crinière qui s'était échappée de l'arsenal de peignes et d'épingles.

— Et ma lentille ? demanda la femme qui, dans son fauteuil, tapotait son verre de ses ongles magenta.

— Je suis désolée, dit Holly. Elle est perdue.

Puis elle jeta un cri en voyant Adam s'approcher, tenant toujours les fleurs d'une main et tendant l'autre vers sa poitrine.

Avant qu'elle n'ait eu le temps de la repousser, ses gros doigts de rugbyman avaient effleuré son sein gauche. Un dixième de seconde plus tard, l'index et le pouce formaient un O aussi parfait que celui que dessinaient ses lèvres.

— Elle avait de la chance cette lentille de contact, dit Adam.

Le précieux disque fut rendu à sa propriétaire. Holly fut obligée de ravaler son indignation, et dut renoncer à son envie de gifler le visage hilare d'Adam Perry. Le plus dignement possible, elle brossa ses genoux et se réfugia derrière son bureau pour se plonger immédiatement dans un tas de factures.

— Pas de diamant ? demanda Adam sur le ton de la conversation en s'accoudant au comptoir et en examinant les mains tremblantes de la jeune femme.

— Comment ?

— Vous n'êtes pas fiancée au beau Max ?

— Pas encore, répondit-elle d'un ton glacial en priant le ciel que Max ne choisisse pas cet instant pour surgir et lui brailler quelque injure.

Elle désigna du menton le bouquet et demanda :

— Puis-je vous aider ?

— Plus que vous ne pourriez jamais l'imaginer, dit Adam d'un ton attristé. Mais puisque vous voilà promise ailleurs, enfin presque, peut-être pourriez-vous m'indiquer où je trouverai Tessa... Les fleurs, précisa-t-il en s'excusant, sont pour elle.

— Suite numéro 12. Deuxième étage, répondit Holly, quelque peu piquée.

Pas une seconde elle n'avait pensé qu'Adam pût venir voir quelqu'un d'autre.

— Mais pourquoi ? ne put-elle s'empêcher de demander. Vous la connaissez à peine.

— Je l'ai rencontrée à Ascot, dit-il, et je la trouve sympathique. J'ai été désolé d'apprendre ce qui lui était arrivé. Comment va-t-elle maintenant ?

Holly se força à se détendre. Après tout, Adam Perry ne lui plaisait pas. Et deux douzaines de roses rouges lui ressemblaient bien. Aucune imagination, aucune subtilité...

— Elle va bien. Elle doit rester couchée. Voulez-vous que je l'appelle pour vous annoncer ?

— Inutile, fit-il en secouant la tête avec le même sourire exaspérant. Vous me connaissez, chérie. J'aime prendre les gens par surprise.

— Comme elles sont belles ! s'écria Tessa, sincèrement touchée.

Malgré la violente réaction de Holly, Tessa s'était prise instantanément d'amitié pour ce grand type aux cheveux couleur de sable qui se glissait de justesse entre les accoudoirs du fauteuil.

— Je suis content de savoir que vous et le bébé allez bien, dit Adam sans préambule. Et je sais que Ross prend soin de vous, mais s'il y a quelque chose dont vous ayez besoin…

— J'ai plus de choses qu'il ne m'en faut, protesta-t-elle en désignant de la main la télévision, le magnétoscope, les piles de livres et le petit réfrigérateur qu'on venait de lui installer à portée de main. J'ai été pourrie, gâtée, mais merci quand même. Comment allez-vous ?

— Éperdument amoureux, répondit-il tristement. Est-ce que Holly va épouser Max ?

Cela n'était pas impossible, à condition d'enfermer ce dernier dans une camisole de force et de l'amener à l'autel dans un fauteuil roulant. Tessa préféra répondre en d'autres termes, soigneusement choisis.

— Si tout se déroule comme prévu…

— C'est une fille très volontaire. Elle n'est pas du genre à changer d'avis ?

— Aussi entêtée qu'une mule, dit Tessa avec regret.

Elle jugeait que Holly se trompait mais cette conviction n'y pouvait rien. Adam et elle auraient pu faire un couple merveilleux si seulement elle lui avait donné une chance. Adam représentait la réalité, Max une fantaisie. Un jour, probablement trop tard, Holly s'en apercevrait.

— Je n'ai donc aucune chance…

Il regardait ses mains, ses gros doigts croisés comme ceux d'un fumeur qui se retient d'allumer une cigarette. Puis les ridules autour de ses yeux se creusèrent et un sourire de dérision se dessina sur son visage.

— Je suis un grand garçon, Tessa. Vous pouvez me dire la vérité.

— Vous ne devriez pas me la demander, commença Tessa d'une voix lente en jouant avec son crayon. Mais parfois, il est plus facile de voir les erreurs des autres que les siennes, et je crois vraiment qu'elle en fait une. En ce moment, elle est trop entichée de Max pour réfléchir, mais... peut-être... qu'un jour... elle finira par comprendre qu'il n'est pas ce qu'elle veut. Et alors...

— Vous croyez vraiment qu'il y a une chance ? demanda-t-il avec une ardeur enfantine.

— Peut-être une légère chance, répondit-elle d'un ton réservé. Mais très légère, aussi ne vous montez pas la tête !...

Adam rayonnait. Un bref instant, elle crut qu'il allait se ruer sur elle et la presser sur son cœur.

— Chérie, vous êtes un vrai remontant. Je savais que je pouvais compter sur vous. À nous deux, nous lui ferons reprendre ses esprits...

— Une *très légère* chance, répéta sévèrement Tessa, mais le sourire d'Adam avait réapparu.

— C'est ce que je préfère ! Et si on faisait un pari ? Trente-trois contre un que je remporte la fille à la fin !

# 25

— Voilà, je donne un petit dîner, dit Holly du ton de quelqu'un qui en donnerait régulièrement.

Puisque Max ne manifestait aucune intention de l'inviter, elle avait décidé d'adopter le comportement recommandé par *Cosmopolitan* et de renverser provisoirement les rôles. D'après les conseils de la revue lue à l'abri de la réception, aucun homme correctement éduqué n'aurait l'idée de refuser une telle invitation.

— Il n'y aura que quelques amis, je connais une recette excellente et j'ai mis de côté un très bon vin...

Plongé jusqu'aux yeux dans son travail, Max n'avait pas eu le temps de lire *Cosmopolitan*. Sans même relever la tête, il répondit :

— C'est très aimable à vous, Holly, mais je crains de ne pouvoir m'y rendre. Désolé.

— Pourquoi ? gémit Holly, aussitôt désemparée. Bon sang, Max, je ne vous ai pas encore dit le jour !

Cette fois-ci, il leva des yeux las tout en continuant à réfléchir aux dédales de l'intrigue qu'il était en train de composer.

— Quand est-ce ?

— Jeudi, annonça Holly en croisant les doigts dans le dos. Ou vendredi. Ce qui vous convient le mieux.

— Désolé, répéta Max, le regard à nouveau fixé sur son ordinateur. Je crains de ne pouvoir vraiment pas... Trop de travail, ajouta-t-il en tapotant l'écran. Il va falloir que je fasse des heures supplémentaires.

— Vous n'en faites jamais, dit-elle d'un ton accusateur. Vous travaillez quelques heures par jour et vous vous arrêtez quand vous voulez.

Il haussa les épaules. Son nouveau projet l'absorbait trop pour qu'il pût comprendre combien Holly était offensée. Comment pouvait-on lui demander de perdre son temps dans des dîners assommants alors que le scénario des scénarios était en pleine gestation ? Plus tôt il l'achèverait, plus tôt il regagnerait l'amour et la gratitude éternelle de Francine...

— Il faut que je travaille, dit-il d'un ton résolu. C'est important.

À sa grande honte, Holly sentit des larmes brûlantes sous ses paupières. Comme elle avait lu l'intrigue sur l'écran, elle avait déjà deviné la raison qui poussait Max à s'immerger tout à coup dans ce nouveau projet. Il était manifestement amoureux de Francine Lalonde, avec laquelle Holly ne pouvait espérer rivaliser. C'était cruel, frustrant et tout à fait injuste.

— Bien sûr que c'est important ! dit-elle en luttant pour se maîtriser. J'espère seulement que c'est aussi important pour elle que ça l'est pour vous.

— Ça l'est, ça l'est, dit Max avec allégresse, trop excité pour s'inquiéter de l'allusion. Ne vous inquiétez pas, Holly. Tout marche comme prévu.

En tendant le tableau à l'un des manutentionnaires, Ross se sentit aussi mal à l'aise que s'il abandonnait un nouveau-né sur les marches de l'hôpital.

La Royal Academy était en pleine effervescence, aussi bondée que le magasin Harrods le premier jour des soldes. Le fait que tout le monde se promène en transportant d'immenses tableaux n'arrangeait rien.

— Prenez-en soin, dit Ross en glissant un billet de dix livres dans la main de l'homme.

— Z'en faites pas, patron. Je l'traiterai comme si c'était à moi.

Après un long repas avec son vieil ami Nico Coletto et deux heures ruineuses à arpenter Regent Street et Burlington Arcade, Ross retourna à l'Academy. Des visages qu'éclairait l'espoir auparavant s'étaient assombris. Le stoïcisme rivalisait avec l'amertume. Les heureux élus cachaient leur bonheur du mieux qu'ils pouvaient. Personne ne souriait vraiment, remarqua Ross. Ce fut par hasard qu'il repéra le porteur à veste brune au milieu de la foule qui se pressait dans le hall d'entrée. L'homme, peu troublé par l'atmosphère recueillie, apostropha Ross avec un grand sourire.

— Bravo, mon gars ! Vous êtes pris !...

Bien qu'enchanté, Ross ne fut pas surpris. Il n'avait pas douté une seconde de l'œuvre de Tessa. On n'avait pas eu besoin d'écrire au dos de la toile « Haut », « Bas », comme sur celle qu'un individu irrité trimbalait devant lui.

— Très bien, dit-il, ne sachant si l'homme attendait un second pourboire pour lui rapporter la toile. Il faut que j'aille la chercher ou bien vous y allez ?

L'homme le dévisagea comme s'il était fou.

— Ça va pas la tête ? C'est la première fois ? Le tableau, il reste là, jusqu'à l'exposition.

— Bon Dieu, c'est pas vrai ?

Son idée avait été d'emporter la toile en douce pendant que Tessa était coincée au lit et de la remettre en place avant qu'on en remarque l'absence. Et puis, il aurait emmené la jeune femme à Londres pour visiter l'exposition d'été et elle aurait eu la surprise de l'y découvrir.

Bon sang, se dit-il, furieux, qu'allait-il pouvoir inventer pour en expliquer la disparition ?

— Pardonne-moi d'avoir douté de ta célébrité, dit Dominique.

Il s'arrêta sur le seuil et fit une courbette. Tessa éclata de rire.

— Comment savais-tu que j'étais ici ?

— Je l'ai lu dans le journal. En ce moment, tu fais plus souvent la couverture que la famille royale. Aussi suis-je venu voir si tu daignais encore te mêler à nous, pauvres mortels.

— *J'adore* me mêler aux simples mortels, assura-t-elle comme il se penchait sur le lit et l'embrassait. Surtout toi. Assieds-toi et raconte-moi ce qui se passe dehors. Comment ça va avec toutes les femmes de ta vie ?

Dominique fit la grimace.

— Pourquoi crois-tu que je suis ici ? Ma femme m'a jeté dehors. Marina m'a plaqué. Quant à Josie, ajouta-t-il avec une moue dégoûtée, elle s'est enfuie avec un peintre de St. Ives sans aucun talent.

— Tu es seul ? s'écria Tessa en simulant le désespoir. Quel monde cruel et injuste ! Comment vas-tu survivre ?

Le regard bleu du jeune homme prit un air profondément désespéré. Du bout des doigts, il lui caressa l'intérieur des poignets.

— Je vais me réfugier dans le labeur, répondit-il d'un ton lugubre. Et me vouer au célibat. Peut-être, plus tard, dans six ou huit ans, rencontrerai-je une autre femme avec qui partager ma vie, mais jusque-là...

— S'il te plaît ! s'exclama Tessa. Tu vas me faire fondre en larmes, avec ton baratin à briser le cœur.

— Mon cœur est déchiré comme il ne l'a jamais été, assura-t-il sur le ton de la tragédie. J'ai besoin qu'on me comprenne, qu'on me réconforte. J'ai besoin de savoir qu'il me reste des vrais amis et qu'ils se soucient de mon sort. J'ai besoin...

— Arrête, laisse-moi deviner... D'un toit ?

— Non seulement elle est incroyablement grosse, dit-il en passant la main sur le ventre de Tessa, mais aussi incroyablement gentille. Je savais que tu ne me laisserais pas tomber... Oh, le vilain, il m'a donné un coup de pied !

— Je suis en train de devenir une vieille fille, déclara Holly le vendredi après-midi. Toutes mes amies ont quelqu'un. Toi, tu es coincée dans ce fichu lit et tout ce à quoi il m'est permis de rêver pour occuper ma précieuse soirée de congé c'est au curry surgelé à Coronation Street.

— Tu détestes Coronation Street, dit Tessa patiemment.

L'idée qu'elle aussi pouvait s'ennuyer au bout de trois semaines de repos avec pour seule distraction une incursion à la salle de bains, ne venait pas à l'esprit de Holly. Lorsqu'elle était contrariée, il fallait que tout le monde le sache.

— C'est vrai !

Holly arracha d'un vase une rose couleur pêche et se mit à répandre les pétales sur le lit.

— Il ne m'aime pas, il ne m'aime pas, il ne m'aime pas du tout ! Que dois-je faire, Tess ? Prendre des cours du soir de tricot ?

— Il y a toujours Adam, suggéra Tessa d'un ton hésitant.

Ce n'était peut-être pas le meilleur moment mais il fallait bien se jeter à l'eau.

Holly planta la tige décapitée dans le vase et se leva.

— Grands dieux, je ne suis pas désespérée à ce point !...

— Alors, dit Tessa avec un sourire narquois, tu me raconteras demain ce qui se passe lorsque Mike Baldwin découvre que Deirdre a changé de sexe.

— Seigneur, cette maison est complètement isolée, se plaignit Dominique une demi-heure plus tard.

— Je suis désolée, dit Tessa en retenant un soupir. Qu'est-ce que j'attends, Seigneur, pour bâtir quelques cafés et magasins ?

Il sentit son irritation et sourit.

— Je sais, je sais, je suis un ingrat. C'est que je me sens désespérément seul. La dernière fois, tu étais là...

— Et maintenant, je suis ici. Si je rentrais à la maison, ajouta-t-elle hypocritement, tu devrais me servir du matin au soir. *Et* faire toute la vaisselle.

Comprenant l'allusion, Dominique fit la grimace.

— D'accord, je ne suis pas une bonne infirmière. Mais, Tessa, je ne connais personne à Bath et je *m'ennuie* à mourir...

— Il faut que vous sachiez que c'est l'idée de Tessa et non la mienne, annonça Dominique sans préambule. Alors ne vous montez pas la tête.

Holly le fusilla du regard. Son humeur n'était pas au beau fixe et elle ne se sentait pas de taille à encaisser ironie et injures.

— Ne vous montez pas la tête non plus, répliqua-t-elle sèchement. Fermez-la et finissons-en.

Dominique grimaça.

— Charmant... Bon, Tessa m'a dit que vous étiez seule et que vous vous ennuyiez. Je m'étais dit que vous aimeriez peut-être aller faire un tour ce soir.

— Avec vous ? s'écria-t-elle, d'un air incrédule.

— Selon Tessa, reprit-il, imperturbable, personne d'autre que moi ne le souhaite.

— J'ai ajouté que je n'étais pas au bord du désespoir.

— Alors, c'est oui ou c'est non ?

Un bref instant, Coronation Street faillit l'emporter.

— D'accord, finit par dire Holly, sachant déjà qu'elle le regretterait toute sa vie.

Dominique prit un air triomphant.

— C'est oui ou c'est non ? répéta-t-il pour la provoquer.

— N'en demandez pas trop, gros malin. C'est oui.

# 26

Après avoir fréquenté les femmes des années, Ross se prenait pour un menteur accompli. Confronté à l'évidence, il s'en tenait obstinément à sa devise : nier, nier, nier. Et jusqu'à présent, cela lui avait profité. Mentir était chose facile. Il suffisait de n'en pas démordre et l'adversaire tombait à court d'arguments.

Mentir à Tessa, cependant, était plus ardu. D'abord, elle ne discutait pas. Et si elle doutait de la véracité de ce qu'il avançait, elle s'abstenait de le montrer.

La difficulté vint de ce qu'il se perdit en explications.

— Et comme Nico était convaincu que ta peinture intéresserait l'un de ses amis, dit-il en s'emberlificotant un peu plus, il m'a demandé de lui prêter ton tableau.

— Bien, dit Tessa joyeusement. De toute façon, ce n'est plus mon tableau, mais le tien.

— Oui... Bon... Et alors, il se trouve que cet ami est aux États-Unis en ce moment ; Nico lui-même n'a aucune idée de la date de son retour mais dès qu'il sera rentré et qu'il aura vu ton, enfin, mon tableau, il nous le rendra.

— Parfait ! Ross, peux-tu me passer le livre qui est sur la commode, là-bas ?

— Cela peut prendre deux mois, dit-il prudemment.

Tessa inclina la tête sur le côté. Articulant avec lenteur, elle dit :

— Il appartient à la bibliothèque. Il faut que je le rende bien avant. Tu ne peux pas me le passer maintenant ?

— Je parlais du tableau, dit Ross, toujours nerveux.

— J'en ai marre de cette histoire, cria-t-elle en lui jetant un oreiller à la figure. Fais ce que tu veux avec ton tableau. Et contente-toi de me passer mon bouquin.

Après un démarrage peu amène, la soirée s'était déroulée bien mieux que ce qu'ils avaient imaginé.

Comme Dominique n'avait pas de moyen de transport, Holly était passée le prendre chez Tessa. De peur qu'il ne la soupçonne de vouloir l'épater, elle avait pris soin de s'habiller aussi simplement que possible, avec une chemise en coton vert pâle et un blue-jean d'un vert plus foncé. Un minimum de maquillage, une goutte de parfum et une attitude désinvolte complétèrent cette tenue. Dominique vit immédiatement quel était son dessein et prit grand plaisir à la surpasser en tout point. Son chandail noir était informe et son blue-jean carrément déchiré. Quant à la désinvolture, il en possédait plus que quiconque.

Mais les assauts verbaux ne pouvaient remplir une soirée. Après deux verres dans un petit bar à vin du centre de Bath éclairé aux chandelles, Dominique parvint à briser les résistances de Holly et découvrit, à sa grande surprise, qu'elle aimait le jazz contemporain.

Trois heures plus tard, il était encore plus stupéfait de constater que non seulement elle dansait fort bien, mais qu'elle possédait aussi plus d'énergie que les All-Blacks. Crinière au vent, joues rouges et hanches ondulantes, elle monopolisait la piste de danse, échangeait des plaisanteries avec les membres de l'orchestre tout en épuisant l'un après l'autre une foule de partenaires.

Et comme cet exercice dans une cave chaude et enfumée l'assoiffait, elle buvait beaucoup.

— Pizza, lâcha-t-elle finalement en se laissant tomber à côté de Dominique dont elle finit la bière. Il me faut une pizza. Il y a un bon restaurant juste après le tournant.

— Parfait ! dit-il. Dieu sait comment je vais rentrer chez moi ce soir parce tu n'es vraiment pas en état de conduire. Tu es ivre.

— Je m'amuse beaucoup, remarqua-t-elle d'un ton surpris. Et j'étais persuadée que non. Comme la vie est bizarre...

— Bizarre, c'est vrai, opina Dominique qui était en train de se dire qu'elle n'était pas aussi épouvantable que cela. Mais je ne sais toujours pas comment je vais rentrer.

Elle fit un geste aérien avec le verre vide de Dominique.

— Pas de problème, tu peux rester chez moi. Mon appartement est près d'ici.

Puis, avec un sourire, elle lui envoya une bourrade qui faillit l'éjecter de la banquette.

— Mais ne te mets pas d'idée fausse dans la tête, reprit-elle. C'est un lit pour dormir que je te propose, rien d'autre.

— Exactement ce que je désire, acquiesça-t-il, soulagé.

Il la prit par le bras et la mit debout.

— Et maintenant, la pizza ! Si tu ne manges pas quelque chose tout de suite, tu vas tomber dans les pommes.

Dominique n'avait jamais trouvé Holly séduisante, tout en admettant qu'elle avait des attraits auxquels d'autres hommes pouvaient être sensibles.

Une fois dans son appartement, et alors qu'une bouteille de chianti était largement entamée, il en vint à se dire qu'elle n'était pas si mal que cela. La chemise vert pâle lui allait bien et le fait qu'un autre bouton venait de céder à la pression ajoutait à sa séduction. Épris depuis sa tendre enfance de femmes minces aux petits seins, Dominique se demandait comment il ferait l'amour avec quelqu'un comme Holly, tout en courbes moelleuses.

— Eh bien ? fit-elle en se servant une seconde part de pizza Margherita.

— Je me demandais comment... tu te sentais.

Holly éprouvait une impatience délicieuse. Lasse d'être ignorée par Max, elle avait sérieusement besoin qu'on lui remonte le moral et elle n'était pas ivre au point de n'avoir pas compris ce qui se passait dans la tête de Dominique. L'aventure d'une nuit était peut-être ce qu'il lui fallait, après tout.

Elle reposa la pizza dans son carton et s'étendit sur le canapé.

— Eh bien, je me sens l'envie d'un autre verre de vin, dit-elle avec un sourire.

— Tu le regretteras demain matin...

Il lui remplit cependant son verre et, en le lui tendant, ses doigts lui caressèrent l'intérieur du poignet. La peau en était blanche et soyeuse, tiède et parfumée à l'abricot.

Max ne semblait pas vouloir d'elle, pour l'instant du moins. Holly, esseulée et assoiffée de tendresse, reposa son verre et se pencha pour toucher la main hâlée de Dominique.

— Ne t'inquiète pas, dit-elle en regardant leurs doigts se nouer, je ne regrette jamais rien le lendemain.

— Non, je l'ai vendu la semaine dernière, dit Ross au téléphone comme Grace se glissait timidement dans son bureau.

D'un geste machinal, il fit pivoter son fauteuil pour regarder le tableau de Tessa mais, comme ses yeux butèrent sur l'espace vide au milieu du mur, il fronça les sourcils et reprit sa position initiale.

— Ils l'ont vu, continua-t-il, ils l'ont aimé et m'ont fait une offre telle qu'il aurait fallu être fou pour la refuser. Je n'avais pas prévu de le vendre mais un profit est un profit, après tout.

Ses sourcils froncés s'adressaient à présent à la jeune fille qui prenait un temps inouï pour débarrasser deux tasses de café. Harry Bradford, qui s'était mis dans la tête d'acheter le bateau de Ross, se répandait en regrets et essayait de savoir à quel prix il avait été cédé. Ross s'amusait à éluder les questions.

— Une valeur sentimentale ? Bien sûr qu'il avait une valeur sentimentale, s'écria-t-il en se renversant sur le dossier et en passant les doigts dans ses cheveux noirs et brillants. Mais nous *sommes* des hommes d'affaires, Harry. Tu sais comment ça se passe...

— Je n'avais pas compris que M. Monahan avait vendu votre tableau, dit Grace lorsqu'elle monta à Tessa son dîner une heure plus tard.

— Moi non plus, fit Tessa en sursautant. En êtes-vous sûre ?

— Je l'ai entendu qui en parlait au téléphone. Il disait qu'il l'avait vendu la semaine dernière parce que quelqu'un lui avait fait une offre qu'il ne pouvait refuser, poursuivit Grace qui comprenait enfin pourquoi le tableau qu'elle aimait avait disparu. Il a dit aussi que la toile avait une valeur sentimentale mais qu'il était un homme d'affaires et que l'argent importait plus. Je pensais qu'il vous l'aurait dit, quand même...

Sa voix tremblait d'indignation.

— Sans doute ne voulait-il pas me faire de peine, dit Tessa.

Elle se souvint des excuses embrouillées de Ross et se raidit. Le tableau lui appartenait et, ainsi qu'elle le lui avait dit sur un ton exaspéré, il pouvait en faire ce qu'il voulait. Elle était cependant chagrinée que la perspective du profit l'ait emporté sur le plaisir de posséder une œuvre qu'il avait d'abord commandée pour lui-même. Cela lui rappelait à nouveau de manière intempestive leurs différences.

— Moi, je trouve que c'était moche de faire ça, déclara Grace d'un ton convaincu.

Moi aussi, songea Tessa, mais pour rien au monde elle ne laisserait voir à Ross combien cela la troublait.

— Il faudrait que vous arrêtiez de parler pendant cinq minutes, dit-elle en cherchant une position plus confortable. Je suis en train de me concentrer sur votre bouche.

Les yeux vert sombre de Nico pétillèrent.

— Dans ce cas, riposta-t-il, je vais me concentrer sur vos jambes.

— À votre place, je m'abstiendrais, dit Tessa avec une grimace. Le spectacle est loin d'être beau. Honnêtement, j'ignorais qu'on pouvait *grossir* autant.

— Vous retrouverez votre taille après, dit Nico en souriant. Et moi, j'aime regarder les femmes enceintes. Où en êtes-vous ? Sept mois ?

Elle fit oui de la tête tout en s'efforçant de saisir ce fameux demi-sourire. Ross ne s'était pas trompé ; l'angoisse qu'elle avait éprouvée à l'idée de peindre Nico Coletto avait été balayée dès les premières minutes. Son charme naturel et le fait qu'il ne soit pas égoïste comme tous les gens du showbiz l'avaient complètement désarmée. Il était amusant, attentif, disert et visiblement attaché à sa femme et à ses enfants.

— À sept mois, Camilla était énorme, ajouta-t-il pour la rassurer. Je la trouvais superbe mais elle ne cessait de se comparer à un phoque. Je ne pouvais la photographier qu'à son insu.

Au lieu de le faire taire, Tessa ne put retenir la question :

— Vous étiez là au moment de l'accouchement ?

— Bien sûr que j'étais là ! s'écria-t-il, surpris. Pour rien au monde je n'aurais manqué ça… C'était fantastique, ajouta-t-il avec un enthousiasme sincère. Je n'en croyais pas mes yeux… À un moment, il y avait cette grosse bosse dans le ventre de Camilla et, peu après, ils me mettaient dans les bras un vrai bébé bien vivant, notre *fille*.

Tessa fit une pause, son pinceau en l'air.

— Ça a l'air sympathique.

— Ma chère, cela tient du miracle. Attendez d'y être…

— L'ennui, admit-elle avec réticence, c'est que Ross veut y assister et je préférerais le faire sans lui.

— Non, ça ne vous plairait pas, déclara carrément Nico. Vous jugeriez qu'il s'est dégonflé et qu'il vous a abandonnée. Le premier mari de Camilla n'était pas auprès d'elle lorsqu'elle a eu ses deux aînés mais j'ai tenu à être présent pour la naissance de Katrina… Et, finalement, ma femme en a été très contente… Nous pouvons lui passer un coup de fil, si vous voulez ; elle vous dira ce qu'elle en pense.

— Non, non, protesta Tessa qui se reconnut battue. Je vous crois sur parole. Mais maintenant, ajouta-t-elle résolument, il faut vraiment que vous vous taisiez pendant cinq minutes sinon nous ne terminerons qu'à minuit.

Comme le repos au lit ne lui était plus prescrit, Tessa était rentrée chez elle une semaine plus tôt, anxieuse de constater dans quel état Dominique avait mis la maison. Ross n'avait pas caché sa désapprobation.

Mais puisqu'il ne pouvait la faire changer d'avis, tant elle était demeurée têtue, il se sentit contraint de garder un œil sur elle, si possible à son insu.

— Oh, tu as vu, dit Tessa qui regardait par la fenêtre de la cuisine et vérifiait sa montre. Vite, recouvre l'entrée du souterrain et cache les pelles. Herr Commandant fait sa patrouille du soir.

— Et il nous apporte un paquet de la Croix-Rouge, remarqua Dominique en la rejoignant. Formidable, j'espère que c'est encore du saumon fumé !...

— Salut, fit Ross en entrant.

Ignorant Dominique, il déposa un baiser sur la tempe de Tessa.

— Je passais juste voir comment tu allais, dit-il. Tout se passe bien avec Nico ?

— Très bien ! affirma Tessa en souriant.

Ross avait fini par renoncer à assister aux séances de pose.

— Je l'aime bien, reprit-elle. J'étais gênée de ne pouvoir faire le voyage jusqu'à Londres mais il a dit que ça ne posait pas de problème. Il travaille à un album avec un de ses amis musiciens dont le studio d'enregistrement est dans la région, si bien qu'il va s'arranger pour faire concorder les rendez-vous.

En dépit de ce qui les opposait, Ross et Dominique échangèrent un regard désespéré. Seule Tessa pouvait appeler Peter Gabriel « un de ses amis musiciens » sans réaliser de qui il s'agissait.

— Voyons où ça en est, dit Ross en se campant devant le chevalet planté devant la fenêtre du salon.

Seigneur, tu ne peux pas lui faire ça ! Nico va piquer une crise !

Tessa prit un air soucieux.

— Ce n'est qu'une première approche, protesta-t-elle. Je fais toujours une ébauche en brun pour commencer. Mais tu ne trouves pas que ça lui ressemble ?

Dominique, qui avait exécuté en moins de dix minutes la caricature de Nico, dut se détourner pour cacher son sourire. Tessa paraissait réellement accablée ; de vraies larmes brillaient dans ses yeux émeraude. Elle s'agrippa au bras de Ross et le supplia du regard.

— Ça te plaît, non ?

— Pas du tout ! affirma-t-il sans ménagement.

C'était lui qui avait poussé Nico à se faire faire son portrait, et pas pour des clopinettes. On aurait dit le reflet d'un singe attardé.

— C'est de l'abstrait néo-impressionniste dadaïste, glissa Tessa d'une petite voix tremblante. Très audacieux...

— Tess, c'est tout simplement hideux, insista Ross. Il faut que tu le jettes et que tu recommences. Tout de suite ! Nico ne doit pas même le savoir. Il ne l'a pas encore vu ?

Elle secoua la tête tandis qu'une larme glissait le long de sa joue.

— Il voulait attendre que ce soit fini.

— Grâce à Dieu !...

— Alors, *toi,* tu ne l'aimes pas, murmura-t-elle d'une voix étouffée. Mais tu m'as dit une douzaine de fois que tu ne comprenais rien à l'art moderne. Qui sait, peut-être que Nico en sera fou.

— Fais-moi confiance, répondit-il d'un ton menaçant. Il le détestera.

Tessa haussa les épaules.

— Dans ce cas, il pourra toujours le vendre.

Ross ne mordit pas à l'hameçon. Il se passa machinalement les doigts dans les cheveux et dit :

— C'est ahurissant. Pour l'amour de Dieu, Tessa, dis-moi que tu plaisantais.

— Oui, dit-elle en lui faisant un clin d'œil. Je plaisantais.

— Tu te fous de moi ? s'écria-t-il.

— Oh non, corrigea-t-elle avec un léger sourire. C'est très sérieusement que je plaisantais.

# 27

Une quinzaine de jours et deux séances de pose plus tard, Tessa acheva le portrait. Elle passa la semaine suivante à paresser dans son jardin, en se laissant dorer par le soleil et en priant le ciel que la peinture sèche avant le dimanche suivant.

Après plusieurs jours de pluie torrentielle, le temps avait changé du tout au tout. Le premier juin, le soleil brillait dans un ciel sans nuages d'un bleu cobalt et les lunettes de soleil de Tessa ne cessaient de glisser sur son nez graissé à l'ambre solaire. Son ventre majestueux était bien bronzé mais, comme elle ne pouvait s'allonger dessus, le dos était nettement plus clair. Dominique, qui n'avait pas ce problème, s'était endormi, le nez dans un coussin, sans savoir que Tessa avait découpé dans un journal le dessin de Batman et l'avait déposé entre ses omoplates.

Il faisait chaud. Avec un soupir de béatitude, elle ferma les yeux et pensa à la fête du dimanche suivant. Nico, Camilla et leurs quatre enfants, ainsi que les deux splendides sœurs de Nico et leurs familles nombreuses, s'installaient au Manoir pour célébrer l'anniversaire de Camilla. Nico avait insisté pour que Ross et Tessa se joignent à eux et elle savait que les deux hommes avaient convié la presse avant la soirée afin de leur montrer son œuvre. C'était à la fois excitant et éprouvant. Elle ne savait absolument pas comment elle réagirait en se retrouvant face à face avec des journalistes.

Un peu plus tard, le téléphone sonna. Tessa, qui ne s'y était pas encore habituée, sursauta et maudit le jour où Ross le lui avait fait installer. En dehors du fait qu'elle n'avait pas les moyens de s'offrir un tel luxe, elle avait toujours aimé se sentir inaccessible, mais l'installation de cet instrument avait été la condition sine qua non de son départ de l'hôtel.

— Tu es enceinte, bon sang, avait-il précisé comme si ce détail lui avait échappé. Tu ne peux pas vivre dans la solitude absolue.

— Il y a Dominique, avait-elle répliqué, et Ross lui avait jeté un regard qui en disait long.

— Et moi, j'ai encore mon appendice, avait-il riposté d'un ton méprisant. Lequel ne me sert pas à grand-chose.

Elle finit par découvrir l'appareil sans fil sous le *Daily Mail*, tira sur l'antenne et répondit :

— Salut, Ross.

— Ç'aurait pu être quelqu'un d'autre, lui reprocha-t-il.

— Il n'y a que toi et Holly qui sachiez que j'ai le téléphone, dit-elle en s'allongeant sur son transat.

Le jardin, constata-t-elle, avait sérieusement besoin de soins mais, dans l'immédiat, elle n'y pouvait pas grand-chose.

— Ç'aurait pu être Holly, remarqua-t-il. À Dieu ne plaise !

— Je lui répéterai tes propos...

— En fait, j'ai quelque chose à te dire, commença-t-il d'un ton grave. Tess, ce sont malheureusement de mauvaises nouvelles.

— De mauvaises nouvelles ? répéta-t-elle, perplexe. Ross, dis-moi vite.

— Nico vient de m'appeler. Il m'a demandé si ça t'embêterait beaucoup s'il n'achetait pas la peinture, finalement.

Le bouche de Tessa se dessécha tout à coup.

— Comment ? Pourquoi ? Qu'est-ce qui ne va pas ?

— Je suis désolée, ma chérie. Je sais que c'est un coup dur. Il n'a rien voulu dire de plus, sinon que le portrait le vieillit.

— Il n'en veut pas ?

Elle jeta un regard impuissant à l'exemplaire froissé du *Daily Mail*. L'horoscope avait bien prédit une grosse déception pour la journée mais elle ne croyait pas aux astres.

— Et dimanche ? demanda-t-elle.

— C'est fichu ! répondit Ross d'une voix compatissante. Ils reçoivent toujours au Manoir et maintiennent leur invitation mais je lui ai dit qu'il pouvait se la coller où il voulait. Et j'ai annulé la presse, bien entendu.

— Oh, Ross, c'est affreux ! dit Tessa d'une voix tremblante. Je croyais vraiment qu'il aimait le portrait.

— Chérie, tu sais comment sont ces stars du rock. Ils ne savent pas apprécier un vrai talent. Quand il m'a affirmé que son fils de neuf ans aurait fait un portrait plus ressemblant, j'ai compris qu'il n'avait absolument aucune idée de…

— Il a dit *quoi ?* cria-t-elle en arrachant ses lunettes de soleil et en les jetant dans la plus proche plate-bande. Tu te fiches de moi ?

— Oui, dit Ross joyeusement. Je me fiche de toi.

— C'est merveilleux ! s'écria Camilla en découvrant le portrait de son mari. Tessa, comment arrivez-vous à peindre ainsi ? Vous avez très bien rendu sa personnalité.

— Je sais, dit Nico en enlaçant la taille fine de son épouse. Je suis un sale fils de garce, n'est-ce pas ?

Rodée à son sens de l'humour un peu particulier, Camilla ne réagit pas.

— Et ce sourire, s'enthousiasma-t-elle en se rapprochant. Chéri, c'est *tellement* toi.

— Tu ne trouves pas qu'il me vieillit ? demanda-t-il, le visage imperturbable pendant un dixième de seconde.

Puis, après un coup d'œil sur Tessa, il éclata de rire.

— Désolé, Tess. Ross m'a tout raconté. Je n'arrive pas à croire que vous soyez tombée dans le panneau. Vous saviez déjà que je trouvais ce portrait splendide...

— Je ne suis pas aussi sûre de moi que vous le pensez et je me suis dit que vos premières réactions avaient été dictées par la politesse, avoua Tessa avec une grimace pitoyable. Terminer un tableau, c'est un peu comme avoir un bébé. Vous ne supportez pas qu'on le trouve laid.

— À propos de bébé laid, dit Nico joyeusement comme Ross s'approchait d'eux en portant Katrina dans ses bras. Rends-moi ma fille, Monahan. Trini, viens dans mes bras et donne à papa un énorme baiser.

— Papa, claironna Katrina en jetant un bras potelé autour du cou de Ross.

— Trini, chut ! protesta Nico. Il y a des journalistes ici. Ross n'est pas ton papa, c'est *moi*.

— Je suis soulagée qu'elle ressemble à Nico, dit Camilla à Tessa tandis qu'il lançait sa ravissante petite fille dans les airs. Elle ne fait aucune distinction et c'est très gênant. Dans chaque homme elle voit son papa et cela provoque des drames.

— Rod Stewart en a eu un coup au cœur la semaine dernière, rappela Nico en souriant. Hé, Trini, qu'est-ce que tu penses de ça ? Qui est-ce ?

Il tourna l'enfant vers le portrait. Les grands yeux verts se fixèrent avec intérêt sur le visage puis un cri de joie jaillit.

— Qui est-ce ? répéta fièrement Nico.

— Maman !

Tessa apprécia la présence rassurante de Nico à ses côtés lorsqu'elle dut répondre aux trois journalistes. Avec gentillesse et adresse, il l'aida à prendre une attitude décontractée lorsqu'ils posèrent pour les photos devant le portrait. Pour lui, ce n'était qu'une énième brève rencontre avec la presse, songea Tessa qui admirait son aisance. Quant à elle, c'était sa première expérience et son pouls s'emballait furieusement. En outre, il était évident que les journalistes s'intéressaient plus à l'enfant qu'elle portait qu'à son œuvre.

Il faisait frais dans la bibliothèque, heureusement. Par les grandes fenêtres, elle pouvait voir les invités, trente ou quarante des amis de Nico, qui se retrouvaient joyeusement sur la terrasse ensoleillée et fleurie.

— Ainsi, ce bébé est attendu dans cinq semaines, dit la journaliste de l'*Express*, avec un sourire de conspirateur. Dites-moi, il y a quelque projet de mariage entre Ross et vous ?

— Sadie, s'il vous plaît, intervint Nico avant que Tessa ne formule une réponse. Nous sommes ici pour promouvoir sa carrière. C'est une artiste pleine de talent, n'est-ce pas suffisant ?

— Épouser Ross Monahan pourrait être interprété aussi comme le début d'une brillante carrière, répliqua Sadie Labelle en adressant un sourire provocant à l'adresse de Nico. La proposition en soi est plutôt désirable. Beaucoup ont déjà essayé, après tout... J'avoue que moi-même je ne lui dirais pas non, ajouta-t-elle en souriant à Tessa.

— Ross ne s'encombrerait pas d'une vieille bique comme vous, dit gaiement Nico. Il y a des limites, Sadie.

Sadie haussa ses élégants sourcils épilés.

— Ne faites pas attention à lui, ma chère. Son sens de l'humour est farfelu, et c'est le moins qu'on puisse dire. Dites-moi plutôt quels sont vos projets immédiats.

— Eh bien, je vais avoir un bébé, déclara Tessa, imperturbable.

— Et vous allez vous marier ou bien Ross est-il heureux d'être le père d'un enfant illégitime ?

Sadie Labelle était célèbre pour ses portraits acerbes. Ses interrogatoires se terminaient souvent en bagarres ou en indiscrétions lâchées dans la chaleur du moment. Tessa s'efforça de sourire avec désinvolture.

— Il est heureux d'avoir un enfant, répondit-elle aimablement. Nous ne tenons ni l'un ni l'autre au mariage.

— Alors, vous n'avez pas combiné ça dans le but de le forcer à vous épouser ?

Refusant de mordre à l'hameçon, Tessa secoua la tête.

— Je n'ai rien combiné du tout. Ce n'est pas mon truc.

— Mais un enfant a besoin de sécurité, insista Sadie. Sans Ross, vous serez dans une situation difficile, pour ne pas dire plus, tandis que si vous l'épousez, vous aurez tout ce dont vous rêvez. Ou bien serait-ce parce que Ross ne vous a pas demandée en mariage ?

— C'est une hypothèse, dit Tessa, l'air pensive. Mais je peux être aussi déjà mariée...

— Pourquoi ne lui as-tu pas dit que nous *allions* nous marier ? demanda Ross, une heure plus tard.

Ses yeux étaient dissimulés par des lunettes de soleil mais son ton était agressif. Sadie Labelle n'allait pas apprécier que Tessa lui ait menti. En outre, il craignait que les gens ne se mettent à échafauder quelque sombre histoire.

— Ne te fâche pas, Ross. Elle m'embêtait, c'est tout !

Tessa s'étira dans le fauteuil en fer forgé blanc et secoua ses cheveux en arrière.

— Quand je parlais peinture, ça ne l'intéressait absolument pas. Au moins, les autres se sont donné le mal d'écouter. Et Nico a trouvé ça drôle, en tout cas.

— Nico peut se permettre de trouver ça drôle, répliqua-t-il sombrement. Mais tu as peut-être loupé une belle occasion. Sadie Labelle peut se comporter en vraie garce, Tess.

— Ne t'inquiète pas, dit-elle avec un sourire malicieux. Moi aussi.

# 28

Lorsque Ross débarqua chez Tessa deux jours plus tard, la vue de Dominique massant tendrement le dos de la jeune femme que ne recouvrait qu'un Bikini jaune serin ne lui fit aucun plaisir.

— À votre place, dit-il d'un ton glacial, je la laisserais tranquille.

— Si vous l'aviez laissée tranquille, répliqua Dominique sans s'émouvoir, elle n'aurait pas mal au dos aujourd'hui.

Tessa lâcha un soupir. Son dos la faisait vraiment souffrir et une dispute entre deux hommes soupçonneux était plus qu'elle n'en pouvait supporter.

Ross jeta sa veste sur un fauteuil et posa ses clefs sur la table.

— Je suis venu parler à Tessa. En particulier.

— Parfait, dit Dominique en haussant les épaules. J'allais justement partir.

— Il y a des semaines qu'il aurait dû partir, rugit Ross dix minutes plus tard tandis que s'éloignait sur le chemin, la silhouette nonchalante. De cela aussi, nous devons parler.

La méfiance que lui inspirait le jeune homme lui semblait parfaitement justifiée. Tessa avait toujours été inconsciente de son pouvoir de séduction. Sa grossesse avançant, elle n'avait cessé de se moquer de sa propre silhouette et, à l'entendre, on l'aurait crue obèse.

Elle ne l'était pas. Elle n'avait rien perdu de son élégance naturelle, ses longues jambes étaient aussi fines qu'auparavant et le hâle récemment acquis accentuait la couleur éblouissante de ses yeux. Ses cheveux blonds, décolorés par le soleil, ondoyaient derrière ses épaules brunes en répandant un parfum de shampooing. Ses seins avaient grossi et débordaient de l'étroit Bikini jaune.

En fait, songea Ross dans un nouvel accès de jalousie, le bronzage s'étendait beaucoup trop à son goût. Ayant depuis longtemps compris que Dominique et lui avaient de nombreux points communs, il évaluait parfaitement les risques encourus. Tessa était peut-être inconsciente de ses attraits, mais son invité, sûrement pas.

Il était vraiment temps, décida Ross, d'y mettre le holà.

Tessa se rendait dans le jardin, un plateau sur les bras. Les glaçons s'entrechoquaient, une abeille solitaire bourdonnait. La journée serait délicieuse… si du moins, se dit-elle, Ross quittait cette expression révoltée.

— Je n'ai pas envie de discuter de Dominique avec toi, annonça-t-elle comme il la suivait dehors.

Elle choisit une fraise mûre à point, la mit dans sa bouche et tendit le plat à Ross.

— Parfait, dit-il avec un geste de refus. Dans ce cas, mets-le dehors.

— Ross, c'est un *ami*. Tu n'es pas raisonnable.

— Non, c'est lui qui n'est vraiment pas raisonnable. En dehors du fait que cette maison est minuscule et que tu vas avoir un bébé… Dieu seul sait où tu le caseras, le pauvre… la situation est *indécente*.

— Pauvre de moi, soupira Tessa en croquant une autre fraise. Que vont penser les voisins ?

— Parfaitement !

Ross jeta sa cigarette à peine consumée dans un massif d'hydrangéas d'un rose poussiéreux.

— Et ce n'est pas drôle. C'est *mon* enfant que tu attends, tu dois prendre en considération ce genre de choses... Seigneur, fulmina-t-il, ne vois-tu pas ce que quelqu'un comme Sadie Labelle pourrait raconter ?

— Le fait que tu as couru à droite et à gauche à t'en rendre idiot ces quinze dernières années ne compte pas ? demanda Tessa qui commençait à s'énerver.

— C'est différent, répondit-il en écartant le sujet d'un geste désinvolte. Et tu le sais... Voyons, reprit-il d'un ton plus modéré, si je te dis ça, c'est simplement parce que je me fais du souci pour toi.

— Non, c'est pour *toi* que tu te fais du souci, répliqua-t-elle amèrement.

Son dos continuait à la faire souffrir et elle n'était pas d'humeur à céder.

— Ce n'est pas parce que deux personnes de sexe opposé s'entendent bien qu'elles ont automatiquement envie de coucher ensemble. Je comprends que cela puisse te déconcerter mais tu dois l'admettre. Dominique et moi sommes amis depuis des années, et s'il veut rester ici, il le peut... En outre, ajouta-t-elle d'un ton catégorique, je me fiche bien de ce que les gens peuvent penser.

— Tu veux bien vivre avec lui mais pas avec moi ?

Heureusement que Dominique avait eu le bon sens de s'en aller sinon Ross l'aurait étranglé sur place.

— Comment peux-tu supporter qu'il te touche, Tessa ? reprit-il. Tu sais fichtrement bien quel genre de type c'est.

— Il est comme toi, répondit-elle, un éclair de dérision dans les yeux. Et quand je te dis que nos relations sont platoniques, tu dois me croire sur parole. Si tu ne me crois pas, rappelle-toi que je suis enceinte de huit mois...

— Justement ! coupa Ross. Que se passera-t-il après la naissance du bébé ? Il ne va pas rester ici !

Tessa et Dominique en avaient déjà discuté et il avait été décidé que le jeune homme regagnerait la Cornouailles dès la naissance. Sa femme, la patiente Suzanne, avait disparu aux États-Unis pour rendre visite à sa famille ; leur maison restait vide et attendait le retour de Dominique. Mais comme les sermons de Ross l'avaient ulcérée, elle ne le lui dit pas.

— Bien sûr que si ! dit-elle avec désinvolture. Il y a plein de place. Dans les années trente, cette ferme était occupée par un ouvrier agricole, sa femme et leurs trois enfants.

— C'est obscène, trancha Ross qui alluma une autre cigarette.

Il jeta un coup d'œil à sa montre. On l'attendait à deux heures à Londres et il était déjà presque midi.

— Non ! L'obscénité, c'est ton attitude face à un style de vie qui m'est nécessaire. C'est ma maison, j'y suis heureuse et, pour ça, je n'ai pas besoin de cent cinquante mètres carrés d'espace vital... Mon Dieu, explosa-t-elle, incapable de taire plus longtemps ce qu'elle pensait, tu ne te rends pas compte à quel point tu es privilégié et combien *nous* sommes différents ! Tu vis dans ta foutue tour d'ivoire et tu dépenses de l'argent comme si c'était de l'eau du robinet... As-tu une idée de ce que je ressentais à Ascot ? Tu as parié sur un seul cheval plus que je n'ai jamais gagné en une quinzaine de jours. Voilà comme nous sommes différents ! conclut-elle froidement. Et c'est ça qui est carrément obscène.

À cet instant, Ross était bien près de la haïr. Il était venu avec l'intention de la convaincre de l'épouser, ou du moins de vivre avec lui, et au lieu de cela, il l'avait presque surprise en flagrant délit avec

Dominique. Pis, avec son fichu caractère, la garce avait réussi à transformer la conversation en une ignoble attaque qui le visait personnellement, lui, ses mœurs et sa fortune si durement gagnée.

— C'est avec cet argent que tu méprises que je t'achète plein de choses, rappela-t-il d'une voix monocorde.

— Mais je n'en *veux* pas ! cria Tessa. Je n'ai pas *besoin* de tes cadeaux. De quelles choses parles-tu exactement ? demanda-t-elle en s'emparant du téléphone gris qui reposait derrière son transat. De ceci ? Regarde comme j'en ai besoin de tes foutus cadeaux !

L'appareil alla ricocher contre le mur du jardin avec un « ting » dépité. Tessa regarda avec satisfaction le plastique gris se fendre sous le choc et, après un petit tour dans les airs, retomber dans un carré épais de myosotis. Le fait qu'elle se laissât rarement aller à des gestes aussi mélodramatiques ajouta à son plaisir. Le visage de Ross valait le spectacle.

— Tu n'es qu'une sale ingrate, dit-il lentement en jouant avec ses clefs.

Tant qu'elle était dans cet état d'esprit, il était inutile qu'il s'incruste. Dominique était le bienvenu.

— Je m'en vais, annonça-t-il.

— Enfin, il a compris ! fit Tessa d'un ton sarcastique.

Ross lui jeta un dernier regard désespéré.

— J'ai bien compris... Et quand le bébé sera né, n'ayez pas peur, toi et Dominique, de me blesser. Je n'ai pas le tempérament d'un parrain.

Une heure plus tard, la gêne dans le dos se transforma en douleur. Tessa se mordit la lèvre et essaya de trouver une position plus confortable dans son transat. Le soleil cognait dur à présent et la lèvre supérieure de la jeune femme se couvrit de sueur.

Elle se souvint trop tard de ce qui l'avait toujours retenue de casser des verres lorsqu'elle était en colère : ensuite, il fallait balayer. De la même façon, un téléphone cassé devenait irrémédiablement un téléphone hors d'usage.

Et comme la douleur s'intensifiait, elle comprit que jamais de sa vie elle n'avait eu davantage besoin d'un téléphone.

— Je lui ai demandé des nouvelles de Tessa et il a failli m'arracher la tête, dit Sylvie Nash, bouleversée. Il est d'une humeur épouvantable.

— Pauvre Ross, fit Antonia avec sympathie.

Accoudée au bureau de la réception, elle s'efforça de penser très vite.

— Et il devait aller à Londres ? demanda-t-elle.

— Il avait un rendez-vous à deux heures, dit Sylvie après avoir consulté une feuille affichée devant elle. Au Ritz. Tel que c'est parti, il sera en retard et je doute qu'il revienne avant huit heures ce soir. Vous vouliez le voir ?

— Rien d'urgent, assura Antonia qui se promit de faire en sorte que Ross ne soit pas de retour avant le lendemain. Ne vous inquiétez pas, je l'appellerai plus tard.

— Il sera peut-être de meilleure humeur, poursuivit Sylvie dont le bavardage était l'une des activités principales. Je ne comprends pas ce qui l'a mis dans cet état. Tessa et lui ont dû se disputer.

Effet de la frustration, se dit joyeusement Antonia qui cherchait déjà quelle excuse inventer pour Richard. Grâce à Dieu, elle avait été se faire faire un balayage la veille. Elle mettrait cette nouvelle robe de Bruce Oldfield qui avait coûté une fortune, et sans rien dessous. Ce coup-ci, Ross serait incapable de la repousser.

— Je suis persuadée qu'il sera de meilleure humeur demain, assura-t-elle à Sylvie avec un sourire satisfait. En fait, je peux vous le garantir.

À deux heures de l'après-midi, Tessa paniquait franchement. Plus aucun doute ne subsistait. Le grand moment était arrivé et les circonstances s'annonçaient dramatiques. Elle avait perdu les eaux et les contractions devenaient de plus en plus fortes et longues. Après avoir récupéré le téléphone et constaté qu'il était effectivement hors d'usage, elle avait réussi à traîner un transat jusqu'à la porte du jardin de façon à guetter le premier passant. Sous le soleil rayonnant, son corps ruisselait de sueur et le seul être vivant à se manifester fut un lapin solitaire bondissant à travers le champ d'en face.

Atteindre la grand-route au bout du sentier lui était physiquement impossible. Rester sous le soleil était quasi insupportable, mais, si elle rampait se réfugier dans la maison, elle courait le risque de rater le passage d'une voiture, son ultime espoir.

Fermant les yeux, les mains serrées sur son ventre que labourait une douleur atroce, elle maudit en silence sa stupidité. Serait-elle capable d'accoucher seule ? Dominique ne serait pas de retour avant plusieurs heures, elle le savait. Le chemin restait obstinément désert. En jetant le téléphone dans un geste de colère, elle avait peut-être mis en danger la vie de son bébé, ainsi que la sienne. Ils pouvaient fort bien mourir tous les deux dans ce jardin ensoleillé. Un élancement violent la fit suffoquer. Le besoin de pousser se faisait pressant mais elle savait qu'elle ne devait pas y céder. C'est ma faute, gémit Tessa avec désespoir en enfonçant ses talons nus dans l'herbe grillée par le soleil. Comment ai-je pu être aussi *bête ?*

Ne sachant que faire, Sylvie passa l'appel à Max. Agacé d'être dérangé, celui-ci fut encore plus irrité quand il découvrit que l'homme cherchait à joindre Tessa.

— Elle n'habite plus ici, répondit-il sèchement, craignant de perdre le fil de la scène délicate sur laquelle il travaillait. Et je n'ai pas le numéro de son domicile mais vous pouvez sûrement l'obtenir par les renseignements.

— Mais vous êtes M. Monahan, insista l'homme. Nos instructions sont de vous contacter directement.

— Je ne suis pas le bon M. Monahan. On ne peut pas le joindre de toute la journée.

Les yeux fixés sur l'écran, Max articula silencieusement une réplique de dialogue, incertain de son effet.

— Dans ce cas, je vais contacter Mlle Duvall, dit la voix sans cacher sa désapprobation. Merci de votre aide.

Il ne s'était pas passé cinq minutes que le téléphone de Max sonnait de nouveau.

— Oui ? aboya-t-il avec une impatience grandissante.

— Je suis vraiment désolé de vous déranger encore, monsieur Monahan, mais le téléphone de Mlle Duvall est actuellement en dérangement. Comme il s'agit d'une affaire urgente, je me demandais s'il existait un autre moyen de la contacter.

À ce moment-là, la concentration de Max avait bel et bien disparu. Un scénario était dix fois plus difficile à écrire qu'un roman, et si ce n'avait été pour Francine, il n'aurait pas insisté. Il ressentit le besoin d'une pause et se dit qu'un petit tour chez Tessa lui ferait du bien. Ce serait sa bonne action de la journée.

— Donnez-moi votre numéro, dit-il, résigné. Je vais faire en sorte qu'elle vous rappelle dans l'après-midi.

— C'est très aimable à vous, répondit l'homme d'un ton plus avenant. Si elle pouvait me rappeler n'importe quand avant cinq heures...

Parfait, se dit Max après un coup d'œil à sa montre. Cela lui laissait le temps de prendre d'abord un bain rapide et peut-être même de manger quelque chose avant de se mettre en route...

# 29

Ross ne connaissait qu'une façon d'apaiser sa colère : le travail. Après avoir gagné Londres à une allure avec laquelle aucune voiture de police n'aurait pu rivaliser, il était arrivé au Ritz d'une humeur de chien, son cerveau en ébullition ne cessant de se repasser l'horrible discussion et les insultes qui l'avaient opposé à Tessa.

Un homme d'affaires efficace ne doit pas laisser la vie privée interférer avec le travail. Il n'existait qu'un moyen de retrouver son sang-froid rapidement. S'efforçant d'oublier Tessa pendant deux heures, Ross garda le sourire, serra des mains, prononça quelques mots d'ouverture à la séance puis se concentra sur les sujets traités avec une telle intensité que le temps, miraculeusement, s'enfuit.

D'abord, elle crut à un mirage dû à la chaleur, à la douleur et au désespoir. Une voiture gris sombre, de la taille d'une boîte d'allumettes, apparut au loin dans un nuage de poussière. Haletant bruyamment, elle parvint à se redresser sur les coudes pour surveiller l'approche du mirage. Puis lui parvint, pardessus le bruit sourd de son pouls qui emplissait ses oreilles, le rugissement d'un moteur. C'était bien une voiture. Il ne lui restait qu'à prier pour que le conducteur la voie puis s'arrête.

Épuisée et au bord de l'évanouissement, elle ne trouva même pas la force de pleurer lorsque l'automobile s'immobilisa dans un crissement de pneus. Un bref instant, elle crut que c'était Ross. Lorsque Max bondit vers elle et s'écria : « Mon Dieu ! », le désarroi l'envahit et, effarée, elle secoua la tête.

— Qu'est-ce que vous dites ? demanda Max.

Sa voix résonnait étrangement tandis qu'il se penchait et la soulevait dans ses bras.

— C'est pas le... le bon frère, murmura Tessa en fermant les yeux, ses doigts humides de sueur s'accrochant aux épaules de son sauveteur.

Quelques secondes plus tard, elle sentit qu'on la déposait sur la banquette arrière du véhicule, juste au moment où un autre élancement atroce lui labourait les reins et le ventre. S'emparant des mains de Max, elle se mordit la lèvre pour retenir un hurlement. Lorsque la contraction s'estompa, elle rouvrit les yeux, écarta ses cheveux trempés de son front et parvint à esquisser un sourire tordu.

— Mais, vu les circonstances, ajouta-t-elle, vous ferez l'affaire.

— Bien, bien, murmura doucement Antonia, sachant à cet instant qu'elle avait gagné.

En l'apercevant, Ross n'avait pas tourné les talons et la victoire, une victoire délectable, lui appartenait. Croisant ses longues jambes hâlées de façon que sa jupe en jersey de soie remonte un peu plus, elle laissa flotter sur ses lèvres un sourire de conspirateur.

— Que le monde est petit... Comment vas-tu, Ross ?

— Que fais-tu là, toute seule, dans ce hall d'hôtel ? Ce n'est pas ta place, remarqua-t-il brutalement.

Elle écarquilla les yeux en simulant l'effroi.

— Tu crains que je ne me fasse aborder ? Que je n'aie à subir des propositions indécentes ? De la part d'un grand inconnu aux cheveux noirs ? Mon Dieu, quelle terrifiante perspective !

— Surtout pour le grand inconnu aux cheveux noirs, dit-il en hochant la tête, tandis que ses yeux sombres ne perdaient aucun détail.

Antonia rejeta la tête en arrière et éclata de rire. Le jersey bleu nuit glissa obligeamment sur le côté, révélant un peu plus de son décolleté ; il sentit une bouffée de son parfum entêtant.

— Dans ce cas, répondit-elle, peut-être est-ce préférable que je sois tombée sur toi...

— Peut-être, dit Ross tout en en doutant sérieusement.

Entre ce qu'il devait faire et ce qu'il allait faire, il y avait un gouffre, et il était probable qu'il regretterait longtemps son acte. À cet instant précis, peu lui importait. Renonçant à jouer, il jeta un regard sur le hall somptueux aux teintes délicates et dit :

— Attends-moi ici, je vais réserver une chambre.

Antonia ouvrit son sac et en ôta une clef qu'elle agita sous le nez de Ross. Avec un petit sourire triomphant, elle murmura :

— Les grands esprits se rencontrent, chéri. Je l'ai déjà fait.

La tentation de le provoquer fut la plus forte.

— Tu ne te sens pas coupable ? demanda-t-elle en se glissant hors de sa robe.

Le moment était bien choisi. Incroyablement excité par sa nudité, Ross écarta la question d'un mouvement de tête. Quoi qu'il fasse, Tessa n'avait pas cessé de le soupçonner du pire, de douter de chacun de ses gestes et même de la sincérité de ses sentiments. Il s'était donné un mal de chien pour lui prouver qu'il n'était plus le même homme et aucune femme auparavant n'avait reçu de lui le dixième des attentions qu'il lui avait prodiguées. Mais elle était tellement obsédée par son indépendance que tous ces efforts n'avaient été qu'une perte de temps. Il lui avait offert le monde et elle n'en avait pas voulu.

Il méritait bien à présent une petite distraction. Ce n'était que justice, songea-t-il.

— Le sentiment de culpabilité ne m'intéresse pas, dit-il en s'approchant d'Antonia et en faisant glisser ses doigts entre ses seins dorés. C'est du gaspillage de temps et d'énergie.

— Je trouve que nous avons perdu assez de temps comme ça. Combien, en fait ? Six mois ? demanda Antonia, tremblante de désir.

— Dis-le-moi, fit-il avec un sourire.

Elle le savait, bien entendu. Cinq mois et seize jours, à quelques heures près. Mais, n'ayant pas l'intention de lui laisser voir avec quelle obsession elle avait compté les semaines, elle lui dénoua la cravate en silence, la laissa tomber à terre, puis s'en prit aux boutons de chemise.

— Alors ? insista-t-il.

— Si longtemps, finit par dire Antonia en écartant les pans de la chemise, que j'ai presque oublié comment on fait.

Enfin, il se mit torse nu et l'attira contre lui, les yeux brillants de désir. Ses mains glissèrent le long des épaules d'Antonia, suivirent sa taille fine et ses hanches étroites de jeune garçon. L'attente délicieuse la fit frissonner tandis que ses doigts cherchaient à défaire la boucle métallique du pantalon. Tout son corps vibrait d'impatience.

— Ah... soupira Ross quelques minutes plus tard comme elle l'attirait sur elle et repliait les jambes autour de ses reins, je savais bien que tu finirais par te souvenir.

Ils firent l'amour avec une fougue qu'avaient poussée à son comble les longs mois d'abstinence. Fidèle à sa parole, Ross empêcha le souvenir de Tessa de lui gâcher son plaisir. Dans ses bras, quelqu'un le désirait et ne compliquait pas les choses en se demandant si c'était intelligent ou non d'y céder.

Qui plus est, il appréciait doublement l'enthousiasme d'Antonia parce qu'il savait qu'elle était assez intelligente pour garder bien séparés le plaisir et les sentiments. Ce qu'ils partageaient n'était qu'un besoin, qui se suffisait en soi, ainsi que le pouvoir de se procurer l'un l'autre un très grand plaisir.

Et qu'y avait-il de mal à ça ? se demanda-t-il comme la jeune femme reprenait possession de lui.

# 30

— Elle est en fin de travail, le bébé ne va plus tarder maintenant, annonça la sage-femme en tendant à Max une tenue de bloc en papier vert froissé. Il faut que vous mettiez ça avant d'entrer dans la salle d'accouchement.

— Pas question ! déclara Max, horrifié.

Il lui rendit le vêtement et secoua la tête énergiquement.

— Je vais rester dans la salle d'attente, merci.

Comme elle méprisait les hommes qui fécondaient avec désinvolture leur partenaire mais ne voulaient pas se donner le mal d'assister au miracle de la naissance, la sage-femme lui jeta un regard glacial.

— Voyons, monsieur Monahan. Vous devriez penser à votre pauvre femme. Vous ne croyez pas qu'elle préférerait vous avoir à côté d'elle pour l'encourager et l'aider à traverser cette épreuve ? Bien sûr, ajouta-t-elle, carrément dédaigneuse, si vous craignez de vous évanouir...

— Je ne suis pas le bon Monahan, dit Max avec lassitude, pour la seconde fois de l'après-midi. Je ne suis pas le père, je ne suis que le chauffeur. Et je peux vous assurer que Tessa n'a pas du tout envie de me voir à son chevet lui essuyer le front.

Sage-femme depuis dix-sept ans, Molly Richardson ne se laissa pas troubler pour si peu.

— Dans ce cas, répliqua-t-elle sèchement, vous pouvez aller vous asseoir dans la salle d'attente... Est-ce que le futur père compte venir ? ajouta-t-elle en jetant un œil sur la montre suspendue au-dessus de son sein gauche. Parce que je crains que nous ne puissions plus l'attendre.

— Il est à un rendez-vous à Londres. Il...

L'explication de Max fut interrompue par un cri étouffé qui venait de la salle d'accouchement, suivi d'un bref juron tout à fait inconvenant pour de jeunes oreilles.

Avec un sourire, Molly Richardson se dirigea vers la porte.

— Je ferais mieux d'y aller. Comme je le disais, il n'y en a plus pour longtemps.

La joie submergea Holly lorsqu'elle décrocha le téléphone et reconnut la voix de Max. En l'espace de deux secondes, son imagination bâtit une demi-douzaine de contes dont chacun se terminait par la remontée de la nef, avec demoiselles d'honneur en robes en satin rose et fanfreluches, le tout suivi d'un bonheur éternel.

— Max, comme c'est gentil, parvint-elle enfin à dire malgré une excitation telle que l'écouteur faillit lui glisser des doigts.

Et *heureusement* qu'elle était restée chez elle cet après-midi plutôt que faire les boutiques... mais s'il l'invitait à dîner, elle devrait se précipiter pour acheter quelque chose d'éblouissant... si cette robe émeraude, légèrement trop étroite, au corsage baleiné et à la jupe merveilleusement fendue, était toujours là, elle la prendrait et s'abstiendrait simplement de respirer...

— Je crois devoir vous prévenir que Tessa est sur le point d'avoir son bébé, annonça Max d'un ton cassant. Pour le moment, elle est dans la salle d'accouchement mais, quand ce sera fini, on la mettra dans la salle Deverell.

— Tessa est en train d'accoucher ? répéta sottement Holly.

Ce qu'on lui annonçait était si éloigné de ses fantasmes qu'elle ne comprenait rien.

— C'est une fille ou un garçon ?

— La fichue chose n'est pas encore là ! s'écria Max, exaspéré. Mon Dieu, je ne comprends vraiment pas pourquoi Ross vous a embauchée !

Piquée par sa méchanceté, Holly répliqua :

— Je suis peut-être formidable au lit.

— Pour compenser des pannes aussi fréquentes de bon sens, il faudrait que vous soyez spectaculaire, dit-il avec mépris. Alors, vous venez, oui ou non ?

Enfin, se dit Holly en retenant ses larmes. L'invitation tant et tant attendue.

— Évidemment que je viens, répondit-elle, indignée. Tessa est ma meilleure amie.

Si Holly n'avait connu la vérité, elle aurait pu croire qu'il existait entre Max et Tessa une affection profonde et cachée.

Comment, se demandait-elle, Max pouvait-il être aussi salaud à un moment donné et aussi merveilleux l'instant d'après ?

À la seconde où la sage-femme vint dans la salle d'attente annoncer la naissance d'une ravissante petite fille, Max se métamorphosa. À présent il lorgnait avec adoration sur le petit paquet que Tessa tenait dans ses bras et se comportait exactement comme un jeune papa fou de joie. Il avait même embrassé la mère sur la joue et l'avait félicitée d'une étreinte. L'air ahuri de Tessa avait rassuré Holly.

— Vous n'êtes pas obligé de rester, dit Tessa en constatant qu'il était vingt heures trente. Cela fait des heures que vous êtes là et je sais que vous êtes très occupé.

— Pas de problème, dit-il avec un haussement d'épaules tout en passant un doigt sous le nez du bébé qui, d'effarement, ouvrit de grands yeux. Regardez-la. Elle est ravissante !

— Ah oui ? Mais êtes-vous sûr que c'est la fille de Ross ? demanda Tessa d'un ton narquois.

Max fit l'effort de paraître contrit.

— Je n'en ai jamais vraiment douté, vous savez. C'était histoire de manifester un peu de prudence…

Jusque-là, Tessa n'avait pas parlé de Ross. Elle lissa les cheveux noirs du bébé et demanda d'un ton indifférent :

— Il est à l'hôtel ?

Max fit non de la tête.

— Quand j'ai appelé tout à l'heure, il n'était pas rentré. J'ai laissé un message, il ne va pas tarder à arriver.

— Peut-être pas. Nous avons eu une dispute, ce matin… Une grosse dispute, rectifia-t-elle tristement. Du coup, il a tout manqué.

— Tout le monde se dispute, s'écria Holly pour consoler son amie. Ça tombait mal, c'est tout. Et, de toute façon, tu ne voulais pas qu'il assiste à l'accouchement, si ?

— C'est vrai…

Tessa haussa les épaules avec un détachement feint. Personne ne l'avait prévenue que ce serait ainsi : une avalanche d'émotions contradictoires, cette énorme vague d'amour qui montait de nulle part, si envahissante qu'elle ne savait qu'en faire. Tout à coup, l'absence de Ross prit un aspect tragique, si désespérément triste qu'elle se sentit sur le point de fondre en larmes. Serrant le bébé contre elle, elle inclina la tête et ses longs cheveux cachèrent son regard désolé.

— Nous devrions nous en aller, dit Holly en se penchant pour l'embrasser. Les visites se terminent dans dix minutes de toute façon. Si ton téléphone est cassé, je ferais mieux de passer chez toi et de prévenir Dominique. Il a dû s'inquiéter.

— Tu le ferais ? demanda Tessa avec reconnaissance.

Depuis son aventure d'une nuit au sujet de laquelle tous deux se montraient extrêmement réservés, Holly avait soigneusement évité de rendre visite à son amie quand elle savait que le jeune homme était présent.

— Pourrais-tu prendre ma brosse à dents et deux chemises de nuit ?... Je n'étais guère habillée quand je suis arrivée ici, ajouta-t-elle avec un sourire défaillant.

— Voulez-vous que je vous emmène en voiture ? proposa Max, s'adressant à Holly avec plus de chaleur qu'il n'en avait manifesté de tout l'après-midi.

— Oh oui, merci !

L'occasion tant attendue se représentait, un long moment dont chaque minute la récompenserait de sa persévérance. Elle lui jeta un sourire enthousiaste.

— Oh, pardon, j'oubliais, fit-il en montrant les clefs qui sortaient du sac entrouvert de Holly. Vous êtes venue en voiture. Eh bien, allez chercher les affaires de Tessa, et moi, je rentre à l'hôtel... Vous, ne vous faites pas de souci, poursuivit-il avec un clin d'œil à l'adresse de Tessa, dès que Ross sera de retour, il viendra vous voir, je vous le promets. Ne vous étonnez pas s'il débarque à trois heures du matin... vous savez combien ces réunions peuvent s'éterniser.

La réunion de Ross s'éternisa effectivement. Il ne se montra pas de toute la nuit. Le cœur de Tessa s'emballa en vain à plusieurs reprises en entendant des pas précipités le long du couloir. À quatre heures trente du matin, épuisée mais incapable de dormir, elle se glissa avec précaution hors du lit et descendit pieds nus à la nursery. L'infirmière de nuit la trouva penchée au-dessus du berceau de son bébé, les joues ruisselantes de larmes.

— Voilà, mon petit, presque toutes les jeunes mamans passent par là, une fois que la bataille est finie, dit-elle en posant un bras rassurant sur les épaules tremblantes de Tessa. Si vous vous sentez demain encore un peu triste, nous en parlerons au médecin, d'accord ?

À l'heure du petit déjeuner, Tessa oscillait entre le fou rire et les larmes. Trois autres accouchées et deux infirmières l'avaient félicitée d'avoir pour mari un homme aussi beau et aussi aimant. Maisie Naylor, une femme de quarante ans qui, dans le lit voisin, buvait son thé tiède, commenta :

— Sûr, mon Jack, il s'donne plus la peine de v'nir me voir, après huit gamins. Mais vot' mari, j'l'ai vu la nuit dernière et mes yeux en sont presque sortis de ma tête ! Vingt dieux, le bel homme ! Et, vot' petite, elle lui ressemble comme deux gouttes d'eau… Voilà bien ma chance, ajouta-t-elle d'un ton lugubre, huit gosses que j'ai eus et tous les huit, c'est l'portrait craché de mon Jack, pauvres petits bougres.

De retour au Manoir, Max appela les renseignements. Ross pouvait avoir passé la nuit n'importe où mais il était fort possible qu'il ait pris une chambre au Ritz.

Lorsque le téléphone sonna à neuf heures et demie du matin, Ross se retourna et s'enfouit la tête dans l'oreiller. Des ébats excessifs, deux bouteilles de Montrachet et à peine plus de trois heures de sommeil réclamaient leur dû.

Repue et souriante, Antonia décrocha.

Cinq secondes plus tard, elle tapota l'épaule nue de Ross.

— C'est pour toi.

— Espèce d'abruti, cria Max, qu'est-ce que tu fabriques ?

— C'est toi, l'écrivain, répondit Ross, une main sur le front comme pour contenir sa gueule de bois. Fais preuve d'imagination.

— Inutile… Bon Dieu, il faut que tu aies perdu la tête !

— Pas de panique, j'ai passé l'âge de demander la permission.

Irrité du ton vertueux de son frère, il fut tenté de raccrocher brutalement.

— Qu'est-ce qui ne va pas ? reprit-il. L'hôtel a brûlé ou bien, plus grave, tu as passé une nuit solitaire ?

— Oh, rien d'important, dit Max, écœuré. Tessa a eu son bébé, c'est tout. Je sais bien que c'est idiot mais je m'étais mis dans la tête que ça t'intéresserait.

# 31

— Alors, c'est *celui-là*, le père ? demanda Maisie Naylor une fois que Dominique eut effectué une prudente retraite.

Elle parut d'abord perplexe puis son visage se dérida et elle adressa un énorme clin d'œil à Tessa.

— Ou bien, il croit que c'est lui ?

— Ni l'un ni l'autre.

Malgré l'anxiété qui la rongeait, Tessa parvint à sourire. Sans le bavardage incessant de Maisie pour lui égayer sa matinée, elle ne savait pas ce qu'elle serait devenue.

— C'est un ami.

L'idée d'ajouter qu'elle vivait avec lui lui traversa la tête, mais Maisie n'aurait pu garder pour elle une nouvelle aussi sensationnelle. Selon Max, dès que la naissance de la fille de Ross serait connue, la presse ne manquerait pas de venir flairer aux alentours de l'hôpital.

Soudain, les arguments de Ross, qu'elle avait écartés avec désinvolture, lui parurent crédibles et elle fut forcée d'admettre qu'il avait eu raison depuis le début. À présent, la perspective de ragots injurieux l'effrayait. Son bébé, tout neuf, innocent, devait être protégé de toute spéculation ordurière.

Déjà onze heures, et Ross n'avait pas donné signe de vie. Tessa retint un nouvel accès de larmes.

Jamais de sa vie elle n'avait eu autant besoin de lui et, malgré les propos rassurants de Max, elle ne pouvait s'empêcher de craindre le pire. Sa dernière réplique, la veille, avait été assez ambiguë. Peut-être ne voulait-il vraiment plus entendre parler ni du bébé ni d'elle.

Lorsque Ross fit irruption dans la salle à onze heures trente, il trouva le lit de Tessa vide. S'étant préparé à un instant émouvant, cette vision l'anéantit. Il détourna hâtivement ses yeux de la femme qui, dans le lit voisin, nourrissait au sein un enfant au crâne chauve. La présence de l'intrus ne semblait troubler ni l'un ni l'autre.

— C'est vous, non ? gloussa-t-elle avec jubilation.

— Comment ?

— C'est vous ! affirma Maisie en déplaçant son bébé avide d'un énorme téton à l'autre. Enfin, le voilà !

— Où est Tessa ? dit Ross, follement inquiet. Tout va bien ? Et où est le bébé ?

— Nous sommes là, fit Tessa calmement.

Le cœur battant, il pivota et la vit derrière lui, l'enfant dans les bras.

Un instant, il ne sut quoi dire. Toutes les jeunes accouchées et les infirmières s'étaient tues et ne le quittaient pas des yeux. Jamais, de sa vie, il ne s'était senti l'objet d'autant de curiosité, jamais il n'avait autant redouté l'accueil qu'on lui réservait... jamais il n'avait éprouvé un tel sentiment de culpabilité.

— Tess, que te dire ?

Il secoua la tête, cherchant ses mots.

— Je suis navré. Je me sens tellement nul...

— Chut, murmura Tessa, les yeux brillants de larmes. Moi aussi, je regrette. C'était une dispute stupide et je suis autant à blâmer que toi. Maintenant, je suis contente que tu sois là.

Elle appuya le bébé contre sa poitrine et se hissa sur la pointe des pieds pour l'embrasser sur le coin des lèvres.

Flageolant de soulagement, il l'enlaça et la mena vers son lit. Ses yeux se portèrent sur le bébé aux cheveux noirs que Tessa serrait contre elle.

— Je peux la prendre ? Elle va bien ?

— Elle va très bien, lui assura Tessa en prenant soin de soutenir la tête minuscule tandis qu'elle lui tendait l'enfant. Nous allons toutes les deux très bien, répéta-t-elle. Mais il faut en remercier Max.

— C'est ma faute.

Les yeux fixés sur le petit visage fin de sa fille, Ross frémit à la pensée du désastre évité de peu. Si quelque chose était arrivé à Tessa et au bébé pendant qu'il était à Londres... avec Antonia... il ignorait ce qu'il aurait fait.

Tessa se sentait elle-même trop coupable pour le laisser assumer seul la faute.

— Non, s'écria-t-elle, de nouveau au bord des larmes. Tu avais raison, et moi, je me suis conduite comme une sale gosse. Si je n'avais pas cassé le téléphone...

— Arrête, fit Ross en l'embrassant malgré les regards curieux qui s'attachaient à eux. Jésus, ces gens pourraient en remontrer au KGB. Je vais te faire déménager dans une chambre particulière.

— Sûrement pas ! protesta Tessa. J'aime bien être ici. Elles sont intriguées parce qu'elles croient que Max est le père et elles se demandent qui diable tu peux bien être.

— Quel culot ! s'exclama Ross, outré.

À cet instant, le bébé s'éveilla et ouvrit de grands yeux bleu foncé qui fixèrent Ross avec ahurissement. « Qui donc êtes-vous ? » pouvait-on lire sur le visage. Ross et Tessa éclatèrent de rire.

— Il y a encore quelque chose que tu ne m'as pas dit, remarqua-t-il un peu plus tard.

— Quoi donc ?

— Le nom de ma fille.

— Olivia, fit Tessa en souriant.

— Mesdames, annonça Ross à la cantonade, j'aimerais vous présenter Olivia, ma fille. Je m'appelle Ross, je répète : Ross Monahan, et c'est moi le père d'Olivia.

Au milieu des rires et des applaudissements qui s'ensuivirent, car tout le monde avait plaint Tessa la nuit précédente, Maisie Naylor ajouta son verdict :

— Et si jamais vous voulez un autre bébé, chéri, j'serais trop contente de vous rendre ce service…

— Antonia, il faut que nous parlions.

— Parler seulement ? protesta-t-elle d'un ton badin en essayant de jauger l'humeur de Ross tout en croisant les jambes avec une lenteur délibérée. Chéri, nous avons la nuit pour nous. Parler, quel ennui !

— Arrête, dit Ross d'un ton sec.

Honteux de sa propre conduite, il était résolu à faire admettre à Antonia que tout était vraiment terminé entre eux.

— Il faut que tu comprennes ce que je vais te dire. Tessa et le bébé représentent ce que j'ai de plus précieux au monde et je ne veux plus prendre le risque de les perdre. Je me suis comporté comme un idiot jusqu'à présent mais, cette fois-ci, je suis sérieux. J'aime Tessa, j'adore Olivia et j'espère que tu peux le comprendre et le respecter.

Ravalant sa déception, Antonia alluma une cigarette et regarda la spirale bleue qui montait paresseusement vers le plafond. Lorsque Ross l'avait appelée pour demander à la voir le soir même, elle s'était attendue à ce genre de déclaration mais une partie d'elle-même avait encore espéré que leur liaison puisse se poursuivre.

— Je vois, fit-elle pensivement en posant son regard bleu loin derrière lui. Laisse-moi résumer tes propos. Tu as décidé de changer et tu veux t'assurer que je garderai le silence. C'est ça ?

Ross soupira. Il ne pouvait se permettre de provoquer l'hostilité d'Antonia ; cependant, il avait du mal à croire à la sérénité qu'elle affichait.

— À peu près, dit-il enfin. Je sais que je me suis comporté comme un salaud mais ceci compte tant pour moi. Je veux que tu comprennes combien c'est important.

— Bien sûr que je comprends, dit Antonia avec chaleur. Moi aussi, j'ai des sentiments, non ? Je me rappelle combien tu comptais pour moi, par exemple.

Ross lui jeta un regard circonspect, ce qui la fit rire.

— Ne me dévisage pas comme ça, chéri. J'ai utilisé le passé, non ? Ce que j'essaie de dire, c'est que toi et moi, nous avons vécu quelque chose de merveilleux. En même temps, tous les deux, nous tenions compte du fait que j'étais mariée à Richard. La discrétion faisait partie du plaisir.

Ross opina du chef puisque c'était ce qu'apparemment Antonia désirait, mais il se rappela que la discrétion n'était pas une vertu cardinale de la jeune femme.

— Nous sommes tous les deux des adultes civilisés, poursuivit-elle en prenant une pose alanguie dans son fauteuil. Et, bien entendu, je compatis à ton tourment. Aussi, Ross, n'y pense plus. Je ne dirai pas un mot de notre récente… aventure… À personne.

Elle fit une pause, et effleura ses lèvres de l'index comme si elle réfléchissait intensément.

— Mais tu dois me promettre une chose, ajouta-t-elle.

Le cœur de Ross se serra. Ç'avait été trop beau pour être vrai.

— Vas-y, dit-il en se préparant au pire.

— Ne me dis pas que tout est fini entre nous, dit simplement Antonia. L'idée que plus jamais nous ne ferons l'amour m'est insupportable. Je veux croire que peut-être un jour... si ça ne marche pas entre Tessa et toi... tu pourrais me revenir.

Ross, qui s'était attendu à quelque horrible chantage, éprouva un tel soulagement qu'il faillit se ruer sur elle pour l'embrasser.

— Promis, s'empressa-t-il de répondre, convaincu qu'une telle opportunité ne se présenterait pas. Antonia, merci pour ta compréhension. Je te suis très reconnaissant.

— Parfait, dit-elle d'un ton affable. Et n'oublie pas, chéri. Si jamais tu décides de revenir, je suis là.

— Salut ! s'écria Tessa en cachant sa surprise sous un sourire. Quelle joie de vous revoir ! C'est Ross qui vous a demandé de me les apporter ?

Debout au pied du lit, Grace piqua un fard.

— Non... non, c'est moi qui... Je me suis rappelé que vous aimiez beaucoup les roses blanches...

Sa voix s'éteignit comme elle remarquait sur la table de chevet une multitude de petits vases d'où jaillissaient en profusion des roses d'un blanc crémeux, beaucoup plus belles que les siennes.

— Elles sont splendides, affirma Tessa en plongeant le nez dans le bouquet de Grace. Et elles sentent merveilleusement bon ! Comme c'est gentil à vous, Grace. Venez là, tirez cette chaise et asseyez-vous. Mettez-moi au courant de tous les ragots que Ross ne connaît même pas... Oh, sotte que je suis ! Vous n'êtes pas venue pour ça. C'est Olivia que vous voulez voir !

Tandis que Tessa sortait du lit, s'approchait du berceau à roulettes et en sortait le bébé, Grace poussa son grand sac sous sa chaise et inspira profondément. Elle n'avait pu résister au désir de voir sa demi-sœur mais, à présent qu'elle était là, sa propre audace l'effrayait.

— La voilà, dit Tessa avec fierté.

La seconde suivante, Grace tenait Olivia dans ses bras, son regard plongeant dans des yeux si semblables à ceux de Ross que, pour un peu, elle n'eût pas été étonnée que le bébé lui commandât un café. Tout de suite.

— Elle est parfaite, dit Grace, au bord des larmes.

L'enfant, inutile de le dire, ne lui ressemblait pas du tout.

— C'est le portrait de Ross, fit remarquer Tessa en souriant.

— Oui...

— Vous savez, j'ai du mal à croire qu'elle est vraiment là ! Ross ne peut s'en détacher... Il est complètement tourneboulé. Être père, il n'arrive pas à s'en remettre.

— Oui, répéta Grace d'une voix éteinte tout en berçant l'enfant. Cela doit paraître incroyable. Comme rien d'autre au monde...

# 32

Grace avait dû rassembler tout son courage pour rendre visite à Tessa et à Olivia, mais ce n'était rien en regard de la force qu'il avait fallu à Mattie ce soir-là.

Le bar du Charrington Manoir Hôtel était bondé. Elle s'installa à une table et commanda un grand gin tonic. Dix minutes lui seraient bien nécessaires pour simuler le sang-froid.

L'heure était venue d'affronter Ross Monahan. Telle l'autruche, elle n'avait fait jusqu'à présent que prier que les choses s'arrangent toutes seules. Elle s'était persuadée que l'attitude renfermée de Grace était due au choc et elle l'avait poussée à sortir, à s'intéresser à diverses choses, à se faire de nouveaux amis. Grace avait acquiescé docilement et sa mère avait soupiré de soulagement.

Elle but trois gorgées d'affilée dans l'espoir que sa main s'arrêterait de trembler. Un frisson la prit au souvenir de la rencontre inopinée qu'elle avait faite la veille au supermarché. Barbara Newcombe, très déçue par la banalité de sa propre famille, n'aimait rien tant que répandre des histoires salaces.

Mais les commentaires claironnés plutôt que chuchotés avaient bouleversé Mattie. Manifestement, Grace avait été vue, non pas une fois, mais deux, dans un état d'ébriété avancé. La première fois, Barbara elle-même l'avait aperçue assise sur un banc de Bathampton Park buvant au goulot une bouteille de vodka. La seconde fois, sa fille était rentrée en lui annonçant que Grace, vautrée sur l'herbe de ce parc, tenait une conversation inintelligible avec un pigeon.

— J'ai pensé que c'était mon devoir de vous mettre au courant, avait-elle conclu en jubilant. Ma Tracey était très choquée, bien sûr, mais c'est une fille si gentille, jamais le moindre problème.

— Oh oui, vous avez de la chance ! murmura Mattie, partagée entre l'accablement et le désir de jeter une boîte de macédoine au visage qui souriait avec suffisance. D'ailleurs, maintenant qu'elle ne fréquente plus cette bande de renifleurs de colle dans le passage souterrain, elle a *meilleure* mine !

Le soir même, une fouille approfondie de la chambre de Grace avait fourni la maudite preuve qu'elle avait désespérément souhaité ne pas trouver. Au fond de la penderie, cachée derrière une boîte à chaussures, se trouvait une bouteille de Smirnoff aux trois quarts pleine. À cet instant, Mattie sut qu'il fallait faire quelque chose.

En se dirigeant vers le bar, Richard Seymour-Smith ne remarqua pas Mattie, assise à une table pour deux. Il tentait d'imaginer ce que sa femme était en train de faire et cela l'obnubilait.

De retour plus tôt que prévu d'un rendez-vous à Birmingham, il avait vu la voiture de Ross garée devant la maison et avait fait aussitôt demi-tour. Au moins pourrait-il prendre quelques verres au Manoir sans craindre d'y rencontrer l'amant de sa femme.

Mais ce soir-là, l'alcool semblait ne pas produire son effet coutumier. Au quatrième scotch, il était toujours aussi sobre. Il avait toujours les nerfs à vif et son sentiment d'humiliation était plus fort que jamais.

Comme il regagnait sa table, ses réflexes lui firent cependant défaut. Un verre dans une main, une cigarette dans l'autre, il ne s'attendait pas à ce qu'un fauteuil dont l'occupant se relevait, le heurte. S'appliquant à ne pas renverser son whisky, il chancela mais ne vit pas le bout incandescent de sa cigarette toucher un corps.

Fuyant le contact cuisant, Mattie poussa un cri et s'écarta précipitamment. Son verre manqua se répandre. Mais c'était trop tard, le mal était fait. La brûlure sur son avant-bras, qui se cicatriserait dans la semaine, ne la troublait pas outre mesure, mais sa seule robe décente était définitivement abîmée.

Confus, Richard s'aperçut que les convives des tables voisines s'étaient tournés vers lui. Bredouillant un flot d'excuses, il se mit à tapoter avec son mouchoir le tissu roussi. La sueur couvrit son visage, les lunettes glissèrent sur son nez et son angoisse s'accrut.

Voyant qu'il gênait le service, Mattie finit par le prendre par le bras et à le faire asseoir en face d'elle.

— Je vous en prie, ne vous tracassez pas ! dit-elle avec un sourire de sympathie. C'était un accident. Et je pourrai sûrement le réparer. Ce n'est qu'un petit trou.

Malgré son agitation, Richard n'avait pas perdu son sens de l'observation. La robe n'était ni neuve ni chère et pourtant cette femme était prête à se donner le mal de la raccommoder, contrairement à Antonia qui se serait ruée chez elle et l'aurait aussitôt jetée à la poubelle. En outre, alors qu'Antonia aurait fait un drame de l'incident et aurait réclamé un dédommagement, cette femme tentait de le rassurer, minimisait les dégâts et omettait même de se plaindre de la brûlure, qui devait cependant être douloureuse.

— Je ne sais comment vous exprimer mes regrets, dit-il en extirpant de son portefeuille une liasse de billets de dix livres. S'il vous plaît, permettez-moi de vous rembourser...

— Oh, non ! s'écria Mattie dans un éclat de rire en repoussant l'argent. Je ne peux pas vous laisser faire ça. Ce vieux truc n'en avait plus pour longtemps de toute façon...

Richard remarqua cependant que la robe de coton rose avait été impeccablement repassée ; il était évident qu'on en prenait grand soin. Le sentiment de culpabilité se fit plus fort : sans être expert, il était à peu près sûr qu'une brûlure de cigarette ne pouvait pas être raccommodée. Il lui fourra une poignée de billets dans la main.

— Je ne veux pas de cet argent, protesta Mattie en les rejetant et tout en souriant. Et puis, qu'est-ce que les gens vont penser ? Tout le monde va me prendre pour une prostituée !

— Bon sang, je suis désolé ! murmura Richard, consterné.

Ses lunettes glissèrent à nouveau tandis qu'il secouait la tête.

— Si cela peut vous soulager, offrez-moi à boire, suggéra gentiment Mattie.

Après un coup d'œil à sa montre, elle ajouta :

— Je devais rencontrer quelqu'un mais boire un verre me donnera du courage.

— Vous attendez quelqu'un ? Il ne s'irritera pas de me voir à votre table ?

— Ce n'est pas ce genre de rendez-vous, répondit Mattie dont le sourire s'effaça en se rappelant le but de sa visite. En fait, je voudrais parler au directeur de cet hôtel mais je ne sais même pas s'il travaille ce soir. J'imagine que j'aurais dû prendre rendez-vous mais je n'y ai pas pensé...

— Il n'est pas là, dit Richard en grimaçant.

Il aimait bien Ross ; ce qui l'attristait, c'était qu'Antonia l'aime aussi.

— Oh...

Mattie s'affaissa sur sa chaise. C'était comme redouter une visite chez le dentiste et apprendre à la dernière minute que le rendez-vous est annulé. Elle était partagée entre la déception et le soulagement.

— Vous êtes sûr ? Il n'est pas à l'hôtel ?

Elle avait un visage sympathique, songea Richard, et une voix douce et apaisante. Elle comprendrait.

— Tout à fait sûr ! répondit-il d'un ton neutre. Vous voyez, en ce moment même, il doit être au lit. Avec ma femme.

Quel homme gentil, se disait Mattie deux heures et quelques verres plus tard. Elle avait oublié qu'il en existait.

Elle avait fait attention, bien entendu, à ne pas s'épancher autant que lui et s'était contentée d'expliquer qu'elle se faisait du souci pour sa fille et qu'elle avait espéré que Ross pourrait lui assurer que tout se passait bien.

Ils avaient surtout parlé d'eux-mêmes. Richard, qui tenait à assumer l'infidélité de sa femme et refusait d'admettre que Ross et Antonia puissent être fautifs, avait ensuite parlé de lui. Elle découvrit vite son enfance dans les vallons assoupis du Yorkshire, ses années d'études à Leeds, sa bourse à Oxford et sa carrière d'expert-comptable. Elle apprit aussi qu'il aimait la musique classique, Duke Ellington, la cuisine chinoise, le vrai pudding du Yorkshire, la faune, la flore et les montgolfières, l'œuvre d'Anthony Trollope et de H. E. Bates...

— Vous me faites beaucoup parler, finit-il par dire en s'appuyant sur son dossier, avec un petit sourire. Comment *faites-vous* ?

— Le sérum de vérité, fit Mattie avec un haussement d'épaules. J'en ai versé dans votre verre quand vous ne regardiez pas.

— Je n'ai pas l'habitude de parler autant. En tout cas, pas de moi...

— Ça m'intéresse, répondit-elle sincèrement. J'aime écouter et découvrir la vie des autres. Sans doute parce que la leur est presque toujours plus intéressante que la mienne. On pourrait me traiter de fouineuse.

Richard la trouvait merveilleuse. Jamais de sa vie il ne s'était senti aussi bien, aussi à l'aise. Et plus il regardait Mattie, plus elle semblait quitter son personnage de ménagère un peu forte et usée pour se métamorphoser en une femme plus jeune, charmante, au regard vif et au sourire irrésistible, dotée d'une silhouette voluptueuse qui lui seyait parfaitement. Ses formes s'accordaient à sa personnalité et il ne pouvait l'imaginer mince.

— Maintenant, à votre tour, dit-il en se penchant vers elle. Racontez-moi votre vie. Je veux savoir ce que vous aimez.

— D'abord, je ne suis pas comme vous, répondit Mattie avec un haussement d'épaules de modestie. Je ne suis pas une intellectuelle, je ne suis jamais montée dans un avion, encore moins dans une montgolfière et je n'ai jamais mangé de bonne cuisine chinoise, seulement des plats tout préparés achetés à l'épicerie.

— Voilà les choses que vous n'avez pas faites, dit Richard d'un ton grave. Dites-moi celles que vous aimez.

— J'aime regarder de vieux films, dit-elle, le menton sur les mains nouées, le regard perdu. Fred Astaire et Ginger Rogers, Bing Crosby et Grace Kelly, ce genre-là. J'adore les gâteaux à la crème et les feux de joie, la nuit. Et terminer les mots croisés de *l'Express*.

Et je suis une droguée des romans de gare, des histoires sentimentales où l'on sait d'avance que tout va s'arranger. J'aime quand ça se termine bien.

Se rendant compte à quel point elle devait paraître sotte et banale, elle piqua un fard.

— Et voilà, conclut-elle avec un geste gauche de la main, je vous avais prévenu que je n'étais pas une intellectuelle.

— Vous êtes une romantique, répondit Richard en la dévisageant avec un grand plaisir. Ça n'a rien de honteux. Et si vous n'aimiez pas les fins heureuses, vous ne seriez pas un être humain.

L'entrevue avec Antonia avait été peu agréable mais Ross s'était rattrapé en passant la seconde partie de la soirée avec Tessa et Olivia.

En arrivant à l'hôtel, il vit deux personnes qui montaient dans un taxi. Malgré l'obscurité, il aurait pu jurer que celle qui aidait l'autre à s'installer sur la banquette arrière était Richard Seymour-Smith.

Et même avec l'imagination la plus débridée, on n'aurait pu prendre la femme qu'il accompagnait pour Antonia...

— Ce que nous faisons me paraît incroyable, chuchota Mattie de peur que le chauffeur n'entende.

— Chut ! fit Richard qui ne voulait pas qu'elle revienne sur sa décision.

Il posa une main sur celle de Mattie et la serra gentiment.

— Dites-moi ce que vous aimez d'autre. Je voudrais le savoir...

Elle pouffa. Ils étaient tous les deux un peu ivres mais sans être soûls.

— Prendre de longs bains, dans de l'eau très chaude avec des bulles, après une dure journée de travail. Et écouter *The Archers*, le dimanche matin...

Oh, ce n'est pas bien. Vous essayez de me distraire, il ne faut pas. Nous ne *devrions* vraiment pas faire ça.

— Nous n'avons encore rien fait, lui rappela Richard que sa propre audace effarait.

— Vous savez ce que je veux dire, dit Mattie en secouant la tête. C'est terrible. J'étais venue régler les problèmes de ma fille et me voilà à moitié soûle. Quelle sorte de mère suis-je ?

— Je suis sûr que vous êtes une très bonne mère.

Richard s'était exprimé d'une voix basse, apaisante, mais elle secoua de nouveau la tête avec tant d'énergie que son opulente poitrine tressauta agréablement contre la manche de son compagnon.

— J'ai honte !

Terrifié à l'idée qu'elle pût changer d'avis, Richard la rassura.

— Il ne faut pas, affirma-t-il de tout son cœur.

— Mais si ! D'abord, vous êtes un homme marié !

Durant la soirée avec Mattie, les infidélités d'Antonia s'étaient estompées dans une insignifiance brumeuse. Elles prirent soudain l'allure d'une bénédiction.

— Quand le mari est trahi par sa femme, ça ne compte pas ! déclara-t-il triomphalement.

— Oh…

Mattie sourit dans l'obscurité. Elle n'avait jamais réellement pensé à se raviser mais l'absolution, décréta-t-elle dans une sorte de vertige, était une chose merveilleuse.

— Bon, fit-elle. Mais, arrêtons-nous d'abord chez moi. Je voudrais m'assurer que Grace va bien.

Priant qu'il en soit ainsi, Richard caressa la main qui s'abandonnait dans la sienne.

— D'accord…

Curieusement, Grace était de très bonne humeur. La visite à l'hôpital, au chevet de Tessa et du bébé, lui avait donné un sentiment d'importance qui lui avait remonté le moral. Et, comme elle n'avait pas éprouvé le besoin de boire, elle n'avait pas encore découvert que sa provision de vodka avait disparu.

Quand sa mère rentra, elle leva les yeux de la télévision, sourit et fut aussitôt intriguée par son expression, mi-joie, mi-honte, qui lui rappela celle qu'affichait Holly King tous les trente-six du mois quand Max avait daigné lui parler aimablement.

Mattie, dont le premier geste était d'ordinaire de jeter son sac sur la table et de s'effondrer dans son fauteuil préféré, se balançait au milieu de la pièce en serrant son sac sur son ventre comme une bouillotte.

— Bonsoir, chérie ! Comment vas-tu ?

Grace, qui avait choisi la vodka parce qu'elle était sans odeur, remarqua que sa mère parlait les dents serrées pour retenir des relents de gin. On eût dit un très mauvais ventriloque.

— Ça va. Tu veux une tasse de thé ? demanda Grace en se levant.

Mattie recula d'un air coupable.

— Non, non. Heu…

En tout cas, Grace était à jeun. Merci, Seigneur.

— Heu… en fait, j'avais l'intention de ressortir. Tu vois, Pam et moi, nous avons retrouvé par hasard quelqu'un, ce soir… Janie Collins… C'est une vieille amie que nous n'avons pas vue depuis des années et elle nous a invitées à passer chez elle. Aussi, je me suis dit… si ça ne t'ennuie pas… je pourrais y rester toute la nuit et Janie me ramènerait en voiture demain matin.

Bien, bien, se dit Grace qui avait beaucoup de mal à garder un visage impassible. Maman s'est trouvé un homme ! Il était temps !

— Ça me paraît une bonne idée, répondit-elle en se rasseyant nonchalamment. Parfait !

— Tu es sûre ? reprit Mattie qui ressemblait de plus en plus à une adolescente. Tu peux rester toute seule ? Je ne voulais pas accepter mais Janie a tellement insisté…

— Ça ira très bien, maman. Vraiment ! Passe une bonne soirée avec Janie et Pam.

Dans un élan de gratitude et de soulagement, Mattie oublia l'odeur du gin et se pencha sur Grace pour l'embrasser.

— Oh, merci, chérie !

— N'oublie pas, maman, fit Grace juste avant que la porte ne claque.

Le visage de Mattie réapparut, yeux brillants et joues rouges.

— Quoi donc ?

— Ta brosse à dents…

— Je n'arrive *toujours* pas y croire, soupira Mattie en rentrant le ventre tandis que la main gauche de Richard s'attardait sur ses chairs pleines et douces.

S'il lui avait confié combien ses formes lui plaisaient, elle ne l'aurait pas cru.

— Je n'arrive pas à croire que nous sommes là, que nous avons pris une chambre sous le nom de M. et Mme Robinson et que…

— Et qu'on pouvait atteindre à une telle perfection ? suggéra Richard qui, respirant son parfum léger, l'embrassa sur l'épaule.

Deux secondes plus tard, il la vit ciller et comprit que son menton frottait la brûlure de cigarette.

— Pardon, pardon… Ça fait très mal ?

— Ça fait délicieusement mal, dit Mattie en l'attirant contre elle. Et tu ne peux imaginer combien je suis heureuse que ce soit arrivé. Je sais bien que, nous autres, les femmes, ne devons pas dire ce genre de choses, mais je crois vraiment que c'est la plus belle nuit de ma vie.

— Vraiment ? chuchota Richard, submergé par la fierté et le plaisir.

N'ayant jamais jusqu'à ce jour trompé Antonia, il commençait à comprendre ce qui l'avait poussée dans les bras de Ross. L'adultère, songea-t-il, était plus excitant qu'il ne l'avait imaginé.

Écartant résolument de son souvenir son unique nuit avec Ross Monahan, Mattie acquiesça de la tête et se blottit contre la poitrine de Richard. Ross ne comptait pas. Ils n'avaient rien partagé. Avec Richard, tout était différent ; bien qu'ils se soient rencontrés seulement quelques heures plus tôt, elle sentait qu'un sentiment réciproque était né.

Comme s'il lisait dans ses pensées, Richard s'écria tout à coup :

— Mattie, je veux que tu saches que je ne fais pas ça pour me venger d'Antonia. Je ne suis pas venu à l'hôtel avec l'intention de ramasser une femme... une inconnue... pour la convaincre de coucher avec moi. Je n'ai jamais fait de ma vie ce genre de choses, crois-moi.

— Je te crois...

Tout en lissant les rides du front soucieux, elle s'émerveilla de nouveau qu'il fût capable de la rendre si heureuse. Et il n'était pas seulement terriblement *gentil*. Dans son costume sombre d'homme d'affaires, Richard était le type même du financier revêche mais là, à présent, nu et sans lunettes, c'était un homme désirable au corps mince, délicatement musclé, aux mains douces et aux yeux gris pleins de charme. Pour le plus grand plaisir de Mattie, il était aussi très doué. Elle ne pouvait comprendre pourquoi Antonia fuyait des bras aussi aimants et rassurants pour se jeter sur quelqu'un d'aussi changeant et instable que Ross Monahan.

— Où vas-tu ? demanda Richard comme elle se levait.

— J'ai soif. Je vais me chercher un verre d'eau à la salle de bains... Mais il y a une bouilloire, là ! s'exclama-t-elle. Je pourrais nous préparer du thé...

En souriant, Richard la fit se rasseoir et décrocha le téléphone.

— Ne bouge pas ! Allô ? Je voudrais une bouteille de Bollinger à la chambre quarante-deux.

L'incrédulité lui fit hausser les sourcils lorsque le réceptionniste l'informa qu'il était trois heures trente du matin et que le service s'interrompait de minuit à six heures.

— C'est épouvantable ! s'écria-t-il en clignant de l'œil à l'intention de Mattie. Si je l'avais su, nous serions descendus au Charrington Manoir. Je sais d'expérience qu'ils satisfont à tous les besoins...

— Moi, je suis satisfaite, dit joyeusement Mattie en se penchant au-dessus de lui pour allumer la bouilloire. De toute façon, je préférais une bonne tasse de thé...

Pendant ce temps, Grace se demandait qui était le nouvel ami de sa mère et faisait des vœux pour qu'il soit gentil, tandis qu'Antonia, incapable de trouver le sommeil, pensait à Ross et accessoirement à Richard qui n'était pas rentré de Birmingham ainsi qu'il l'avait dit.

# 33

Zigzaguer entre les touristes qui encombraient le centre de Bath était presque aussi épuisant qu'arpenter les magasins.

Mais dépenser des fortunes en vêtements était de tous les vices celui que Holly préférait, et, lorsqu'elle finit par s'écrouler sur un siège à la terrasse de son café préféré, la vue de la pyramide de sacs en papier glacé compensa largement le fait que la plante de ses pauvres pieds la fasse horriblement souffrir.

Cinq minutes plus tard, alors qu'elle était en train d'engloutir une part de tarte au fromage blanc et aux myrtilles, elle aperçut Adam Perry qui tournait au coin de la rue et se dirigeait vers le bar à vin sur le trottoir opposé. Ajustant en hâte ses Ray-Ban, Holly baissa la tête et se fit toute petite. Si seulement cette troupe de Japonais, photographes acharnés, pouvait se déplacer un peu plus sur la droite, et même grandir de quelques centimètres, elle serait sauve.

Mais ils n'en firent rien et elle ne put échapper à son sort. Un hurlement retentit : « Hé, beauté de mon cœur ! » Adam la hélait si vigoureusement qu'il manqua envoyer un petit Japonais à lunettes dans le bassin de la fontaine.

Recroquevillée, Holly esquissa un sourire contraint et reposa sa fourchette. Elle serait polie, décida-t-elle. Elle irait même jusqu'à lui permettre de lui offrir un café et de lui faire la conversation, puis elle s'excuserait et le quitterait.

Mais Adam, semblait-il, avait d'autres projets. Rouge d'indignation, elle le vit pivoter et reprendre sa trajectoire initiale, secouant ses clefs d'une main tandis qu'il traversait le square.

Quel goujat, pensa Holly, outrée, et, pour cacher son embarras, elle reprit sa fourchette qu'elle plongea dans le reste de la tarte. Pour qui Adam Perry se prenait-il ?

— Et même son parfum est sensationnel ! proclama la voix familière deux minutes plus tard.

Holly, qui ne l'avait pas vu revenir, sursauta au baiser bruyant qu'il lui planta dans le cou. De nouveau, bien sûr, il s'était arrangé pour faire d'elle le point de mire. Même les pigeons l'observaient avec un intérêt amusé.

— Asseyez-vous, siffla-t-elle, à quoi il répondit par un rire démoniaque.

— Je parie que vous vous demandiez où j'étais passé ! Vous vous êtes sentie snobée ? Eh bien, ne vous tracassez plus, mon ange, me voici ! Il fallait juste que je fasse un saut de l'autre côté de la rue pour dire à mes amis que je ne me joindrais pas à eux. Me voilà libre pour vous emmener déjeuner dans un endroit formidable.

Sa présence détonnait dans la joliesse apprêtée de cette petite place touristique. Même la chaise blanche semblait incapable de supporter son poids. Remarquant la bizarre combinaison du chandail rose framboise, du pantalon de cricket en flanelle blanche froissée, des cheveux hirsutes et des mocassins bruns rutilants de chez Gucci, Holly s'étonnait du pouvoir que cet homme avait de l'humilier à chaque occasion et d'y prendre un plaisir aussi manifeste.

— Je suis désolée, dit-elle posément, mais j'ai d'autres projets. Allez-vous laisser ça ?

Adam était déjà en train de plonger sur les sacs et, naturellement, ce fut celui de Janet Reger qu'il ramassa.

— Holly, voilà ce qui s'appelle faire des courses...

Les collégiennes françaises de la table voisine sombrèrent dans le fou rire tandis qu'il brandissait une culotte en voile bleu-noir et un soutien-gorge assorti.

— C'est absolument ravissant ! Très, très séduisant...

— Arrêtez !

Elle les lui arracha des mains et les réenfourna dans le sac. Ç'aurait pu être bien pire : tout au fond du sac de Marks & Spencer se trouvait une gaine-culotte. S'il l'avait exhibée, elle aurait vraiment été embarrassée.

— Annulez tout !

— Annuler quoi ?

— Ces autres projets rasoirs, dit-il avec un sourire. L'après-midi s'annonce splendide et je crois sérieusement que nous devrions le passer ensemble. Vous pourriez mettre vos nouveaux sous-vêtements et je pourrais lentement vous déshabiller... en pensée, bien sûr.

Quel homme insupportable ! Elle fit non de la tête.

— Je ne veux pas changer de projets. Ross ramène Tessa et le bébé à la maison aujourd'hui et nous allons faire une petite fête de bienvenue.

— Formidable ! s'écria Adam avec aplomb. Allons-y ensemble ! Mais à une condition...

Déconcertée par son sans-gêne, Holly ne put s'empêcher de demander :

— Laquelle ?

— Vous mettez ces nouveaux dessous, évidemment, répondit-il en lui tapotant le genou.

Quelqu'un devait être de mèche avec Ross, soupçonna Tessa. Comme cela ne lui ressemblait guère de recevoir beaucoup de monde, elle n'avait jamais souffert de la taille de sa maison, qui n'était certes pas immense.

Cet après-midi, cependant, les murs avaient du mal à contenir l'invasion des admirateurs et Ross affichait sur son visage un « je te l'avais bien dit » d'autant plus irritant qu'il était mérité.

— Je voudrais qu'elle vienne vivre avec moi, l'entendit-elle dire à Holly comme elle tentait de se faufiler vers la minuscule cuisine, mais c'est une vraie bourrique...

— Mais vous ne vivez pas à l'hôtel ? demanda Adam qui occupait l'espace de trois personnes de taille normale. Attention, tout le monde ! Rentrez le ventre ; une ex-femme enceinte tente de passer.

Ils s'étaient ligués contre elle, songea Tessa, et Ross devait apprécier chaque minute de cette mise en scène.

— Je lui ai proposé d'acheter une maison, était-il en train d'expliquer d'un ton exagérément patient. Quelque chose de correct, de suffisamment grand... mais elle ne veut même pas en entendre parler. Adam, saviez-vous que Hunter's Lodge allait être mis en vente aux enchères la semaine prochaine ?

— Une maison splendide ! affirma ce dernier. Je connaissais les propriétaires et j'y suis allé plusieurs fois. Une vue fabuleuse, six chambres et une piscine.

C'était un complot, trancha Tessa sombrement en se frayant à nouveau un chemin derrière eux. Elle aimait sa maison, elle en aimait chaque centimètre carré, et si Ross croyait emporter la victoire avec ses six chambres totalement inutiles et sa piscine idiote, il allait être déçu.

— Tess, appela Max qui gardait la tête inclinée sur la poitrine pour éviter de heurter les poutres trop basses du salon en portant Olivia. Pourrais-tu m'attraper un torchon ? Elle vient de rejeter son déjeuner sur ma chemise.

— Alerte ! Rentrez le ventre, rentrez les fesses ! claironna Adam derrière lequel Tessa se contorsionnait de nouveau. Ross, à combien risquent de monter les enchères sur Hunter's Lodge ? Jésus, cette bicoque est vraiment petite, j'ai vu des cages pour hamsters plus grandes...

— Ça va, ça va ! s'écria Tessa qui comprenait soudain qu'elle ne pourrait supporter une minute de plus cette conspiration. Vous devriez avoir honte... mais j'abandonne !

Elle se tourna laborieusement vers Ross et reprit :

— J'ignore ce que nous ferons de six chambres mais si tu en as vraiment envie...

Holly l'embrassa. Ross, encore incrédule, lui planta un baiser avide. Adam leva sa coupe de champagne tout en effleurant le poing serré d'Olivia.

— Je ne sais ce que vous ferez de six chambres, ma jolie, mais si j'étais à votre place...

Il s'interrompit pour enlacer Holly avec enthousiasme.

— ... je sais *très exactement* la première idée qui me viendrait à l'esprit...

— Pervers ! jeta Holly en finissant son verre.

Elle espérait qu'ils obtiendraient enfin la permission d'aller dans le jardin. Ross leur avait demandé de rester à l'intérieur et de se faire aussi volumineux et encombrants que possible.

— Ce n'est pas de la perversion, répliqua Adam en lui pinçant les fesses. C'est la nature humaine, l'attirance, c'est de la *chimie*...

Comme Tessa l'avait prévu, Hunter's Lodge fut achetée avec une hâte presque indécente. Se débarrassant sans effort des autres parties intéressées,

Ross avait renchéri comme seul renchérit un acheteur vraiment déterminé ; ses adversaires avaient abandonné sous les yeux de Tessa.

— Elle est à nous ! dit-il en la serrant contre lui. Nous avons une maison digne d'Olivia. Et maintenant, qu'est-ce qui nous empêche de nous marier ? Peux-tu me donner une seule bonne raison ?

C'était la raison la plus bête du monde et Tessa se méprisait d'y accorder seulement une pensée mais un doute insignifiant demeurait. Car malgré tout ce que Ross avait fait pour elle, et malgré tout ce qu'il signifiait pour elle, elle n'avait pas été capable d'oublier qu'il lui avait commandé un tableau, qu'il avait été apparemment plus que satisfait du résultat et qu'il l'avait cependant tranquillement vendu comme s'il n'avait pas eu plus de valeur sentimentale qu'un paquet d'actions.

— Alors ? dit-il en la dévisageant. Dis-moi...

Elle secoua la tête. Elle se comportait comme une idiote. Acheter et vendre, et gagner de l'argent de cette façon, c'était le travail de l'homme d'affaires. Et si elle voulait vivre de sa peinture, il fallait qu'elle aussi s'y résigne. Il lui fallait apprendre à ne pas considérer ces transactions comme un affront personnel.

— Ce n'est rien...

Le regard de Ross se fit insistant.

— Si cela t'empêche de m'épouser, dit-il d'un ton posé, c'est important. Et inutile de prétendre te taire parce que j'ai bien l'intention de découvrir ce que c'est.

Tessa connaissait son obstination. Elle lâcha un soupir.

— Tu as vendu la peinture que j'ai faite pour toi...

Un bref instant, il resta bouche bée. Puis elle vit la culpabilité et l'amusement éclairer ses yeux noirs et elle sut qu'il allait essayer de s'en tirer en plaisantant.

— Qui te l'a dit ?

— Ça n'a pas d'importance, dit-elle pour éviter d'impliquer Grace. Je le sais, c'est tout. Et je sais aussi que cela ne devrait pas me blesser... mais je le suis.

Il souriait à moitié à présent en lui serrant la main d'un geste conciliant.

— Chérie, je ne l'ai pas vendue. Je t'ai dit ce qui s'est passé... Nico me l'a empruntée pour la montrer à des amis. Elle est chez lui, à Londres.

— Arrête ! fit Tessa, accablée. Tu ne comprends pas que c'est précisément cela que je ne peux supporter ? Les mensonges.

— Mais Tess...

— Et si tu *tiens* à mentir, reprit-elle, la voix amère, prépare tes alibis avec plus de soin. Quand Nico et sa femme sont descendus au Manoir, j'ai demandé à Camilla si elle aimait le tableau. Elle ne savait même pas de quoi je parlais.

# 34

— Il me semblait que tu avais dit que ta tante habitait Bloomsbury, dit Tessa comme ils roulaient sur Regent Street en direction de Piccadilly Circus.

Ross sourit. Il s'amusait énormément. Depuis qu'il avait inventé, vingt-quatre heures plus tôt, le personnage de tante Dorothée, chirurgien esthétique à la retraite, la soixantaine bien sonnée, à l'aspect redoutable, à l'œil de verre et à l'esprit caustique, il s'était carrément épris de la vieille bique.

— Oui, mais elle tient à nous inviter dans ce nouveau restaurant qu'elle a découvert dans Old Bond Street. C'est là que nous devons la retrouver.

C'était la première fois que Tessa en entendait parler. Elle se retourna et regarda Olivia qui dormait dans son couffin sur la banquette arrière.

— J'espère que le restaurant accepte les bébés.

— Nous sommes les invités de tante Dorothée, dit Ross. Ils n'oseront pas rouspéter.

— Nous serons tout près de la Royal Academy, se rappela-t-elle comme ils approchaient de Shallow Street. Oh, Ross… C'est l'exposition d'été. Crois-tu que nous aurons le temps d'y faire un saut d'une demi-heure ? J'aimerais beaucoup y aller.

— Désolé, Tess, fit-il en secouant la tête. Tante Dorothée ne s'intéresse pas à l'art. Beaucoup trop frivole à son goût. Mais si elle te propose une visite guidée du Science Museum, tu sauras qu'elle t'apprécie.

— Formidable...

Ils passaient devant la Royal Academy où une foule s'empressait. Tessa soupira. Elle ne s'expliquait pas pourquoi Ross désirait tant lui faire rencontrer cette parente âgée dont il ne lui avait jamais parlé avant la veille. Tante Dorothée avait l'air de quelqu'un de terrifiant.

En trouvant Tessa sur le point d'accoucher, Max avait heureusement complètement oublié de lui parler du coup de téléphone de l'Academy. Et lorsqu'il s'en était enfin souvenu, c'était par bonheur à Ross qu'il en avait parlé et ce dernier avait pu régler le problème du cadre écorné. Le manutentionnaire qui avait empoché son pourboire en affirmant que le tableau serait traité avec soin et amour était culotté, s'était-il dit en grimaçant.

Ross regarda sa montre.

— Je ne vois nulle part la moto de tante Dorothée. Nous avons peut-être le temps de jeter un coup d'œil à l'exposition après tout. Quelques minutes...

Grâce au ciel, une fois entré, il eut l'idée de prendre Olivia dans les bras. Bousculant Tessa, il l'emmena directement dans la seconde galerie.

— Ceux-ci paraissent plus intéressants...

Si Tessa avait tenu le bébé, elle l'aurait sans doute laissé choir.

D'abord, elle se crut l'objet d'une hallucination. Puis, comme la foule se bousculait derrière elle, elle se dit que, par une coïncidence inouïe, quelqu'un avait choisi le même sujet et l'avait représenté d'une façon si semblable à son style que, de loin, il semblait pratiquement identique.

Elle se dirigea vers la toile telle une somnambule, les doigts crispés, le cœur battant. À quelques mètres de distance, la ressemblance était toujours aussi frappante. Était-il possible que le mystérieux acheteur ait décidé, pour une raison personnelle, de l'exposer ? L'ahurissement l'empêchait de réfléchir. Le choc était trop brutal.

Puis elle vit le petit carton punaisé en dessous, portant son nom et indiquant que le tableau n'était pas à vendre. Elle comprit soudain et ses yeux s'emplirent de larmes de joie.

À cet instant, Ross, qui l'avait rejointe avec Olivia, sut que jamais il n'avait autant aimé la jeune femme. Son visage arborait une expression d'enchantement. Elle était belle et digne, intelligente et fière, talentueuse et volontaire, et elle lui avait donné une fille qui avait éveillé en lui des sentiments dont il ignorait auparavant l'existence.

Glissant son bras sous celui de Ross, Tessa murmura :

— Je ne sais que dire...

Il sourit, sans quitter des yeux la toile.

— Dis oui !...

Elle secoua la tête d'ébahissement.

— Je n'arrive pas à y croire ! Je n'arrive pas à croire que *tu* aies proposé mon tableau à l'exposition d'été... Sais-tu combien de toiles sont envoyées chaque année ? Et combien sont refusées ?

— Oui...

— Mais... qu'est-ce qui t'a poussé à le faire ?

— Tu l'aurais fait ? répliqua-t-il gentiment.

Elle secoua de nouveau la tête en lui caressant machinalement l'intérieur du poignet.

— Bien sûr que non ! Je n'aurais pas osé...

— C'est pourquoi je l'ai fait.

— Et moi qui pensais que tu l'avais vendu...

— Oui...

La gorge nouée, elle répéta d'une voix étouffée :

— Je ne sais toujours pas quoi dire...

— Dis oui ! souffla-t-il avec une patience extrême, ce qui la fit sourire.

— D'accord. Oui. Maintenant dis-moi à quoi j'ai dit oui.

— Tu es une fille intelligente, dit-il d'un ton triomphant avant de l'embrasser. Je suis sûr que tu peux essayer de deviner.

— Cette fois-ci, soupira Holly avec extase, *rien* ne peut aller plus mal. C'est un *fait accompli*.

— C'est-à-dire ?

Tessa nourrissait Olivia d'une main tout en tentant d'ouvrir son courrier de l'autre. De tous les coins du pays lui arrivaient des demandes d'information sur son œuvre. Plus merveilleux encore, le tableau de Ross était de nouveau accroché dans son bureau et, dès que les travaux de décoration seraient achevés à Hunter's Lodge, il y serait transféré pour orner l'immense salon.

— Max sera le garçon d'honneur, expliqua Holly d'un ton patient, et moi, la demoiselle d'honneur. Il faut que j'en dise plus ?

— Je suis sûre que tu ne t'en priveras pas, dit Tessa qui lançait dans la corbeille à papier un tas d'enveloppes froissées.

Le moment lui parut mal choisi pour annoncer qu'elle avait invité Adam Perry au mariage.

Holly s'appliqua une seconde couche de rouge à lèvres et esquissa un baiser à l'intention d'Olivia qui ouvrait des yeux noirs encore embrumés de sommeil et agitait des poings minuscules.

— Bien sûr que je vais en dire plus, déclara-t-elle en s'examinant dans le miroir avant de s'en aller reprendre son travail. En fait, je vais faire une prédiction : ta nuit de noces sera la nuit où je vais enfin attirer dans mon lit ce superbe mâle.

Il y avait tant de préparatifs à faire que Tessa en vint rapidement à apprécier la sagesse de ceux qui organisaient leur vie d'une manière traditionnelle : d'abord, le mariage ; ensuite, le bébé. Ross prenait presque toutes les dispositions mais elle était effarée du travail qui restait à effectuer et Olivia contrariait toutes ses manœuvres. La peinture, inutile de le dire, était au point mort. Des paquets de Pampers s'entassaient sur les toiles vierges et, à peine avait-elle réussi à libérer un peu d'espace dans la maison encombrée qu'un adulte gâteux, en général Holly, Max ou Adam, débarquait avec une énième énorme peluche pour Olivia.

Néanmoins, elle était enfin vraiment heureuse. Malgré ses vieux doutes et pressentiments, elle savait à présent qu'épouser Ross était ce dont elle n'avait cessé de rêver.

Et comme la perspective d'un grand mariage la faisait trembler et que Ross s'était mis dans la tête qu'il en serait ainsi, ils s'étaient arrêtés à un compromis : une petite cérémonie à la mairie serait suivie d'une somptueuse réception au Manoir.

Cela avait l'air simple, se dit-elle avec un sentiment d'impuissance tandis qu'Olivia, affamée, envoyait d'un coup de pied une pile de remerciements au sol. Qui aurait pensé que se marier pouvait être aussi incroyablement compliqué ?

Qui aurait imaginé qu'être amoureuse pouvait être aussi compliqué ? se demandait Mattie qui buvait une tasse de thé tout en attendant impatiemment la sonnerie du téléphone.

Comme elle ne s'était jamais imaginée être la maîtresse d'un homme, elle avait du mal à l'admettre. C'était en fait extraordinairement facile, avait-elle découvert avec remords.

Pire, cela avait été excitant. De cacher la relation l'était encore davantage et, lorsqu'ils se retrouvaient, Mattie songeait en repensant au dire de Richard que les infidélités d'Antonia excusaient cette relation. Ce n'était pas comme s'il trompait une épouse fidèle qui l'attendrait impatiemment à la maison devant un dîner amoureusement préparé.

Mais le sentiment de culpabilité, la joie, la certitude de faire le mal tout en se faisant plaisir agissaient fortement sur son organisme. En quinze jours, elle avait perdu cinq kilos sans effort. Elle pensait à faire breveter le régime Fondre-d'amour. Le manque de confiance en soi, cependant, troublait son bonheur. Bien que tout le monde la félicite pour sa nouvelle allure et que Richard ne cesse de lui proclamer son amour, Mattie ne pouvait s'empêcher de se poser des questions sur l'avenir. Est-ce que dire une chose pareille *à ce moment-là* comptait ?

Car tandis qu'elle aimait... adorait... vénérait Richard, le sinistre soupçon qu'il ne faisait que profiter d'elle continuait de hanter ses rêves éveillés. En femme raisonnable, elle se rendait compte que cette liaison pouvait n'être qu'une redite de sa brève aventure avec Ross Monahan. Pourquoi donc Richard voudrait-il quitter une épouse belle, élégante et *jeune* pour une femme plus âgée, plus grosse et dépourvue de classe qui n'avait à lui offrir qu'une dévotion impuissante ?

Francine Lalonde n'était pas parfaite non plus, mais Max l'aimait sans détour. Après avoir passé un temps fou à essayer de débarbouiller Holly de son atroce rouge à lèvres virant au violet et subi ensuite les œillades assassines de sa victime, il était monté chez lui et avait appelé Francine à Madrid où elle tournait.

Elle était sur le plateau, évidemment, et ne pouvait venir au téléphone.

Lorsqu'elle parvint à le rappeler trois heures plus tard, il fut très déçu d'entendre qu'il était hors de question qu'elle revienne en Angleterre pour assister au mariage de son frère. Elle ne pouvait vraiment pas s'absenter.

La raison qu'elle invoqua fut d'une cruauté dont elle était seule capable.

— Chéri, je suis é-pui-sée ! Ce fichu réalisateur me fait travailler toute la journée et une partie de la nuit, et l'autre moitié Armand tient à faire l'amour... À peine si je peux prendre un bain sans qu'il me saute dessus. Quand ce terrible film sera fini, peut-être pourrai-je venir te voir, mais en ce moment, je suis accablée de travail. Ahhh !

Il entendit le profond soupir et se demanda si le dénommé Armand, sans aucun doute un gigolo, se trouvait dans les parages.

— Tu n'as aucune idée, chéri, conclut-elle, comme tout ceci est épuisant.

Tout en se méprisant lui-même, il s'entendit répondre :

— J'ai été assez occupé aussi. Le scénario est presque fini.

Francine lâcha un cri d'enthousiasme.

— Max, tu es formidable ! Il est vraiment, vraiment sensationnel ? Tu crois qu'il me rapportera un Oscar ?

— Il faut que tu le lises d'abord et tu décideras ensuite, répondit-il en essayant de paraître à la fois désinvolte et généreux.

Puisque le souvenir de son charme n'était pas suffisant pour arracher Francine des bras d'Armand, il en était réduit à l'appâter par la promesse d'un texte inachevé.

— Putnam est très intéressé, ajouta-t-il nonchalamment.

Sans vergogne, il en venait aux mensonges.

— David Putnam ! s'écria Francine, manifestement impressionnée. C'est un réalisateur merveilleux... et si séduisant. Max, je te promets de venir te rejoindre dans ta charmante petite auberge très bientôt.

Il valait mieux qu'il s'agisse d'un mensonge, se dit Max en raccrochant. Si David Putnam devait diriger Francine dans ce film, elle aurait encore moins de temps à consacrer au scénariste !...

# 35

La veille du mariage s'annonça divine. À huit heures, une légère brume diaphane s'était dissipée et le ciel était passé d'un bleu pâle à un bleu cobalt intense que ne troublait aucun nuage. Les clients de l'hôtel prenaient leur petit déjeuner sur la terrasse et se chauffaient au soleil, tout en admirant la vue et en se demandant quel site de Bath ils iraient visiter ce jour-là... si du moins ils arrivaient à s'arracher à la perfection qui les entourait.

Grace, qui servait un groupe d'Allemands, de gros hommes d'affaires de Düsseldorf accompagnés de leurs épouses tout aussi imposantes et brûlées par le soleil, fut surprise de voir Antonia Seymour-Smith assise seule à une table. Après avoir assidûment fréquenté l'hôtel pendant des années, elle s'était fait remarquer par son absence durant les six dernières semaines. Ceux qui avaient connaissance de ses relations avec Ross, c'est-à-dire tous les employés, avaient supposé que le jeune père de famille s'était refait une virginité et lui avait prescrit de rester à l'écart du Manoir.

Tandis qu'elle déchargeait sur la table des Allemands des assiettes débordantes de bacon grillé, de champignons, de tomates et d'œufs brouillés, Grace regarda de nouveau Antonia, espérant qu'elle n'était pas venue semer la zizanie. L'amitié qui commençait à s'instaurer entre elle et Tessa lui était extrêmement précieuse ; elle adorait sa demi-sœur et, depuis que Ross avait annoncé son mariage, il s'était métamorphosé. Les rêves de Grace tournaient à présent autour de l'espoir qu'un jour elle trouverait le courage de dire à Tessa qui elle était, et qu'elle serait accueillie avec joie dans la merveilleuse et palpitante famille Monahan.

Se souvenant des événements du Noël précédent, lorsque Antonia s'était présentée à Tessa et avait tenté de saboter ses relations avec Ross, Grace se demanda si elle devait essayer de le trouver et de le prévenir de sa présence. Mais au moment où l'idée lui traversait l'esprit, elle reconnut le rugissement de sa voiture et vit deux secondes plus tard la Mercedes blanche descendre l'allée vers la grand-route.

À cet instant, Antonia leva la main pour attirer l'attention et Grace comprit qu'elle aurait à lui faire face seule.

— Du café, s'il vous plaît, demanda Antonia, le visage masqué derrière d'immenses lunettes de soleil.

Grace n'était pas la seule à être accoutumée au bruit particulier de ce moteur et, bien qu'Antonia ne soit pas venue dans l'intention de voir Ross, elle eut un pincement de dépit lorsqu'elle s'aperçut qu'inconsciemment c'était bien ce qu'elle avait désiré.

Tant pis, se consola-t-elle, tandis que la serveuse fouillait dans sa poche à la recherche de son carnet. Ce mariage n'était pas la fin du monde. Dès que l'attrait de la nouveauté se serait envolé, Ross lui reviendrait.

— Un café, c'est tout, répéta-t-elle d'un ton exagérément patient tandis que Grace se tenait devant elle, crayon levé.

Qu'est-ce qu'elle avait, cette fille ? Elle était idiote ?

— Pardon… Nous avons été tellement occupés avec les préparatifs du mariage de Ross, dit Grace avec enthousiasme, que je ne sais plus où j'en suis. Il y a tant à faire et tout le monde est très excité.

— Mmm, fit Antonia en jetant un œil à son alliance. Oui, un mariage, c'est excitant. Heureusement. Ça compense tout l'ennui qui s'ensuit.

— Oh, Tessa et Ross ne s'ennuieront pas, déclara fermement Grace.

Antonia retint un sourire. Si elle s'en mêlait, Ross ne s'ennuierait pas, effectivement.

— Ils sont vraiment bien assortis, reprit la jeune fille. Je n'ai jamais vu Ross aussi heureux et je sais que leur union sera réussie... Il a changé, ajouta-t-elle, les joues rouges de sa propre audace, et maintenant qu'il s'est épris sérieusement de quelqu'un, il va faire en sorte de la garder pour toujours et...

— L'abus de mauvais romans sentimentaux est dangereux pour la santé, jeta Antonia qui mourait d'envie de gifler le visage niais de la fille.

Elle se leva brutalement de sa chaise.

— Annulez le café !

— Parfait, murmura Grace triomphalement en la regardant s'éloigner, parce que nous n'avons pas besoin de gens comme vous dans cet hôtel.

Et un jour, *un jour*, elle raconterait à Ross le rôle qu'elle avait joué pour faire que son mariage se déroule sans anicroche.

C'est bien connu : lorsqu'un journaliste parvient à frapper un grand coup, sa joie est à son comble.

Sadie Labelle n'était pas une exception, et son article, sorti la veille du mariage de Ross Monahan, l'enchantait.

Redoutable échotière, elle avait l'habitude d'inspirer la crainte chez des gens beaucoup plus importants que Tessa Duvall et le désintérêt manifeste de la jeune femme, sans parler de sa désinvolture, l'avaient piquée au vif.

Mais, comme Ross l'avait dit à Tessa, personne ne pouvait se vanter d'avoir offensé Sadie Labelle et de s'en être tiré sans égratignure. Et, cette fois-ci, cette femme réputée pour son absence de tact n'avait pas mégoté.

Le premier paragraphe commençait ainsi :

« Je n'ai pas pour habitude d'interviewer les gens ordinaires... »

Holly, qui était revenue en rampant dans son lit avec une tasse de thé, une légère gueule de bois et le journal du matin, commença à éprouver un malaise.

« Mais puisqu'il s'agissait de Tessa Duvall, la future épouse du délicieux mais scandaleux Ross Monahan, je m'y suis résignée.

« Rencontre instructive s'il en fut. Comment, me demandais-je, un homme aussi éminemment désirable que Ross pouvait-il vouloir épouser une artiste inconnue, peu souriante, quasi muette, et dont l'intérêt pour cette entrevue était égal à sa situation financière... c'est-à-dire nul ?

« Mais Mlle Duvall est une maligne : elle l'a piégé. Et j'aimerais exposer sa stratégie à l'intention des célibataires fortunés. Durant notre interview, elle m'a jeté deux ou trois mensonges dont je doute qu'ils soient les premiers de sa jeune existence. Je voudrais signaler à Mlle Duvall et aux dames qui voudraient l'imiter que les célibataires fortunés ne sont pas forcément des imbéciles. Beaucoup finiront par lire dans leur jeu. Si Tessa croit sincèrement avoir mis le grappin sur l'homme de sa vie, je la supplie de s'accorder encore quelques instants de réflexion... »

Il y en avait encore long de la même eau mais Holly s'était ruée sur le téléphone et avait composé fébrilement le numéro du Manoir. Quelques secondes plus tard, on lui passa Max.

— Max, pour l'amour de Dieu, ne laissez pas...

— ... Tessa lire le journal, interrompit-il de peur qu'elle ne s'arrête plus. C'est bon, elle l'a déjà vu. Ça l'a fait rire.

Holly se renversa sur ses oreillers, encore scandalisée.

— Elle a vraiment ri ? Mais c'est si *méchant* ! Elle va porter plainte ?

— Non, bien sûr que non. Vous connaissez Tessa, elle ne va pas se laisser troubler par une petite chose comme ça. Et elle n'a jamais été du genre à se soucier de l'opinion d'autrui, si ?

Max sourit au souvenir de la bouteille de bon vin qu'elle lui avait vidée sur les genoux. Holly ne parut pas convaincue.

— Il arrive que les gens font semblant de ne pas se tracasser, dit-elle en froissant le journal avant de le lancer dans la direction de la corbeille à papier.

Son habileté ne s'étant pas améliorée avec l'âge, il atterrit dans le large bord de la capeline qu'elle devait porter pour le mariage.

— Mais au fond d'eux-mêmes, ils sont blessés.

Cette remarque avait une double signification ; peut-être pousserait-elle Max à réfléchir à leurs propres rapports. Il était temps qu'il cesse de la maltraiter.

— C'est parfois le cas, acquiesça Max qui comprenait très bien où elle voulait en venir. D'un autre côté, ajouta-t-il, ne pouvant résister au plaisir de titiller Holly, il y a des gens qui ne peuvent être heureux que si on les asticote.

L'article avait blessé Tessa, bien évidemment, mais elle avait réussi à se persuader que c'était sans importance et était parvenue à dissimuler ses sentiments.

Cela avait été nécessaire, ne fût-ce que pour calmer son fiancé furieux, lequel avait traité la journaliste des noms les plus atroces et avait menacé de lui réclamer en dommages et intérêts jusqu'au dernier penny de ce qu'elle avait gagné. L'apaiser avait pris un temps fou et Tessa avait été soulagée en le voyant repartir pour Bath acheter, sur ses conseils, deux caisses de champagne supplémentaires.

— Ne te tourmente pas, lui avait-elle dit en l'embrassant.

— C'est une grosse vache, dit Ross en l'enlaçant, mais, d'accord, je ne vais pas la laisser bousiller le jour de notre mariage.

Il la serra tendrement contre lui.

— J'ai de meilleures idées pour nous occuper dans l'immédiat plutôt que de traîner en ville. Si nous nous exercions un peu, histoire de vérifier que nous saurons comment faire demain soir...

— Nous pouvons exercer notre sang-froid, non ? suggéra Tessa à contrecœur. Nous avons un million de choses à faire aujourd'hui... et ce serait dommage de céder maintenant alors qu'il ne reste que vingt-quatre heures à patienter.

— Si j'avais su que tu désapprouvais toute relation prénuptiale, murmura Ross.en humant le parfum enivrant de sa peau, je t'aurais épousée six mois plus tôt.

— Je sais bien que tu l'aurais fait volontiers, répliqua-t-elle avec un gloussement. Mais, au cas où vous l'auriez oublié, monsieur Monahan, je vous ai envoyé promener !

# 36

La maison était presque vide. Debout au milieu du salon, Olivia dans les bras, Tessa regardait les murs rugueux blanchis à la chaux dont on avait ôté tous les tableaux. Elle sourit ; toutes les demeures semblaient plus vastes une fois vides mais celle-ci n'y avait pas gagné un centimètre carré.

Mais c'était *sa* maison et elle avait aimé y vivre.

— Et maintenant, nous allons dans le grand monde, annonça-t-elle à Olivia qui s'affairait à essayer de détacher ses orteils de son pied grassouillet. Ça t'excite ?

Olivia lâcha un glapissement de frustration. Les orteils étaient solidement enracinés.

— Hmm, pourvu que Ross ne t'entende pas ! Quand nous allons emménager dans cette grande maison neuve, il s'attendra à ce que tu montres ta satisfaction. Ce qui ne veut pas dire vomir sur tous ces splendides tapis tissés à la main dont il est si fier !...

Ces propos n'impressionnèrent pas sa fille qui restait captivée par ses orteils indéracinables. Tessa la remit dans son couffin et décida qu'il était temps de charger dans la voiture les caisses de plantes, de livres et de tableaux qui restaient. Il lui fallait être de retour à l'hôtel pour midi trente, heure à laquelle la couturière devait livrer sa robe et celle de Holly. La pauvre femme avait travaillé sans relâche pour s'adapter aux métamorphoses de Tessa qui retrouvait sa minceur première tout en affrontant les démonstrations théâtrales de Holly, laquelle avait pris quelques centimètres sur les hanches après avoir fait bombance pour oublier ses peines de cœur.

Antonia se rendit compte qu'elle avait pris sa voiture tout simplement parce qu'elle ne savait pas quoi faire d'autre. Elle se sentait aussi crispée et mal à l'aise qu'un alcoolique repenti en proie à la tentation. Il n'était que onze heures trente et elle ignorait comment survivre à l'heure suivante, sans parler des deux prochains jours. Car elle avait eu beau se répéter maintes et maintes fois que le mariage de Ross n'était qu'un arrangement provisoire, les mots sonnaient faux.

La panique commençait à sourdre et cette odieuse gamine au Manoir, bien qu'elle ait été probablement payée par Tessa, avait aggravé ses doutes. Seule lui restait pour certitude que Ross allait épouser quelqu'un qui ne lui convenait pas du tout... et qu'il faisait une affreuse erreur... Y penser était insupportable, mais rien d'autre ne pouvait occuper son cerveau, elle était incapable de faire cesser la ronde sinistre de ses pensées.

Après s'être persuadée qu'un tour à l'hôtel serait une façon agréable de commencer la journée, Antonia découvrit qu'emprunter l'étroit chemin qui menait à la maison de Tessa était une nécessité.

Cela ne ferait de mal à personne, raisonna-t-elle en ralentissant à la vue du toit ambré à mi-pente de la colline. La maison était vide et il n'y aurait personne pour raconter que la maîtresse délaissée de Ross Monahan se conduisait comme une collégienne éperdue d'amour.

Lorsqu'elle s'aperçut de sa présence, Antonia ressentit un pincement au cœur. Tessa était là. Le soleil faisait virer au blanc ses cheveux soyeux tandis qu'elle enfournait dans le coffre de sa voiture un premier carton.

Antonia comprit aussitôt qu'elle était piégée. Elle avait baissé la capote de sa voiture et serait reconnue même si elle passait à cent à l'heure. Le chemin était trop étroit pour faire demi-tour. Elle était coincée et la distance se rétrécissait inexorablement. Désormais, la situation lui échappait. Quelle que soit la suite des événements, elle n'y pouvait plus rien. Il ne lui restait plus qu'à s'abandonner au destin et à son instinct.

— Salut, fit Tessa en voyant la voiture d'Antonia s'immobiliser devant le jardin.

Elles ne s'étaient pas vues depuis six mois mais, comme elle l'avait prévu, Antonia avait été immédiatement reconnue. Tessa avait la mémoire des visages et Antonia, avec ses longs cheveux châtain clair et ses yeux bleus maquillés d'une main experte, n'avait pas du tout changé.

— Salut, répondit Antonia en coupant le contact.

Elle observait Tessa avec la même attention. Pas de maquillage, une chemise en coton rose nouée à la taille, un Levi's blanc et des ballerines en cuir rose qui avaient un air étrangement familier...

— Où avez-vous trouvé ces chaussures ?

Tessa avait encore beaucoup à faire. Tout en soulevant un carton de peintures, elle souffla :

— Oxfam...

— C'est ce que je pensais, fit Antonia qui parut satisfaite. Ce sont les miennes !...

Tessa hasarda un sourire.

— C'étaient...

— Mais vous épousez Ross Monahan demain, dit Antonia en allumant une cigarette et en exhalant un rond parfait de fumée. Vous n'avez sûrement plus besoin d'acheter des chaussures en soldes. Il ne s'occupe pas de vous ?

Tessa examina ses pieds.

— Je suis encore capable de me payer mes chaussures.

Ross aussi était mien, songea Antonia, mais avant qu'elle ne puisse dire autre chose, les pleurs d'un bébé rompirent le silence.

— C'est Olivia ?

Tessa hocha la tête.

— Il faut que j'aille la voir...

— Puis-je entrer ? J'aimerais la voir aussi.

— Écoutez, je suis désolée, fit Tessa, hésitante. Mais la situation est plutôt bizarre. Je ne comprends vraiment pas pourquoi vous êtes venue...

Antonia haussa les épaules.

— Je ne sais pas trop moi-même. Par curiosité sans doute. Mais si vous craignez que je fasse du mal à votre bébé... je m'en vais.

Tessa eut aussitôt honte d'elle-même.

— Ce n'est pas ce que je pensais. Je faisais juste remarquer que c'était étrange. Mais si vous voulez voir Olivia, bien sûr, vous le pouvez...

— Merci, fit Antonia avec un sourire.

Lorsque le bébé tenta d'agripper son collier, son regard s'adoucit.

— Elle est adorable ! Quelle chance vous avez... elle a des yeux extraordinaires... c'est incroyable comme elle ressemble à Ross !

— Mais en plus petit, fit Tessa avec un léger sourire.

— Vous avez de la chance, répéta Antonia doucement en s'écartant vers la fenêtre, les mains dans les poches de sa veste.

Elle se retourna brusquement.

— Croyez-vous que vous serez heureuse avec Ross ?

Nous y voilà, pensa Tessa qui s'attendait plus ou moins à quelque chose de ce genre. Elle fit mine de réfléchir profondément avant de répondre :

— Oui. Si je ne le pensais pas, je ne l'épouserais pas.

— Il avait une sacrée réputation autrefois, dit Antonia, l'estomac serré.

Elle n'avait pas eu l'intention de dire ces mots mais ils lui avaient échappé. Tessa *devait* savoir qui était Ross, c'était une question d'honnêteté.

— Ce qu'il a fait autrefois, c'est son affaire, dit Tessa avec une grimace.

— Parce que vous croyez qu'il a changé ! s'exclama Antonia avec une note de triomphe dans la voix. Mais que penseriez-vous si je vous disais que c'est faux ?

— Je penserais peut-être que vous ne voulez pas que je l'épouse, répondit Tessa d'un ton calme.

En dépit de sa sérénité feinte, elle sentait monter en elle un mélange de peur et de colère.

— Si je croyais que vous puissiez être heureuse, je ne parlerais pas ainsi, dit Antonia en affectant la sincérité. Et je ne me comporte pas en garce, non, vraiment, ce n'est pas ça. Mais je trouve que vous méritez de savoir qui est vraiment Ross.

Haïssant cette scène et se haïssant elle-même d'y prêter attention, Tessa murmura :

— Allez-y…

Quoi que dise Antonia, ce serait les propos envieux d'une femme jalouse. Elle n'y accorderait donc aucune importance.

— Il est venu chez moi il y a quelques semaines et m'a annoncé que notre liaison devait s'arrêter… pour un certain temps, débita très vite Antonia. Mais il a promis de revenir. Je suis désolée, Tessa, vous voyez que ce n'est pas terminé entre nous. Entre Ross et moi, il y a une sorte de compréhension mutuelle qui…

— Je ne vous crois pas, dit Tessa en déplaçant Olivia d'une hanche à l'autre.

De ses doigts tremblants, elle lissa les cheveux noirs du bébé. La scène était pire qu'elle ne l'avait craint. Elle n'allait pas croire un mot de tout cela. Antonia mentait.

— Et Max, le croiriez-vous ? demanda Antonia gentiment. Peut-être admettriez-vous les faits s'il les confirmait ? Demandez-lui donc où se trouvait Ross pendant que vous étiez à l'hôpital en train d'accoucher...

Tessa se pétrifia. La sueur perla le long de ses reins ; pourtant, elle avait froid et elle tremblait. Elle ne désirait pas en entendre plus.

— Max le sait, poursuivit Antonia qui n'aurait pu s'interrompre même si Ross avait fait irruption avec un fusil. Parce que j'étais au lit avec votre mari quand il l'a appelé au Ritz. Nous avons passé la nuit dans la chambre 124 et c'est moi qui ai décroché quand le téléphone a sonné. Je suis sincèrement désolée, Tessa, mais je ne pouvais supporter l'idée que vous alliez épouser quelqu'un comme Ross avec la certitude qu'il vous serait fidèle. Ce n'est pas son genre et je pense que vous méritez mieux.

— Et moi, dit Tessa d'un ton monocorde, je pense que vous devez partir.

Elle n'avait pas le temps de réfléchir. Elle ne voulait pas réfléchir. D'ici à une heure, Olivia réclamerait son biberon et Ross s'inquiéterait de ne pas les voir revenir. Il allait falloir se hâter, sans réfléchir, et s'enfuir loin avant que l'horreur ne la frappe réellement.

Obtenir le numéro des renseignements et enfourner des pièces dans le téléphone public fut facile. De même que dire à la réceptionniste qu'elle s'appelait

Mme Monahan et pensait avoir perdu une boucle d'oreille en or dans la chambre… 182… le 25 juin.

La réceptionniste alla vérifier la réservation sur un ordinateur et revint répondre.

— C'était en fait la chambre 124, madame Monahan, mais malheureusement, nous n'avons pas trouvé votre boucle d'oreille.

Entendre ces mots fut la pire épreuve de sa vie.

Sachant que Holly serait à l'hôtel, Tessa composa le numéro de son appartement. Le répondeur se mit en route à la quatrième sonnerie. Cela n'allait pas être facile non plus mais ce serait moins pénible que l'appel précédent. La douleur est relative, se dit-elle en écoutant le message ridiculement euphorique de Holly. Puis, comme le signal sonore s'interrompait, elle inspira profondément et dit :

— Holly, c'est moi. Je ne vais pas épouser Ross. Je suis désolée mais je te laisse le soin de lui annoncer que le mariage est annulé. Olivia et moi, nous partons… en Écosse… mais je promets de te donner bientôt de nos nouvelles. Pardon…

# 37

— Si c'est une plaisanterie, articula lentement Ross, je peux vous dire qu'elle est de très mauvais goût.

Les yeux emplis de larmes, Holly prit une autre gorgée de vin tout en se méprisant pour sa faiblesse. Il lui fallait boire pour trouver le courage d'accomplir sa mission. Ross savait qu'elle ne plaisanterait pas sur un tel sujet... mais il ne parvenait pas à admettre la réalité. Elle-même ne pouvait non plus y croire. Ce genre de choses n'arrivait pas. Surtout pas à un Monahan.

— C'est vrai, dit-elle, et elle prit une autre gorgée. Elle a laissé un message sur mon répondeur. Elle... me charge de vous annoncer que le mariage est annulé. Oh, Ross, pourquoi fait-elle ça ?

Max fit irruption dans le bureau.

— Tessa n'est pas encore là ? J'ai été voir chez elle mais la maison est vide et...

— Elle est partie, dit Ross d'un ton uniforme.

Max saisit d'un coup d'œil l'état éploré de Holly. Le mauve de l'ombre à paupières et le noir du mascara se mélangeaient sur ses joues et elle suffoquait tel un enfant malheureux. Sans réfléchir, il lui mit dans les mains un mouchoir propre.

— Partie où ?

Ross haussa les épaules. Il détourna les yeux. Les muscles de sa mâchoire lui faisaient mal tant ils étaient tendus.

— En Écosse, évidemment, fit-il avec un geste vague vers la fenêtre orientée au nord. C'est drôle comme il y a des gens qui s'enfuient en Écosse pour se marier et d'autres qui y vont pour l'éviter.

— Mais *pourquoi* ? s'écria Max, furieux. Qu'est-ce qui s'est passé ?

Incapable de parler, Ross haussa à nouveau les épaules. Holly, qui s'était contenue trop longtemps, éclata en sanglots bruyants et fort peu élégants.

— Rien ne s'est passé ! haleta-t-elle. Je l'ai vue hier soir et tout allait bien ! Je n'arrive pas à y croire...

— Elle ne comprend donc pas ce qu'elle fait ? commença Max pour se reprendre aussitôt. Oh, merde ! bien sûr qu'elle comprend ! Bon, nous avons plein de choses à régler. S'il n'y a aucun moyen de la contacter et d'éclaircir ce foutu merdier, il nous faut regarder les choses en face : le mariage doit être annulé.

L'énormité de la tâche fit frémir Holly. Des invités arrivaient déjà. Elle savait qu'un groupe d'amis de Ross interrompaient leurs vacances à Marbella et prenaient l'avion pour assister à l'événement de l'année. Et il y avait tous ces cadeaux qui avaient coûté une fortune, le buffet somptueux qui avait donné tant de travail au cuisinier et à son équipe... les camions de fleurs... les horribles commérages et les folles suppositions auxquels allaient se livrer le personnel et les invités... l'affront fait à Ross. Comment allait-il pouvoir y faire face ? Et les journalistes qui devaient débarquer en troupeau ? Leur chance inouïe les stupéfierait ; une épouse enfuie et un mari plaqué faisaient une histoire beaucoup plus palpitante qu'une cérémonie ordinaire et des vœux de bonheur éternel.

Un cauchemar ! Holly s'aperçut que son verre était vide. Le cauchemar empira.

— Un verre me ferait du bien, dit Max en voyant le visage accablé de la jeune femme. Ross ?

— Je ne veux rien...

Il s'approcha du bureau et décrocha le téléphone. En quelques secondes, il avait joint l'une des plus importantes agences de presse de Londres.

— Steve ? C'est Ross. Écoute, je n'ai pas de temps à perdre, aussi je compte sur toi pour annoncer la nouvelle. Je ne vais pas me marier demain. Oui, c'est annulé !

Il écouta un instant, tandis que sa main se crispait autour de l'écouteur.

— Désolé, mon vieux, mais je n'ajoute rien. Ça ne regarde que nous. Mais fais en sorte que tout le monde le sache, d'accord ? Et dis-leur que tout journaliste aperçu à moins de cinq cents mètres de l'hôtel dans les jours qui viennent sera reçu par mes chiens de garde.

— Asseyez-vous, ordonna Max qui revenait de l'office avec une bouteille de scotch et deux verres.

Comme Holly oscillait dangereusement, il la poussa dans le plus proche fauteuil.

— Mais il faut que j'aille aider... protesta-t-elle faiblement après une grande rasade.

— En voilà une aide ! remarqua-t-il. Avec la tête que vous vous payez... C'est bon, ajouta-t-il en se tournant vers Ross. Je les ai prévenus. Sylvie a l'ordre de dire à tous ceux qui ont réservé une chambre pour demain qu'ils peuvent rester gratuitement s'ils le désirent. Elle annule les fleurs, la mairie et les voitures. Il ne nous reste plus qu'à appeler le plus d'amis possible et à décider où tu vas aller. Il faut que tu disparaisses au moins deux semaines, expliqua-t-il devant l'expression ahurie de Ross. Tu ne peux pas rester ici, pour l'amour de Dieu...

— Je travaille ici, répondit Ross d'un ton calme. Je vis ici. Et je vais rester ici, nom de nom. Qu'est-ce que tu voudrais que je fasse ? Que je m'envole pour une lune de miel solitaire à Antigua ?

— C'est le choc, dit Holly plus tard dans la soirée. Ironie suprême, jamais avant ce soir-là Max et elle n'avaient eu de conversation aussi intime. Pourvu qu'elle soit capable de s'en souvenir en détail le lendemain matin, songeait-elle comme il se penchait pour remplir à nouveau son verre.

— C'est la première fois que je vois Ross dans cet état, reprit-elle. On dirait un robot.

Ils se tenaient dans un coin sombre du bar, le plus loin possible des clients. Il n'était pas utile de savoir lire sur les lèvres pour deviner au sujet de quoi ceux-ci murmuraient. Pourtant, Ross se tenait debout au milieu d'eux, un verre de Perrier à la main, parlant, hochant la tête, écoutant, comme si rien ne s'était produit. Seuls ses yeux vides et comme éteints le trahissaient. Ainsi que Holly l'avait fait remarquer, il n'était plus qu'un automate, qui guettait les manifestations d'ironie ou de pitié. Tant de courage inutile était bouleversant et Holly avait du mal à retenir ses larmes. C'était idiot. Un tel comportement ne faisait qu'ajouter à sa détresse intérieure. Et ils ignoraient toujours pourquoi Tessa s'était enfuie...

Comprenant que Holly était à nouveau sur le point de pleurer, Max lui prit la main. Sa vulnérabilité l'avait touché, plus que ses traits d'esprit, son exubérance et ses reparties ne l'avaient jamais fait. Le visage délivré de maquillage que son mouchoir en soie avait essuyé, la crinière d'or rouge libérée de ses nœuds, peignes et laque habituels, elle paraissait plus jeune, plus accessible et plus *vraie* que la femme qu'il avait côtoyée et pris soin d'éviter.

— Ross survivra. Bien sûr, il est sous le choc mais il en sortira. Et tu n'avais pas besoin de t'excuser tout à l'heure, ajouta-t-il avec un petit sourire. Il ne te tient pas pour responsable.

Les yeux fixés sur la main qui serrait la sienne, Holly avait du mal à se concentrer. Le tutoiement l'avait surprise et c'était la première fois que Max cherchait délibérément à la toucher. Après des années de manucure et des centaines de flacons de vernis à ongles, il tenait sa main le seul jour où ses ongles n'étaient pas faits.

Mais la chaleur de ce contact, la force tranquille qui en émanait, l'intimité rassurante du geste étaient néanmoins aussi émoustillants qu'elle l'avait imaginé. Elle mourait d'envie d'embrasser ses doigts bronzés et de les presser contre sa joue… de presser ce corps contre le sien…

— … pas supporter la façon dont les gens ne cessent de nous regarder, était en train de dire Max.

Honteuse, Holly chassa ses rêveries et prit une expression attentive. Un bref instant, deux Max Monahan tournèrent devant ses yeux comme un couple de danseurs.

— Pardon ?

— Pourquoi pensent-ils tous que nous savons pourquoi Tessa a disparu ? dit-il en fusillant du regard un groupe de femmes d'un certain âge qui chuchotaient.

Il hissa Holly sur ses pieds ; elle se laissa faire sans comprendre.

— Viens, j'ai l'impression de me retrouver dans un zoo. Allons-nous-en.

— Où ? murmura Holly en se cramponnant à lui tandis qu'il se faufilait entre les tables.

Bon sang, la tête ne lui tournait pas tant qu'elle était assise. Mais Max était si merveilleusement impérieux que s'il avait dit : « en Sibérie », elle aurait acquiescé avec joie.

— En haut, dit-il posément, puis, après l'avoir examinée, il ajouta avec un sourire narquois : Enfin, si tu crois que tu peux y arriver...

L'odeur de Max régnait dans sa suite. Holly reconnut le parfum unique de son after-shave. En se laissant tomber sur le canapé moelleux, elle s'aperçut qu'elle lui tenait toujours la main. Son cœur s'emballa quand il prit place à côté d'elle. Elle regrettait seulement de ne pouvoir se rappeler si elle avait mis un soutien-gorge propre le matin même.

— Tu sens bon, dit-elle d'une voix embrumée en se rapprochant imperceptiblement pour qu'il ne le remarque pas. Je ne te l'ai jamais dit ? Tu sens toujours bon... merveilleusement bon.

Si elle continuait à s'affaisser sur le côté, elle allait se retrouver sur ses genoux, songea Max, mais, curieusement, cette perspective ne le terrifiait plus. Il n'avait jamais pris au sérieux la dévotion résignée de Holly. Soudain, être adoré lui parut désirable. Et puisque Francine se payait sûrement du bon temps avec Armand... ou Giorgio... ou Kurt... il ne voyait pas l'intérêt de se garder pour le moment où elle daignerait s'intéresser à lui. D'ailleurs, s'il fermait les yeux, il pourrait presque prendre Holly pour Francine, leurs silhouettes voluptueuses n'étant pas si dissemblables.

Holly avait déjà fermé les yeux. Tant d'alcool sur un estomac vide l'avait littéralement assommée et, bien qu'elle soit vaguement consciente qu'enfin était venu l'instant le plus beau, le plus glorieux de sa vie, l'aboutissement de ses rêveries, il lui fut extrêmement difficile de se redresser. Comme elle sentait le bras de Max glisser sur son épaule, elle voulut se tourner vers lui. Mais où était-il donc ? Elle ne le voyait plus. Évidemment, ses yeux étaient fermés ! C'était stupide, elle devait les ouvrir pour s'orienter... son prénom lui parvint de très loin. Et voilà qu'elle pénétrait dans un tunnel, s'enfonçait malgré elle, s'éloignait, s'éloignait...

— Max, murmura-t-elle faiblement en tendant les bras.

Tout se mit à tourner autour d'elle de plus en plus vite et elle craignit de tomber.

— Max, s'il te plaît... retiens-moi... ne me laisse pas partir... Max, je t'aime...

# 38

Dominique ouvrit la porte.

— On dirait la petite marchande d'allumettes, dit-il en cachant sa surprise sous sa désinvolture habituelle. En plus mouillée.

Puis sans autre commentaire, il prit Olivia, endormie dans son couffin, et fit entrer Tessa dans un grand salon au désordre ahurissant. En deux minutes, la chemise rose trempée fut jetée à terre et remplacée par un chandail noir aux manches maculées de peinture jaune.

— Maintenant, assieds-toi là, dit-il en jetant une serviette sur le tapis devant le radiateur à gaz. Essuie-toi bien les cheveux. Qu'est-ce que tu veux ? Café ? Alcool ?

— Ca... café, bredouilla Tessa en claquant des dents. Merci.

— Et Olivia ? Qu'est-ce qui lui ferait plaisir ?... Du beaujolais nouveau ? Du cognac ?

À son grand soulagement, Tessa esquissa un faible sourire.

— Je m'occuperai d'Olivia quand elle se réveillera. Merci.

Ayant prévu de partir le lendemain pour assister au mariage, Dominique n'avait pas renouvelé sa provision de lait. Il le remplaça par une bonne rasade de cognac dans le café de Tessa. Puis il s'assit et attendit qu'elle ait bu et cessé de claquer des dents.

— Les usages ne me sont pas inconnus et je sais que je devrais te dire de ne pas parler si tu n'y tiens pas, dit-il enfin en ouvrant une boîte de bière. Mais je ne suis pas assez poli. Alors dis-moi pourquoi tu es ici et non pas là-bas.

Le ton détaché qu'il avait pris était exactement ce dont elle avait besoin. Tessa craignait de fondre en larmes à la première manifestation de sympathie. Elle s'efforça de l'imiter.

— Toujours cette vieille histoire sordide, hélas ! Il voyait une autre femme et j'étais seule à l'ignorer. Je l'ai heureusement découvert avant qu'il ne soit trop tard.

Dominique réfléchit un instant puis lâcha :

— Antonia ?

Elle acquiesça de la tête.

— Bon Dieu, il faut qu'il soit fou !

— Oui... Alors, crois-tu que tu pourrais loger deux locataires, le temps que je m'arrange autrement ? demanda-t-elle en démêlant des doigts ses cheveux humides. Nous n'avons aucune référence, l'une d'entre nous est incontinente et peut se montrer parfois très bruyante mais nous essaierons de ne pas te gêner et nous promettons de ne pas faire de fêtes plus de deux nuits par semaine.

— Les locataires incontinentes sont mes préférées, affirma-t-il chaleureusement. Et tu peux rester aussi longtemps que tu le veux. Ne te donne pas le mal de chercher autre chose. Donne-moi les clefs de ta voiture que j'aille chercher tes valises.

Tessa lâcha un soupir.

— Comment ai-je fait, crois-tu, pour être aussi mouillée ? La voiture était celle de Ross, bon sang. Je l'ai laissée devant la gare de Bath à un endroit interdit... à l'heure actuelle, elle doit être à la fourrière. Et je n'ai rien emporté avec moi si bien que jusqu'à ce que je fasse des courses, tu devras malheureusement te passer de ce splendide chandail.

Elle avait eu cependant la présence d'esprit de bourrer un sac en raphia de layette, de couches, et d'objets nécessaires au bébé.

Après qu'Olivia eut été nourrie, changée et couchée dans la chambre d'ami, Dominique et Tessa s'installèrent devant le feu avec une bouteille de vin rouge espagnol. Elle n'avait pas perdu son calme malgré les événements de la journée et Dominique, comprenant que le moment était venu de laisser les émotions faire surface, demanda gentiment :

— Dis-moi exactement ce qui s'est passé, chérie. Vas-y, il faut que ça sorte.

Tessa ne parut pas s'émouvoir. Le vin l'avait réchauffée ; elle se félicitait d'avoir un ami comme lui et était heureuse d'être en sa compagnie en Cornouailles.

— C'est ma faute, en fait, dit-elle posément, les bras enserrant ses genoux. Je savais comment était Ross... tu savais que je savais comment il était !... mais j'ai été assez sotte pour croire qu'il avait changé alors que j'aurais dû me cramponner à ma première décision et garder mes distances.

— Les journaux ne parleront plus que de cela quand on le saura, remarqua Dominique.

Elle était *trop* calme. Il prit le parti de provoquer l'inévitable explosion. Tout était préférable à ce consentement glacé.

— Que diras-tu quand ils te demanderont ton point de vue ?

— Rien, fit Tessa avec un sourire. Je suis ici et Ross me croit en Écosse. Bon. Tu n'as pas faim ? Pourrais-je préparer quelque chose ?

— Pour l'amour de Dieu, Tessa ! explosa-t-il avec un grand geste de la main. Voilà mon épaule ! Tu es censée t'y écrouler en pleurant. Nous sommes la veille de ton mariage et tu t'es enfuie... Tu devrais être en train de gémir et de sangloter. Au lieu de quoi, tu me proposes de faire le dîner !

Riant franchement, elle déposa un baiser sur sa peau hâlée.

— J'ai été crédule, j'ai fait confiance à quelqu'un et il m'a laissée tomber. Bien sûr que je suis triste mais, le connaissant, comment pourrais-je le regretter ? Au moins, grâce à lui, j'ai une fille et cela compte beaucoup plus pour moi que d'avoir un mari. Et ne te monte pas la tête, ajouta-t-elle en se dirigeant vers la cuisine, je ne vais pas te préparer un vrai repas. Ce à quoi je pensais, c'était des sandwichs...

Le temps avait complètement changé ; après des semaines de soleil implacable et de températures élevées, l'orage avait éclaté de façon spectaculaire aux environs de deux heures de l'après-midi. Le bruit de la pluie cinglant sans merci les vitres avait paru étrange, presque hostile, après une aussi longue période de sécheresse. À quatre heures trente du matin, Dominique se réveilla soudain et attribua son insomnie à ce crépitement inhabituel.

Quelques minutes plus tard, il entendit un bruissement de papier et un sixième sens lui fit comprendre ce qui se passait. Il se glissa sans bruit hors de son lit, enfila un blue-jean, traversa l'entrée et poussa la porte du salon.

Tessa était à genoux sur le plancher, le visage caché sous un rideau de cheveux blonds, ses épaules minces secouées de soubresauts. Devant elle gisaient des lambeaux du papier rayé rouge et blanc dans lequel il avait enveloppé son cadeau de mariage.

Lui qui avait été si fier, et avec raison, de la petite sculpture aux formes simples sur laquelle il avait travaillé trois jours durant, regrettait à présent de ne pas avoir acheté une bouilloire électrique. Les deux personnages, homme et femme, soudés l'un à l'autre dans une tendre étreinte où se lisaient l'amour et la confiance, reposaient sur les genoux de Tessa et, tandis qu'il observait la scène, honteux d'avoir oublié de cacher le cadeau, il vit avec soulagement une larme s'écraser sur les figurines d'ivoire. Puis les sanglots de Tessa se firent enfin audibles.

Il s'accroupit à côté d'elle et la prit dans ses bras.

— Pardon, j'aurais dû ranger ça...

Il avait une grande expérience des sautes d'humeur féminines. Comme il l'avait prévu, ce geste de réconfort délivra ses larmes. Il ne lui restait plus qu'à la soutenir et à attendre patiemment qu'elle se calme. Elle se sentirait bien mieux dès que cette explosion de chagrin l'aurait soulagée.

# 39

La pire journée de la vie de Holly s'achevait. En se couchant ridiculement tôt pour l'abréger, elle se souvint à nouveau de son réveil dans le lit de Max. La gueule de bois et le parfum de l'after-shave l'avaient anéantie. Grâce à Dieu, Max n'avait pas été là pour la voir secouée de haut-le-cœur au-dessus d'un vase de fleurs.

Puis, après qu'elle eut réussi à retrouver ses chaussures et à tituber hors de la chambre, elle l'avait vu dans le salon, douché, rasé de frais, habillé et concentré sur l'écran de l'ordinateur devant lequel il était assis. Tout en fouillant le canapé à la recherche de son sac, elle lui avait adressé un sourire hésitant et n'avait reçu en retour qu'un bref regard, bien peu réconfortant. L'intimité détendue de la soirée précédente n'était manifestement plus au programme. Elle se sentait horrible et devait probablement l'être. Max devait sans aucun doute remercier le ciel qu'elle soit tombée dans les pommes avant qu'il n'ait pu commettre un acte qu'il aurait certainement regretté ensuite. Cendrillon avait eu sa chance et l'avait laissée passer. Et si elle ne se hâtait pas de déguerpir, elle courait le risque d'être de nouveau malade sur le cuir somptueux du canapé. La honte la submergea. Comment pouvait-elle imaginer séduire qui que ce soit, dans cette tenue et dans cet état ? Elle renonça à sourire. D'ailleurs, elle avait trop mal aux dents, aux cheveux, au cœur, un peu partout.

— Je m'en vais, dit-elle.

Avec un juron étouffé, Max effaça les quelques mots qu'il venait d'écrire.

— Mmm, fit-il deux secondes plus tard.

— Et... je suis désolée pour hier soir.

— Mmm, répéta-t-il sans lâcher l'écran des yeux.

Le mufle, il n'avait même pas eu la décence de la regarder !

Et l'horreur ne s'était pas achevée là. Passer la nuit dans le lit de Max avait été son désir le plus cher mais elle n'en chérirait pas le souvenir. Ni celui des minutes affreuses qui avaient suivi : la lente descente de l'escalier principal, la traversée hasardeuse du hall d'entrée, l'exclamation ahurie de Sylvie Nash.

— Holly, tu as l'air épouvantable ! Qu'est-ce que tu as donc fait ?

Puis, élevant la voix, elle avait ajouté malicieusement :

— Et *avec qui* étais-tu ?

Tout le monde avait eu le temps de se tourner vers Holly qui, imperturbable, avait répondu :

— Mel Gibson.

Sans s'interrompre, elle avait poursuivi sa progression jusqu'à l'abri de sa voiture.

Celle-ci s'était révélée un bien piètre abri. Le temps qu'elle remarque la Rolls-Royce bleu marine couverte de poussière qui la suivait, il était trop tard. Elle se gara comme elle put devant son immeuble et regarda dans son rétroviseur Adam Perry s'arrêter derrière elle.

— Je suis fatiguée, je ne suis pas d'humeur à subir des plaisanteries, je n'ai qu'une envie, aller au lit, annonça-t-elle et, comme il s'agissait d'Adam, son aspect misérable ne lui fit pas honte.

Pour une fois, cependant, il ne sourit pas. Il profita même pas de l'ambiguïté des propos. Prenant les clefs de ses mains tremblantes, il entoura ses épaules d'un bras puissant et l'aida à gravir les marches de la maison.

— Je sais, ma chérie. Tu as l'air lessivée. Quel sale moment tu t'es payé !

La chaleur et la sympathie de sa voix stupéfièrent Holly et la rendirent muette. Avant qu'elle ne reprenne ses esprits, elle se retrouva sur son lit défait, une tasse de café crémeux et une assiette de crêpes chaudes dans les mains.

— Merci, dit-elle enfin en regardant les premières gouttes de pluie dégouliner sur la fenêtre.

On aurait dit des larmes.

— Je me demande où est Tessa, murmura-t-elle.

— C'est une fille raisonnable, dit Adam d'un ton rassurant. Où qu'elle soit, elle te le fera bientôt savoir. Tu es sa meilleure amie.

— Elle doit être très malheureuse. Et le pire, c'est que personne ne sait pourquoi elle a fait ça. Si je suis sa meilleure amie, comment se fait-il que je ne le sache pas ?

— Chuuut…

Il cassa le bord d'une crêpe ruisselante de beurre et l'approcha de la bouche de Holly.

— Allons, mange ! Et tu ne dois pas te sentir coupable parce que cela ne concerne que Tessa et Ross.

Il fit une pause et ajouta :

— Cela ne m'étonnerait pas qu'Antonia Seymour-Smith y soit mêlée…

Holly mâcha et avala. Heureusement, la nausée avait disparu. Les cachets de paracétamol qu'Adam lui avait donnés en même temps que le café semblaient avoir fait leur effet. Sa migraine était moins sévère ; il ne lui restait plus qu'à digérer sa honte. Elle s'était comportée comme une imbécile, et une imbécile répugnante qui pis est ; Max, sûrement, ne voudrait plus jamais lui adresser la parole.

— Ross se posait la même question, admit-elle en se forçant à revenir à la conversation. Il lui a téléphoné hier mais elle ne paraissait pas être au courant. D'ailleurs, Tessa n'est pas du genre à se laisser impressionner par des ragots ; elle sait très bien que Ross l'adore et nous savons *tous* qu'il n'a rien à se reprocher. Il a quitté Antonia il y a une éternité et n'a même pas *jeté un œil* sur une autre femme depuis qu'il fréquente Tessa.

Incapable d'avaler une autre bouchée, Holly repoussa son assiette. Adam finit son café.

— Tu as l'air complètement vidée. Je vais m'en aller et te laisser dormir. Mais si tu te sens mieux ce soir, que dirais-tu d'un petit dîner tranquille quelque part ? Je pourrais passer te prendre vers huit heures.

Il s'était montré très gentil mais Holly n'avait pas envie de tomber dans le piège de la gratitude. En outre, elle préférait rester chez elle. Il lui fallait réfléchir et rester seule pour se remettre de sa désastreuse expérience avec Max. Blessée et humiliée, elle avait besoin de solitude…

— Merci de m'inviter mais je ne crois pas… Je veux être ici au cas où Tessa essaierait de m'appeler.

— Je pourrais apporter de quoi dîner…

— Non, Adam, fit-elle d'une voix plus ferme en secouant sa tête douloureuse.

Un mâle lubrique était la dernière chose dont elle avait besoin, même s'il se révélait compatissant.

— J'ai besoin d'être seule, vraiment.

— D'accord, chérie. Je m'en vais.

Il arrangea sa couverture et se dirigea vers la porte.

— Mais si tu changes d'avis, téléphone ! Je suis dans l'annuaire !

Honteuse de sa faiblesse, Holly céda peu avant sept heures du soir. Six heures de sommeil récupérateur avaient fait merveille et, après un long bain chaud moussant, elle se sentit en forme. La gueule de bois avait disparu sans laisser de trace et même le cauchemar de la nuit précédente avait perdu de son horreur. Un dîner amical avec Adam n'était peut-être pas une mauvaise idée. Et il serait réconfortant de parler à quelqu'un qui connaissait Tessa, qui partageait son inquiétude pour elle...

Lorsqu'elle finit par appeler Adam, la ligne était occupée. Holly en profita pour fouiller dans sa garde-robe, rejeta une douzaine de tenues avant de se décider pour la robe en soie jaune jonquille qui tranchait si merveilleusement avec ses cheveux et qui, elle en était sûre, plairait beaucoup à Adam. Il avait été si gentil avec elle ce matin qu'il méritait bien cet effort.

Faire ses ongles prit un temps fou ; ce nouveau vernis demandait trois couches. Entre la deuxième et la troisième application, elle rappela Adam ; la ligne était toujours occupée.

À huit heures quinze, elle était prête et, en dépit des événements dramatiques de la veille et de la nuit précédentes, elle avait belle allure. Si seulement Max pouvait la voir *à présent*...

Elle repoussa fermement cette idée et composa à nouveau le numéro d'Adam. La ligne était enfin libre.

Avec un désarroi et une colère grandissante, elle écouta la sonnerie insister, ronronner avec monotonie au rythme de sa propre respiration. Il n'était que huit heures vingt et le salaud était sorti. Il lui avait posé un lapin, il l'avait abandonnée, *oubliée*.

Holly donna un grand coup de pied dans la table basse. Et voilà pour la gentillesse et la sympathie ! Puis elle prit son agenda et feuilleta le carnet d'adresses. Pas question de rester seule maintenant !

Il se trouverait bien quelqu'un pour aller prendre un verre avec elle...

— Nous devons tous nous retrouver au cocktail bar de Pultenev Bridge, s'écria Jennifer avec entrain. Et Sophie Kendall ramène une équipe de joueurs de polo beaux à mourir qu'elle a rencontrée à Lansdowne la semaine dernière. Holly, il *faut* que tu viennes... ils doivent avoir des jambes à n'en plus finir... et ils sont colossalement riches ! Pense un peu à toutes les possibilités, conclut-elle d'un ton rêveur.

Le visage de Holly s'éclaira d'un coup.

— J'arrive !

Le Calypso, l'un des endroits les plus élégants et les plus à la mode de Bath, était bondé. Holly fit une pause sur le trottoir humide, rassemblant toutes ses forces avant de plonger dans la foule trépidante. Ce soir, elle allait faire de son mieux pour oublier Max et Adam, Ross et Tessa ; elle sourirait de toutes ses dents, elle jouerait de toutes ses armes et elle s'amuserait... elle *allait* s'amuser...

Une brusque averse la poussa vers la porte mais à peine eut-elle franchi le seuil et pénétré dans l'océan de bruit et de chaleur qu'elle se sentit la proie d'un malaise inhabituel. Comme si on l'avait prévenue par télépathie.

Une seconde plus tard, elle en comprit la raison. Adam se tenait debout au comptoir et son bras enlaçait la taille de Clarissa Fox, surnommée « Le Buste ».

La télépathie n'y était pour rien, bien entendu ; le son familier de sa voix et son rire y suffisaient. Holly se cacha derrière un pilier de marbre rose et fit semblant de fouiller dans son sac le temps que son cœur se calme.

En vain. La nausée revint. À quoi s'ajouta le sentiment d'avoir été trahie. Un coup d'œil de l'autre côté du pilier confirma sa première impression. Adam et Clarissa se tenaient côte à côte, le bras de l'un tendrement posé sur les épaules de l'autre. Pendant que Holly était chez elle en train de se parer pour lui, de choisir une robe digne de lui, il l'avait oubliée et était sorti sans vergogne avec une autre femme… pire, une femme dont les seins n'étaient même pas les siens. Comment avait-elle le culot d'*arborer* ces monstruosités en silicone, Holly ne pouvait l'imaginer.

Adam semblait les apprécier, constata-t-elle avec amertume. Aussitôt, un mélange de ressentiment et de colère l'envahit. Pour qui se prenait-il, ce type ? De quel *droit* la traitait-il ainsi, la laissait-il tomber pour s'en aller batifoler avec une Clarissa Fox ? Comment *osait-il* bousiller sa soirée alors qu'elle commençait à songer qu'il n'était finalement pas si mal ?

Prenant soin de ne pas se faire remarquer, Holly s'écarta du pilier et se glissa vers la porte.

# 40

Comme le crépuscule tombait, une pluie grise et drue se déversa sur la vallée, courbant les cimes des arbres. Debout devant la fenêtre du salon obscur, Ross regardait ce spectacle désolant et ne pouvait s'empêcher de penser que si Tessa avait été là, si le mariage avait eu lieu, le temps serait resté au beau fixe.

Ça n'allait vraiment pas du tout ! Il se passa la main dans les cheveux et prit son verre. La veille, il avait jugé indispensable de rester sobre, mais ce soir, c'était différent. Il avait besoin de quelque chose pour étouffer sa douleur, pour chasser de sa tête le fait que l'impensable était arrivé. Il devait quitter cette pièce, cette maison vide où Tessa et lui avaient prévu de commencer leur vie de couple… du moins où il avait prévu qu'ils commenceraient leur vie de couple…

L'obscurité se faisait oppressante. Il vida son verre de scotch dans un pot de fleurs, ramassa les clefs de sa voiture et se dirigea vers la porte. Pas question de tomber dans le piège pathétique de l'alcoolisme solitaire ; époux plaqué ou non, il lui restait quelque fierté.

En montant les marches, Ross buta sur Sylvie Nash à l'instant précis où elle quittait l'hôtel et il s'aperçut que le Manoir n'était pas du tout l'endroit où il voulait aller.

Au même instant, pour la première fois de sa vie, Sylvie prononça la phrase qu'il fallait :

— Oh, Ross, vous ne devriez pas venir ici !

Elle le regardait avec sympathie tandis qu'elle lui prenait le bras. Les lumières du hall derrière elle se reflétaient sur ses cheveux humides de pluie.

— Où devrais-je aller, alors ? demanda Ross, nettement plus mouillé qu'elle.

Il la dévisagea tandis qu'elle cherchait quoi répondre.

— Je ne sais pas, murmura-t-elle, avec un coup d'œil impuissant à sa montre. Mais vous n'avez pas l'air bien du tout et je suis sûre que la femme qui a pris la chambre 14 cet après-midi est une journaliste, elle n'a pas cessé de poser des questions... Si vous voulez, ajouta-t-elle dans un accès de bravoure, vous pouvez toujours venir passer la soirée chez moi. Mon père et ma mère sont à Benidorm cette semaine et mon petit ami travaille à Liverpool. Il n'y aurait personne pour vous embêter...

Le visage de Ross restait impénétrable mais, comme elle l'avait proposé, elle ne pouvait se dédire. Ses ongles longs plantés dans la paume de ses mains, elle conclut faiblement :

— Vous ne seriez même pas obligé de parler...

— Parfait ! dit Ross en posant une main sur les reins de la jeune fille et en la poussant vers sa voiture. Ça tombe bien, je ne suis pas d'humeur à converser...

Sylvie vivait avec ses parents dans une petite maison mitoyenne. Le salon, d'une propreté impeccable, était décoré dans le style de Laura Ashley. Chaque surface plane supportait une quantité d'animaux en porcelaine, de cendriers décoratifs et de photographies de Sylvie dans des cadres sophistiqués.

Ross s'installa sur le canapé recouvert de tissu rose et blanc et regarda Sylvie préparer une théière et ouvrir un paquet de biscuits au chocolat. Elle revint s'asseoir en face de lui et ils burent leur thé en silence tandis que le vent gémissait au-dehors. Au bout d'un moment, Sylvie se leva et mit un vieux disque de Carly Simon. Puis elle repartit dans la cuisine et en ressortit avec une bouteille de vodka polonaise poussiéreuse et un seul verre.

— Allez-y, dit-elle en les lui tendant. Il me semble que vous en avez besoin. Je crains de n'avoir rien d'autre à vous offrir, à part quelque chose pour dormir.

Il accepta avec un sourire. Seule Sylvie Nash était capable de prononcer des mots à double sens en toute innocence...

Deux heures plus tard, il comprit qu'il s'était trompé. Sylvie n'avait rien d'une innocente. Bien qu'assez éméché, il était encore capable d'exécuter les mouvements requis. Lorsqu'elle avait tranquillement suggéré, comme une chose anodine : « Nous pouvons monter, si vous voulez », il n'avait pas répondu. Il s'agissait sans doute d'une de ses phrases à double sens qui signifiait aussi qu'il était temps d'aller se reposer car elle devait se lever tôt le lendemain pour travailler.

Mais ce fut elle qui sourit. Elle se leva gracieusement et lui tendit une main fine aux ongles roses.

— J'en ai envie, Ross. Et qui d'autre le saurait ?

Une fraction de seconde, il hésita. C'était sa nuit de noces après tout, et qu'était censé faire un homme cette nuit-là si ce n'est s'adonner à l'amour ?

Mais Sylvie n'était pas Tessa et coucher avec elle ne le ferait pas se sentir mieux. Rien ce soir ne pourrait le soulager.

— Merci, dit-il en se forçant à sourire pour éviter de la blesser, mais non, vraiment. Je crois que je vais me contenter d'aller dormir. Un peu de sommeil ne me fera pas de mal.

Surprise d'être soulagée plutôt que déçue, Sylvie hocha la tête sans sourciller.

— Bien. Je vais vous montrer votre chambre...

Grâce, effondrée par la disparition de Tessa, devina immédiatement où et avec qui Ross avait passé la nuit. Ces dernières semaines, elle avait observé le changement spectaculaire de sa propre mère et avait appris à reconnaître l'air « J'ai-un-secret » sur le visage d'autrui. Sylvie adoptait ce matin-là une attitude plus que réservée, baissant les yeux chaque fois que Ross sortait de son bureau, et Grace ne fut pas dupe une minute. Elle ne doutait plus désormais que la conduite immorale de Ross était la cause de la fuite de Tessa.

Après avoir passé l'heure du déjeuner au lit avec Mattie, Richard se reposait, appuyé sur une pile d'oreillers, et la regardait enfiler la combinaison courte vert sombre, assortie aux dessous, qu'il lui avait achetée la semaine passée. Mattie, qui avait perdu sa timidité, tournoya sur elle-même, en caressant le tissu satiné.

— C'est magnifique ! Je n'avais jamais eu de sous-vêtements aussi beaux...

Elle sourit en ramassant la robe qu'il lui avait offerte.

— Mais tu ne devrais pas dépenser ton argent comme ça pour moi... tu me gâtes.

— C'est pour remplacer la robe que j'ai abîmée l'autre soir au Manoir, lui rappela-t-il.

Il se redressa et l'attira à lui pour embrasser ses seins avant qu'ils ne disparaissent.

— D'ailleurs, ajouta-t-il, j'aime t'acheter des choses et tu es la femme la moins gâtée que j'aie jamais connue.

Une fois rhabillée, Mattie prépara du thé. Elle devait repartir travailler dans quinze minutes mais jusque-là, elle tenait à savourer la compagnie de Richard.

— Comment Antonia a-t-elle réagi quand elle a appris toute cette histoire ? demanda-t-elle en remuant sa cuillère dans sa tasse d'un geste automatique.

Richard ajusta ses lunettes et s'installa dans un fauteuil.

— Elle n'a pas dit grand-chose mais je ne peux m'empêcher de penser qu'elle en sait plus qu'elle ne veut bien l'admettre. Elle est comme un enfant, elle ne renonce pas facilement à ce qu'elle considère comme son bien. Et cela ne m'étonnerait pas qu'elle ait pris des mesures énergiques pour garder Ross... Mais pour te dire la vérité, ajouta-t-il en prenant la main de Mattie, cela ne m'intéresse pas assez pour que je me donne le mal de découvrir ce qu'il en est. Antonia peut faire tout ce qu'elle veut ; du moment que tu es là, je m'en fiche complètement !

Mattie soupira. Elle avait très envie de lui confier ce qui s'était passé entre Ross et elle mais ignorait toujours si elle devait y céder. Après tout, c'était autant le secret de Grâce que le sien et, comme Richard était un secret pour sa fille, elle doutait d'avoir le droit d'en parler.

— Je plains cette jeune femme malgré tout, dit-elle lentement. Tu sais, Tessa. Elle a eu ce bébé et l'assume... C'est une épreuve.

Richard jeta un coup d'œil à sa montre et fit la grimace.

— Dans l'immédiat, nous aussi avons une épreuve à traverser. Il est moins cinq et tu dois retourner à ton travail à deux heures. Nous ferions mieux de partir avant que tu ne te mettes à plaindre Ross.

— Je ne le plains pas, déclara-t-elle avec fermeté en se levant. Ça devait lui arriver. Il mérite d'être malheureux... Pardon, je suis méchante. Embrasse-moi encore, chéri, et partons.

— Tu es incapable d'être méchante, répondit-il, trop heureux de s'exécuter. Tu es merveilleuse.

# 41

À petits pas prudents pour éviter de glisser sur les rochers branlants, Tessa suivait le sentier mal tracé qui descendait à la plage. La crique de Perryn Cove, blottie au pied de falaises abruptes, était petite mais méritait que l'on s'y rende. La marée descendante révélait un croissant de sable doré, les vagues frangées d'écume allaient et venaient sur un rythme hypnotique et, au-delà, le bleu encore plus fascinant de la mer s'étendait jusqu'à l'horizon où il se fondait dans un ciel sans nuages.

Miraculeusement, Tessa se trouvait complètement seule.

Dominique vivait à St. Ives depuis quatre ans et il aimait chaque mètre carré de la petite ville surpeuplée, dont il se targuait d'être un résident et non un touriste. La vie trépidante et dissolue qu'il y menait lui convenait parfaitement. Il y avait toujours deux ou trois copains artistes avec qui boire, soit pour se consoler lorsque leurs œuvres ne se vendaient pas, soit pour fêter un succès. Quant à l'approvisionnement en jolies filles, il était, inutile de le dire, sans limites.

Mais alors que Dominique profitait de la compagnie d'autrui, Tessa chérissait la solitude. Les soirées interminables ne lui apportaient rien, bien qu'elle sache que plus de la moitié avaient été organisées pour elle. Dominique essayait de lui bâtir une nouvelle vie et la présentait à tous ses amis pour l'aider à oublier les événements de son passé.

Malheureusement, et bien qu'elle s'en doutât, il n'y parvenait pas.

Ce matin-là, cependant, Dominique surveillait Olivia et Tessa avait trois heures de solitude pour réfléchir. Après avoir enfin atteint le pied des falaises, elle ôta ses espadrilles blanches et tortilla ses orteils sur le sable chaud. Son intention première avait été de marcher et d'explorer les innombrables mares qu'enserraient les rochers, mais la chaleur avait eu raison de son énergie. Maintenant qu'elle était là, il lui parut plus intelligent de prendre un bain rapide et puis de se reposer au soleil en profitant de la paix et de la beauté du lieu.

Le silence béni fut rompu moins de vingt minutes plus tard par l'arrivée de ce qui ressemblait fort à une sortie de classe. Allongée sur le dos, Tessa ouvrit un œil et vit une douzaine d'enfants et plusieurs adultes aux vêtements criards contourner le pied des falaises en profitant de la marée basse et se répandre sur la plage.

Priant le ciel qu'ils ne s'éternisent pas, elle referma les yeux et revint à des problèmes plus sérieux. Malgré l'empressement de Dominique, elle ne pouvait rester indéfiniment chez lui. Cela ne réglait rien. Elle avait besoin d'un endroit à elle, d'une maison sûre pour Olivia, quelque chose qui ressemblât à son cottage aux alentours de Bath…

Elle fut réveillée moins d'une heure plus tard par un filet de sable sur son ventre. Une main en visière pour se protéger du soleil, elle découvrit Dominique qui portait Olivia ficelée dans le porte-bébé sur sa poitrine.

— Qui suis-je ? Un point d'interrogation de quarante-cinq kilos ?

— Si c'est ça, dit-il avec une grimace, il a perdu beaucoup trop de poids ces dernières semaines.

— Qu'est-ce que tu fais là ? dit-elle, le cerveau encore embrumé.

Dominique s'assit précautionneusement.

— Olivia et moi avons eu une conversation très sérieuse...

— Vraiment ?

— Parole de scout !

— Je suis stupéfaite, dit-elle en haussant les sourcils. Je ne te croyais pas capable d'une conversation sérieuse.

— Eh bien, j'ai tenté quelques diversions mais Olivia m'a ramené fermement au sujet. N'est-ce pas, chérie ?

Olivia lâcha des bulles d'acquiescement.

— Je vois...

Tessa réfléchit. Dominique ne s'était pas lancé dans cette périlleuse promenade pour rien ; il était ici pour une raison précise.

— Et de quoi avez-vous parlé exactement ? Si tu t'es mis dans la tête de peindre ma fille toute nue, n'y pense plus !

Le visage de Dominique avait pris une expression de gravité.

— Il s'agit de toi, Tessa. Te cacher ici ne te rend pas service. Ce n'est pas ton style, bon sang... Qu'as-tu prévu ? Passer le reste de l'été dans ce trou perdu en répétant : « je veux qu'on me laisse seule » ?

— Je ne sais pas, répondit-elle en mentant à demi. Je me posais justement la même question. Je crois que j'ai envie de rentrer à Bath. C'est là où sont tous mes amis après tout. Mais la situation sera embarrassante. Ross n'a pas l'habitude d'être publiquement humilié, ce qu'apparemment j'ai fait. Aussi mon retour ne lui fera pas plaisir du tout.

— Et il n'a rien fait pour le mériter ? s'écria Dominique, exaspéré qu'une fois de plus elle se soucie davantage des sentiments de Ross que des siens. Chérie, il *sait* pourquoi tu l'as quitté. Envoie-le paître ! Fais ce que *tu* veux, et s'il se met à t'embêter, dis-lui d'aller se faire foutre ! C'est à Bath qu'Olivia et toi vivez et tu as autant le droit d'y être que lui.

Les émois de sa conscience troublaient Max. Il n'en avait pas l'habitude. Cependant, il savait fort bien que son attitude à l'égard de Holly avait été non seulement désagréable, mais injuste.

Aussi, lorsqu'il apprit, trop tard, que Caroline Mortimer ne pourrait pas venir de Londres pour le Friday's Mad Hatter's Ball, décida-t-il d'apaiser ses remords en l'invitant à lui tenir compagnie.

— Les feuilles de thé, s'il vous plaît, regardez mon avenir dans les feuilles de thé ! supplia Holly en acculant Rosa Polonowski dans un coin de la cuisine. Dieu, mes mains tremblent, dans quel sens dois-je touiller la tasse ? Zut ! c'est un sachet ! Rosa, il faut en refaire... Marco, où est le thé ? Vous pouvez vous passer de Rosa cinq minutes, non ? Elle va me révéler mon destin et c'est beaucoup plus important que de nettoyer quelques casseroles !

— Je vous vois avec un homme grand et beau, commença Rosa quelques minutes plus tard, les yeux fixés sur le contenu de la tasse de Holly, la bouche en cul de poule. Vous portez une robe rouge, longue, très belle.

Bien, se dit Holly. Elle se précipiterait en ville dès qu'elle serait libre et en achèterait une.

— Et vous riez et vous passez un moment merveilleux avec ce bel homme, c'est une nuit dont vous vous souviendrez toute votre vie.

— Il m'aime ? souffla Holly en cherchant des indices sur le visage de la Polonaise.

Si elle était sûre de l'amour de Max, tout serait plus facile… ils pourraient se dispenser de toutes ces formalités stupides qui font perdre tant de temps…

Mais Rosa balança lentement sa tête noire de droite à gauche comme un lourd pendule.

— Ah non, pas d'amour… Mais il y a une grande attirance, qui peut conduire à l'amour. C'est juste le début après tout. Et une telle attirance est un signe prometteur, ma chère. À ne pas mépriser et à ne pas rejeter dans les moments de désespoir.

— Rosa, vous êtes incroyable, soupira Holly, les orteils retroussés d'extase à la perspective de la nuit de vendredi. Et ne vous inquiétez pas, il n'y aura pas de moments de désespoir. Maintenant que je sais à quoi m'attendre… Oh, comment vais-je pouvoir attendre la fin de la semaine ?

La plus belle nuit de sa vie exigeait de sérieux préparatifs, se disait Holly avec joie quatre jours plus tard tandis qu'aux accents sensuels de Dire Straits elle se plongeait dans un bain moussant et se savonnait paresseusement les seins.

Elle s'était même établi un emploi du temps : bain à quatre heures, lait hydratant sur tout le corps à quatre heures trente, coiffure à cinq, vernis à ongles à six, maquillage à six heures trente, habillage à sept heures et quart et enfin choix des bijoux jusqu'à ce que Max arrive vers huit heures trente. Et elle devrait se forcer à avaler un sandwich ou deux, se rappela-t-elle avec un petit sourire pitoyable. Il ne fallait pas qu'elle coure le risque de boire de l'alcool à jeun et qu'elle s'évanouisse à nouveau dans ses bras. La soirée allait atteindre à la *perfection*.

# 42

Une grande agitation régnait à l'hôtel ; le très célèbre Mad Hatter's Ball, qui se déroulait tous les ans à Shilton Court à quelques kilomètres de là, commençait à neuf heures, et de nombreux invités démarraient la soirée au bar du Manoir à coups de Bollinger avant d'enchaîner sur les festivités de la nuit sans cesse arrosée au champagne.

— Pourriez-vous m'indiquer, mon petit, où je puis trouver Max Monahan ?

Sylvie Nash leva les yeux et sourit à la femme au turban vert olive et aux lunettes de soleil qui se penchait d'un air de conspirateur au-dessus de la réception. La voix rauque au léger accent avait un son familier mais les verres teintés masquaient les trois quarts du visage.

— Il est en haut, répondit-elle, épatée par la tenue élégante et onéreuse de son interlocutrice.

Étant une lectrice assidue de *Vogue*, elle reconnut tout de suite un Donna Karan.

— Donnez-moi votre nom, je vais l'appeler et lui dire que vous êtes là.

La femme sourit, révélant une dentition d'une blancheur éclatante, et secoua la tête d'un air enjoué.

— Ah, mais cela gâcherait la surprise ! Dites seulement qu'une vieille amie est venue le voir. Et lorsqu'il descendra, nous observerons son expression, d'accord ?

L'expression de Max, lorsqu'il apparut quelques minutes plus tard, valait effectivement le coup d'œil. Incrédulité puis joie inondèrent son visage et Sylvie ne perdit pas un détail quand il attira dans ses bras Francine Lalonde.

— Je ne peux y croire, murmura-t-il en respirant le parfum léger et exotique de sa peau. Pourquoi ne m'as-tu pas prévenu de ta venue ? Combien de temps peux-tu rester ? Dieu, que c'est bon de te voir !

— Tu m'as manqué, dit Francine en levant la tête et en l'embrassant à nouveau. Et je ne t'ai rien dit parce que je voulais te faire une grande surprise. Mais la surprise est peut-être excessive, ajouta-t-elle en s'écartant légèrement et en examinant d'un air malicieux le smoking et le nœud papillon. On dirait que tu as des projets pour la soirée. Vas-tu m'abandonner pour une autre femme, Max ?

— Tu plaisantes ? s'exclama-t-il en resserrant son étreinte. Pas question que je t'abandonne... Je ne vais pas te lâcher d'une semelle... Non, non, c'était un projet sans importance. Laisse-moi téléphoner deux minutes et je vais tout arranger. Holly est une chic fille, elle comprendra.

— ... alors, tu comprends n'est-ce pas ? poursuivit Max, joyeusement inconscient des ravages qu'il causait.

— Bien sûr... dit Holly qui s'étonnait de pouvoir encore parler.

Toute sa personne, cerveau inclus, était anéantie sous le choc ; qu'avait-elle donc fait pour mériter cela ? Et que faisait donc Max ? Rosa les avait vus tous les deux au bal, heureux, riant, attirés violemment l'un par l'autre...

— Bon, je suis désolé, répéta Max sans le paraître une seconde. Je sais que je ne te laisse pas beaucoup de temps mais je suis sûr que tu vas te dénicher un ami quelque part. Je vais t'envoyer un taxi avec les billets et tu vas passer une nuit fabuleuse sans moi.

Lorsque la sonnerie de l'entrée retentit dix minutes plus tard, Holly, les yeux aussi rouges que sa robe et la respiration haletante à cause des sanglots incoercibles qui l'agitaient, commença par l'ignorer.

Le chauffeur de taxi sembla résolu à ne pas renoncer à sa mission et le son strident continua à irriter ses nerfs déjà ébranlés. Elle finit par descendre ouvrir et faillit trébucher en prenant son talon dans l'ourlet de sa robe en taffetas rubis.

— Oh, ma pauvre fille ! s'écria Adam Perry en l'enlaçant de ses bras imposants.

Elle s'écroula sur son épaule et fondit en larmes sur la veste de smoking.

— Je passais devant la réception quand j'ai entendu Max te téléphoner, expliqua-t-il. Chérie, il est temps que tu le lâches pour de bon… Il ne te vaut pas. Vraiment pas.

Une fois qu'elle se fut remise de la surprise, Holly commença à paniquer. Adam avait le don d'arriver au moment où elle n'était pas à son avantage et il lui parut insupportable qu'il sache combien Max l'avait blessée.

— C'est une ordure, reprit-il comme ils entraient dans le salon. Je sais que tu n'as pas grande opinion de moi, mais je vaux mieux.

— Ah oui, vraiment ? répliqua-t-elle entre deux hoquets. Tu m'as posé un lapin la semaine dernière. Je t'ai vu au Calypso avec Clarissa Fox. Aussi était-il bien inutile que tu viennes ici te repaître du spectacle parce que je commence à m'habituer à me faire plaquer pour une autre. Vraiment, je fais des progrès !

Personne d'autre au monde n'a eu autant l'occasion de s'exercer...

— Allons, essuie-toi les yeux et va te maquiller un peu, fit posément Adam en la poussant vers la salle de bains. J'ai attendu que tu téléphones et comme tu ne le faisais pas, j'ai fait un saut au Calypso, histoire de prendre un verre. C'est là que je suis tombé sur Clarissa et tu sais comme elle est... Une fois que les missiles qu'elle porte atteignent leur proie, celle-ci est foutue.

Holly s'arrêta sur le seuil de la salle de bains.

— Je ne veux pas me maquiller. Pour quoi faire ? Je n'ai pas l'intention d'aller au bal toute seule...

— Ne fais pas la sotte, jeta-t-il brusquement. Je suis là, non ? Et nous n'avons pas besoin de la charité de Max, si c'est ça qui t'ennuie. Moi aussi, j'ai deux billets. Tu viens au bal avec moi, Holly, et tu vas te payer du bon temps, quitte à en crever !

— Et voilà, fit-il plusieurs heures plus tard comme ils revenaient pour un dernier tour dans la salle de bal au parquet de chêne jonché de pétales. La soirée n'a pas été si mauvaise que cela ?

Holly sourit. Il était quatre heures et demie du matin et autour d'eux des couples assoupis étaient affalés sur les sièges le long du mur et laissaient la place aux trois cents excités qui ne renonceraient à danser, chanter et festoyer qu'à l'aube. Holly tenait bon. Elle avait souri, ri, conversé avec une insouciance affichée et personne, pas même Adam, n'aurait pu deviner combien cette attitude lui coûtait.

En même temps, elle devait admettre que les choses auraient pu être pires. Il y avait même eu de bons moments. Adam s'était montré un cavalier charmant. Ses amis bruyants, qui allaient régulièrement refaire leurs forces dans la salle à manger, étaient drôles, prodigues en compliments et intéressants. Plusieurs des amies de Holly avaient admiré Adam.

— Il est follement séduisant, s'était enthousiasmée Sophie Kendall, sans pouvoir être entendue de l'intéressé. Quelle chance tu as, chérie ! Est-il aussi beau déshabillé ?

Adam devait être muni d'un sonar. Il s'était détourné de la roulette avec un grand sourire.

— Encore mieux, je vous l'assure. Et si vous ne me croyez pas, rendez-vous en haut dans cinq minutes... Ma musculature a besoin d'être vue pour être crue, n'est-ce pas, chérie ? avait-il ajouté avec un clin d'œil à l'adresse de Holly.

Son joyeux badinage l'avait certainement aidée à passer la soirée. À l'abri dans ses bras, la joue appuyée sur sa poitrine solide comme un roc, Holly songeait pour la dixième fois en dansant un slow que les choses auraient pu être bien pires. Que Sophie, Melissa et les autres aient trouvé Adam Perry séduisant continuait à l'épater mais, après tout, chacun son goût. Et elle était contente qu'il l'ait persuadée de venir ici ce soir plutôt que de rester seule dans son appartement à broyer du noir.

Cependant Rosa Polonowski avait des comptes à lui rendre. Parce qu'elle aurait été encore plus heureuse, tellement plus heureuse, qu'Adam soit Max.

# 43

La nouvelle de l'arrivée de Francine Lalonde s'était répandue comme une traînée de poudre : tous les clients et une flopée de journalistes, tombés on ne sait d'où, campaient au rez-de-chaussée dans l'espoir de la voir. Max et Francine passèrent donc les trois premiers jours cloîtrés dans la suite de Max, ce qui leur convint parfaitement.

Pour se remettre des rigueurs du tournage, Francine mangea, fit l'amour et passa le reste du temps à dormir. Max, plus épris que jamais de sa beauté et de son caractère fantasque, mangea, fit l'amour et resta assis, en apparence pour travailler à son prochain roman, en réalité pour la regarder dormir. Francine prenait un tel plaisir à ces trois activités qu'il ne pouvait imaginer meilleure façon d'occuper leur temps ensemble.

Mais le mardi matin, comme il tirait le rideau et qu'un soleil lumineux inondait la chambre, Francine annonça que le farniente était fini et qu'elle voulait visiter Bath.

— Et aussi cet hôtel, ajouta-t-elle en se dirigeant vers la salle de bains. Rester longtemps au lit, c'est débilitant. Maintenant que j'ai recouvré mes forces, j'ai besoin de rencontrer des gens et de m'amuser.

— Je croyais que nous nous amusions, dit Max, alarmé par ces propos abrupts.

— Bien sûr que oui ! répliqua-t-elle d'un ton consolant tandis que ses yeux brillaient malicieusement. Mais ce genre de distraction peut lasser à la longue. Et nous n'y tenons pas, n'est-ce pas, chéri ?

— Oh, sapristi ! s'écria Francine avec admiration comme ils sortaient sur la terrasse inondée de soleil.

Ross, qui travaillait à une table devant une cafetière pleine, se leva à leur approche.

— Max, ton petit frère est formidable. Je te le dis, heureusement que je t'ai rencontré d'abord, sinon j'aurais pu être tentée...

— Salut, fit Ross en s'apercevant deux secondes trop tard qu'elle s'attendait à un baise main. Je suis content de faire enfin votre connaissance... Nous commencions à croire que Max vous gardait en otage.

— C'est bien ce qu'il faisait, confia Francine de sa voix la plus rauque, mais je me suis échappée. Et je le soupçonne de m'avoir enfermée afin de ne pas découvrir que son frère est plus beau que tous les jeunes premiers. Ross, je sais que je ferais mieux de me taire mais Max m'a raconté ce qui s'est passé et je tiens à vous dire que cette femme... Tessa... C'est bien son nom ? Elle doit être folle à lier de ne pas avoir voulu vous épouser. Carrément timbrée !

— Assieds-toi, chérie, intervint Max en lui jetant un regard d'avertissement.

Avec un petit gloussement, Francine s'installa et arrangea sa jupe de façon à mettre ses jambes en valeur.

— Voilà qu'il est fâché parce que je n'ai pas dissimulé mes pensées comme toute Anglaise qui se respecte, dit-elle à Ross. Mais puisque nous savons tous deux que c'est la vérité, pourquoi diable *devrais-je* me taire ?

— Absolument ! fit Ross avec une grimace. Et il se trouve que j'approuve chaque mot que vous avez prononcé.

— Mais en êtes-vous toujours désespérément amoureux, malgré sa cruauté ? insista Francine, les yeux écarquillés.

Débordé par tant de brutale franchise, Max renonça à l'interrompre. Le temps qu'il commande les petits déjeuners et qu'il passe deux coups de téléphone urgents, peut-être la conversation aurait-elle dévié sur un sujet plus neutre.

— Oui, répondit simplement Ross après le départ de Max.

— Mais c'est tragique ! Regardez-vous... Vous pouvez avoir toutes les femmes de la terre et vous voilà abattu et affligé à cause d'une folle incapable de reconnaître une bonne affaire...

Des compliments aussi flatteurs étaient sans aucun doute agréables à entendre mais Ross n'allait pas se laisser piéger. Il savait d'expérience que toutes les femmes jouaient la comédie et que les actrices étaient les pires. Comment croire à un seul de leurs mots ?

Francine semblait avoir aussi reçu le don de lire dans les pensées.

— Je sais, je sais, dit-elle, mais je ne dis que la vérité. Écoutez, je suis restée trop longtemps au lit et je n'ai pas envie de demeurer assise. Pourquoi ne me faites-vous pas visiter cette serre magnifique, là-bas ? Avez-vous des orchidées ?... Allons, Ross, je vous en prie, j'ai une passion pour les orchidées et, entre-temps, le petit déjeuner sera prêt. Entendu ?

Il régnait une température et une humidité tropicales mais Francine ne sembla pas incommodée. Avec des exclamations admiratives destinées aux vitraux, elle prit la main de Ross et le força à entrer.

— Mon Dieu, c'est incroyable ! On se croirait au milieu d'un arc-en-ciel ! Et toutes ces fleurs ! soupira-t-elle en désignant la végétation exubérante qui formait une arche au-dessus de leurs têtes. Ce doit être votre retraite préférée.

La serre rappelait cruellement à Ross sa première rencontre avec Tessa et il évitait de s'y rendre, mais il préféra n'en pas parler.

— C'est une célèbre particularité de l'hôtel, répondit-il d'un ton neutre.

Tout en défaisant les deux premiers boutons de son chemisier blanc, Francine lui jeta un regard déluré.

— Aussi célèbre que son directeur, j'en suis sûre ! Ross, je suis une femme hardie. Quand je pense quelque chose, je le dis et cela inquiète parfois les gens, mais je veux que vous sachiez que je vous trouve vraiment séduisant. Et moi, me trouvez-vous séduisante ?

Seigneur, nous y voilà, se dit Ross. Il n'avait vraiment pas besoin de ça.

— Je suis convaincu, répondit-il lentement, que tous les mâles européens vous trouvent séduisante. Vous n'avez vraiment pas besoin de poser ce genre de question, si ?

— C'est tellement agréable à entendre, fit-elle avec une moue tandis que ses doigts caressaient la feuille fragile d'une fougère. C'est si agréable pour l'ego, vous ne trouvez pas ? Et si encourageant de savoir que l'intérêt qu'on porte aux hommes est réciproque.

Si la situation n'avait pas été aussi délicate, elle aurait été drôle. Cela ressemblait bien à Max de perdre la tête pour une nymphomane. Pour l'instant, Francine lui adressait son fameux sourire et se rapprochait lentement mais résolument de lui. Il était temps, jugea-t-il, de parler franchement.

— Peu importe que je vous trouve séduisante, dit-il brutalement. Max est mon frère et il se trouve que j'ai *quelques* scrupules...

— Et alors ? riposta Francine avec un élégant haussement d'épaules. Je ne suis pas mariée avec Max, si ? Nous avons des relations de travail, il a écrit le scénario d'un film dont je serai la vedette, nous nous rendons service et c'est tout. Le fait que nous aimons aussi coucher ensemble est... comment dire... un à-côté. C'est très agréable, Ross, mais ce n'est pas une grande histoire d'amour. Max le sait.

— Peut-être, dit Ross qui avait une autre opinion. Mais, tout de même, je ne tiens pas...

— Bon, bon, l'interrompit Francine sans perdre son calme souriant. Mais croyez-moi, j'ai un instinct pour ce genre de choses... Nous serons amants avant la fin de la semaine, Ross, je vous le promets.

Les clients de l'hôtel n'étaient pas les seuls à chercher à apercevoir Francine Lalonde. Bien qu'habitué aux célébrités de passage, le personnel désirait ardemment rencontrer la fameuse actrice, objet de l'amour éperdu de Max.

Grace gagna à la courte paille le privilège de lui apporter le petit déjeuner. Elle prit un soin extrême à ne rien renverser mais découvrit, dépitée, que la table de Ross était inoccupée.

Elle déposa le plateau à côté des papiers éparpillés puis scruta la pelouse. Ni Ross ni l'illustre visiteuse n'étaient visibles.

En se retournant vers l'hôtel, elle aperçut une tache blanche au milieu des couleurs tropicales de la serre. Ross et Francine s'y trouvaient sûrement. Comme leur déjeuner ne devait pas refroidir, elle alla les prévenir qu'il les attendait.

— … nous serons amants avant la fin de la semaine, Ross, je vous le promets.

Grace se glissa derrière le chambranle de la porte et tendit l'oreille vers la voix ensorcelante de Francine Lalonde. Mon Dieu, Ross était-il donc amoral au point de s'en prendre aux femmes de son frère ?

Le cœur battant, elle attendit sa réponse mais rien ne vint. Elle se résolut alors à jeter un œil par la vitre ; ils ne craignaient manifestement pas d'être surpris. Francine Lalonde se hissait sur la pointe des pieds, posait la main sur l'épaule de Ross, levait son visage vers le sien et l'embrassait sur les lèvres. Et lorsque Ross finit par s'écarter en murmurant : « Écoutez, c'est idiot, je ne peux pas… », elle sourit et l'interrompit avec un second baiser.

— Mais si, nous le pouvons, entendit Grace comme la main de Francine caressait la nuque de Ross. Dès que Max se sera éloigné… Ne t'inquiète pas, je trouverai une raison pour me débarrasser de lui cet après-midi… Nous pourrons faire tout ce que nous voudrons. Et j'ai tellement d'idées merveilleuses sur ce que j'ai envie de te faire… ajouta-t-elle d'un ton persuasif.

Comme Grace s'éloignait sur la pointe des pieds, Ross s'empara des bras de Francine et les écarta fermement.

— Non, trancha-t-il, comme ses yeux sombres plongeaient dans ceux de l'actrice. Ça n'arrivera pas. Vous n'êtes pas sur un plateau et je ne suis pas un de vos fans. Vous êtes ici l'invitée de mon frère et vous allez me faire le plaisir de vous conduire convenablement. Il est possible que vous ne soyez pas amoureuse de lui, poursuivit-il comme elle ouvrait la bouche pour protester, mais vous pouvez au moins faire preuve de bonnes manières pour lui rester fidèle jusqu'à la fin de la semaine.

Faire la moue était l'un des grands talents de Francine.

— Je ne m'étais pas rendu compte que vous étiez aussi ennuyeux, remarqua-t-elle avec une pointe d'agressivité. Ross, vous me décevez vraiment...

— Parfois, répondit-il froidement en se souvenant d'Antonia, je me déçois moi-même encore davantage.

Méprisant Ross de tout son cœur, Grace ne s'écarta pas assez vite de son passage au moment où il franchissait les portes battantes de la cuisine. Le salaud... songeait-elle durant la fraction de seconde qu'elle aurait pu mettre à profit pour s'effacer... il méritait bien de recevoir une giclée de salade de homard sur sa chemise.

— Punaise ! lâcha Ross en baissant les yeux.

La sauce à l'ail avait transpercé le tissu et dégoulinait sur sa peau, des feuilles de salade et des morceaux de homard s'écrasaient sur le sol. Relevant la tête, il croisa le regard terrorisé et méfiant de la jeune fille, celle-là même qui avait rendu visite à Tessa et à Olivia à l'hôpital.

— Pardon, c'est ma faute, dit-il en ouvrant les mains dans un geste d'aveu.

En murmurant quelques mots étouffés, la fille s'accroupit pour ramasser le plat en argent qui avait suivi la salade sur le sol. Doutant d'avoir bien compris, Ross demanda :

— Qu'avez-vous dit ?

— J'ai dit que je ne savais plus où j'avais la tête, répondit Grace.

Elle avait rougi mais, comme ses yeux défiaient Ross de mettre en doute sa parole, elle ajouta :

— La table 9 est très pressée...

Ross la dévisagea un instant puis fit demi-tour en silence.

Il aurait juré avoir entendu : « Comme d'habitude. »

# 44

C'était la première fois que Holly parvenait à garder un secret, aussi fut-elle doublement soulagée lorsque le train pénétra à une allure de sénateur dans la gare de Bath.

Peu après, Olivia et Tessa descendaient et Holly les serrait dans ses bras.

— Je ne peux pas te dire combien tu m'as manqué, dit-elle en s'écartant pour examiner Tessa. Ça m'a paru durer cinq ans et non cinq semaines. Tu as l'air en pleine forme !

C'était vrai. Mince et bronzée, elle avait rassemblé ses cheveux blonds en une longue tresse et ses yeux verts semblaient plus lumineux que jamais. Comme d'habitude, avec pour toute tenue une grande veste en coton blanc et un short kaki étroitement serré à la taille par une écharpe écarlate, elle avait une allure folle. Tessa était la seule personne de sa connaissance, songea Holly, qui pouvait porter avec élégance des surplus de l'armée.

— Et cette enfant, comment va-t-elle ? demanda-t-elle en prenant Olivia dans ses bras. Oh, les *yeux* de ce bébé, Tessa ! Ils sont sensationnels.

Ces yeux, en effet, bleu sombre à la naissance, avaient viré au noir et rappelaient de façon extraordinaire ceux de Ross.

— Je sais, dit Tessa tendrement, elle ne me ressemble pas du tout. Comme le dit Dominique, il ne nous reste plus qu'à espérer qu'elle n'ait pas aussi hérité du caractère de Ross.

Un quai poussiéreux n'était pas l'endroit rêvé pour échanger des nouvelles et Holly, Olivia dans les bras, entraîna son amie vers sa voiture.

— Allons-y, j'ai acheté de quoi déjeuner et un splendide gâteau aux fraises.

Tessa ramassa le couffin vide et le sac à dos qui contenait ses affaires et la suivit.

— Tu n'as vraiment dit à personne que je rentrais ? demanda-t-elle avec plus de curiosité que d'inquiétude.

— Bien sûr que non ! suffoqua Holly, manifestement offensée. J'avais promis de me taire, non ? Pour qui me prends-tu, bon sang ?

Sans se troubler, Tessa esquissa un sourire.

— Pour quelqu'un qui, même pour sauver sa vie, ne pourrait garder un secret, je suis très admirative, Holly. Vraiment !...

— Tu peux, chérie, répliqua Holly. Parce que ça n'a pas été facile. Surtout avec Ross qui chaque matin me demandait si j'avais reçu de tes nouvelles.

Elles déjeunèrent dans le jardin, prirent deux ou trois cafés et discutèrent de ce retour.

— C'est ma maison, répéta Tessa comme s'il lui fallait justifier sa décision. Je sais bien que Ross finira par l'apprendre, je voudrais seulement qu'Olivia et moi avons eu le temps de nous installer.

— Et que crois-tu qu'il fera quand il saura où tu es ? dit Holly en remontant sa jupe pour faire brunir ses jambes.

Tessa haussa les épaules.

— Je n'en sais rien... Comme je l'ai ridiculisé, une chose est sûre : il ne sera pas content.

— Il ne cesse de demander de tes nouvelles, lui rappela Holly.

— Dit-il quelque chose de précis à mon sujet ?

— Non, bien sûr, répondit Holly en grimaçant. Je lui mens comme un arracheur de dents, il le sait mais n'y peut rien. Tessa, il me déteste !

— Bienvenue au club, fit Tessa allégrement. Et maintenant, parlons de choses plus gaies ! Raconte-moi comment vont les choses entre Max et toi...

Lorsque Tessa avait appelé Fred Lennard, le fermier propriétaire du cottage, il avait été heureux d'avoir de ses nouvelles et ravi de renouveler le bail. Louer une petite maison avec une seule chambre n'était pas aussi facile qu'il l'avait imaginé. Les touristes de passage exigeaient du luxe et de l'espace, des salles de douche, une plomberie moderne, le chauffage central, et les locataires à l'année dignes de confiance comme Tessa étaient rares. Bien sûr, elle pouvait revenir, lui assura-t-il ; il laisserait les clefs sous le paillasson de la porte de derrière ; quant aux problèmes financiers, ils en parleraient quand elle aurait le temps, rien ne pressait.

Cependant, revenir dans un environnement familier et le trouver vide créait une bizarre impression. Seuls quelques objets demeuraient. Toutes les affaires de Tessa étaient chez Ross, à moins qu'il n'y ait mis le feu. Et sans Holly qui avait pu lui prêter un assortiment de vaisselle, d'instruments de cuisine et de linge de maison, elle aurait été perdue.

Holly s'était comportée d'une manière tellement merveilleuse que Tessa était gênée de ne pas lui avoir révélé la raison de sa fuite. Ce silence visait autant à protéger son amie qu'elle-même. Holly ne réfléchirait pas deux fois avant de dire à Antonia Seymour-Smith ce qu'elle pensait. Ne voulant pas lui faire courir le risque de perdre le seul emploi qui lui ait jamais plu, Tessa lui avait expliqué que l'article de Sadie Labelle s'était rajouté aux doutes qu'elle n'avait jamais cessé de nourrir, et l'avait jetée dans une panique aveugle. Elle avait fui, purement et simplement, et regrettait d'avoir obligé Holly à mettre Ross au courant.

— Mais que lui diras-tu quand tu le verras ? demanda Holly, mi-inquiète, mi-sceptique.

Elle connaissait trop bien Tessa pour croire que l'article vindicatif de Sadie Labelle ait pu être la véritable raison de sa décision.

— Je ne sais pas, avoua Tessa. J'espère seulement qu'il me laissera tranquille. Je suis désolée d'avoir laissé tomber tout le monde mais j'ai autant le droit que n'importe qui de rester ici, et je resterai. J'ai Olivia, ma maison et ma peinture. Et tout ce que je désire maintenant, conclut-elle posément, c'est d'être capable de mener ma vie comme je l'entends. En paix.

Une vie paisible ne garantissait cependant pas l'anonymat. Comme elle sortait de son bain, trois jours plus tard, Tessa entendit une voiture s'arrêter devant chez elle et elle n'eut pas besoin de regarder par la fenêtre pour savoir que le visiteur était Ross.

Bravo, se dit-elle en examinant le dilemme qui se présentait à elle. Le matin même, elle avait lavé sa maigre garde-robe qui séchait à présent dans le jardin ; il lui fallait donc soit réenfiler le T-shirt et le blue-jean sur lesquels Olivia avait rendu son petit déjeuner, soit affronter Ross, drapée dans un peignoir de bain.

L'odeur du vomi était atroce. En entendant la porte s'ouvrir, elle s'enveloppa aussi étroitement que possible dans une serviette vert pâle, passa la main dans ses cheveux mouillés et se dirigea vers l'escalier.

Les yeux fixés sur la jeune femme qui descendait, Ross réalisa soudain que, depuis leur première rencontre, ils n'avaient fait l'amour que deux fois. Ironie du sort pour un homme si friand d'ébats amoureux !... En même temps, reconnut-il, tout en éprouvant un violent accès de désir devant la silhouette mince et la peau hâlée de la jeune femme, c'était incroyablement érotique. Il ne pouvait imaginer *ne pas* désirer Tessa... Il n'avait jamais connu une femme comme elle...

— J'aurais dû frapper, dit-il sans une nuance de remords.

— Oui, tu aurais dû, répondit Tessa tranquillement.

Ayant renoncé depuis longtemps à dresser un plan de bataille, elle décida de jouer à vue. Intérieurement, cependant, ses nerfs étaient tendus à se briser. Imaginer Ross était une chose ; le voir en chair et en os en était une autre. Avec un geste vers l'escalier, elle ajouta :

— Mais comme mon amant est parti il y a dix minutes, cela n'a pas d'importance. Veux-tu du café ?

— Ton amant, répéta pensivement Ross en la suivant à la cuisine tout en évitant de l'approcher. Hmmm, voilà quelque chose que mon détective ne m'a pas dit.

Malgré elle, Tessa sourit. Ross avait toujours eu le don de la faire sourire. Enfin, corrigea-t-elle aussitôt, presque toujours.

— Tu as engagé un détective privé ? Je me posais des questions sur ce drôle de petit bonhomme en kilt qui ne cessait de faire tomber sa cornemuse. Est-ce qu'il t'a raconté le jour où il m'a suivie jusqu'à Edimbourg et...

— Non, coupa Ross. Mais il m'a raconté le jour où il t'a suivie jusqu'à St. Ives.

Le fait qu'il ne plaisantait pas ajoutait au comique de la chose. Tessa s'aperçut qu'elle n'était même pas fâchée ; elle aurait dû deviner qu'il en viendrait là. Tel qu'elle le connaissait, se rappela-t-elle en versant le café dans les deux tasses, rien ne devait l'étonner.

Ils revinrent dans le petit salon chichement meublé et Ross s'installa comme il le put dans un fauteuil bosselé qui n'incitait pas à la relaxation. Tessa se jucha sur le rebord de la fenêtre et, tenant sa tasse à deux mains, elle regarda tranquillement son visiteur.

— Alors, tu m'as fait suivre, dit-elle enfin. Pourquoi ?

— En voilà une question sacrément stupide ! Je voulais savoir quelles étaient tes intentions. Je voulais savoir, insista-t-il, pourquoi tu avais disparu.

Tessa ne put s'empêcher de demander :

— Il t'a aidé, ou bien tu as fini par trouver tout seul ?

Ross évita soigneusement le cœur du sujet.

— Il m'a assuré que tu ne couchais pas avec Dominique.

— Et comment l'a-t-il su ?

— Il te l'a demandé.

— Comment ?

Les yeux brillants, elle posa sa tasse à côté d'elle et croisa les bras sur sa poitrine.

— Il est venu à l'une de vos réceptions, répondit Ross qui commençait à s'amuser. Il s'appelle Henry.

Dominique ne cessait de lancer des invitations impromptues, cela lui était aussi naturel que de respirer, et Tessa avait rencontré de nombreuses personnes lors de ces joyeuses réunions sans cérémonie où la nourriture, s'il y en avait, était très simple, mais où la boisson ne manquait jamais. Elle se rappela une fête donnée un dimanche après-midi et repéra dans ses souvenirs le dénommé Henry. De petite taille, le visage rond, l'expression enjouée, il ne ressemblait pas du tout à un détective privé et l'avait entraînée dans une discussion alerte sur l'impressionnisme français. De là, la conversation avait dévié sur la peinture de Tessa et ses espoirs, puis Henry avait avoué être lui-même un amateur enthousiaste et un aquarelliste du dimanche. Et ensuite, bien sûr, il avait demandé d'un ton indifférent si Tessa et Dominique formaient un « couple ».

La question, habilement posée, avait fait sourire la jeune femme qui avait répondu en secouant la tête :

— Non, non, il n'y a rien de ce genre. Nous sommes simplement amis.

Elle fixa Ross dans les yeux.

— Bien joué ! fit-elle. Mais ma fidélité n'a jamais été mise en cause, si ? Tu sais très bien pourquoi je suis partie et je suis désolée de t'avoir mis dans l'embarras, mais je ne le regrette pas, pas du tout. Ne pas me marier a été la décision la plus sensée que j'aie jamais prise.

Assise là dans ce ridicule drap de bain, ses pieds nus pendant sur le mur rugueux et ses cheveux humides balayant ses épaules, Ross lui trouva un air de fierté, une prestance que n'aurait pu égaler aucune princesse. Elle l'avait blessé, elle l'avait humilié... et pourtant elle possédait une telle intégrité qu'il était impossible de ne pas l'admirer.

Il n'avait tout simplement pas pu s'arrêter de l'aimer, même pas une minute.

Et c'était lui qui était en faute.

— Pardon, dit-il.

La meilleure solution eût été de lui arracher son drap de bain et de lui faire l'amour, là, tout de suite. Les excuses n'étaient pas son fort, faute d'expérience. Il chercha un encouragement sur le visage de Tessa. En vain. La mâchoire était serrée, la ligne de la bouche ferme. Au moins, se consola-t-il, elle ne lui hurlait pas des injures.

— Au début, je n'ai pas compris pourquoi tu avais disparu, reprit-il. J'ai entrepris d'interroger Antonia mais elle a affirmé n'y être pour rien. Ce n'est que la semaine suivante qu'elle a avoué ce qu'elle avait fait.

Tessa lutta contre l'envie de lui jeter quelque chose à la figure. Dans ce cottage dégarni, les objets faisaient défaut.

— Ainsi, dit-elle froidement, le fait que tu aies passé la nuit avec elle ne t'ennuie pas. Ce qui t'embête, c'est que ça se soit su !...

Cette façon de présenter les choses déplut souverainement à Ross.

— Non... oui... enfin, les deux ! Tess, je *sais* que ce que j'ai fait est mal et je voudrais follement *ne pas* l'avoir fait mais j'étais tellement furieux après notre dispute et tu avais tellement l'air de vouloir protéger Dominique et de m'envoyer paître que lorsque Antonia est apparue à Londres... j'ai craqué.

Il fit une pause, les yeux fixés au loin sur les collines et l'ascension solitaire d'un oiseau dans le ciel d'un bleu intense.

— Pour tout te dire, je l'ai regretté immédiatement. J'ai prié le ciel que tu ne l'apprennes pas et je sais maintenant que je ne recommencerai jamais. Jamais.

Bien qu'elle connût l'histoire depuis plusieurs semaines, Tessa se sentit nauséeuse. Antonia avait affirmé que Ross n'avait pas définitivement clos leur liaison. Mis au pied du mur, il nierait et elle n'eut pas le courage de le provoquer.

— Comment puis-je te croire ? demanda-t-elle avec lassitude. Comment peux-tu t'attendre à ce que je te fasse à nouveau confiance ? Passer le reste de ma vie avec un homme qui, à la première dispute, risque de sauter dans le lit de la femme la plus disponible, très peu pour moi !

— Je ne...

Elle le fit taire, d'un regard.

— Ne dis rien. De toute façon, je ne te croirai pas. Bon, j'attends Holly d'une minute à l'autre, tu ferais mieux de partir.

Comme il ne bougeait pas, elle glissa à terre et sortit dans le jardin. Au moment où elle revint une minute plus tard avec une chemise noire encore humide et une jupe rose pâle, Ross descendait l'escalier, Olivia dans les bras. Oubliant d'un coup leur discussion, il dit d'une voix émerveillée :

— Elle a souri ! Tessa, elle m'a souri !...

Tessa, qui n'avait rien oublié, riposta :

— Ce sont des gaz...

— Pour moi, c'était un sourire.

Il caressa du doigt la joue ronde de sa fille. Il était stupéfait de voir combien elle avait changé en cinq semaines et effrayé par l'élan d'amour paternel qui s'emparait de lui. Ces grands yeux noirs, ces cils immenses... Peu importait ce que Tessa avait dit. Olivia avait souri.

— Je *peux* venir la voir ? demanda-t-il comme Tessa s'approchait pour reprendre l'enfant.

Les petits doigts d'Olivia s'agrippaient avec une force étonnante à sa chemise rayée. Malgré ses craintes, Tessa acquiesça de la tête.

— Et tu vas avoir besoin de tes affaires, reprit-il pour dire quelque chose. Elles sont à la maison... Je peux te les rapporter demain matin, si tu veux.

— Merci.

Il avait très envie de l'embrasser mais savait qu'il ne le devait pas.

— Tu as besoin d'autre chose ? De l'argent ?

— Non ! Tout va bien...

— Bien. Alors je m'en vais.

En reculant, il la regardait lisser les cheveux noirs d'Olivia, la tête inclinée sur l'enfant comme pour la protéger du reste du monde.

— Tess, je suis vraiment désolé.

Elle se redressa et à cet instant il lut la souffrance, la déception et le chagrin dans le regard vert.

— Oui, fit-elle lentement. Moi aussi.

# 45

Holly avait toujours aimé se faire de nouvelles connaissances mais elle se demandait pourquoi diable elle avait, dans un moment de faiblesse, ou de folie, ou les deux conjuguées, accepté de rencontrer les parents d'Adam. Comme la Rolls-Royce bleu marine ronronnait sur l'autoroute à l'allure régulière de cent quarante kilomètres à l'heure et que le nord du pays se rapprochait inexorablement, elle se prit à regretter sa décision.

— Ils ne vont pas me prendre pour ta petite amie ? demanda-t-elle en imaginant avec anxiété l'horrible scénario.

Adam attrapa le rouleau de bonbons presque vide et s'en fourra un dans la bouche.

— Je vais faire en sorte que non, mon ange. Pas de panique, dit-il avec un sourire.

— Mais je ne comprends toujours pas pourquoi tu m'as invitée. Tu emmènes chez tes parents toutes les femmes que tu rencontres ?

Le sourire s'effaça.

— Pas du tout. Quasiment aucune, en fait. Mais j'ai pensé que cela te ferait du bien de les voir.

Inutile de discuter. Il faisait exprès de rester énigmatique. Elle n'en tirerait rien. Elle s'empara du dernier bonbon et, omettant délibérément de le lui proposer, l'avala. C'était la dernière fois, se dit-elle avec humeur, la toute dernière fois qu'elle serait assez stupide pour céder à Adam Perry.

Little Tollerton, blotti dans un creux des tourbières du Yorkshire, était un vrai James Herriot. Le village petit mais étendu, avec ses toits d'ardoise, ses jardins colorés et ses étroits sentiers sinueux, était abrité de tous les côtés par les bruyères mauves parsemées de bergeries et de moutons. Sous le soleil étincelant et le ciel bleu, le spectacle était indicible de beauté mais, en hiver, avait expliqué Adam, les routes disparaissaient sous plusieurs couches de neige et le village, isolé pendant des semaines, devenait un petit monde replié sur lui-même, qui ne devait sa survie qu'à la détermination et à la responsabilisation de ses habitants.

— Et toi, tu es le garçon du pays qui a réussi ? demanda Holly.

La Rolls-Royce venait de s'arrêter devant une rangée de cottages de même style et un vieil homme, qui passait avec un chien, leva la main à sa casquette en signe de salut.

— Non, dit Adam qui évita de mordre à l'hameçon. Je ne suis que le fils aîné de Bill et de Netta. Pour ces gens, réussir, c'est se retrouver exploitant d'une belle ferme. Et marié à une épouse fidèle, bien sûr, ajouta-t-il en riant. C'est beaucoup plus intéressant que de posséder une douzaine d'empires du jeu, comme le vieux Jethro Blacker les appelle.

— Mais tu as gagné tellement d'argent, insista-t-elle pour l'asticoter. Des millions ! Je croyais que les gens dans ton cas commençaient par acheter à leurs parents une jolie maison. C'est du moins ce que font les vedettes du football.

Adam l'aida à sortir de la voiture et lui reboutonna les deux premiers boutons de son chemisier.

— C'est que je suis un homme du Yorkshire, bébé. Nous ne gaspillons pas l'argent durement gagné en babioles. D'ailleurs, si je m'étais mis à jeter mon argent par les fenêtres, à offrir des maisons neuves à tous les Tom, Dick et Harry de ma jeunesse, je serais revenu à mon point de départ, et à quoi cela aurait-il servi ?

Mais ce sont tes parents, faillit crier Holly. À cet instant, la porte d'entrée s'ouvrit et Bill et Netta Perry, ainsi que leur fille Jeannette et une meute de chiens jaillirent du cottage.

— Il a fallu que je regarde par la fenêtre pour savoir que tu étais là, dit Netta d'un ton de remontrance en serrant son fils dans les bras. Quand il avait cette Ferrari, on l'entendait depuis des kilomètres, ajouta-t-elle en souriant à Holly. Cette nouvelle voiture est beaucoup trop silencieuse. Bonjour, mon petit, vous êtes Holly, c'est ça ? Adam nous a tellement parlé de vous. Entrez, entrez ! Je vais préparer un bon thé...

Ce qui s'ensuivit rappela à Holly le jour où, dans le cottage de Tessa, Ross avait recommandé à tous les invités de se faire aussi bruyants et encombrants que possible. Tout en rentrant dans la maison, Adam la présentait à son père, à sa jeune sœur et aux chiens. Netta, qui s'affairait déjà dans la cuisine, déclarait à son fils que sa voiture avait besoin d'un bon lavage et que Susie Ackerton avait donné naissance à des jumeaux la semaine passée. Jeannette rappela à Holly qu'elles s'étaient déjà rencontrées lors d'un mariage au Manoir, le jour où Adam avait usé de chantage pour la forcer à dîner avec lui. Bill Perry ôta gentiment mais résolument la théière des mains de sa femme.

— Laisse ça, chérie. Allons plutôt dans le jardin et faisons connaissance en buvant quelque chose de mieux. Qu'en dites-vous, Holly ? Vous m'avez l'air d'une fille à aimer le gin tonic. À moins que vous ne préfériez une bière ?

Une demi-heure plus tard, tout le monde continuait à parler à tort et à travers. Holly, qui en était à son second gin bien corsé, était frappée par l'aisance et le badinage des propos qui s'entrecroisaient. Bill Perry, aux yeux noirs et aux cheveux gris, *flirtait* ouvertement avec sa jolie épouse. Netta, dont la chevelure avait la même teinte fauve que celle de son fils, riait, plaisantait et s'amusait de tout. Leur affection mutuelle était évidente, leur air heureux, contagieux.

— Trente-cinq ans qu'on vit ensemble, expliqua Netta à Holly. Et, au début de notre mariage, qui aurait cru que cela durerait plus de cinq minutes ? Il n'y avait pas un jour sans que je fasse mes paquets ou que je jette les affaires de Bill dans la rue. On se disputait tellement que c'est un miracle qu'on ait pu fabriquer le jeune Adam. On était terribles... !

— Les gens du village l'appelaient Scarlett O'Hara, enchaîna son mari avec une tendresse non dissimulée. Nous avons fait quelques étincelles, je dois dire. Ça donnait aux voisins de quoi causer. Et puis voilà qu'au bout de sept mois de mariage, nous sommes tombés en panne de disputes. Plus moyen de trouver de quoi nous chamailler. Ça nous a fait un choc, je peux vous le dire. On était là, bras ballants, et on n'avait plus qu'à admettre qu'on s'aimait depuis le début sans s'en être rendu compte.

— Alors, on a décidé d'assumer la chose et de rester ensemble, reprit Netta avec gaieté. Et nous voilà, après toutes ces années, *vraiment* soudés l'un à l'autre. Après tout, qui d'autre aurait voulu de nous ?

— Hmm, je me le demande, fit Adam en adressant un clin d'œil à Holly. Jethro Blacker t'a toujours regardée avec envie. Et il y a le vieux Ted Marston à Hillcrest Farm...

— Ça suffit, fiston ! s'écria Bill Perry en agrippant la main de son épouse. Ces vieilles canailles n'ont pas plus de sept dents à eux deux. Beaucoup trop moches pour ma splendide femme.

— On dit que Ted Marston garde toutes ses économies sous son matelas, glissa Jeannette d'un ton persuasif. Il doit être richissime.

— Et depuis quand l'argent rend-il un cœur plus aimant ? demanda Bill comme Netta semblait en envisager l'hypothèse. Qui préférerait un tas de billets sales au baiser d'un homme qui a toutes ses dents ? D'ailleurs, ajouta-t-il avec énergie, vous avez devant vous la femme qui a refusé une voiture rapide, une croisière autour du monde et une maison neuve avec cinq chambres sur les hauts de Tollerton. L'argent ne la ferait pas se retourner même s'il se mettait à tomber du ciel comme de la neige.

Holly avait l'air ahurie. Jeannette se pencha vers elle et expliqua dans un fou rire :

— Le pauvre Adam mourait d'envie de gâter maman et papa mais ils ont refusé de déménager.

— Et pour quelle raison aurions-nous déménagé ? demanda Netta en montrant les pommiers, les tertres soignés de delphiniums, de roses trémières et de chèvrefeuille qui bordaient la pelouse irréprochable. Il nous a fallu trente-cinq ans pour arranger ce jardin ! Quant à une voiture rapide, de quoi aurions-nous eu l'air, deux petits vieux sillonnant le pays à toute allure comme dans un film de James Bond ? On se serait moqué de nous dans le village… Holly, encore un sandwich au poulet ? Ou bien une tranche de gâteau aux noix ?

Comme Holly mordait dans le gâteau moelleux, Jeannette se pencha de nouveau vers elle.

— Vous et Adam, chuchota-t-elle, c'est sérieux ? Ou bien vous ne lui courez après que pour son physique ?

Holly manqua s'étouffer tandis que l'intéressé souriait de toutes ses dents. Bill et Netta Perry tentèrent de prendre un air indifférent mais ce fut raté.

— Malheureusement, ni l'un ni l'autre, dit Adam tandis que Holly, furieuse, le fusillait du regard. C'est vraiment une triste histoire. J'ai beau être follement épris de cette jeune beauté, elle s'est entichée d'un autre homme, lequel lui préfère une autre femme. Il ne me reste plus qu'à séduire cette autre femme, ainsi nous serons malheureux tous ensemble et la boucle sera bouclée.

— Comme c'est passionnant ! s'écria Netta tandis que ses yeux bleus pétillaient.

Elle tapota le bras de Holly dans un geste d'encouragement.

— Depuis que je n'ai plus d'aventures, celles des autres me passionnent. Racontez-nous tout, ma chérie. En détail. Peut-être pourrons-nous vous aider ?

— C'était un coup monté, rugit Holly qui, trois jours plus tard, enrageait encore.

Sa colère était telle qu'elle en oubliait que son amie, profitant des quelques heures de liberté que lui laissait Olivia, tentait de travailler.

— C'était peut-être pour t'aider ? suggéra Tessa qui, pupilles rétrécies, crayon levé, évaluait la perspective du paysage qu'elle brossait sur sa toile.

— Pour s'aider lui-même, oui ! répliqua Holly en se jetant sur le canapé. Ce type est sans vergogne. Et s'il croyait me faire changer d'avis en me présentant ses parents, il s'est carrément fourré le doigt dans l'œil.

— Pourquoi ? Comment sont-ils ?

— Merveilleux ! Extrêmement épris l'un de l'autre au bout de trente-cinq ans de mariage… À les voir, j'ai failli pleurer. Je ne savais pas qu'un mariage comme ça pouvait exister.

Tessa non plus. Mais elle ne voyait pas en quoi cela troublait tellement Holly.

— Ça ne t'a pas remonté le moral ? demanda-t-elle en reprenant son travail et en écartant le souvenir de Ross. Tu as toujours rêvé d'un mariage heureux qui durerait éternellement...

— Bien sûr ! gémit Holly en frappant du poing le canapé. Mais pas avec ce foutu Adam Perry. C'est Max que je veux épouser.

Ross avait monté une grande offensive contre Tessa et était déterminé à la gagner. Le fait qu'elle soit revenue à Bath de sa propre initiative était un signe encourageant mais la suite s'annonçait difficile. Cette absurde nuit avec Antonia était un sujet qu'ils évitaient mais qui se dressait entre eux comme une barrière ; il avait trahi Tessa, anéanti la confiance qu'elle lui avait accordée... et, quel qu'en fût son désir, il ne pouvait effacer le passé.

Mais il faisait tout ce qui était en son pouvoir. Bien que l'idée que Tessa et Olivia passent l'hiver dans le cottage fût insupportable, il fit installer un chauffage central efficace pour qu'elles n'aient pas à souffrir du froid. Il remplaça ensuite le vieux four par un micro-ondes ultra-moderne. Puis furent installés un réfrigérateur avec congélateur, des moquettes en bon état et un téléphone, incassable cette fois. Soulignant le fait qu'elle avait besoin d'un moyen de transport fiable, il lui rendit la Mercedes blanche. Chaque fois qu'elle protestait, c'est-à-dire chaque fois qu'il débarquait avec un nouvel objet utile et raisonnable, il la faisait taire d'un seul mot : Olivia.

— Ce n'est pas pour toi que je le fais, mais pour notre fille, disait Tessa en l'imitant avant qu'il n'ait eu le temps de répéter cette phrase pour la vingtième fois. Ross, elle a dix semaines. Elle ne *regarde* pas encore la vidéo.

Ross ne saisissait pas combien la situation était difficile pour Tessa. Malheureusement, il ne suffisait pas de savoir qu'un homme n'était pas un mari idéal pour annuler l'attirance qui les avait dès le début jetés dans les bras l'un de l'autre. Ce phénomène, chimique ou non, n'obéissait pas au bon sens, comme la pauvre Holly le savait fort bien elle-même. Savoir ce qui était raisonnable ne l'aidait donc pas à résister aux assauts incessants et injustes de Ross.

Peu à peu, tandis que l'été s'étirait vers l'automne, la situation devint moins tendue. Les difficultés demeuraient mais Ross se montrait tellement fou d'Olivia que tenter de réduire ses visites n'aurait fait qu'ajouter d'autres problèmes. Puisque Olivia avait un père, autant qu'elle le connaisse et qu'elle l'aime, quels que soient ses défauts.

Ainsi, sans trop s'en rendre compte, ils avaient repris la vie intime d'autrefois, à la seule différence que leurs relations demeuraient platoniques. Comme Tessa savait qu'aucun avenir n'était envisageable, elle refusait de céder au désir qui éveillerait des émotions indomptables. D'ailleurs, se rappelait-elle avec ironie, il suffisait de se souvenir de ce qui s'était passé la dernière fois...

# 46

— Mais tu devais rentrer ce soir ! s'écria Antonia, exaspérée par le ton dégagé de Richard.

C'était à *elle* et non à son mari que revenait le rôle du personnage désinvolte, et le fait qu'ils devaient assister à la première d'une pièce au théâtre Royal ne faisait que l'irriter davantage.

— Qu'est-ce que je vais faire maintenant ? Je ne peux quand même pas aller là-bas toute seule…

— Emmène une amie, répondit Richard avec flegme.

Je n'ai pas d'amie, songea Antonia en regardant d'un air sinistre le gin tonic qu'elle tenait à la main. Les femmes et les petites amies des autres hommes se méfiaient d'elle ; quant à elle, elle préférait les compagnies masculines mais n'avait jamais entretenu aucune relation platonique et ne pouvait donc inviter un homme à l'accompagner. Parfois, il lui semblait vivre à l'intérieur d'une bulle ; elle savait que les gens parlaient d'elle mais ne pouvait entendre leurs propos acerbes. Tant qu'elle avait eu Ross et Richard, cela ne l'avait pas troublée le moins du monde.

— Hmm, je vais peut-être faire ça, dit-elle d'un ton délibérément espiègle de façon à l'inquiéter.

— Parfait ! répondit Richard. Je suis sûr que tu passeras une bonne soirée. Bon, il faut que je retourne à la réunion maintenant.

— Dis bonjour à Harvey de ma part, avança Antonia en souriant.

Harvey Russell était un entrepreneur très brillant et un homme à femmes dont elle repoussait régulièrement les avances depuis des années. Peut-être allait-elle désormais fléchir... Lorsqu'un homme est vraiment riche, sa bedaine paraît moins agressive, songeait-elle de temps à autre ; avec Ross, elle n'avait pas eu à se poser le problème : ce corps mince et musclé d'athlète n'avait pas un défaut.

— Harvey ! répéta Richard.

Il fit une pause puis reprit :

— Oui, bien sûr, je vais le lui dire. Il est en pleine forme, il monte des affaires comme personne. Les Allemands n'ont toujours pas compris d'où venait le coup. Mon Dieu, tu aurais dû voir comment il a manipulé Franz...

— Bien, fit Antonia qu'une bouffée d'adrénaline venait d'envahir. Retourne à ta réunion. Au revoir !

Cela ne lui était jamais arrivé, songea-t-elle en raccrochant. Cela n'aurait jamais dû lui arriver sur un million d'années et elle n'arrivait pas à y croire. Pourtant, cette brève hésitation, suivie d'une foule de détails inutiles, en disait long. Son expérience du mensonge lui faisait reconnaître les balbutiements d'un débutant.

Richard n'était pas avec Harvey Russell. Peut-être n'était-il même pas à Londres. Richard, son propre époux, avait... une liaison.

Le choc lui coupa le souffle, comme si ses poumons avaient été brutalement vidés. Elle saisit la bouteille de Gordon, remplit son verre et le but d'un coup. Comment osait-il ? Qui était *l'autre* femme ? Pourquoi diable la vie était-elle aussi injuste ? Et pourquoi Ross Monahan ne s'était-il pas débarrassé de cette stupide petite poule qui se prétendait artiste ? Qu'attendait-il pour lui revenir ?

D'une main experte, Ross achevait d'ajuster un Babygros rouge sur le petit corps rond et hâlé d'Olivia ; il avait enfin surmonté sa peur de lui briser les membres. La hissant à bout de bras, il attendit une récompense qui ne se fit pas attendre : elle lui sourit.

— Tu vois ? s'écria-t-il en se tournant vers Tessa qui appliquait les dernières touches à une aquarelle estivale de style impressionniste. Olivia pense que nous devrions y aller. Ah, quel beau sourire ! Et quelle belle dent tu as, ma chérie ! Vite, regarde sa bouche, Tess !...

— Je ne fais que ça depuis quatre jours, répliqua patiemment Tessa que l'enthousiasme de Ross enchantait. Depuis qu'elle est sortie. Et comme tu as pris deux rouleaux de photos et utilisé quatre heures de cassette vidéo, nous en avons pour quinze ans à admirer cette dent.

— Quinze ans ? s'étonna-t-il. Pourquoi pas cinquante ?

— Quand Olivia aura quinze ans, si elle a quelque bon sens, elle détruira ces archives afin d'éviter que tu ne la ridiculises devant ses petits amis !...

Ross ne parut pas s'en émouvoir.

— J'en mettrai des copies dans le coffre de la banque. La première dent mérite de passer à la postérité... Tu t'obstines à éviter un sujet, insista-t-il. Théo Panayiotou est un très chic type. Il aime les enfants et les animaux. On n'a rien à lui reprocher. Le fait qu'il soit multimillionnaire ne devrait pas te troubler non plus. Tu as fait le portrait de Nico, pourquoi hésites-tu cette fois-ci ? C'est une occasion sensationnelle, Tess. Tu serais folle de la laisser filer...

Tout cela était vrai, elle le savait, mais là n'était pas le problème.

Le seul et unique problème était que Théo Panayiotou serait à Edimbourg et que Ross et elle devraient faire le voyage ensemble. Il avait un hôtel à visiter, avait-il expliqué, et Théo pensait s'associer avec lui pour le racheter. Les séances de pose s'intercaleraient entre les séances de travail. Tout cela avait un air logique et innocent mais pouvait-elle sérieusement se fier à Ross ? Pis, se dit-elle en se concentrant sur l'aquarelle presque achevée, pouvait-elle se fier à elle-même ?

— Ta mère s'enlise, annonça Ross à sa fille. J'ai l'impression qu'elle est tombée en panne d'excuses...

Tessa fit un geste vers le rayonnage au-dessus de la cheminée.

— J'ai là des lettres d'une demi-douzaine de personnes qui me demandent de faire leur portrait.

— Tu le peux, lui rappela-t-il patiemment, mais Théo n'est en Angleterre que pour une semaine. Et pense un peu comme ces gens seront épatés quand ils sauront que tu viens de terminer *son* portrait...

Il l'emportait de nouveau ; elle le sentait. Et si elle lui reprochait d'avoir monté toute l'affaire, il ressortirait cet éternel argument : il ne le faisait pas pour elle, mais pour Olivia.

Elle reposa son pinceau et se tourna vers lui. Malgré elle, ses joues s'enflammèrent.

— Bon, dit-elle. Si tu tiens à le savoir, je ne veux pas passer une semaine avec toi à l'hôtel. Et c'est pourquoi je n'irai pas à Edimbourg. Tu comprends ?

Le regard de Ross s'éclaira.

— D'accord ! dit-il avec un grand sourire en enfournant le biberon dans la bouche d'Olivia. Oublie cette histoire d'hôtel, nous louerons une tente.

Mattie s'était précipitée à la pharmacie pendant la pause du déjeuner. Elle était perdue dans ses pensées lorsqu'une main s'empara de ses cheveux et tira violemment. Elle sursauta. Priant pour que ce ne soit pas Grace, elle se retourna.

— Olivia, il ne faut pas faire ça ! s'exclama une jeune femme blonde. Je suis désolée, ajouta-t-elle avec un sourire d'excuse, en ce moment les cheveux la fascinent. Les enfants nous mettent parfois dans l'embarras, je commence à m'en rendre compte...

Mattie la reconnut aussitôt bien que les photos parues dans la presse n'aient pas rendu sa beauté vibrante. Avec ses grands yeux verts et son sourire modeste, Tessa Duvall était beaucoup plus jolie, beaucoup plus *séduisante* qu'elle ne l'avait imaginé. Et le bébé, au regard noir et malicieux, qui ressemblait tant à son père, était très attachant. Levant le poing et pédalant dans le vide, Olivia gargouilla de plaisir en se lançant de nouveau à l'assaut des cheveux de Mattie.

— Ne vous tracassez pas, mon petit, vous avez des années d'embarras devant vous, avança Mattie avec enjouement. Elle est magnifique...

— Elle est censée faire sa sieste, dit Tessa en simulant le désespoir. Bon, Olivia, allons-nous-en avant que l'effet de ton charme ne s'épuise...

Cette rencontre inattendue avait intrigué Mattie. Elle retint la jeune femme.

— En fait, je suis très contente de vous voir. Je crois que vous connaissez ma fille, Grace.

— Qui travaille au Manoir ?

Tessa parut surprise puis elle sourit.

— Bien sûr que je la connais ! C'est une très jolie fille. Elle est venue me voir à l'hôpital après la naissance d'Olivia mais je ne l'ai pas revue depuis... eh bien, depuis très longtemps.

Elle avait failli dire qu'elle ne l'avait pas vue depuis la veille du mariage et s'était interrompue. Mais pour la mère de Grace, cette histoire n'était plus un secret.

— Ross et moi avons eu quelques problèmes, reprit-elle. Je suis sûre que vous êtes au courant. Depuis, je ne suis pas revenue à l'hôtel. Mais j'aimerais beaucoup revoir Grace, elle a été très gentille avec moi quand j'étais alitée. Je pars pour l'Écosse demain mais dites-lui que je l'appellerai dès mon retour.

La découverte de cette amitié fit très plaisir à Mattie.

Depuis qu'elle avait appris que Ross était son père, Grace avait cessé de lui raconter ce qui se passait à l'hôtel. Mattie s'en était inquiétée et s'était même demandé si Grace avait quelque chose à voir avec le brusque départ de Tessa. La savoir innocente la rendait d'autant plus heureuse et elle se reprocha ses soupçons.

— Je le lui dirai, répondit-elle énergiquement en secouant la tête. Et je suis enchantée de voir votre bonne mine à toutes deux. Grace m'a tellement parlé de vous que je suis contente d'avoir enfin fait votre connaissance.

— Et moi de même, dit Tessa en s'écartant pour éviter qu'Olivia ne s'empare des boucles d'oreilles de Mattie. Mais je vais vous laisser maintenant. Nous sommes sorties pour acheter des couches vraiment efficaces. Il ne me reste plus qu'à espérer que le pharmacien n'ait pas une perruque !...

Plus tard, ce soir-là, Mattie observa le résultat de son test. Curieusement, elle ne pouvait imaginer que le petit anneau rose qui s'était dessiné sur le morceau de carton blanc signifiait que l'histoire se répétait. Elle était enceinte. Elle était *vraiment* enceinte. Une seconde fois.

Ses pensées se portèrent de nouveau sur sa rencontre avec Tessa. Treize ans seulement les séparaient et pourtant sa propre expérience de la maternité lui semblait tellement lointaine... Cela faisait quinze jours qu'elle avait des doutes et cependant elle n'arrivait pas à envisager la répétition de cette terrible et merveilleuse épreuve. Elle avait quarante ans, presque quarante et un, et elle était *célibataire*, grands dieux !

En même temps, il lui était impossible d'imaginer la refuser. Richard était ce qui lui était arrivé de mieux, mais il était marié. Elle ne devait pas s'attendre à un miracle ; elle savait d'expérience qu'il ne le fallait pas. Pourtant, d'une certaine façon, cela n'avait pas d'importance. Comme elle était déjà passée par là, elle connaissait les difficultés et les savait surmontables. Elle découvrit qu'un autre enfant compterait beaucoup pour elle, compterait plus que tout au monde. Richard aussi était un rêve inaccessible mais au moins aurait-elle un peu de l'homme qu'elle savait *vraiment* aimer.

# 47

Théo Panayiotou était aussi charmant que Ross l'avait promis et comme seuls les Grecs peuvent l'être, mais il était aussi terriblement direct. Aller droit au but l'avait peut-être aidé à devenir multimillionnaire ; il avait des intérêts dans le pétrole, l'armement et l'hôtellerie. Mais au goût de Tessa, son comportement était terrifiant.

— Dites-moi, protesta-t-il dès la première séance de pose, quel est l'intérêt de la prudence quand chacun d'entre nous peut mourir demain ? Je vois dans vos yeux et dans ceux de Ross qu'il existe entre vous un sentiment très profond et malgré tout Ross me dit que vous ne couchez pas ensemble. Je trouve cela... ahurissant !

Prenant acte de son franc-parler, Tessa n'eut d'autre choix que de rivaliser.

— Il n'est pas fidèle ! dit-elle en esquissant les rares ombres du visage rond.

Multimillionnaire ou pas, Théo aurait besoin de suivre un régime.

— Je ne l'ai pas épousé parce qu'il m'a trompée avec une autre, reprit-elle. Je ne veux pas être la femme d'un homme en qui je ne pourrais avoir confiance...

— Je sais, je sais, il me l'a dit, fit Théo avec un geste des mains qui agaça Tessa, occupée à les placer. Mais les hommes et les femmes sont différents, et précisément dans ce domaine ! Les hommes cèdent facilement à leur désir, même si l'amour en est absent. Vous voyez le problème avec les femmes, c'est qu'elles n'arrivent pas à comprendre qu'une galipette dans l'avoine ne compte tout simplement pas...

— *Dans le foin*, corrigea machinalement Tessa qui se hâtait de terminer les mains avant qu'elles ne s'envolent de nouveau. Et pour moi, cela compte...

— Mais je *sais*, s'écria Théo en gesticulant vers le plafond, que si vous étiez mariés, il n'aurait même pas un regard pour les autres femmes. Je ne le comprends d'ailleurs pas du tout, ajouta-t-il avec un haussement d'épaules désolé, mais il s'agit d'un Anglais...

— Une tente ! dit Tessa.

Olivia, allongée au milieu du lit à baldaquin, remua en soupirant dans son sommeil.

— C'est tout ce que j'ai pu trouver à la dernière minute, dit Ross qui aurait préféré occuper ce lit avec Tessa. Et pourquoi me regardes-tu ainsi, il y a un toit, non ?

Levant les yeux sur les innombrables plissés du velours bleu nuit, Tessa esquissa un sourire. Ross n'avait aucune idée des efforts qu'elle devait faire pour lui résister lorsqu'il était aussi gentil.

— Il y a un toit, d'accord, fit-elle. Et au-dessus de ton lit, dans ta chambre, il y en a un également. Va voir, cela te plaira peut-être.

— Tess...

Il s'approcha d'elle, ce qui la fit reculer prudemment.

— Combien de fois Théo t'a-t-il dit que les hommes et les femmes sont différents ? Cela me tue, je suis jaloux !

— Et combien l'as-tu payé pour m'exposer ses ridicules théories machistes ? répliqua-t-elle d'un ton badin. C'est un Grec, Ross. La monogamie, il ne sait même pas ce que cela veut dire. Nous n'avons eu qu'une seule séance de pose et il a déjà téléphoné à trois femmes différentes pour leur jurer un amour éternel.

— Théo aime les femmes, répondit-il en haussant les épaules.

Le geste se voulait désinvolte mais son visage avait pris une expression grave. Il respecta la distance, cette *foutue* distance qu'exigeait Tessa et qui les tenait éternellement, stupidement séparés, et reprit :

— Tandis que moi, j'aime une femme ! Et si elle me donnait une chance, *une seule chance*, je le lui prouverais.

— Je n'en doute pas, répliqua Tessa en luttant contre un tremblement intérieur. Je suis sûre que tu es aussi doué que Théo. Mais nous parlons du nombre de femmes que tu aimes, Ross. Du nombre de femmes auxquelles tu es capable d'être fidèle. Et malheureusement, conclut-elle avec un geste de rejet qui lui déchira l'âme, ce nombre n'a jamais pu se réduire au chiffre un.

À cet instant, elle sut qu'elle avait eu raison de refuser de venir. En quittant le cottage, elle avait renoncé à l'avantage d'être sur son territoire et Ross en profitait sans vergogne. L'expression de ses yeux, le ton de sa voix, tout son *comportement* visaient à la déstabiliser, à lui faire baisser sa garde. Il se rapprocha de quelques centimètres.

— Mais ce serait le cas si tu me laissais une chance, Tess. Ce qui est arrivé est entièrement ma faute, je ne le nie pas, mais, en disparaissant la veille du mariage, tu m'as renvoyé en enfer. Le fait que je te veuille toujours, et toi *uniquement*, devrait te faire comprendre ce que je ressens. C'est sérieux,

Tess. Ce genre de truc n'arrive qu'une fois dans la vie et cela m'étonne que tu ne le voies pas aussi clairement que moi.

Elle tremblait carrément à présent. Sa présence et sa sincérité lui mettaient les nerfs à vif. Mais elle ne devait pas, elle ne *devait* pas céder.

— Tu ne parles que d'amour physique ! dit-elle d'un ton accusateur et Ross, heureusement, mordit à l'hameçon.

Mains levées, yeux larmoyants, il recula de deux pas.

— Non, Tess. Non. Pas du tout !...

— Bien, dit-elle d'un ton sec en prenant sa robe de chambre et en se dirigeant vers la salle de bains. Dans ce cas, tu seras heureux de le prouver. En t'en allant.

Mattie, ce soir-là, bénissait Ross. Lorsqu'il avait modifié sans prévenir le tour des équipes, Grace n'avait pas été contente. Comme elle n'avait pas de magnétoscope, elle allait manquer le dernier épisode de sa série préférée. Mais Mattie pourrait disposer de la maison toute la soirée.

Il lui fallait l'intimité et la sécurité de son intérieur pour parler à Richard du bébé ; annoncer une telle nouvelle dans un pub de banlieue ou dans la voiture tiendrait de la torture. Elle ignorait quelle serait sa réaction ; il pouvait se mettre en colère ou l'abandonner sur un chemin à des kilomètres de la ville. Elle ne voulait courir aucun risque.

Elle ne le croyait pas capable de lâcheté mais se préparait délibérément au pire afin que sa réaction ne la déçoive pas. Quoi qu'il arrive, s'était dit tristement Mattie, ce serait pour lui un très grand choc.

Elle-même fut très étonnée quelques instants plus tard. À peine arrivé, Richard la prit dans ses bras sans même refermer la porte derrière lui.

Respirant l'odeur tant aimée, un mélange de laine, d'after-shave et de linge frais, Mattie lui rendit son étreinte avec ferveur. Puis, jetant un œil par-dessus son épaule, elle hoqueta :

— Tu as laissé ta voiture devant la maison... Oh, Richard, tu ne peux pas rester finalement ?

Les yeux brillants, il referma la porte d'un coup de pied et l'emmena dans le salon.

— Chérie, je n'ai plus l'intention de garer ma voiture dans une rue voisine. Qu'on sache que je suis ici, je m'en fiche et je veux qu'il en soit de même pour toi...

— Mais...

Le cœur battant, elle se laissa embrasser.

Quelques minutes plus tard, elle se recoiffa et tenta d'obtenir une explication sensée. Richard, d'ordinaire anxieux, affichait une expression inhabituellement sereine. Et il manifestait tous les signes d'un violent désir. Lui annoncer la nouvelle après lui avoir fait l'amour relèverait du sadisme, songea Mattie.

— Mais, chéri, protesta-t-elle, et Antonia ?

— Je sais, je sais, dit-il d'un ton rassurant en regrettant de ne pas avoir apporté une bouteille de champagne. Ce n'est pas un coup de tête, crois-moi ! Je n'ai quasiment pas pensé à autre chose toute la semaine dernière. Mais *je t'aime*, Mattie, plus que je ne l'ai jamais aimée. Tu m'as rendu si heureux ces derniers mois que la situation est devenue de plus en plus ridicule. J'ai décidé de faire quelque chose.

Il prit les mains de Mattie dans les siennes et fit une pause avant de poursuivre :

— Je vais quitter Antonia. Et si tu veux bien de moi... alors, nous vivrons ensemble. Toujours.

Comme les héroïnes des vieux films en noir et blanc qui l'émouvaient tant, Mattie inspira un grand coup, hoqueta et fondit en larmes.

— Dis quelque chose, supplia-t-il doucement lorsqu'elle se calma. Je ne sais si tu pleures de bonheur…

Mattie s'essuya les yeux avec un mouchoir en papier.

— Richard, je ne sais pas non plus. Bien sûr, bien sûr, je te veux… Mais peut-être ne voudras-tu pas de moi ?

— Je te veux ! fit-il en lui embrassant le nez et les paupières. Ce n'est pas ce que je viens de dire ?

— Mais c'était avant que tu ne saches, gémit Mattie.

Des larmes lui vinrent à nouveau aux yeux et le discours soigneusement préparé s'envola.

— Richard, reprit-elle, je suis désolée, je ne l'ai pas fait exprès… Je… je suis enceinte.

Pour la première fois de sa vie, sans doute, son esprit vif lui fit défaut. Il le sentit se figer comme sous l'effet d'un anesthésique. Les yeux rivés sur ceux de Mattie, le visage impénétrable, la voix atone, il la questionna :

— Tu es *quoi* ?

— Enceinte, murmura Mattie, à la fois terrifiée et soulagée.

Voilà ! elle le lui avait dit ! Cela lui briserait le cœur s'il l'abandonnait, mais au moins pourrait-elle faire face. Il ne pouvait l'obliger à avorter, après tout. Personne, pas même Richard, ne pourrait l'empêcher d'avoir ce bébé.

Toute relation est échange. Personne n'en était plus conscient que Richard : s'il n'avait pas brillamment réussi dans sa carrière et s'il ne s'était pas considérablement enrichi, Antonia ne l'aurait jamais épousé.

Cette certitude ne l'avait pas tracassé ; il l'avait acceptée telle une fatalité. En retour, il avait eu une jeune et belle femme, experte en mondanités, qu'il n'aurait jamais pu espérer épouser en d'autres circonstances. Certains aspects de la personnalité d'Antonia l'avaient même *séduit*. Avec son attitude désinvolte, elle compensait la personnalité introspective et quelque peu angoissée de son mari. Tandis que Richard passait beaucoup de temps à se soucier de l'opinion d'autrui, Antonia n'y accordait pas une pensée. Les deux premières années, il n'y avait vu qu'un charme de plus avant de réaliser, peu à peu, douloureusement, que cela venait d'un égoïsme forcené. Pendant qu'il travaillait, Antonia gaspillait l'argent qu'il gagnait pour son unique plaisir. Et les enfants tant désirés ne s'étaient jamais annoncés simplement parce que sa belle et élégante épouse refusait catégoriquement d'en avoir. La grossesse, selon Antonia, était la façon la plus sûre qu'avait la nature de rendre les femmes malheureuses. Richard comprit qu'aussi longtemps que des pilules contraceptives seraient en vente il n'aurait pas voix au chapitre ; il s'efforça donc d'admettre cc qui ressemblait fort à un *fait accompli*.

Alors que son mariage avec Antonia ne lui avait jamais apporté la sérénité, il la ressentit d'emblée en rencontrant Mattie. Avec elle, il pouvait vraiment se détendre et être lui-même.

En entendant la nouvelle, il comprit qu'il ne s'était pas trompé. Il prit dans ses bras la femme qu'il aimait et se contenta de dire :

— Arrête de pleurer ! Je n'ai jamais été aussi heureux...

# 48

Il était vain d'attendre de Théo Panayiotou qu'il respectât des horaires – c'étaient les réunions, les gens et les avions qui l'attendaient, *lui* – et Tessa comprit très vite que les séances de pose n'auraient pas lieu. Sans cesse en mouvement, Théo pouvait rarement lui accorder plus de dix minutes à la fois. Elle en venait à se demander si son téléphone portable ne lui avait pas été greffé directement sur l'oreille.

— Je suis désolé, dit-il en lui adressant son sourire le plus charmant, mais c'est comme ça que je travaille. Les affaires sont les affaires. Et je dois être de retour à Athènes à la fin de la semaine. Si vous devez vraiment disposer de plus de temps, je crains que vous ne deviez m'accompagner partout et m'attraper entre deux rendez-vous…

Ce n'était pas l'idéal mais Tessa reconnut qu'il avait raison. Il ne faisait pas exprès de compliquer les choses, il était simplement désespérément pressé par le temps.

— Et Olivia ? demanda-t-elle. Je ne peux pas la laisser.

— Emmenez-la ! répondit Théo avec un geste de seigneur. Pas de problème ! Nous avons de la place. D'ailleurs, ajouta-t-il en clignant de l'œil, elle aura peut-être envie de faire carrière dans l'hôtellerie. Ce sera une bonne façon de l'initier, non ?

Le lendemain matin, Tessa se tenait appuyée contre la balustrade de Drumlachan Castle tandis que Théo, tenant dans ses bras la minuscule fillette avec l'aisance d'un homme doté de quatorze neveux et nièces, demandait avec courtoisie :

— Alors, Olivia, aurais-tu l'obligeance de me dire si tu penses qu'il s'agit d'une affaire intéressante ? Devons-nous y mettre de l'argent ? Qu'en penses-tu ?

Comme prévu, Olivia se mit à paniquer puis à hurler. Tessa remarqua avec amusement la rapidité avec laquelle sa fille lui fut rendue. Théo n'appréciait que la compagnie des femmes qui l'adoraient sans réserve.

À cet instant, Ross apparut au pied du vaste escalier de pierre.

— La rivière déborde de saumons, annonça-t-il joyeusement. Et il y a des cerfs qui paissent de l'autre côté. Tout ce dont rêvent les touristes.

— Mais pas la plomberie, remarqua Tessa avec une grimace. Ross, cette maison a besoin de quantité de travaux. Et surtout, il faudra sur place un responsable pour superviser. Tu as quelqu'un en tête ?

— Oui, ça y est, fit Ross, les yeux mi-clos pour se protéger de la fumée de la cigarette qu'il allumait. Moi.

— Comment ?

Sa surprise était telle qu'elle n'avait pu la cacher. Après avoir visité Drumlachan Castle en compagnie de Ross et de Théo, elle savait fort bien que d'immenses travaux étaient nécessaires pour amener cette demeure au niveau d'un hôtel de luxe. Le paysage environnant avait beau être splendide, le château, qui était jusqu'alors la propriété d'une seule famille, était complètement délabré.

— Mais cela va prendre des mois !

— Huit ou neuf, fit Ross en hochant la tête. Peut-être plus si le mauvais temps nous interrompt...

Il haussa les épaules et reprit :

— Mais il nous faut quelqu'un qui sache où nous voulons en venir et Max peut très bien diriger le Manoir en mon absence. Il me semble être celui qui peut le mieux s'en charger.

Sans mot dire, Tessa se détourna. La déclaration de Ross l'avait bouleversée et sa propre réaction l'inquiétait. Elle ne voulait pas que cela se produise. Comme elle s'était habituée à sa présence, elle n'avait jamais envisagé la possibilité qu'il puisse, de sa propre initiative, s'écarter d'elle.

Mon Dieu, songeait Ross en épiant l'expression du visage de Tessa juste avant qu'elle ne se détourne puis la brusque rigidité de ses épaules et de sa nuque, je l'ai touchée. Elle n'est pas indifférente. Les miracles arrivent donc...

— Ce n'est pas comme si j'émigrais, reprit-il avec un clin d'œil à l'adresse de Théo. Je pourrais prendre un avion toutes les trois semaines et aller passer deux jours à Bath. Après tout, je ne tiens pas à ce qu'Olivia m'oublie...

— C'est juste, murmura Tessa qui n'osa en dire plus.

C'était comme si une partie d'elle-même lui avait été brutalement arrachée. La sensation était atroce et en même temps extrêmement instructive. Elle était beaucoup plus attachée à Ross qu'elle ne voulait l'admettre, même en son for intérieur.

— Je suis désolé, dit Richard, déterminé malgré la pâleur de son visage. Mais je veux divorcer.

La première et absurde pensée d'Antonia fut que seul Richard était assez poli, assez pédant, pour s'excuser avant d'enfoncer le couteau.

Elle pensa ensuite qu'il devait plaisanter.

— Chéri, dit-elle avec un petit sourire, tu es ivre ?

Richard secoua la tête.

— Je ne suis pas ivre du tout. Mais nous devons regarder les faits en face. Notre mariage n'a pas marché. Je ne veux pas passer le reste de ma vie à me reprocher de ne pas avoir eu le courage de l'admettre, ni de réagir. Je veux divorcer.

Ils étaient assis à la table de la salle à manger. Richard n'avait pas touché à son assiette de saumon poché et de brocolis. Rassembler le courage de cette déclaration lui avait ôté tout appétit, observa Antonia. Elle-même avait presque fini son repas.

Elle se resservit de pommes de terre et prit soin de ne pas répandre de beurre fondu sur la nappe.

— Voyons, chéri, minauda-t-elle, je ne comprends pas pourquoi. Je trouvais notre mariage très satisfaisant. Si tu avais ce sentiment, pourquoi n'en as-tu pas parlé plus tôt ?

L'autre femme avait déterminé cette soudaine révolte. Comme il n'avait pas l'expérience des liaisons extra-conjugales, Richard se laissait emporter. Il la mettait à l'épreuve.

Plus détendue, Antonia se remplit un verre d'eau et lui sourit. Maintenant que la surprise était passée et qu'elle avait identifié la situation, elle savait pouvoir y faire face. Richard ne pouvait en dire autant, songea-t-elle avec commisération ; il transpirait abondamment et ses joues étaient toujours livides.

— J'en parle maintenant, et inutile de me regarder ainsi, Antonia, parce que je suis sérieux.

Secouant ses cheveux châtains, elle ne chercha plus à cacher son sourire. Le fait de l'avoir devancé dans la carrière de l'adultère l'amusait beaucoup.

— Non, Richard. Tu es juste fou amoureux d'une autre femme et, pour la première fois de ta vie, tu t'es laissé emporter par tes sentiments. Tu vois, je *sais* tout de ta petite histoire, ajouta-t-elle d'un ton attendri, et je comprends. Ces choses-là arrivent. L'erreur que tu dois absolument t'interdire est de prendre cet intermède trop au sérieux. Amuse-toi tant que tu peux, chéri, profites-en tant que cela dure. Mais le divorce est un divertissement trop violent et trop coûteux, je ne te le recommande pas. Ça finirait dans les larmes, inévitablement. Et s'il y a une chose que j'exècre, ajouta-t-elle avec un éclair de malice, c'est bien de voir un homme pleurer.

Richard bondit sur ses pieds. Il lui était soudain impossible de rester une minute de plus dans cette maison. Incapable de rivaliser avec l'esprit acéré et la langue de vipère d'Antonia, et décontenancé par le fait qu'elle connaisse sa liaison avec Mattie, il sentait qu'il devait partir.

— Je m'en vais, dit-il. Mon avocat entamera la procédure du divorce immédiatement. Et ne t'inquiète pas, je ne vais pas traîner Ross dans cette histoire ! Le motif du divorce sera mon adultère…

À cet instant, la cruelle réalité heurta Antonia de plein fouet. Richard n'était pas Paul Newman mais elle reposait entièrement sur lui. Comme un père indulgent, il lui pardonnait ses débordements et lui procurait la sécurité dont elle avait besoin pour jouir de la vie. Sans lui, elle serait horriblement seule.

— Richard, je suis désolée…

Regrettant amèrement sa désinvolture, elle le suivit au premier étage et essaya de le retenir par le bras. Il se dégagea brusquement ; il était sérieux. Il voulait vraiment aller jusqu'au bout.

— Chéri, je n'aurais pas dû dire ça, commença-t-elle, et je sais que j'ai été garce mais je t'aime. Tu ne peux pas…

— Bien sûr ! répondit-il brièvement en ouvrant les portes de sa penderie.

Il jeta sur le lit costumes, chemises, chandails sans se soucier de les froisser.

— Et je peux partir. Je suis en train de partir. Je *veux* partir !

En un rien de temps, tous les vêtements furent entassés dans deux valises qu'il empoigna. Antonia regardait la penderie vide dont il avait laissé les portes ouvertes et se demandait que faire. L'ironie amusée n'avait pas marché. La gentillesse non plus. Richard la quittait, la quittait pour de bon, et elle ne savait comment le retenir.

Elle était toujours assise sur le bord du lit lorsqu'elle entendit la porte d'entrée se refermer en claquant. Le bruit alluma sa colère et la fit bondir. Elle se précipita vers la fenêtre ouverte. La fureur s'emparait d'elle.

Richard enfournait ses valises dans le coffre de la voiture.

— Espèce de salaud, de crétin, de salopard ! Ordure ! hurla-t-elle en s'appuyant sur le rebord de la fenêtre. Tu le regretteras chaque jour de ta misérable vie ! Je te le ferai payer !

Continuant à l'ignorer, Richard referma le coffre et ajusta ses lunettes. Il transpirait tellement qu'elles ne cessaient de glisser sur son nez. À pas lents, il contourna la voiture.

— Je t'aurai, criait son épouse au-dessus de lui. Je foutrai le feu à cette baraque… Je te dépouillerai jusqu'à ton dernier penny… Tu ne pourras croire à ton malheur !

Il s'obstinait à ne pas lever les yeux. Elle s'empara de l'objet lourd le plus proche, un presse-papiers en verre, et le jeta avec force en visant le pare-brise. Richard serait furieux, il rentrerait en courant dans la maison. Il ne fallait pas qu'il parte… il devait rester et se battre… pour *elle*.

Le presse-papiers, scintillant dans la lumière, atterrit sur le toit de la voiture et rebondit, laissant une éraflure sur la peinture et quelques éclats de verre sur le capot. Comme s'il ne s'était rien passé, Richard tourna la clef de contact et mit la voiture en marche. Sans un regard vers Antonia, il descendit l'allée.

Il n'alla pas loin. La scène l'avait profondément affecté. Ses mains étaient moites et les propos venimeux le hantaient, le laissant à la fois repenti et soulagé. Il avait froid et chaud en même temps et son souffle se faisait court et saccadé.

Lorsqu'il se sentit terrassé par la douleur, lorsque les muscles de ses épaules se raidirent, il crut qu'il éprouvait une réaction à retardement. Sa respiration était devenue difficile ; il lui fallait s'arrêter quelques minutes sur le bord de la route afin de se calmer et de se reposer avant de retrouver Mattie. Pourtant, il avait hâte de lui dire qu'il l'avait *fait*, qu'il avait lâché Antonia pour de bon.

Mais mieux valait s'arrêter avant de causer un accident. Il repéra l'aire de stationnement au sommet d'une côte, obligea ses bras douloureux à exécuter les manœuvres, mettre le clignotant, changer de vitesse, braquer le volant sur la gauche… La voiture était enfin garée en sécurité. Il ne lui restait plus qu'à reprendre le contrôle de sa respiration et à se libérer de la crampe qui lui étreignait la poitrine. S'il parvenait à ajuster la position de son siège, s'il pouvait s'allonger, cela irait sûrement mieux.

Puis la douleur s'intensifia comme si on lui plongeait un couteau dans la poitrine et il comprit qu'il ne s'agissait pas de stress. Le mal était plus grave. Un éclair fulgurant traversa son bras gauche. Malgré la sueur qui l'inondait, son corps grelottait. Le concerto pour piano de Rachmaninov lui parvenait déformé, les sons se dilataient sous le bourdonnement qui emplissait ses oreilles. Le visage contracté dans l'attente d'un nouvel assaut, Richard pensa qu'il devait sortir de la voiture, attirer l'attention, appeler au secours... mais la force lui fit défaut. Les paroles haineuses d'Antonia se mélangeaient dans son esprit à la musique de Rachmaninov. Derrière ses paupières fermées, il aperçut Mattie, la douce et tendre Mattie dans sa robe rose ; elle lui souriait et lui affirmait que cela n'avait pas d'importance : ce n'était qu'une brûlure de cigarette, rien qui mérite qu'on s'en soucie...

En s'examinant dans la glace de la salle de bains, Antonia constata avec fierté et soulagement que les larmes n'avaient pas laissé de traces. De toute façon, elle détestait pleurer, aussi cela n'avait pas duré plus de deux minutes, juste assez pour se libérer de sa colère et de sa frustration. Richard n'en méritait pas plus.

À présent qu'elle se sentait mieux, et comme ses yeux n'étaient ni rouges ni gonflés, elle s'adressa un sourire et entreprit de réfléchir à sa vengeance. Pour frapper Richard au point sensible et en même temps se réconforter, le meilleur moyen lui parut être de le ruiner. Combien de robes outrageusement chères pourrait-elle acheter avant d'épuiser sa carte de crédit ?

# 49

Quoique toujours méfiante, Tessa faiblissait. Encouragé par cette certitude, Ross redoubla d'efforts. Et comme il avait aussi découvert le point faible, la victoire lui parut proche. Il avait semblé comprendre que la jalousie, tant qu'aucune autre femme n'était impliquée, portait ses fruits.

— Alors, dis-moi ce que tu penses de Drumlachan Castle, demanda-t-il d'un ton persuasif alors qu'ils dînaient dans un coin de la salle à manger de l'hôtel. Ça va être formidable quand ce sera fini, non ?

Dans la lumière de la bougie, ses yeux noirs étaient plus fascinants que jamais. Quelle injustice, songea Tessa. Alors qu'elle devait lutter pour maintenir entre eux une distance raisonnable, Ross resplendissait de beauté, de santé, de charme, d'enthousiasme…

Elle était déchirée. Habituée à dire ce qu'elle pensait, elle savait qu'il fallait précisément s'en garder. Même penser lui était interdit tant le risque de laisser paraître son émoi était grand. Ross ne devait pas en soupçonner l'existence.

Elle se força à répondre avec un sourire contraint.

— J'ignore d'où t'est venue l'idée de transformer cette ruine en hôtel de luxe mais, à n'en pas douter, le résultat sera stupéfiant.

Elle n'écouta que d'une oreille ses explications détaillées. Il avait déjà accompli un tel exploit avec le Manoir, qu'il s'enthousiasmait à la pensée d'un nouveau défi. Il avait de nombreuses idées, trouvait des solutions aux problèmes les plus insurmontables et se passionnait toujours davantage. Alors qu'il gribouillait des schémas au dos de la carte, sans se soucier des regards noirs du maître d'hôtel, Tessa le sentit s'éloigner d'elle à grands pas. Elle se demanda si c'était bien cela qu'elle désirait.

— ... comme je le disais, ça va prendre du temps. Si nous obtenons aussi l'autorisation de faire un parcours de golf, il me faudra rester au moins un an. Mais cela en vaudra la peine...

Il se renversa sur son dossier et sourit.

— Tu es d'accord ?

— Ça ne me paraît pas très juste, risqua Tessa, que tu doives abandonner ton propre hôtel pour monter celui-ci et que Théo te laisse tout le travail...

— Ah, c'est l'un des avantages de la fortune ! Il me finance et moi, je réalise le projet. Toi, tu peins et moi, je transforme de vieilles bâtisses en lieux de rêve. C'est ce que je fais le mieux, Tessa. C'est un gros travail, mais ça m'amuse.

Elle ne l'avait jamais vu ainsi auparavant, si passionné par son sujet qu'il en avait cessé de la courtiser. Plus brutalement qu'elle ne l'aurait voulu, elle lâcha :

— Ça ne sera pas amusant en février quand il y aura trois mètres de neige et que l'électricité sera coupée pour quinze jours...

— C'est pourquoi, répliqua-t-il sans s'émouvoir, nous aurons notre propre générateur. Tu vois, c'est ce qui *pimente* le travail. Tout n'est que tactique, lutte contre les éléments, adaptation aux circonstances, ruse, invention d'une nouvelle solution... On commande le café maintenant ou bien préfères-tu qu'on le fasse monter dans ta chambre ?

Il n'avait même pas remarqué qu'elle avait pris soin de se faire belle ce soir-là, songea-t-elle, un peu offensée. Elle eut honte d'avoir ainsi gaspillé son énergie et son ressentiment s'accrut.

Doucement, doucement, se disait Ross qui, rassemblant tout son sang-froid, sourit d'un air qu'il espérait fraternel. Elle portait la robe noire dans laquelle il l'avait vue la première fois, il y avait juste un an. La coupe simple soulignait sa silhouette élégante, faisait ressortir le vert émeraude de ses yeux inquiets et la blondeur dorée de ses cheveux qui tombaient derrière ses épaules en une cascade désordonnée dans laquelle il mourait d'envie de plonger les doigts.

— Autant que je monte pour voir si Olivia va bien, dit-elle d'un ton neutre.

Être renvoyée dans sa chambre à dix heures du soir avec une tasse de café n'était pas précisément ce qu'elle aurait souhaité, mais si Ross voulait se débarrasser d'elle...

Avant qu'elle n'ait eu le temps de le prendre au mot, il la prit par le bras.

— Tu n'as pas besoin d'y aller. Détends-toi ! La baby-sitter reste jusqu'à minuit et tu sais très bien que s'il y avait un problème on nous appellerait. Maintenant, si tu me fais un joli sourire, je commande une autre bouteille.

L'excellent bordeaux la réchauffa et affaiblit ses résolutions. Lorsque Ross en versa les dernières gouttes dans leurs verres, elle ne put retenir la question qui l'avait tracassée toute la soirée :

— Et qui dirigera cet hôtel quand il sera fini ?

Ross but une gorgée puis haussa les épaules.

— Je ne sais pas. Moi peut-être...

— Mais pourquoi ?

— Pourquoi pas ? répliqua-t-il, une note de défi dans la voix. Ce n'est pas comme si j'avais des liens à Bath. Je n'ai pas à m'occuper d'une épouse, après tout.

Elle se sentit soudain moins détendue et la douce chaleur l'abandonna.

— Il y a Olivia, murmura-t-elle de peur d'être entendue.

— Je la verrai chaque fois que je reviendrai à Bath. Je te l'ai dit cet après-midi. Tess, c'est ma fille. Tu *sais* que je ne l'abandonnerai pas.

Toutes ses défenses écroulées, elle ne put plus se retenir. La note d'apitoiement que trahit sa voix lui fit horreur.

— Ce n'est pas la même chose...

Ross émit un long soupir.

— Pardonne-moi si je suis présomptueux, Tessa, mais cela signifie-t-il que je vais te manquer ?

Elle finit son verre sans le quitter des yeux, furieuse contre lui et en même temps soulagée de cet aveu nécessaire.

— Bon sang, Ross, bien sûr que tu vas me manquer. Tu ne le mérites pas mais...

— Chut...

Il posa sa main sur la sienne. Son sourire, ce maudit sourire fascinant auquel elle devait tant de souffrances et de complications, s'élargit.

— Ne gâche pas tout. Cette première déclaration était parfaite. Tu ne sais pas combien j'ai attendu ces mots... N'importe quels mots d'ailleurs, ajouta-t-il en se penchant un peu plus vers elle. Te rends-tu compte, Tess, que tu ne m'as jamais rien dit de gentil ?

Elle se savait vulnérable ; elle se sentait abandonner les principes si longtemps respectés et glisser délicieusement dans l'océan du plaisir. Mais tant de temps s'était écoulé depuis qu'elle s'était permis un tel luxe... et il était si agréable d'être courtisée et désirée.

— C'est probablement parce que tu ne le mérites pas, répliqua-t-elle doucement.

Son corps vibrait de son récent aveu, son ventre était douloureux, ses nerfs à vif.

— Mais si tu veux des compliments, reprit-elle, d'accord ! Ross, tu portes une belle chemise. Elle te va très bien.

Son regard se fit amusé et séducteur.

— Eh bien, merci ! Ce n'est pas exactement ce que j'espérais, mais c'est un début. Pour quelqu'un qui manque de pratique, ce n'est pas si mal... Maintenant, applique-toi, Tess, et tâche d'en trouver un autre. Les compliments sur mon physique me touchent particulièrement...

— Ce n'est pas du jeu, protesta-t-elle, troublée par la caresse insidieuse de son pouce à l'intérieur de son poignet. Tu me dois aussi des compliments...

— Alors, tu es la plus belle, la plus difficile, la plus désirable, la plus compliquée, la plus merveilleuse femme du monde, affirma-t-il d'un air triomphal. (Et il ajouta en baissant la voix :) Et je t'aime.

Le cœur de Tessa fit une embardée. Elle reposa son verre d'une main tremblante. Ce n'était *vraiment* pas de jeu.

— Vas-y, souffla Ross. Tu peux y arriver.

— Tu as... de très belles mains ? risqua-t-elle, paniquée.

L'humour ne convenait plus. Ross n'allait pas la laisser s'en tirer avec une pirouette. Elle en éprouvait une sorte de soulagement, car elle ne désirait plus lui résister et oscillait entre le rire et les larmes.

— Ce n'est pas du tout suffisant, murmura Ross en lui pressant la main pour l'encourager. Essaie encore.

— Monsieur Monahan, fit le maître d'hôtel après avoir toussé pour s'annoncer, on vous demande au téléphone.

Ni l'un ni l'autre ne l'avaient vu s'approcher. Tessa sursauta et Ross lui jeta un regard impatient. Puis il se détendit, l'incident était sans importance. Tessa lui appartenait de nouveau et cela seul comptait.

— Vous tombez mal, dit-il au maître d'hôtel avec un sourire amical pour lui montrer qu'il l'excusait, pourriez-vous noter le nom et le numéro de téléphone ? Je rappellerai plus tard...

— La personne a insisté pour vous parler, lui répondit-on d'un air contrit mais ferme. Il semble que ce soit une question d'extrême urgence...

— Va voir, Ross, dit Tessa, inquiète, qui reprenait brutalement contact avec la réalité. Il y a peut-être un problème au Manoir...

— Ce doit être Théo, dit-il en se levant. Il est allé au casino. Il doit avoir besoin qu'on lui prête quelques billets.

Lorsqu'il revint dix minutes plus tard, Tessa sut immédiatement que quelque chose de grave était arrivé.

— Qu'est-ce que c'est ? demanda-t-elle, paniquée.

Pâle et manifestement ému, Ross s'assit.

— C'est Richard Seymour-Smith. Il est mort. Cet après-midi.

— Oh !

Rencontrant le regard troublé de Ross, elle soupira. Richard Seymour-Smith. Le comptable de Ross. Le mari d'Antonia. Une mort aussi prématurée et inattendue était bien sûr tragique mais, après avoir imaginé pire, Tessa éprouva un léger soulagement. Au moins ne s'agissait-il ni de Max ni de Holly. Néanmoins, la nouvelle semblait l'avoir gravement affecté. Elle lui prit la main.

— C'est affreux. Pauvre... Antonia.

Ross, plus livide que jamais, secoua la tête.

— Il y a un problème, Tess. C'était Max au téléphone. Et Antonia. Il paraît qu'elle a débarqué au

Manoir dans un état épouvantable. La douleur lui a fait quasiment perdre la tête… J'imagine que c'est normal. Mais elle a insisté pour me parler et maintenant elle veut que je la rejoigne. Elle ne veut voir personne d'autre. C'était atroce de l'écouter… Elle ne cesse de pleurer, elle s'accuse, elle affirme qu'elle ne peut pas vivre sans Richard. Tess, elle dit que je suis la seule personne qui puisse l'aider.

— Je vois, dit Tessa avec circonspection. Elle veut que tu la rejoignes. Tout de suite ?

Il était difficile de croire que tout était parfait quinze minutes plus tôt.

— Moi, je ne *veux pas* y aller, s'exclama Ross. Mais je ne vois vraiment pas comment je pourrais refuser ! Tessa, tu ne l'as pas entendue… Elle est folle de douleur… Elle n'est pas aussi forte que toi… Elle n'a jamais eu à se débrouiller seule et, après ce qui est arrivé, elle s'effondre.

Il fit une pause, et la fixa.

— Je t'en prie, ne me rends pas les choses plus difficiles qu'elles ne le sont. Le mari d'Antonia est mort et elle a besoin de moi. Je dois y aller.

# 50

Mattie dormit très mal. À six heures trente, elle finit par renoncer et se leva. Inutile de s'inquiéter, ne cessait-elle de se dire. Si Richard ne lui avait pas téléphoné la veille et n'était pas venu la voir, c'était simplement parce qu'il ne l'avait pas pu et non parce qu'il avait changé d'avis. Antonia avait sans doute fait toute une histoire, multiplié les obstacles, plaidé sa cause et pleuré... Malgré elle, Mattie ne pouvait s'empêcher de la plaindre. Être repoussée n'était pas une expérience agréable, quelles que soient les fautes d'Antonia. Mais que c'était pénible de ne pas *savoir* ce qui s'était passé ! Sans quitter des yeux le téléphone, elle mit la bouilloire à chauffer et tenta de penser au bon thé qu'elle allait se préparer, aux toasts, à la confiture de fraises. Une légère nausée l'envahissait et elle ne savait si elle devait l'attribuer à sa grossesse ou à son inquiétude. Et si Richard n'avait pas pu s'en sortir ? Et si, tandis qu'elle était là à l'attendre et à se ronger les sangs, il dormait dans les bras d'Antonia, épuisé par leur réconciliation ? Pourtant, la veille, il avait paru résolu et très excité par la nouvelle qu'il allait être père...

À cet instant, le journal du matin fut glissé dans la boîte aux lettres et s'écrasa sur le carrelage ; elle sursauta. Comme le thé était prêt, Mattie ramassa le journal et s'installa à la table de la cuisine pour le lire. Tout valait mieux que de se morfondre et, pour se changer les idées, rien n'était plus efficace que les nouvelles et les ragots.

Antonia était effectivement dans un état épouvantable. Elle avait catégoriquement refusé de quitter l'hôtel et Max l'avait installée dans l'une des suites du deuxième étage. Ross, qui avait pris le premier avion du matin et roulé de l'aéroport d'Heathrow sous une pluie battante, arriva au Manoir à midi.

Antonia gisait sous une montagne de couvertures au milieu du lit ; ses cheveux, d'ordinaire brossés et laqués, étaient hirsutes et, sur son visage aux traits tirés, les larmes et les restes du maquillage de la veille faisaient un curieux mélange. Lorsqu'elle le vit, elle éclata de nouveau en sanglots et s'agrippa à sa chemise en bredouillant des mots incompréhensibles.

Pour se préparer à l'épreuve qu'il redoutait, Ross s'était forcé à imaginer ce qu'il éprouverait si Tessa mourait. À l'idée d'une perte aussi effroyable, sa réserve et son embarras s'étaient enfuis. Il tint Antonia dans ses bras et la laissa pleurer tout son soûl en murmurant des paroles réconfortantes.

— Voilà, voilà, chérie, pleure autant que tu veux... Je suis là maintenant...

Lorsque les sanglots s'apaisèrent, il parvint à lui faire avaler un peu de lait et deux des tranquillisants prescrits la veille par le médecin. Puis il lui essuya doucement le visage avec une serviette fraîche et l'aida à se redresser.

— Veux-tu en parler ou bien préfères-tu dormir un peu ? demanda-t-il sans lâcher les mains tremblantes de la jeune femme.

— Je veux en parler, bien sûr, dit-elle d'une voix mourante. J'ai attendu ton retour pour pouvoir le faire. Oh, Ross, c'est horrible ! Je n'arrête pas d'espérer que c'est un cauchemar et que je vais me réveiller...

— Dis-moi ce qui s'est passé. Parle autant que tu veux, pleure, fais *tout* ce que tu veux, dit-il d'un ton apaisant. Je vais rester là.

— C'était tellement affreux...

Antonia attrapa un mouchoir en papier et essuya ses yeux rougis. Le besoin de parler était si fort qu'elle reprit aussitôt.

— Richard et moi avons déjeuné ensemble. Il était d'excellente humeur, c'était une belle journée et il semblait aller très bien, à ce moment-là. Nous avons décidé de dîner au restaurant quand il serait rentré du bureau. Il... il m'a dit d'aller acheter une jolie robe, il devait réserver une table Chez Zizi, je l'ai embrassé, je lui ai dit qu'il était le meilleur mari du monde... Et puis il est monté dans sa voiture et il est parti. J'ai débarrassé la table et j'ai fait encore deux ou trois choses dans la maison. Ensuite, j'ai pris la voiture pour aller m'acheter la robe. Mais quand je suis arrivée à la hauteur de l'aire de Channon Hill, j'ai vu... J'ai vu la voiture de Richard garée là et il y avait aussi une voiture de police et une ambulance... Ô mon Dieu... Et je me suis arrêtée juste comme ils mettaient son... comme ils le mettaient dans l'ambulance. J'ai demandé aux policiers ce qu'il avait et ils m'ont dit qu'il était m... mort.

Elle se mit de nouveau à pleurer, s'effondra dans les bras de Ross et enfouit son visage dans sa chemise. Très ému, il la pressa tendrement et répéta :

— Tout va bien maintenant, je suis là. Je vais m'occuper de toi, je suis là.

Seigneur, qu'il était fatigué ! Il n'avait pas dormi de la nuit, et pas pour les raisons dont il avait rêvé, et il ne songeait qu'à regagner son lit. Rester avec Antonia avait été épuisant mais il s'était senti obligé d'attendre qu'elle s'endorme. Du coup, il n'avait pu téléphoner à Tessa, ne fût-ce que pour se rassurer et vérifier qu'elle avait bien compris les motifs de son retour précipité.

Un coup timide sur la porte lui rappela qu'il avait commandé du café dix minutes plus tôt. Les doigts d'Antonia se resserrèrent convulsivement sur son bras, l'empêchant de se lever.

— Entrez, dit-il, résigné.

Comme Grace entrait dans la chambre, il remarqua avec ennui son expression méprisante et reconnut la fille qui l'avait inondé de salade de homard. Sur le moment, il s'était excusé mais s'était demandé si l'incident n'avait pas été voulu.

Devant le regard fixe de la jeune fille et sa moue écœurée, l'ennui vira à l'irritation.

— Posez le plateau sur la table, dit-il sèchement. Et si vous désirez continuer à travailler ici, je vous conseille de corriger votre attitude. Les clients de cet hôtel ont droit à la politesse du personnel, c'est un minimum.

Espèce de salaud, songea Grace avec un frisson de dégoût. La scène la révulsait. Assis sur le lit, la cravate dénouée, la chemise ouverte, son père enlaçait tendrement Antonia Seymour-Smith. Et il avait le culot de lui conseiller de mieux se tenir !

— Je suis polie, dit-elle en posant le plateau sur la table sans le quitter des yeux. Envers les clients. Et envers tous ceux qui le méritent, ajouta-t-elle avec une insolence délibérée.

Ross en eut assez. Le grotesque de la situation était indicible. Il avait des soucis autrement plus importants que les humeurs de cette péronnelle.

— Bon, s'écria-t-il sans retenir plus longtemps sa colère. Vous êtes virée.

— Parfait ! dit Grace.

C'était son père... Il n'allait pas s'en tirer ainsi... Il était son *père*...

— Parfait, répéta-t-elle fièrement. Je suis très contente.

L'un des avantages de l'expulsion, décida-t-elle dans une folle allégresse, c'était que vous aviez soudain le temps de faire un tour chez le coiffeur. Bien qu'elle n'ait jamais été obsédée par son apparence, Grace décida brusquement de s'en occuper. Elle paya un prix exorbitant, mais le résultat l'enchanta ; la coupe très courte et la coloration blond cendré lui donnaient, selon le coiffeur enthousiaste, l'air d'un elfe.

Les rideaux du salon étaient tirés lorsqu'elle rentra chez elle à trois heures. Intriguée, Grace ouvrit la porte :

— Maman, tu es là ?

L'obscurité régnait dans le salon ; Mattie, toujours en robe de chambre, était recroquevillée sur le canapé, le journal ouvert à ses pieds.

— Maman, tu es malade ?

Elle appuya machinalement sur l'interrupteur. Le visage de sa mère l'effraya.

— Qu'est-ce qui s'est passé ?

Avec effort, Mattie tourna la tête. Devant l'expression douloureuse de ses traits, la panique envahit la jeune fille. Elle tomba à genoux auprès de sa mère et supplia :

— Dis-moi. Dis-moi ce que c'est !

— Oh, Grace ! murmura Mattie. Il est mort. Je l'aimais, je l'aimais tant... et il est parti. Je n'arrive pas à y croire.

Elle pleurait l'amant dont Grace connaissait l'existence tout en en ignorant l'identité. Elle avait cependant déduit de ses attitudes mystérieuses que l'homme était marié ; bien que cela aille contre ses principes, elle avait applaudi aux transformations qu'il avait causées chez sa mère. L'amour lui seyait merveilleusement bien.

La veille encore Mattie paraissait avoir rajeuni de vingt ans, et voilà qu'elle était devenue une vieille femme, brisée par la douleur. Le spectacle était révoltant.

Bien que Grace ne se laisse pas facilement aller à la tendresse, elle prit spontanément sa mère dans ses bras et la serra contre elle.

Mattie, les yeux secs, reprit :

— Il allait quitter sa femme et m'épouser.

— Oh, maman !...

Mattie hocha la tête, autant pour se convaincre elle-même que pour convaincre sa fille.

— Il allait vraiment le faire.

— Comment as-tu appris... ce qui est arrivé ?

C'était... c'était dans le journal. Chérie, tu es agenouillée dessus... ne le froisse pas.

Grace le ramassa et parcourut les pages ouvertes. Le titre lui sauta aux yeux : LA MORT AU VOLANT. En silence, elle lut l'entrefilet qui suivait.

— Richard Seymour-Smith ? demanda-t-elle enfin, incrédule. L'homme que tu voyais... c'était *lui* ?

Mattie ne put répondre. Couvrant de la main ses yeux douloureux qui ne pouvaient pleurer, elle acquiesça de la tête.

— Et il allait quitter Antonia et t'épouser ?

— Oui...

— Tu aurais dû me le dire, s'écria Grace qui ne savait si elle devait rire ou pleurer. Cela m'aurait fait tellement *plaisir*...

Lasse, Mattie décida de tout lui dire. Grace l'apprendrait de toute façon tôt ou tard.

— Et je suis enceinte, dit-elle en prenant la main de sa fille dont la chaleur la réconforta.

Elle avait Grace et elle avait le bébé. Il ne lui manquait que Richard.

# 51

Ces derniers temps, les pièces vides de Hunter's Lodge résonnaient douloureusement. Ross s'y réfugia ce jour-là avec soulagement. Holly avait fait de son mieux pour le réconforter lors des rares moments qu'il ne passait pas auprès d'Antonia, mais les trois jours qui venaient de s'écouler avaient été un cauchemar. Comme Tessa était restée en Écosse, il ne désirait qu'une chose : être seul. Et peut-être boire un double scotch...

Lorsqu'on frappa à la porte dix minutes plus tard, il lâcha un juron. Qui cela pouvait-il bien être ? Seule Holly le savait ici...

Ne pas ouvrir ne servirait à rien. Les lumières du salon brillaient dans le crépuscule et sa voiture était garée devant la maison. Il se leva et traversa le hall.

— Oh, flûte !...

— J'ai à vous parler. C'est très important.

Il passa les doigts dans ses cheveux d'un geste las.

— Écoutez, contrairement à ce que vous pouvez penser, je n'éprouve aucun plaisir à renvoyer un membre de mon personnel. Mais si vous êtes venue jusqu'ici pour me demander de vous réintégrer, vous avez perdu votre temps. Croyez-vous vraiment que vous le méritez ?

Le menton en avant, Grace le défiait du regard et il comprit à cet instant pourquoi elle paraissait différente. Les cheveux bruns tombant jusqu'aux épaules avaient été coupés et décolorés et cela ne lui allait pas du tout. S'y ajoutait un maquillage excessif et maladroit. Qu'avait-il donc fait pour mériter cette confrontation inutile ? Pourquoi diable ne pouvait-on le laisser en paix ?

— Je ne veux pas que vous me rendiez ma place, dit Grace, résolue à ne pas se laisser intimider. J'ai besoin de vous parler.

— De quoi ?

— C'est très important !

— Entrez alors, fit Ross avec un soupir.

— Merci…

Elle le suivit dans le salon. Le silence et sa propre audace l'impressionnèrent. Mais au moins faisait-elle enfin quelque chose. Et cela l'encouragea.

— Eh bien, dites-moi ce qui vous amène, dit Ross en se servant un verre sans lui en proposer.

La jeune fille sourit. Elle aurait refusé, de toute façon. Elle en avait déjà bu quelques-uns avant de se décider.

— Je tiens à vous dire que vous avez été stupide, claironna-t-elle en enfonçant ses mains dans ses poches. Il y a longtemps que vous devriez être marié avec Tessa mais vous n'avez pu vous empêcher de batifoler avec Antonia Seymour-Smith. Et puis vous avez couché avec cette actrice, Francine Lalonde. Et maintenant, ajouta-t-elle avant qu'il ne puisse l'interrompre, vous revoilà dans les bras d'Antonia. Vous ne vous êtes jamais dit que c'était idiot ?

Ross n'en croyait pas ses oreilles. Cette fille avait perdu la tête.

— Bon, dit-il en s'approchant d'elle. Vous pouvez partir maintenant !

Grace recula de deux pas en souriant.

— Et moi, alors ? Vous n'aimeriez pas coucher avec moi ?

Il lui jeta un regard glacial.

— Grands dieux, vous me croyez désespéré à ce point ?

— Je crois, répliqua-t-elle amèrement, que vous êtes un salaud et un égoïste qui coucherait avec n'importe quelle femme.

C'était grotesque. Que devait-il faire ? Appeler la police ?

— Bon, ça suffit comme ça !

La fille était manifestement dérangée. Un peu de diplomatie était nécessaire.

— Je comprends que la perte de votre emploi vous ait bouleversée mais ce n'est pas une raison pour...

— Non ! cria Grace dont le sang-froid s'envola. C'est la façon dont vous traitez les femmes qui me bouleverse. C'est la façon dont vous avez traité ma mère !

Ross leva les mains pour lui faire signe de se calmer.

— Grace, dit-il d'un ton apaisant. Je n'ai jamais vu votre mère.

— Oh, si, vous l'avez vue...

Consciente de l'énormité de sa révélation, percevant les battements affolés de son cœur, Grace inspira profondément.

— Elle s'appelle Mattie Jameson.

Ross resta ahuri. Le nom ne lui disait rien. Puis, prenant un air conciliant, il demanda :

— Que s'est-il passé ? Je lui ai refusé un emploi à l'hôtel ?

Elle se mordit les lèvres, elle aurait dû deviner qu'il ne s'en souviendrait pas.

— Non. Vous l'avez connue il y a très longtemps.

— Et alors ?

Il paraissait intrigué, sans plus. Être aussi étourdiment, aussi complètement oubliée par quelqu'un que l'on a connu de façon aussi intime parut à Grace la pire des humiliations. Comment cet homme *osait-il* traiter sa mère, et elle-même, de façon aussi ignoble ?

— Il se trouve, enchaîna-t-elle comme la rage et l'amertume l'envahissaient, que vous avez couché avec elle. Mise enceinte. Et laissée tomber.

Ross fixa sur elle un regard las où se lisait l'incrédulité.

— Écoutez, c'est faux. Vous vous trompez. Jamais de ma vie je n'ai eu une petite amie, enceinte ou non, appelée Mattie.

— Je n'ai pas parlé de petite amie, riposta Grace. J'ai dit que vous aviez couché avec elle. Elle n'avait pas compris qu'il s'agissait de l'aventure d'une nuit. Elle vous a attendu…

Puis, devant l'expression qu'il affichait, elle explosa :

— Vous ne comprenez toujours pas ? C'est ma mère ! Et c'est vous qui avez couché avec elle, qui l'avez mise enceinte et qui vous êtes empressé de l'oublier. Alors, *réfléchissez* un peu… Qu'est-ce que vous devenez dans cette histoire ? Mon père ! Monsieur Monahan, vous êtes *mon père*.

Il y eut un bref silence, un peu effrayant, durant lequel elle s'aperçut que la nuit était tombée. Mais elle l'avait dit ; il le savait enfin ; elle n'avait plus qu'à attendre sa réaction. Une chose était sûre : il ne pourrait plus l'ignorer.

Elle s'attendait à tout sauf à une réaction amusée. Lorsque Ross se mit à rire, elle se sentit anéantie comme s'il avait pris un couteau pour le lui planter dans le cœur.

Le rire cessa brusquement.

— Bien sûr que je suis votre père ! Nous nous ressemblons tellement… Allons, cette histoire n'a que trop duré. Vous allez partir… et moi aussi. Je vous aurais bien déposée, ajouta-t-il négligemment, mais je retourne au Manoir.

— Espèce de salaud ! hurla Grace.

Il refusait de la prendre au sérieux et dans une seconde il allait la prendre par les épaules et la jeter dehors.

Sans prendre le temps de réfléchir, elle s'élança dans le hall et, avant que Ross n'ait pu la retenir, elle grimpa l'escalier. Arrivée au palier, elle regarda le tableau suspendu au mur devant elle, une des œuvres de Tessa probablement, puis tourna vers lui un visage vengeur.

— Je suis votre fille et vous n'allez pas vous débarrasser de moi ainsi. Vous avez traité ma mère de la pire manière, vous l'avez abandonnée... et maintenant ça recommence... la voilà de nouveau dans le pétrin... c'est pas possible que vous continuiez à vous comporter ainsi ! Il est temps que vous compreniez. Vous êtes mon père et ça ne vous fait même pas *plaisir*...

— Vous êtes complètement folle, dit Ross d'un ton sec. Et si vous ne descendez pas tout de suite...

— Vous n'êtes même pas capable de reconnaître la vérité quand on vous l'assène ! hurla Grace, transportée par la fureur. Comment le pourriez-vous, d'ailleurs, vous qui ne cessez de mentir ? Vous n'êtes qu'un menteur et un tricheur et je vais vous faire regretter d'avoir jamais *rencontré* ma mère !

La scène était grotesque. Ross se dit qu'il devait calmer la fille et appeler un médecin. En tout cas, s'il avait réellement rencontré sa mère, il le regrettait déjà pour de bon. Comme si elle avait lu dans ses pensées, la jeune fille poussa un long cri de désespoir et courut sur le palier vers la salle de bains. Craignant qu'elle ne se blesse, il bondit à sa suite.

Il la rattrapa deux secondes plus tard, l'empoigna par la taille et la tira vers l'escalier.

— Je vous déteste ! hurla-t-elle en se débattant à coups de pied et de poing.

Ross encaissa sans répliquer tout en la faisant reculer jusqu'à la première marche.

Mais alors qu'il se contentait de la retenir, elle luttait de toutes ses forces. D'un violent coup de pied, elle se libéra de son étreinte et lança ses doigts vers son visage comme pour lui arracher les yeux. La soudaineté de l'attaque, l'expression de son visage, le cri strident et bestial surprirent Ross qui, du pied, chercha un appui derrière lui.

C'est le vide qu'il trouva. Perdant l'équilibre, il bascula en arrière. Les oreilles emplies du hurlement interminable de la jeune fille, il heurta du dos l'arête aiguë d'une marche en chêne. Une douleur atroce se répandit dans son corps tandis qu'il rebondissait de marche en marche. Et tout... le choc sourd de ses reins, le cri, la vue de la balustrade, du plafond... tout parut s'éloigner, se fondre dans le gris.

Heureusement, le temps qu'il arrive au pied de l'escalier, il avait perdu conscience.

Je l'ai tué, se dit Grace, les yeux fixés sur le corps inerte. Lentement, tremblant de tous ses membres, elle descendit le vaste escalier et s'agenouilla à côté de Ross. Il était allongé sur le ventre mais elle savait qu'il était mort. Ses membres écartelés ne bougeaient pas. Aucune respiration ne soulevait ses épaules et, lorsqu'elle se pencha pour regarder son visage, elle vit les yeux grands ouverts qui ne cillèrent même pas.

— Ô Dieu, souffla-t-elle, atterrée. Je regrette. Je ne voulais pas te tuer. Je voulais seulement que tu me croies...

# 52

— Si j'avais su, il y a des mois que je me serais jeté dans un escalier pour te conquérir, murmura Ross avec l'esquisse d'un sourire.

Retenant ses larmes, Tessa caressa le bras chaud et hâlé qui reposait sur le drap.

— Qu'est-ce qui te fait croire que tu m'as conquise ? demanda-t-elle d'un ton léger.

Il jeta un œil sur la main de la jeune femme.

— Tu ne t'es jamais montrée aussi tendre...

— Tu le sens ? demanda-t-elle, la gorge nouée.

— Non, mais s'il te plaît, n'arrête pas. À regarder, c'est déjà très agréable.

Elle ne comprenait pas d'où il tirait tout ce courage, cette sérénité, cet enjouement inouï. Lorsque Holly l'avait appelée le matin même pour lui annoncer que Ross était hospitalisé, elle avait immédiatement sauté dans un avion, sans connaître la gravité de ses blessures.

Maintenant qu'elle l'avait vu et qu'elle avait écouté le pronostic réservé des médecins, elle commençait tout juste à appréhender l'énormité de ce qui s'était passé... et de ce qui pouvait s'ensuivre. Car bien qu'il n'y eût pas de fracture, les cervicales avaient été si violemment heurtées qu'elles s'étaient enflammées, privant Ross de l'usage de ses membres. Dans un cas semblable, on ne pouvait que tenter de réduire l'inflammation à l'aide de médicaments. Et attendre. Seul le temps dirait si les dégâts étaient irréversibles. Et si cela était, Ross resterait paralysé des épaules aux pieds pour le reste de sa vie.

— Je ne comprends toujours pas comment c'est arrivé, dit Tessa sans cesser de lui caresser le bras. Comment diable as-tu pu dégringoler dans cet escalier ? Tu n'es pas du genre à t'écrouler à chaque instant...

Incapable de hausser les épaules, Ross se limita aux sourcils.

— Ce n'était pas mon jour, je suppose. Je ne regardais pas où je mettais le pied. Il a glissé... et ça y était. Je remercie Holly d'avoir débarqué à l'improviste, sinon j'y serais toujours.

Tessa frémit à cette idée. Antonia avait dû réclamer la présence de Ross et ordonner à Holly d'aller le chercher. D'une certaine façon, Antonia méritait sa gratitude mais Tessa préférait la réserver à son amie qui avait dominé son émotion en découvrant le corps inerte et avait réagi avec sang-froid et présence d'esprit.

Un accès de panique l'envahit de nouveau et elle sentit ses yeux s'emplir de larmes.

— Oh, Ross, que va-t-il se passer ? J'ai si peur...

— Chut...

En la voyant aussi désemparée, il faillit céder lui-même au chagrin. Il avait très envie de la prendre dans ses bras et de la consoler mais plus rien ne fonctionnait. Plus rien ne pouvait remuer. Et les médecins l'avaient déjà prévenu que la paralysie pouvait être irrémédiable.

— Ne pleure pas, supplia-t-il. Je suis si content que tu sois là, que tu sois revenue.

— Bien sûr que je suis revenue ! Tu croyais vraiment que j'allais m'installer là-bas ?

Il sourit pour l'aider à chasser ses larmes.

— Je craignais que tu ne t'accroches à Théo. Tu y as sûrement pensé. Il est riche, Tess. Très, très riche.

— Et très, très brusque, répondit-elle en se forçant à sourire.

Il lui jeta un regard mi-amusé, mi-soulagé.

— Alors, je n'ai pas de rival ?

— Ce n'est pas exactement ce que j'ai dit...

Le visage de Ross prit une expression grave, ses yeux noirs cherchèrent ceux de Tessa.

— Je veux te demander une chose. Peux-tu me faire une promesse ? Une promesse que tu tiendras coûte que coûte ?

Elle lui serra la main mais eut du mal à lui répondre.

— Oui... Bien sûr...

— Bien, fit Ross, et un grand sourire malicieux éclaira ses traits. Dès que je serai sorti de ce lit en bon état de marche, tu entreprendras de me séduire. Tout est autorisé. Et cela devra durer au moins vingt-quatre heures sinon il faudra me rembourser.

— C'est du chantage ! s'écria Tessa en priant le ciel que son optimisme soit récompensé. Je croyais que tu parlais sérieusement...

— Je n'ai jamais parlé plus sérieusement, protesta-t-il du ton de l'innocence offensée. Si ce n'est pas une incitation à guérir, je ne sais pas ce que c'est. Mais en attendant, ma bouche *est* en parfait état de marche. Tu pourrais commencer à t'exercer et me donner un baiser.

Chaque jour, Ross recevait plus de visiteurs qu'il n'en avait l'autorisation. Dans les intervalles, il se soumettait aux soins des infirmières, des kinésithérapeutes, des neurologues et des autres spécialistes. Seul le psychiatre, venu discuter d'une éventuelle paralysie, ne resta pas plus de cinq minutes. Ross l'informa qu'il n'avait pas l'intention de rester dans cet état et que ses conseils en la matière n'étaient donc qu'une ridicule perte de temps pour tous les deux. Il ne restait à l'honorable praticien qu'à aller se faire voir ailleurs.

Mais chaque nuit, dans sa chambre blanche, les yeux rivés au plafond perforé en polystyrène, il avait beaucoup de temps pour réfléchir. Et de nombreux sujets de réflexion. La seule chose à laquelle il ne devait pas penser, c'était justement à la façon d'envisager une paralysie. Car, bien qu'il aimât Tessa et Olivia de tout son cœur... ou peut-être à cause de cela... il savait qu'il préférerait mourir plutôt que de passer le reste de sa vie dans un fauteuil roulant.

Le sixième jour, Mattie vint lui rendre visite.

— Merci d'être venue, dit Ross en l'étudiant soigneusement.

C'était une femme un peu ronde, d'environ quarante ans, qui portait une robe bleu sombre et des chaussures confortables et dont le parfum léger lui plut tout de suite.

— Au téléphone, vous avez dit que c'était important, répondit-elle doucement. Je suppose que cela concerne Grace.

— Oui. En effet. Elle est venue me voir il y a une semaine. Elle m'a dit une chose à laquelle je n'ai d'abord pas cru.

— Oui ? fit Mattie.

Elle ne l'aidait pas. Ross soupira. La scène allait être plus délicate qu'il ne l'avait imaginé.

— Alors, reprit-il en rencontrant le regard imperturbable de la visiteuse, si vous comprenez de quoi je parle, peut-être pourriez-vous me dire si cela est vrai ou non.

— Si je comprends de quoi vous parlez, répliqua-t-elle avec une certaine raideur, alors vous, vous devriez comprendre que c'est vrai. Grace n'est pas le genre de fille à inventer une pareille histoire, encore moins à tenter de m'en persuader, *moi*.

Il y eut un long silence pendant lequel Ross assimila, et en même temps admira la logique du raisonnement.

— Alors, je suis son père, finit-il par dire. Dieu, quelle situation bizarre. Pardonnez-moi, mais je n'ai aucun souvenir. Où nous sommes-nous... rencontrés ?

— Lors d'un bal, à Bristol, dit Mattie en agitant la main comme pour écarter l'incident. Vraiment, ça n'a pas d'importance. Vous étiez ivre, et moi, j'étais malheureuse. Je ne vous en ai pas voulu.

— Quand même, je regrette, insista-t-il. Cela n'a pas dû être facile pour vous. Si vous m'aviez prévenu, je vous aurais... aidée.

Elle ne voulait pas de son aide, se rappela Mattie qui se souvint aussi de la terrible humiliation qu'elle avait éprouvée à l'époque. Elle voulait qu'il l'aime autant qu'elle croyait l'aimer.

À haute voix, elle reprit :

— Cela n'a plus d'importance aujourd'hui. Les choses n'ont pas toujours été faciles, mais je me suis débrouillée. *Nous nous* sommes débrouillées. Bien sûr, tout ce remue-ménage aurait pu être évité si Grace n'avait pas pris ce travail à l'hôtel. Ça, ce n'était *certainement* pas mon idée.

Ross parut surpris.

— Si c'est ce que vous ressentez, pourquoi lui avez-vous dit qui j'étais ? Est-ce que cela n'aurait pas été plus simple de... ?

— Bien sûr que non ! éclata Mattie.

Puis, devant son regard ahuri, elle comprit qu'il ne s'était pas rendu compte du béguin d'adolescente de sa fille. Les joues rouges, elle se laissa tomber sur une chaise.

— Pardon, fit-elle, troublée. Non, cela aurait peut-être été plus simple de me taire mais, à ce moment-là, j'ai senti qu'il me fallait parler.

— Pauvre gosse, rien d'étonnant à ce qu'elle ait été bouleversée !...

Il réfléchit deux secondes puis demanda :

— Où est-elle maintenant ? A-t-elle trouvé un autre travail ?

— Je ne sais pas. Elle a disparu la semaine dernière.

Les traits tirés, Mattie ajouta :

— Elle m'a laissé une lettre disant qu'elle descendait sur la côte Sud pour chercher une situation ; depuis, je n'ai pas eu de nouvelles.

— Lorsqu'elle reprendra contact, dit Ross en choisissant ses mots, pouvez-vous lui raconter que vous êtes venue me voir et que tout... va bien.

Sensible au changement de ton, Mattie lui jeta un regard perplexe.

— Quand avez-vous dit qu'elle était venue vous voir ?

Ross sourit. Cette femme digne et courageuse lui *plaisait*. D'une certaine façon, elle lui rappelait Tessa.

— Peu importe, dit-il d'un ton rassurant. Cela ne regarde qu'elle et moi. Mais, je vous en prie, dites-lui que je comprends. Et que je *regrette*. Je crains de ne pas l'avoir toujours bien traitée mais, maintenant que nous savons où nous en sommes, peut-être pourrons-nous repartir du bon pied.

Les yeux fixés sur les membres inertes que recouvrait le drap blanc, Mattie médita brièvement sur les caprices de la vie. Pendant des années, le souvenir de ce corps splendide l'avait hantée et il avait fallu qu'elle s'éprenne de Richard pour comprendre que la perfection physique n'était pas l'essentiel.

Avant que les larmes ne lui montent aux yeux, elle lui rendit son sourire.

— Bien sûr ! Et je vous souhaite d'être bientôt debout.

— Ne vous inquiétez pas, dit Ross qui se demandait si le léger picotement ressenti dans ses doigts était réel ou un effet de son imagination. Pas de problème. J'en ai fait le serment.

# 53

— Holly ? C'est Max.

— Oui, fit Holly, prudemment.

Au son de cette voix, son cœur s'obstinait à sursauter, mais depuis quelque temps elle était parvenue à se contrôler. Le perpétuel optimisme était douloureux, ainsi qu'elle l'avait appris à ses dépens. À présent, elle commençait à admettre que l'histoire d'amour tant désirée ne se produirait pas.

— Eh bien, commença Max, un peu déconcerté par son manque d'enthousiasme, je me demandais si tu aimerais dîner avec moi ce soir.

— Bien, répondit-elle en zappant de chaîne en chaîne.

Formidable, un film avec Cary Grant allait juste commencer.

— Bon. Alors... Je... je viens te chercher dans une heure, d'accord ?

— D'accord, répondit-elle.

Elle raccrocha et s'allongea, pieds nus sur le canapé, pour regarder le film.

Cinquante-cinq minutes plus tard, alors que Cary Grant et Deborah Kerr allaient céder à leur désir, la sonnerie de l'entrée retentit.

— Grands dieux, s'exclama Max lorsqu'elle ouvrit la porte, que se passe-t-il ?

Ses cheveux roux tombant sur les épaules, Holly portait un vieux blue-jean et une chemise ornée de dauphins de Miami. Elle n'avait aucune trace de maquillage.

— Eh bien, Cary Grant vient d'apprendre que Deborah Kerr n'est en fait pas mariée et maintenant ils...

— C'est de *toi* que je parle, interrompit-il. Tu es malade ? J'ai réservé une table Chez Zizi et tu n'es même pas prête.

— Je ne pensais pas que tu viendrais, répondit Holly sans se troubler.

Pour la première fois de sa vie, elle prenait l'avantage et c'était absolument délicieux.

— Mais j'avais dit que je venais, non ? demanda Max, stupéfait et déçu.

Puis il se souvint et comprit de quoi il retournait.

— Ah, ça y est ! Tu me rends la monnaie de ma pièce pour le soir où je t'ai lâchée...

Pas seulement pour ce soir-là, songea Holly, mais elle se garda bien de le préciser et se contenta de hocher la tête.

— La vengeance est-elle aussi douce qu'on le dit ?

— Oh oui !

— Eh bien, j'en suis ravi, fit Max avec un sourire. Est-ce que je peux entrer ou bien avais-tu aussi prévu de me refermer la porte au nez ?

Tandis qu'elle regardait la fin du film, il annula la table Chez Zizi, commanda des pizzas et sortit acheter du vin. Définitivement avachie sur le canapé, Holly résista bravement à l'envie de profiter de son absence pour se ruer sur son rouge à lèvres et son mascara, et remplacer l'ampoule de sa lampe de chevet par une autre de couleur ambrée. Elle ignorait ce qui avait amené Max chez elle mais, cette fois-ci, *cette fois-ci*, elle avait la ferme intention de ne pas se laisser ridiculiser.

— Comment va Ross, aujourd'hui ? demanda-t-elle lorsqu'il revint avec deux bouteilles de chianti.

Les gigantesques pizzas aillées qui débordaient des assiettes étaient très appétissantes. Sans plus se soucier de lui, Holly défit le premier bouton de son Levi's et se servit.

— Il s'en sort merveilleusement bien. Les kinésithérapeutes sont épuisés. Il a l'air de guérir plus vite qu'aucun médecin ne l'avait prévu. Cela ne fait que cinq semaines et il a déjà recouvré soixante-quinze pour cent de ses forces.

— Pauvre Tessa ! soupira Holly avec un sourire.

Ross n'avait pas pu garder pour lui la promesse du marathon amoureux et c'était devenu la plaisanterie favorite de ses amis.

— Heureux Ross, murmura Max d'un ton rêveur.

L'expression scandalisée de Holly le fit rire aux éclats.

— Bon, bon, reprit-il. Ne me regarde pas ainsi ! C'était une plaisanterie. Et même si je le voulais, je ne pourrais pas la séduire, elle est bien trop éprise de mon frère.

— Tu te rappelles comme tu la détestais ? demanda-t-elle après une gorgée de vin.

— Je ne la détestais pas, je me méfiais d'elle.

— Hmmm... Tout comme je me méfie d'Antonia. Elle est revenue à l'hôtel aujourd'hui ?

C'était une arme à double tranchant, plongée sournoisement entre les côtes. Butant sans arrêt sur la présence de Tessa au chevet de Ross, Antonia s'était mise à s'intéresser de façon peu subtile à Max. Après les obsèques de Richard, elle était rentrée chez elle mais, apparemment incapable de supporter la solitude, elle débarquait quotidiennement au Manoir. Tout le monde la plaignait, bien entendu, mais son chagrin faisait mauvais ménage avec sa coquetterie. Max, qui dirigeait l'hôtel en l'absence de Ross, s'enfermait dans le bureau dès qu'il entendait la voiture remonter l'allée. Quant à Ross, il convoquait le kiné aussi souvent qu'elle faisait irruption dans sa chambre.

Tessa essayait de prendre les choses avec philosophie et l'ignorait résolument.

— Hmmm ? fit Max dont l'attention s'était évadée.

Il se demandait soudain pourquoi, dans le passé, il *avait* toujours traité Holly avec désinvolture. Elle n'était ni élégante ni sophistiquée mais elle avait indéniablement des qualités. Ces dernières semaines, en voyant comment elle s'était efforcée de soutenir le moral de tous, à la fois au Manoir et à l'hôpital, il en était venu à penser qu'il y avait chez Holly King des qualités insoupçonnées. En outre, avait-il remarqué, moins elle tentait de modifier son apparence avec cet affreux maquillage qu'elle aimait tant, mieux elle était.

— Antonia ! répéta Holly qui se sentait sur le point de perdre son sang-froid.

Pourquoi Max la dévisageait-il ainsi ? C'était embarrassant. Pis, c'était malhonnête.

— Elle est venue, dit-il. Mais pourquoi gâcher notre soirée à parler de la veuve éplorée ? Écoute, on m'a invité à Goodwood le week-end prochain. Crazy Daisy ne court pas mais ça pourrait quand même être une belle sortie... Veux-tu venir avec moi ?

Devant son expression misérable, il affecta de paraître encore plus catastrophé.

— Tu n'en as pas du tout envie ?

Holly n'était pas du genre à tourner autour du pot. Elle ne put se retenir. Elle avait fait de gros efforts, elle s'était crue à peu près immunisée et voilà que Max déployait tout son charme. Elle était en plein désarroi. C'était plus que malhonnête... c'était cruel.

— Tout à coup, te voilà très *gentil*, dit-elle abruptement. J'ignore pourquoi et cela me rend nerveuse.

Pourquoi cet assaut de gentillesse alors que tu n'en as jamais fait preuve auparavant ?

Max eut un sourire contrit.

— Je sais, mes antécédents dans ce domaine ne sont pas fameux. Mais je t'aime bien, Holly. Sans doute ai-je peur de me lier avec quelqu'un qui pourrait attendre de moi plus que je ne suis disposé à accordez.

— Qui a dit que je cherchais à me lier ? demanda Holly en croisant les doigts sous la table pour annuler l'horrible mensonge.

— Personne, répondit-il avec un haussement d'épaules. C'est comme ça que mon cerveau fonctionne. Je ne suis qu'un pauvre type très soupçonneux, c'est tout.

Les doigts se croisèrent un peu plus.

— Me ranger, ce n'est pas du tout mon style, je peux te le dire.

Lorsque Max, un sourire sur les lèvres, se pencha et prit sa main pour déposer un baiser au creux de la paume ouverte, elle sut qu'elle se retrouvait une fois de plus sur la mauvaise pente. Il lui était impossible de résister. Peut-être, se dit-elle sans trop y croire, cela l'aiderait-il à se libérer de lui. Ou bien, au contraire, pourrait-elle chasser sa méfiance, lui faire comprendre que s'établir avec la femme qui lui convenait n'était pas un destin aussi redoutable...

— Dans ce cas, je suis désolé, dit-il en se rapprochant.

Sa bouche n'était plus qu'à quelques centimètres de la sienne et le son de sa voix combiné au parfum de *cet* after-shave envahissait ses sens comme une drogue.

Holly céda au baiser. Lorsqu'elle s'écarta, étourdie de plaisir, Max murmura :

— Puisque tu es à jeun ce soir, puis-je espérer que tu ne t'endormiras pas dans les deux heures à venir ?

Elle hocha la tête, et rougit au souvenir de la nuit ratée.

— Bien. Et maintenant que nous nous sommes mis d'accord... ni promesse ni lien d'aucune sorte... il faut que tu saches que j'ai très envie, très très envie de te faire l'amour.

Un léger son, à mi-chemin entre le sanglot et le soupir, s'échappa des lèvres de Holly. Il l'enlaça tendrement et demanda :

— C'était un « oui » ou un « non » ?

On eût dit, pensa-t-elle, l'éclosion d'une fête qui ne se terminerait jamais. Elle laissa ses doigts caresser le dos de Max, pétrir les muscles sous la chemise rayée bleu et blanc. Ce qu'elle avait tant attendu se produisait enfin. Le rêve devenait réalité.

— Oui, murmura-t-elle alors que déjà commençait le bal lent et émouvant de la volupté.

# 54

— J'ai du mal à croire que tu aies fait tout ça, dit Ross qui examinait les toiles.

Certaines étaient encadrées et suspendues aux murs ; d'autres reposaient, appuyées dans un coin du petit salon. De nouveau, l'extraordinaire étendue de son style le sidérait ; ici, des aquarelles un peu tristes, à peine esquissées ; là, des huiles aux couleurs violentes, quasi tropicales ; des dessins de monuments célèbres exécutés de façon très classique au crayon et à l'encre à côté des scènes humoristiques dans lesquelles elle excellait.

— C'est vraiment bon, Tess. Vraiment !

— Merci, fit-elle en serrant Olivia contre elle pour cacher son embarras.

S'appuyant sur sa canne d'ébène qui jurait avec son physique parfait, Ross s'approcha d'un petit tableau et l'examina en détail pendant quelques secondes. Puis il tourna vers la jeune femme un regard qu'elle reconnut sans peine.

— Nous allons devoir organiser quelque chose maintenant. Il te faut ta propre exposition.

— Vraiment ?

Grâce au ciel, Holly n'était pas là. Sinon, elle serait en train de se rouler sur le plancher.

— Bien sûr ! s'écria-t-il avec un grand geste qui engloba les quatre murs de la pièce. Il y a bien une centaine de toiles ici. Laisse-moi le temps de voir deux ou trois personnes, de les intéresser à l'affaire et puis nous pourrons nous mettre à la recherche d'une galerie. Je vais appeler Marcus Devenish, il est...

— En fait, l'interrompit-elle, il y a dans deux semaines une exposition à la Devenish Galerie que j'aimerais beaucoup voir. Nous pourrions y aller ensemble et tu lui parlerais.

— Pourquoi attendre ? Allons-y aujourd'hui ! Seigneur, tu ne peux imaginer comme je suis heureux d'être enfin sorti de l'hôpital... Je crève d'envie de reprendre ma vie et *d'agir*...

Tessa se tourna vers la fenêtre pour cacher son sourire. Dehors, le ciel gris métallique d'octobre écrasait les collines blanches de gel. Tandis que Ross gisait à l'hôpital, un automne flamboyant avait dû battre en retraite sous l'assaut d'un hiver prématuré. Et, tandis qu'il avait été tenu à l'écart, c'était elle qui avait agi. Elle déplaça le petit corps gigotant d'Olivia d'une hanche à l'autre puis se pencha pour extirper de son sac un prospectus. Le visage impassible, elle le tendit à Ross.

— C'est l'exposition que je voudrais voir. Ça a l'air intéressant.

— J'espère que ce n'est pas un de ces fichus trucs abstraits, grommela Ross en s'en emparant. Si tu crois que je vais perdre mon temps devant une série de carrés de couleur...

Il s'interrompit. Tessa s'écarta.

— C'est vrai ? dit-il enfin.

Tessa se tourna vers lui.

— Oui...

— Qui l'a organisée ?

— C'est moi !

— « Une exposition des œuvres de Tessa Duvall », lut-il à haute voix, puis il la regarda dans les yeux. Ce n'est pas encore une de tes plaisanteries ?

— Non, non.

— Mais tu ne m'as même pas demandé de t'aider.

— Je me suis dit, répondit-elle en choisissant ses mots, qu'il était temps que je m'aide moi-même. Cela m'a prouvé que mon travail n'intéressait pas que mes proches. J'avais besoin de savoir, ajouta-t-elle avec un haussement d'épaules, que l'exposition n'était due qu'à moi et non aux services que te doivent tes relations.

Il examina de nouveau le prospectus élégant qu'il tenait à la main, puis leva les yeux sur la jeune femme qui se tenait devant lui. Enfin, *enfin*, se dit-il avec un mélange de fierté et de soulagement, elle commençait réellement à croire à son propre talent.

— Cela signifie-t-il que tu vas devenir une artiste riche et célèbre ?

— Ce n'est pas impossible, répondit-elle en riant.

— Dans ce cas, dit Ross en ripostant d'un sourire malicieux, peut-être devrions-nous fêter l'événement. Selon les usages…

— Quelle bonne idée ! répondit Tessa avec enthousiasme. C'est toi qui allumes la bouilloire ou c'est moi ?

— Je ne parlais pas de cet usage-là…

Son regard noir fascinant fixé sur elle, il s'approcha et glissa son bras libre autour de sa taille.

— Je parlais de celui-ci, murmura-t-il.

La proposition était tentante… trop tentante… mais il fallait bien que l'un des deux fasse preuve d'un peu de maîtrise. Elle connaissait suffisamment Ross pour savoir que sa façon de fêter l'événement ne correspondrait pas à ce que les kinésithérapeutes appelaient « quelques mouvements de gymnastique douce ».

— Tu n'es pas encore assez bien, dit-elle en s'écartant.

— Je te parie que si…

Tessa secoua la tête.

— Vraiment, Ross, dit-elle d'un ton apaisant qui cachait ses propres regrets, ce ne serait pas bien.

Navrée autant pour lui que pour elle-même, elle lui tapota le bras.

— Tu n'es pas encore en bon état de marche, lui rappela-t-elle.

C'étaient les termes qu'il avait utilisés pour lui extorquer sa « promesse » après tout...

— Attends encore deux semaines, reprit-elle. Entre-temps, exerce-toi à la patience.

— Je croyais que c'était toi qui devais exercer le patient, répliqua-t-il d'un ton pitoyable.

— Je ne suis pas bâtie pour ce genre de choses, s'écria Holly en claquant la porte de sa voiture. Je croyais que j'y arriverais. Je croyais que ce serait formidable... mais je me sens encore plus malheureuse qu'avant et c'est si déprimant que je me demande pourquoi je continue.

— La semaine dernière, tu m'as dit que tout était formidable, souligna Tessa.

— C'était la semaine dernière. Cette semaine-ci, il semble avoir oublié jusqu'à mon existence. En ce moment, ajouta-t-elle d'un ton sinistre, je me sens comme un vieux rafiot hors d'usage.

Un passant coiffé d'un chapeau melon lui jeta un regard intrigué. Holly le fusilla des yeux.

— Tu dois admettre, dit Tessa en rejetant son écharpe blanche sur ses épaules, qu'il ne t'a pas raconté d'histoires. Tu savais à quoi t'attendre...

— Bien sûr ! reconnut Holly. C'est ce qui aggrave les choses ! Nous ne sommes que de bons amis. Nous nous voyons à l'occasion, nous profitons de la compagnie de l'autre et nous nous livrons à des ébats très réussis. Ni obligation, ni promesse, ni lien.

— Et alors ?

— Alors ces instants sont si beaux qu'ils rendent les autres d'autant plus déprimants. Je ne suis pas une fille désinvolte. Prétendre aimer ce style de relation commence sérieusement à me déprimer.

— Alors, arrête, dit Tessa.

Elle s'attendait à une vive protestation.

Il ne se produisit rien de tel. Holly haussa les épaules et soupira :

— Je sais. Je crois que c'est ce que je vais devoir faire...

Elles prirent une rue latérale et la galerie de Marcus Devenish apparut. Elle était située dans le quartier le plus élégant de Bath et ses grandes fenêtres étincelaient sous l'auvent rouge et blanc. Les tableaux qu'on y exposait étaient toujours savamment disposés. Le lendemain après-midi, songea Tessa avec un sursaut de fierté, les salons lui seraient entièrement consacrés. Elle en avait toujours rêvé.

— Je ne suis qu'une vieille chipie égoïste, dit Holly qui avait remarqué l'expression du visage de son amie. Te voilà en passe de devenir une star... je suis fière de toi.

— Ça peut être l'échec complet, dit Tessa. De toute façon, les artistes ne deviennent pas des stars.

— Eh bien, tu seras la première. Comment diable as-tu l'intention d'apporter toutes tes toiles ici, à propos ? Dix-sept aller-retour en Mercedes ?

— Le petit ami de Sylvie Nash a un camion. Il doit venir les prendre chez moi et les déposer ici, ce soir même. Je les accrocherai demain matin. Viens ! Je voudrais faire un tour à l'intérieur et voir déjà comment je les disposerai.

Mattie avait lu dans le journal que Tessa allait exposer ses œuvres à la galerie Devenish. Lorsque, quinze minutes plus tard, flânant sur le trottoir, son regard croisa celui de la jeune artiste de l'autre côté de la baie vitrée, elle éprouva un vif embarras.

Ignorant si Ross lui avait parlé de Grace, elle s'apprêtait à s'éloigner lorsque la jeune femme bondit au-dehors et se rua sur elle.

— Bonjour, je suis enchantée de vous rencontrer ! Je voulais inviter Grace au vernissage demain soir mais il y a eu tant à faire...

Mattie se détendit un peu. Manifestement, Tessa n'était au courant de rien.

— Mais maintenant que vous êtes là, je peux vous inviter toutes les deux, reprit-elle joyeusement. Et ne croyez pas que vous serez obligées d'acheter quelque chose. Tout ce qu'on vous demande, c'est de manger, de boire et d'avoir l'air contente d'être là. Je serai si émue qu'il me faudra plein de présences amies pour me soutenir. Dites-moi que vous viendrez, je vous en prie.

Mattie hésita. Du coin de l'œil, elle aperçut Max et Ross qui sortaient d'une voiture garée plus haut dans la rue.

— C'est très gentil de nous inviter mais je ne sais pas si...

— Ross !

Il les rejoignait. Tessa pivota brusquement. À cette seconde, Mattie perçut l'amour qui les unissait. Elle les envia et se souvint en même temps que ce qu'elle avait partagé avec Richard avait été aussi merveilleux. Instinctivement, ses mains refermèrent son manteau. Ross le remarqua. Son regard s'était attardé sur son ventre mais, au grand soulagement de Mattie, il ne fit aucun commentaire.

— Ross, voici Mattie Jameson, la mère de Grace. Je les ai invitées au vernissage et elle hésite. Dis-lui qu'elles *doivent* venir.

— Vous *devez* venir, récita-t-il en imitant le ton de Tessa.

Il remarqua le regard troublé de Mattie et ajouta :

— Grace est rentrée ?

— Il y a deux jours.

Un contractuel surgit au coin de la rue et Max et Tessa se mirent à chercher fébrilement de la monnaie pour l'horodateur. Profitant de la diversion, Ross baissa la voix et demanda :

— Dans ce cas, puis-je passer cet après-midi ?

Incapable de répondre, Mattie acquiesça de la tête.

— Et bien sûr, vous viendrez toutes les deux au vernissage. J'y tiens ! Et plus d'excuse, claironna-t-il comme Tessa revenait à ses côtés.

— Plus d'excuse, acquiesça Mattie avec un sourire à l'adresse de la jeune femme.

Elle se demanda comment Tessa réagirait lorsque Ross lui annoncerait que Grace était sa fille, ce à quoi il devait se résoudre sans tarder.

— Bravo, dit Tessa. À demain, alors. J'ai hâte de revoir Grace.

Mattie s'éloigna et Ross voulut entraîner Tessa vers la voiture.

— Viens, allons chez toi...

— Holly est toujours dans la galerie. Je ne peux pas la planter là.

— Mais si, tu le peux, fit Max joyeusement. Je vais l'emmener déjeuner.

# 55

— Et voilà ! conclut Ross en cherchant à lire sur le visage de Tessa. Peut-être aurais-je dû t'en parler plus tôt mais l'histoire n'est pas très jolie.

Comme elle gardait le silence, il se pencha en avant.

— Dis quelque chose, supplia-t-il.

Elle secoua la tête. Découvrir qu'Olivia avait une demi-sœur... que cette demi-sœur était Grace... l'avait bouleversée plus qu'elle ne l'aurait pensé. Quelle étrange situation ! Cela expliquait l'intérêt que Grace avait porté à Olivia et son attitude ambiguë à l'égard de Ross. Ce genre de choses pouvait très facilement se produire, songeait Tessa. Mattie et elle avaient vécu avec Ross la même expérience. Si le hasard, en la personne de Holly, ne s'en était pas mêlé, Ross aurait continué à vivre en ignorant une fois de plus qu'il était père. Combien d'hommes étaient passés par là ? Des centaines ou des milliers ? Et pour chacun d'eux, il y avait une femme, restée seule avec un enfant. Elle ne put s'empêcher de se demander si quelque part dans le monde Olivia et Grace n'avaient pas une autre demi-sœur, ou un demi-frère... C'était du domaine du possible, après tout.

— Dis-moi à quoi tu penses, insista Ross.

— C'est compliqué, finit-elle par répondre. D'abord, je suis désolée pour Mattie et Grace, pour ce qu'elles ont eu à endurer. Ensuite... je suis très contente que les choses aient tourné différemment pour Olivia et moi, enchaîna-t-elle avec un sourire. C'est beaucoup plus agréable que tu sois avec moi... et encore plus pour Olivia qui ne sera pas obligée d'attendre ses dix-huit ans pour connaître son père.

Elle fit à nouveau une pause. Son expression devint pensive.

— Que vas-tu faire pour Grace maintenant ?

— Je dois la voir cet après-midi.

Elle hocha la tête. Ce ne serait pas une entrevue facile, mais la situation serait éclaircie.

— Dis-lui que je l'attends demain soir.

— Que se passe-t-il ? s'inquiéta Max en voyant Holly repousser son assiette quasiment intacte.

Jamais il ne l'avait vue aussi calme. Il ne l'en avait d'ailleurs jamais supposée capable. Plus troublante encore était sa perte d'appétit. De toutes les femmes qu'il avait connues, aucune n'avait autant aimé manger que Holly.

— Rien, dit-elle d'une voix étouffée dans laquelle il crut percevoir des larmes.

Holly, cependant, était bien décidée à ne pas pleurer. C'était triste mais elle en avait pris elle-même la décision et elle savait qu'elle agissait raisonnablement. Comme on ampute un pied avant que la gangrène ne gagne toute la jambe, songea-t-elle en rassemblant tout son courage. Mettre un point final à cette histoire allait être douloureux, mais pas autant que d'attendre... que de se laisser subjuguer davantage... que d'aimer Max et de savoir qu'il n'éprouvait rien de tel... Il fallait que ce soit fait. Quel dommage, songeait-elle en jetant un bref regard sur la salle bondée et animée du restaurant, qu'il n'y ait rien au monde qu'elle puisse faire pour enflammer son cœur.

Il l'observait. À l'aide de sa fourchette, elle dessinait tristement des dessins sur la nappe rose.

— Manifestement, tu n'as pas faim. Moi, je n'ai pas besoin de revenir à l'hôtel avant six heures... si nous allions chez toi ?

Et se payer une petite séance de jambes en l'air en bons camarades, sans complication, compléta-t-elle intérieurement tandis qu'un mélange d'irritation et de désir montait en elle. Eh bien, pourquoi pas ? Cela avait toujours été fantastique entre eux. Peut-être aurait-elle après plus de courage... Ensuite, elle lui parlerait.

— D'accord, dit-elle en reposant sa fourchette avec un petit sourire. Cela me paraît une idée sympathique.

Soulagé de la voir se détendre, Max lui prit la main et la serra. Il savait bien qu'elle accepterait.

— Sympathique ? répéta-t-il en riant. Si c'est tout ce que je peux obtenir comme appréciation, je crains d'avoir baissé.

Cette fois-ci, elle rit franchement. Puisque c'était leur dernier après-midi ensemble, autant qu'elle en profite !

— Pardon, je me suis trompée, assura-t-elle d'un ton badin. Je suis sûre que ce sera... mémorable.

Mattie avait fait entrer Ross dans le salon puis s'était discrètement retirée. Grace était assise gauchement sur l'un des fauteuils au coin du feu. Elle n'avait pas pris une goutte d'alcool depuis sa dernière entrevue fatidique avec Ross et elle sentait que si elle franchissait cette dernière épreuve sans céder, elle aurait gagné la bataille. Jamais elle n'avait eu autant envie d'un verre, et jamais elle n'avait été plus résolue à se le refuser.

Ross mit sa canne dans le coin de la cheminée et se laissa tomber dans un fauteuil.

— Il me semble que je te dois des excuses, dit-il.

Soudain, la frayeur de Grace s'évanouit. Il était enfin là et elle n'avait plus rien à craindre. Le soulagement était tel que la tête lui tournait.

— Moi aussi, je vous en dois, répondit-elle à voix basse. J'ai cru que vous étiez mort. J'ai eu tellement peur que j'ai paniqué et que je me suis enfuie. Ensuite, quand j'ai lu dans les journaux que vous étiez paralysé, j'ai été encore plus terrorisée.

— Tu n'étais pas la seule, dit Ross avec un léger sourire.

— Je regrette. Et je suis bien contente que vous soyez guéri maintenant.

— Oui...

Le silence tomba, que brisait seul le tic-tac de la pendule sur la cheminée. Ross bougea dans son fauteuil puis comprit qu'il n'avait qu'à exprimer tout simplement ce qu'il éprouvait.

— Écoute, je ne sais pas ce à quoi tu t'attendais aujourd'hui. Ce n'est pas très facile pour moi. J'admets abstraitement le fait que je suis ton père mais je ne me *sens* pas ton père. Si tu veux revenir travailler au Manoir, je serai très content et nous pourrons nous habituer l'un à l'autre. Je t'aiderai... Mattie aussi... autant que je le pourrai, de toutes les façons possibles, mais nous ne nous *connaissons* pas. Si tu t'attendais à ce que je te serre dans mes bras comme un père, alors je crains... je ne suis pas taillé pour ce genre de démonstration, compléta-t-il avec un haussement d'épaules d'impuissance. Si c'est cela que tu attendais, je suis navré mais...

— Bien, coupa Grace, soulagée. Moi non plus, je ne le pourrais pas. Même d'en parler, c'est gênant.

— Nous nous ressemblons peut-être plus que nous ne le pensions, dit-il en souriant. Alors, que dirais-tu de reprendre ton travail au Manoir ? Ça te plairait ?

Le soulagement de la jeune fille ne lui échappa pas. Il remarqua aussi que son apparence s'était modifiée. Sa nouvelle coupe de cheveux, moins agressivement courte, encadrait son visage en en soulignant la délicate ossature. Avec quelques conseils, se dit-il, elle apprendrait à se mettre en valeur. Elle avait beau ne pas lui ressembler physiquement, elle semblait posséder le caractère Monahan. Mattie lui avait dit qu'elle était intelligente ; peut-être, avec un peu d'aide, pourrait-elle entreprendre une bonne carrière dans l'hôtellerie.

— J'aimerais beaucoup, dit Grace sans hésiter. Merci.

— Bien, c'est arrangé. Et maintenant, dit-il en se carrant dans son fauteuil et en la regardant dans les yeux, j'ai deux ou trois questions à te poser. Au sujet de ta mère.

## 56

Le temps que la police parvienne à joindre Marcus Devenish à sept heures trente le lendemain matin, il ne restait presque plus rien de sa chère galerie. Un court-circuit avait provoqué l'incendie, expliqua le capitaine des pompiers ; les flammes s'étaient répandues, déclenchant l'alarme, mais quand les secours étaient arrivés sur place, le rez-de-chaussée n'était plus qu'un brasier. Réduire l'incendie avait pris trois heures et demie, et le bâtiment, ou ce qu'il en restait, était à peine reconnaissable.

Bien qu'il soit sérieusement assuré, Marcus Devenish fut bouleversé. La veille au soir, il avait un dîner avec un acheteur de New York et, pour éviter d'être en retard, il avait laissé les clefs de la galerie à Colin Rowland, le jeune homme qui, plus tard dans la soirée, devait livrer les tableaux de l'exposition. Avec un frisson d'horreur, il se souvint d'avoir plaisanté en lui transmettant les consignes. Ils n'avaient pas envie, avait-il dit, qu'une bande de cambrioleurs rafle le contenu de la galerie. « La jeune Tessa Duvall ne sera pas enchantée si, en débarquant à l'aube, elle trouve les salons vides. Empile les toiles contre le mur et n'oublie pas de brancher l'alarme avant de partir. D'accord ? »

Brancher l'alarme n'avait pas suffi. Emmitouflé dans son manteau, devant les restes noircis, enfumés, et éventrés de sa galerie, Marcus Devenish se demandait quels mots il allait trouver pour annoncer la nouvelle à Tessa Duvall.

— Ô Seigneur ! murmura-t-elle en se cramponnant à Ross comme l'étendue du désastre se révélait à elle.

L'espoir fou que quelques-unes de ses toiles auraient échappé aux flammes s'écroulait ; les cent vingt-six tableaux, auxquels étaient suspendus ses espoirs, son ambition, son *avenir*, étaient réduits à l'état de cendres.

Elle tremblait si violemment que Ross la serra contre lui. Sous cette lumière grise de novembre, la scène de dévastation était telle qu'aucune parole n'aurait pu apporter de réconfort. Et ce devait être une si belle journée...

Tessa essuya des larmes sur sa manche. L'odeur âcre du bois brûlé emplit ses poumons.

— Je devrais avoir honte de moi, finit-elle par dire, la gorge contractée. Ce n'est pas une *réelle* catastrophe. Personne n'est mort. Mais j'ai du mal à croire que toutes ces toiles ont disparu. Je voulais tellement que cette exposition soit un succès, que je puisse être fière de moi, et voilà qu'il ne reste plus rien...

En prenant le virage, Colin Rowland grimaça. Sa gueule de bois s'amplifiait. Il sortait d'une nuit de tous les diables et, quand Sylvie découvrirait qu'il l'avait passée en compagnie de Barry Edgeson, « l'invertébré » comme elle l'appelait, elle ne serait pas contente du tout. Heureusement, il avait pensé à régler son réveil avant de s'écrouler sur son lit à deux heures et demie du matin. Il avait le vague sentiment qu'il aurait dû téléphoner la veille au soir à Ross Monahan pour le prévenir de son retard, mais il n'était que huit heures trente du matin et, avec un peu de chance, il arriverait à la galerie le premier. S'il pouvait décharger rapidement son camion, personne ne serait au courant de l'incident.

— Bon Dieu de bon Dieu !

Oubliant sa gueule de bois, Colin enfonça le frein et s'immobilisa. Il sauta à terre et regarda, bouche bée, la scène de dévastation. Enjambant les débris trempés, des pompiers enroulaient leurs tuyaux tandis que des badauds ahuris examinaient les décombres de la galerie la plus prestigieuse de Bath.

Puis il vit Tessa, que Ross réconfortait de son mieux. Et lentement, du fond de son cerveau fatigué, surgit l'idée que le retard de la livraison n'allait pas s'avérer aussi catastrophique qu'il l'avait craint.

Colin Rowland ne sentait pas très bon, un mélange de whisky et de curry, mais Tessa n'en tint pas compte. Lorsque à travers ses explications tronquées elle finit par comprendre que ses toiles n'étaient pas dans la galerie lors de l'incendie, elle embrassa d'abord Colin, puis Ross, puis Colin de nouveau. Enfin, pour faire bonne mesure, elle embrassa celui des pompiers qui avait tenté de la réconforter un peu plus tôt.

— Je ne comprends toujours pas pourquoi vous ne les avez pas livrées, dit Ross, soulagé qu'on ne lui demandât pas d'embrasser le jeune homme.

Mais il n'avait pas fallu cinq minutes à Colin pour se jeter dans le rôle du héros et il était déjà en train de raconter son histoire à une équipe de la radio locale, que les relents de curry ne semblaient pas incommoder.

— Écoutez voir ! Juste après que j'ai eu chargé mon camion chez Tessa, je me suis aperçu que j'allais tomber en panne d'essence, expliqua-t-il avec importance, son accent s'épaississant sous l'effet de l'excitation. Alors, je suis allé à la station et qui j'ai rencontré là ? Mon vieux copain, Barry Edgeson. Il était parti à l'armée, on s'était pas vus depuis des mois. Et justement, on était à deux pas du Golden Lion qui était l'un de nos repaires favoris. Alors, on y a fait un saut pour fêter ça. Ce que je me rappelle ensuite, c'est que c'était l'heure de la fermeture et que j'en avais descendu quelques-uns. Alors, je me suis dit que je ferais mieux de laisser le camion dans le parking du pub. Après ça, Barry et moi on est allés manger un curry au poulet, un truc à vous emporter la bouche. Et puis, j'ai pris un taxi pour rentrer à la maison. J'avais pas idée de l'incendie avant de déboucher du virage, là, avec mon camion... et tous les tableaux bien tranquilles derrière moi. Mon Dieu, si je ne les avais pas gardés à l'abri, ils auraient cramé comme le reste de la baraque. Quelle sacrée chance, faut le dire, que mon vieux pote Barry ait fichu le camp de l'armée finalement...

— Si ma mémoire est bonne, dit Holly à cinq heures quarante-cinq ce soir-là, ta mère m'a dit un jour qu'il n'y avait rien qu'elle détestait autant que les grandes réceptions. Et maintenant la voilà, à peine un an plus tard, qui en donne une. Qu'est-ce que tu penses de ça ?

Elle fit une grimace pour faire rire Olivia.

— Qu'est-il *arrivé* à ta drôle de mère ces douze derniers mois ? L'aurais-tu reconnue si tu l'avais croisée dans la rue ?

Elles faisaient une pause bien méritée dans la serre. Après la réapparition miraculeuse des toiles, Ross avait informé le troupeau de photographes et les équipes de la radio et de la TV que l'exposition s'ouvrirait à l'heure dite, mais au Manoir. Comme l'incendie de la galerie Devenish était un événement digne d'un reportage, l'exposition de Tessa le devint aussi. Il en rejaillit une publicité beaucoup plus importante que si la galerie existait encore.

Jamais ils n'avaient autant travaillé. En sept heures d'activité fébrile, ils avaient transformé la salle de bal de l'hôtel en galerie, et tous, fleuriste, traiteur, électricien, et même les quelques journalistes présents, avaient mis la main à la pâte. Le splendide lustre, habituellement l'élément remarquable de la pièce, rivalisait à présent avec les éclairages subtils disposés un peu partout. Au centre était disposé sur une table ovale un somptueux buffet, flanqué de part et d'autre de caisses de champagne. Les trois cents catalogues sur papier glacé qui avaient disparu dans l'incendie avaient été remplacés par cinq cents feuillets imprimés par Max. Il était presque six heures et, chose incroyable, tout était prêt pour l'ouverture.

— Tu ne l'aurais pas reconnue, n'est-ce pas ? répéta Holly comme Olivia tendait les mains vers ses boucles d'oreilles.

Tessa prit une gorgée de vin blanc et sourit.

— Elle le pourrait, je porte la même robe, après tout…

— Et tu ne pourras pas t'en tirer ainsi quand tu seras une superstar ! Ne t'inquiète pas, je sais aussi bien dépenser l'argent des autres que le mien… J'irai faire des courses avec toi, je t'expliquerai la procédure…

S'imaginant moulée dans une robe en lycra orange et juchée sur des talons aiguilles, Tessa s'empressa de changer de sujet.

— Alors, comment ça s'est passé hier après-midi ? demanda-t-elle.

Comme Holly n'en avait pas encore parlé, elle supposait que la crise était passée.

— Tu as renoncé à lâcher Max ?

Le visage de Holly s'assombrit.

— Heureusement que nous avons eu une journée trépidante, dit-elle avec un petit sourire triste. Ça m'a empêchée de réfléchir. Un vrai cauchemar, Tess, mais je l'ai fait. Je lui ai dit que je ne voulais plus le voir.

— Mon Dieu !

L'incrédulité cloua Tessa sur place.

— Qu'est-ce qu'il a dit ? finit-elle par souffler.

— On ne peut pas dire que le chagrin l'ait terrassé, répondit Holly avec amertume. Il a été surpris, bien sûr. Manifestement, il ne s'attendait pas à ce que quelqu'un comme moi lui fasse ce genre de chose. Puis il s'est contenté de hausser les épaules en disant qu'il respecterait ma décision.

— Ensuite ? souffla Tessa avec sympathie.

— Ensuite je suis sortie du lit, je me suis rhabillée et j'ai quitté l'appartement. Quand je suis revenue une heure plus tard, il était parti. Plus ou moins consciemment, j'avais imaginé qu'en le lui disant alors que nous étions au lit, il aurait essayé de me faire changer d'avis, dit-elle, les yeux remplis de larmes. En fait, c'est cela que j'attendais mais ça ne s'est pas produit. Toute la journée, il s'est montré extrêmement poli, et moi aussi, et c'était horrible. Je sais que j'ai bien fait, conclut-elle en prélevant un canapé du plat que Tessa avait emporté du buffet, mais cela ne rend pas les choses plus faciles. J'ai du mal à croire que je l'ai fait… et que je l'ai fait pour *moi-même*.

Tessa, qui ne savait que trop ce qu'éprouvait son amie, tenta de la réconforter.

— Mais tu sais que c'était *la seule* chose à faire, et cela t'aidera. Tu l'oublieras… Tu rencontreras quelqu'un d'autre…

— Oh oui, fit Holly en enfournant un canapé au saumon. Ce ne sont pas les hommes qui manquent. Ils ne peuvent pas être tous des salauds quand même.

— Bien sûr ! Certains sont même très gentils...

Tessa se demanda si Adam Perry viendrait au vernissage. Elle lui avait envoyé une invitation mais, la semaine passée, Holly lui avait appris qu'il était au Portugal.

— Le problème, répondit cette dernière d'un ton lugubre, c'est que ce ne sont pas ceux dont je m'éprends.

# 57

À six heures trente, il devint évident que l'exposition était un succès. L'atmosphère dans la salle de bal bondée était électrique et le changement de lieu n'avait fait qu'ajouter à l'excitation générale. Cela tenait plus de la réception que du vernissage, se rendit compte Tessa. La tête lui tournait d'entendre tant de compliments sur son œuvre, surtout quand elle comprit qu'ils étaient sincères. Certaines toiles avaient déjà été réservées par des professionnels et des collectionneurs qui n'avaient pas cillé devant les prix fixés par Ross et Marcus Devenish. Tessa, elle, les avait trouvés exorbitants.

— Tu les *vaux*, avait expliqué pour la dixième fois Ross dans l'après-midi alors qu'elle paniquait à l'idée que rien ne serait vendu. Tess, aie le courage d'admettre ce que tout le monde pense. Crois-moi, ce ne sont pas des prix scandaleux. Ils correspondent à ton travail et à ton talent. Sans parler, ajouta-t-il avec un clin d'œil équivoque, de ma commission…

Elle constatait à présent avec un immense soulagement que ses craintes avaient été vaines. Tout autour de la pièce, des tableaux arboraient des étiquettes rouges et Holly se ruait régulièrement sur elle pour la régaler des ragots les plus croustillants et l'informer d'un air suffisant de l'identité des acheteurs.

— Heureuse ? demanda Ross qui l'observait d'un regard amusé, appuyé sur sa canne.

Dans son costume sombre, et avec ses cheveux de jais, il était d'une beauté telle qu'elle sentit sa gorge se nouer. L'idée qu'il aurait pu rester infirme à vie, prisonnier d'un corps parfait mais inerte, lui parut inimaginable à présent.

— Très heureuse, admit-elle en glissant son bras autour de sa taille. Bien sûr, c'est peut-être dû au champagne...

— Ou au fait que ces acheteurs de Bond Street voient en toi un jeune talent très prometteur, murmura-t-il. J'ai surpris quelques conversations dans ce sens. Venez là, jeune talent prometteur, que je vous embrasse.

Comme sa bouche se posait sur la sienne, un flash éternisa l'instant. La presse, au grand complet, savait reconnaître un scoop au passage.

— Quel dommage pour Drumlachan, murmura Tessa à l'oreille de Ross.

Un consortium de Londres venait d'acheter le château lors d'une vente aux enchères.

Ross jeta un regard inquisiteur sur le visage innocent de Tessa.

— Hmmm, eh bien, tant pis, fit-il d'un ton énigmatique. Il y aura d'autres châteaux.

— Dis-moi, insista-t-elle, tu serais vraiment resté en Écosse pour superviser les travaux ?

Il ne put se retenir de rire. La question avait dû la tarauder pendant des semaines, se dit-il avec un sentiment de triomphe.

— Bien sûr que non, chérie ! On engage des spécialistes pour ça. Je l'ai dit pour voir comment tu réagirais...

Avant qu'elle ne puisse riposter, il l'embrassa de nouveau avec fougue.

— On nous regarde, dit Tessa en s'écartant, les joues en feu.

Elle se lissa les cheveux et tenta de reprendre une attitude plus conforme à la situation.

— Où est Olivia ? demanda-t-elle.

— La dernière fois que je l'ai vue, elle était dans les bras d'Adam et exhibait une étiquette rouge. On a dû la vendre.

Adam était donc arrivé. Tessa espéra un coup de pouce du destin ; Holly circulait joyeusement de groupe en groupe et donnait l'impression d'être une fille bien dans sa peau, mais il lui fallait quelqu'un. Et Adam était si *gentil*...

À cet instant, un bras hâlé s'enroula autour de sa taille et une voix enjôleuse murmura à son oreille :

— Quel effet cela fait-il d'être célèbre ?

Ignorant l'air contrarié de Ross, elle pivota et embrassa Dominique sur les deux joues.

— Je pensais que tu ne viendrais pas !

— Comment aurais-je pu manquer ça ? demanda-t-il avec un grand geste de la main. Tu m'imagines en train de dire : « Au diable, cette exposition ! Je n'ai même pas l'argent pour payer le car » ? En fait, poursuivit-il à mi-voix, il se trouve que ma future épouse était avec moi. Elle m'a amené dans sa Lotus. Une très belle femme, une très belle voiture...

Ross, dont les sentiments à l'égard de Dominique étaient très mitigés, s'éloigna.

— Es-tu heureuse, ma chérie ? demanda le jeune homme en resserrant son étreinte. Vraiment heureuse ?

Sentant son chignon se défaire, Tessa hocha doucement la tête.

— Je le suis, assura-t-elle.

Les doutes qui l'assaillaient régulièrement... Antonia et son emprise sur Ross... son passé donjuanesque... tout cela ne comptait plus.

— Mon bonheur m'épate moi-même. J'ai du mal à y croire. Et pourtant il est réel. Je crains de devenir terriblement puante...

Ross les surveillait de loin ; Dominique ne put le lui reprocher. Il sourit au visage radieux de Tessa.

— Si tu en es sûre, et si ce n'est pas par gratitude, alors, c'est parfait. Personne plus que toi ne mérite d'être heureux.

Adam tendit Olivia à Holly, tout en regrettant de ne pouvoir prendre cette dernière dans ses bras. Malgré sa fatigue et son regard un peu las, elle était splendide dans sa robe en taffetas rose bonbon aux reflets violets. Bon observateur, il avait remarqué qu'elle n'avait cessé de se tenir à distance de Max et son moral avait remonté en flèche.

Mais il savait aussi qu'il devait manœuvrer avec prudence. Ses précédentes tentatives de séduction s'étaient avérées totalement inefficaces. À cet instant, en tout cas, Holly semblait avoir plus besoin de sympathie que de compliments.

— Tu sembles réclamer une semaine de sommeil ininterrompu, mon petit, dit-il en la menant vers une chaise et en s'emparant de deux coupes de champagne. Tu as trop travaillé. Tiens, bois !

Holly s'assit sans protester tout en maintenant le verre à distance des doigts d'Olivia.

— Je fais peur à voir, c'est cela que tu veux dire ?

— Ne sois pas sotte. À propos, as-tu remarqué que ton portrait a été vendu ?

Il désigna le mur où était suspendue une étude colorée de Holly. Sa crinière fauve retenue par une écharpe vert émeraude, la jeune fille était assise sur le plancher et s'appliquait à vernir ses ongles.

— Vraiment ? Qui l'a acheté ?

— C'est moi !

Voilà qui n'était guère encourageant, songea-t-il en remarquant la pointe de déception dans le splendide regard gris.

— Oh, pourquoi ?

Il haussa les épaules et répondit simplement :

— J'aime te regarder…

Holly ne put résister à la tentation de chercher Max du regard. Il était un peu plus loin, en compagnie de Caroline Newman, et semblait s'amuser. Le sentiment de perte qu'elle éprouvait n'était donc pas partagé. Max l'avait remplacée sans perdre de temps. L'idée qu'elle serait le témoin de ses infidélités lui parut soudain insupportable.

Sa détresse fit souffrir Adam. Il ne put garder le silence.

— Chérie, il t'a traitée d'une façon ignoble et il ne te mérite pas. Tu devrais partir. Tu ne peux pas continuer à le voir jour après jour et à te rendre malade.

— Mais si, je le peux, répliqua Holly machinalement en retenant ses larmes. *J'aime* travailler ici.

— Tu pourrais aussi aimer travailler ailleurs, loin de Max Monahan, dit-il abruptement. Chaque fois que tu le vois, ta souffrance renaît. Si tu veux l'oublier, il te faut couper net.

Durant ses deux dernières nuits d'insomnie, elle s'était dit exactement la même chose. Une rupture, certes très douloureuse mais efficace, devait être son but. Cependant, mettre un point final à sa liaison lui avait demandé plus d'énergie qu'elle ne l'aurait cru, et elle se sentait à présent épuisée. Elle n'était pas surhumaine, après tout.

Évitant le regard d'Adam, elle embrassa la tête brune d'Olivia.

— C'est ce que je devrais faire, je le sais. Mais je n'arrive pas à m'y résoudre.

— Mais tu le *pourrais*. Écoute, je viens d'acheter un restaurant dans la province de l'Algarve. Tu pourrais y travailler, tenir le bar. Je parle *sérieusement*, Holly. C'est l'occasion idéale. Tu serais dans ton élément...

La proposition était si comique qu'elle ne put s'empêcher d'éclater de rire.

— Je ne peux vraiment pas tenir un bar au Portugal.

— Pourquoi ?

Pendant deux secondes, son humour refit surface. Elle tapota le bras d'Adam et se pencha pour lui chuchoter à l'oreille :

— Mais, abruti, parce que je ne parle pas le portugais...

— Peut-être que ça ne me regarde pas, dit Ross, mais je n'ai pas pu ne pas remarquer hier que vous aviez pris un peu de poids ces derniers temps. J'en ai parlé à Grace. Elle m'a dit que vous étiez enceinte.

Mattie répondit par un sourire un peu triste. La dernière fois qu'elle était venue au Manoir, elle avait fait la connaissance de Richard et, tandis qu'elle remontait l'allée éclairée, le souvenir de cette soirée l'avait envahie. Elle n'avait jamais pu se résoudre à jeter la robe rose dont la manche portait la brûlure de cigarette.

— Je lui ai aussi demandé qui était le père, poursuivit-il doucement.

Leurs regards se croisèrent.

— Elle vous l'a dit ?

— Bien sûr ! Mattie, je ne tire pas fierté d'avoir eu une liaison avec Antonia. Richard était un chic type. J'imagine ce que vous avez dû éprouver en apprenant sa mort... Et, maintenant, sans que vous soyez en faute, vous revoilà dans la même situation qu'autrefois.

— Pas tout à fait la même, corrigea-t-elle en détournant son regard vers un fusain figurant Olivia. Je sais que Richard m'aimait. Parfois, cela rend les choses plus pénibles, mais souvent, c'est un réconfort.

— Vous auriez été très bien ensemble, dit Ross avec conviction.

C'était une femme digne et chaleureuse, sincère et compatissante. Aussi différente d'Antonia qu'il était possible de l'être.

— Écoutez, je n'étais pas là pour vous aider quand Grace est née et je sais que j'arrive dix-huit ans trop tard, mais je vous serais très reconnaissant si vous m'autorisiez à vous aider cette fois-ci. Je vous en prie, ne dites rien encore ! J'ai appelé mes avocats et nous avons pris quelques dispositions. En ce qui concerne votre situation financière, en tout cas, vous n'aurez pas à vous faire de souci, d'accord ?

Mattie fronça les sourcils.

— Je ne veux pas de charité…

— Ce n'est pas de la charité, répliqua aussitôt Ross, C'est une dette dont je m'acquitte. D'ailleurs, ajouta-t-il avec un regard malicieux, cela peut être onéreux d'élever un jeune et brillant expert-comptable. À trois ans, il réclamera des piles neuves pour sa calculatrice et, le jour de son quatrième anniversaire, c'est un micro-ordinateur qu'il exigera.

— Oui, fit Mattie en souriant. Elle pourrait bien demander tout ça…

Profitant de ce que personne ne la regardât, Grace s'avança timidement vers Tessa.

— Bonjour !…

— Grace ! Je suis enchantée que vous soyez là.

Tessa la serra dans ses bras puis recula pour observer rapidement la jeune fille. De son œil exercé, elle saisit les ressemblances entre père et fille que Ross n'avait pu déceler. Le teint, la couleur des yeux et des cheveux étaient très différents, bien sûr, mais le dessin ferme de la mâchoire et les pommettes saillantes étaient identiques. Ils partageaient aussi une égale détermination.

— Ça me fait drôle de revenir ici, remarqua Grace qui ne savait trop que dire. J'ai l'impression que je devrais me mettre à débarrasser les verres sales...

— Contentez-vous de passer une bonne soirée ! Comme moi. Et, surtout, ajouta Tessa en baissant la voix, sachez que je suis très heureuse que tout soit éclairci entre Ross et vous. Hier, quand il m'a mise au courant, j'ai été stupéfaite mais je commence maintenant à m'habituer à l'idée. Comment cela se passe-t-il entre vous deux ?

— Pas trop mal, répondit Grace en souriant. Sauf que j'ai du mal à m'empêcher de l'appeler monsieur Monahan.

— Ça ne sera facile ni pour l'un ni pour l'autre, remarqua Tessa pour rassurer la jeune fille. Il vient tout juste de se faire à l'idée qu'il est le père d'Olivia. Et voilà qu'il lui faut tout à coup assumer la paternité d'une adulte. Laissez-lui un peu de temps ! Ne vous attendez pas à des miracles, c'est tout...

— Non, répondit Grace. Je sais que ce n'est pas facile pour lui. Mais je suis contente qu'il le sache enfin.

— Qu'allez-vous nous annoncer ? demanda l'une des journalistes avec un sourire suggestif.

Max Monahan avait encore plus d'allure en chair et en os que lorsqu'il apparaissait à la télévision pour lancer son dernier livre. Ce regard noir, cette prestance, cette arrogance imperturbable étaient irrésistibles.

— Que se passe-t-il réellement entre vous et Francine Lalonde ? Êtes-vous allé la voir en Suisse ? Avez-vous fait des projets d'avenir ?

Du coin de l'œil, Max regarda Holly en pleine conversation avec Dominique. Son visage était entouré d'un halo de lumière qui l'éclairait du seuil de la porte. Un bref instant, il crut sentir son parfum. Il se tourna brusquement vers la journaliste.

— J'ai écrit le scénario d'un film qu'elle est en train de lire. Je l'attends d'ici à une semaine ou deux... mais, pour le moment, disons que nous sommes bons amis.

— Ra-soir ! s'écria la jeune femme en tendant son verre pour qu'il le remplisse à nouveau. Allons, Max, ne soyez pas aussi réservé avec moi... Vous pouvez tout me dire ! La question du mariage a-t-elle été envisagée ?

Max qui buvait depuis deux heures de l'après-midi tout en mettant au point sur l'ordinateur le catalogue de l'exposition, s'aperçut qu'il allait commettre une grosse indiscrétion. Mais quelle importance cela avait-il ? Il aimait Francine et elle l'aimait ; elle le lui avait dit au téléphone la semaine passée.

Avec un léger sourire, il répondit :

— Eh bien, c'est une possibilité que je n'éliminerais pas...

— Comment je vais ? répéta Holly qui hésitait entre le rire et les larmes. Comment je vais ? Je suis amoureuse de Max qui me traite plutôt mal. Pour lui, je ne suis rien de plus qu'une série d'aventures d'une nuit. Je lui ai dit que je ne voulais plus le voir et il a fait l'effort de paraître déçu. Continuer à travailler avec lui me paraît insupportable et on m'a proposé une situation à l'étranger ; mais ça aussi, cela me semble tout aussi insupportable puisque je ne le verrais plus. À part ça, conclut-elle avec lassitude, je vais bien.

Depuis la nuit qu'ils avaient passée ensemble, ils ne s'étaient vus qu'à de rares occasions chez Tessa ;

l'atmosphère entre eux était plutôt tendue, pour ne pas dire plus, l'impuissance étant pour chacun deux une expérience sans précédent. L'humiliation de Dominique conjuguée à celle de Holly avaient fait de cette nuit une des plus malheureuses de leur vie. Leur échec était resté leur secret honteux. Du moins l'espérait-il ; si jamais elle en avait parlé à qui que ce soit, il ne lui adresserait plus la parole.

Mais son chagrin balaya son embarras et il compatit.

— En tout cas, ton corps lui plaît, dit-il avec un sourire de travers. Cela doit te réconforter.

— C'est pire ! gémit Holly. Il n'y a que le sexe qui l'intéresse, avec moi du moins. J'avais l'impression d'être une poupée gonflable. C'était atroce...

— Alors, pars !

— Je n'ai pas envie de partir.

— Alors, reste ! fit Dominique, au bord de l'exaspération.

— Comment puis-je rester ? se lamenta Holly, et son verre de vin blanc se déversa sur la manche de Dominique. Il ne m'aime pas. C'est encore pire...

Se frayant un chemin dans la pièce bondée, Holly parvint jusqu'aux portes-fenêtres et sortit sur la terrasse. L'air frais de la nuit caressa ses joues enflammées. Les pelouses éclairées qui s'affaissaient soudain dans l'obscurité évoquèrent le grand saut dans l'inconnu qu'elle savait à présent devoir faire.

Quelques instants plus tard, Tessa et Adam la rejoignirent. Celui-ci avait pris la sage précaution d'emporter une bouteille et il remplit leurs verres.

— Je ne devrais pas, dit Tessa. Si je m'enivre, je risque de dire à Max ce que je pense de lui.

— Ce serait dommage ! plaisanta Adam. Alors qu'il vient enfin de te pardonner de l'avoir fait figurer dans le tableau que tu as peint pour Ross.

*La Réception*, la seule toile de l'exposition qui n'était pas à vendre, continuait à susciter l'intérêt des marchands, des critiques et des amateurs d'art. Si Ross l'avait voulu, il aurait pu la vendre une vingtaine de fois. Cette toile et les quelques scènes de genre qu'elle avait peintes remportaient plus de succès que les autres œuvres.

— Tant pis ! dit Holly en se hissant sur une table dont le métal froid mordit le dos de ses cuisses. Adam, il fait chaud dans l'Algarve à cette époque de l'année ?

Ne pouvant voir son visage dans l'obscurité, il craignit de réagir trop vivement.

— Oui, répondit-il.

— Et est-ce que le portugais est une langue facile à apprendre ?

Il l'ignorait mais peu importait la vérité. Si Holly venait avec lui au Portugal, plus rien n'avait d'importance. Par mesure de prudence, il mentit allégrement.

— Bien sûr ! C'est la langue la plus facile du monde.

L'air pensif, Holly prit une gorgée de vin.

— Dans ce cas, finit-elle par dire, peut-être vais-je pouvoir y arriver...

— Tu pars pour Vilamoura ! s'exclama Tessa, manifestement au courant.

Bon sang, songea Holly, pourquoi est-ce que je ne cherche pas plutôt une situation en France ?

— Si cela n'ennuie pas Adam, répondit-elle d'un ton d'une timidité inhabituelle.

L'ennuyer ? Le mot surprit Adam qui sourit dans l'obscurité. Peut-être, loin de Max, pourrait-il enfin lui faire entendre raison. Les circonstances seraient en tout cas en sa faveur.

— Je crois que j'arriverai à le supporter.

— Tu as parfaitement raison, dit Tessa en serrant Holly dans ses bras. Mais tu vas terriblement me manquer. Alors, quand pars-tu ?

— Demain ! s'écria Holly dans l'ivresse de la décision.

Puis elle fit une pause et se mordit la lèvre.

— Enfin, demain, ce serait bien mais je dois sans doute donner un préavis à mon employeur.

Grace, qui tenait Olivia dans ses bras, se tenait sur le seuil de la porte-fenêtre. Une idée lui vint qu'elle se retint de formuler. La même traversa simultanément le cerveau de Tessa, laquelle n'était pas femme à laisser passer sans la saisir une solution.

— Nous en parlerons à Ross, dit-elle en reprenant sa fille qui pleurait. Je suis sûre qu'on pourra arranger ça.

Elle échangea un sourire complice avec Grace.

# 58

En sortant du taxi, Antonia frissonna. Elle avait bu une lampée de vodka juste au moment où le chauffeur de taxi donnait un coup de volant pour éviter un lapin et le liquide glacé s'était répandu sur le devant de sa robe blanche. À présent, le tissu humide pendait entre ses seins, ce qui manquait singulièrement d'élégance. Il lui fallait donc traîner dehors cinq minutes afin de se ressaisir. Sans s'enivrer. Pour être efficace, il lui fallait garder tous ses esprits. En outre, elle voulait pouvoir se souvenir ensuite de chaque instant. Quel était en effet l'intérêt de susciter une révolution s'il n'en restait plus le lendemain que des images brouillées ?

Ses réflexions furent brusquement interrompues moins d'une minute plus tard. Alors qu'elle remontait l'étroit et sombre sentier qui menait à l'hôtel, elle trébucha sur une chaussure abandonnée.

Elle la ramassa et la jeta dans un fourré où le projectile ricocha entre les omoplates de Colin Rowland.

— Qu'est-ce que c'est que ça ?

Allongée sous lui, Sylvie rit nerveusement. Colin, toujours convaincu d'être le héros du jour, avait tenu à fêter cette promotion sur-le-champ. Le froid de novembre et le matelas de feuilles mortes n'offraient cependant pas tout le confort souhaitable. Quant à

Sylvie, du moment que ce n'était pas par Ross, elle n'était pas mécontente d'être dérangée.

— Répugnant ! déclara Antonia à la vue des fesses blanches et du caleçon rouge de Colin qui bondissait sur ses pieds en se rhabillant.

— Mon Dieu, c'est Antonia Seymour-Smith ! murmura Sylvie en reconnaissant le ton saccadé et méprisant de la silhouette blanche. Voilà qui va faire plaisir à Tessa...

— Et à moi, donc ! fit Colin.

Ce dernier, qui se considérait comme le sauveur de Tessa, en savait suffisamment sur Antonia pour la détester. Contrairement à Sylvie, il ne courait pas le risque de perdre sa situation. Il pivota vers l'intruse.

— On n'a pas besoin de vous ici, ni de vos histoires. Rentrez donc chez vous !

C'était un beau garçon, quoique mal dégrossi, remarqua Antonia en l'examinant soigneusement des pieds à la tête. Un diamant brut. Et cet accent à couper au couteau...

— Je ferai exactement ce que j'ai envie de faire, répliqua-t-elle en jetant aux pieds du garçon sa cigarette à demi consumée. Et il faudra plus qu'un gorille sans cervelle pour m'en empêcher. En particulier un gorille qui n'ôte même pas ses bottes de cow-boy pour forniquer...

Holly l'aperçut qui se servait un verre de vin dont un bon tiers se renversa lorsqu'elle se retourna pour observer la scène.

Oh non ! ce n'est pas vrai ! s'exclama-t-elle intérieurement, à la fois irritée et embarrassée. La présence d'Antonia était parfaitement incongrue ; Ross était censé lui avoir expliqué que c'était la réception de Tessa. L'ex-maîtresse pouvait fort bien provoquer un scandale, et ils n'en avaient nul besoin.

Trois secondes plus tard, Max la repéra aussi. Jurant silencieusement, il traversa la pièce et la rejoignit.

Une réception, une réception, songeait Antonia en souriant à un vieil homme affublé d'une horrible veste de smoking en velours marron. Nous donnons une grande réception et qu'est-ce qu'on s'amuse...

— Antonia, qu'est-ce que tu fais là ? demanda Max à mi-voix.

Elle baissa les yeux sur les doigts qui s'étaient refermés sur son bras.

— Suis-je en état d'arrestation ?

Un haussement de sourcils simula la surprise. Les lèvres roses dessinèrent une moue ironique.

— Mon cher Max, reprit-elle, tu n'ignores sûrement pas combien j'aime...

Elle fit une pause puis ajouta d'un ton délicat :

— ... les beaux-arts.

— Tu ne devais pas venir, tu le sais bien, dit-il en rassemblant des trésors de diplomatie. La situation est très gênante...

Antonia rit avant de prendre une autre gorgée de vin.

— Pardonne-moi, mais je croyais qu'il s'agissait d'une exposition. N'ai-je pas le droit autant que quiconque d'admirer les œuvres de Tessa et d'acheter éventuellement deux de ses toiles si l'envie m'en prend ?

Elle se félicitait de n'avoir pas terminé sa vodka. Elle parlait distinctement et elle avait l'esprit assez clair pour comprendre qu'une fois apaisés les soupçons de Max, un obstacle important serait franchi. Une prise de bec, suivie d'une expulsion sans cérémonie, annulerait tous ses projets.

Des regards curieux les fixaient. Sentant que Max se faisait un cas de conscience de l'expulser, elle garda le sourire. Elle était une jeune veuve affligée après tout. Et personne n'aimait bouleverser une veuve. Cela ne se faisait pas.

— Si cela peut te rassurer, murmura-t-elle sur le ton de la confidence, je ne resterai pas longtemps. Laisse-moi seulement jeter un œil sur les tableaux... faire mon choix... et je m'en irai.

La requête était raisonnable. Max se sentit incapable de s'y opposer. Avec un haussement d'épaules, il lui lâcha le bras. Il avait fait ce qu'il pouvait. Si Ross n'était pas content, à lui d'assumer le sale boulot.

— Très bien ! dit-il en s'écartant.

Son regard croisa celui de Holly qui les fixait, sans un sourire, de l'autre côté de la pièce.

— Mais n'y passe pas la nuit, insista-t-il. Et sois... gentille. C'est entendu ?

Une gentille réception, se dit Antonia avec allégresse. Des gens gentils. Une *gentille* Tessa Duvall. De quoi faire vomir toute personne normalement constituée.

Plus que jamais consciente des regards qui s'attachaient à elle, elle se dirigea avec obéissance vers le tableau le plus proche et étudia avec soin un portrait de Holly King, trop grosse et mal habillée comme d'habitude, en train de se vernir les orteils. Quelle honte de gaspiller ainsi la peinture !...

Résolue à ne pas laisser l'arrivée d'Antonia gâcher sa soirée, Tessa cacha son embarras et se tourna vers la jeune reporter qui couvrait l'événement.

— Excusez-moi. Où en étions-nous ?

— Je disais, s'écria la fille avec le plus grand sérieux, que vous aviez beaucoup de chance d'avoir un ami qui puisse mettre son hôtel à votre disposition. Sans Ross Monahan, l'exposition aurait dû être annulée, non ?

Organiser l'exposition avec Marcus Devenish lui avait procuré une grande fierté : elle avait enfin réalisé seule quelque chose. Malgré sa gratitude, elle souffrait de voir que son effort avait été rendu vain. C'était la quatrième fois qu'en moins de trois heures elle entendait proférer la même affirmation humiliante.

— L'exposition aurait été maintenue, répondit-elle en cachant son irritation sous un ton exagérément calme. Pas ce soir, bien entendu, mais dans un proche avenir...

— Quand même, interrompit la fille, ce doit être agréable d'avoir un ami fortuné...

— Oui, oui, fit Tessa qui fut soudain incapable de se retenir, en voyant Antonia remplir à nouveau son verre. C'est comme un rêve. D'abord, s'il n'avait pas eu d'argent, je n'aurais jamais couché avec lui !...

— Non, c'est un cauchemar !

Au moment où il sortit de son bureau, Ross découvrit, grâce à un mouvement de foule, Antonia, debout devant l'une des toiles.

Grace le rejoignit aussitôt, le visage inquiet.

— Elle est arrivée il y a cinq minutes, dit-elle. Max lui a parlé. Il dit qu'elle se tiendra bien mais je n'ai pas confiance. C'est une emmerdeuse !...

Ross s'appuya sur sa canne pour soulager sa jambe gauche douloureuse. Il se sentit à nouveau désagréablement responsable d'Antonia. Elle était seule et, bien qu'il l'ait priée de ne pas venir, il ne pouvait ignorer la tristesse que masquait mal l'apparente désinvolture.

— Elle s'en ira sans doute bientôt, dit-il en rassurant Grace d'un sourire.

— Hmm, fit la jeune fille sans se dérider.

Malgré elle, le regard de Mattie ne cessait de se porter sur Antonia. C'est la veuve de Richard, songeait-elle en observant la silhouette fine et élégante, toute vêtue de blanc. Qu'éprouverait-elle si elle savait qu'à moins de dix pas se tenait la maîtresse enceinte de son défunt mari ? Elle frémit à cette idée. Une beauté aussi froide, une langue aussi acérée pouvaient la détruire d'un coup. Et d'ailleurs, cela n'avait pas d'importance, parce que Richard l'avait vraiment aimée, elle, Mattie, et c'était un trésor qui *méritait* d'être gardé secret...

Ils sont tous en train de m'observer, constata Antonia en pivotant sur place pour les surprendre. Que c'était drôle de les dévisager l'un après l'autre, Max, Hugh Stone, Holly King... Ross qui parlait avec cette petite serveuse insignifiante, et Tessa Duvall, et même Adam Perry... ! On eût dit des gardiens de prison...

— Qui croyez-vous donc regarder ? demanda-t-elle, fixant soudain la femme qui se tenait sur sa droite.

Très embarrassée, Mattie fit mine de n'avoir rien entendu et s'écarta hâtivement.

— Vous n'avez pas entendu ce que j'ai dit ? insista Antonia qui commençait à s'amuser. Qui regardez-vous ? On se connaît ?

— Non... excusez-moi... répondit Mattie en rougissant.

— Qu'est-ce qui vous arrive ? Vous êtes grosse ou enceinte ? reprit Antonia.

Mattie enfonça ses ongles dans la paume de ses mains. Richard l'avait aimée, *elle*... Rien d'autre n'avait d'importance... Des larmes brillèrent dans ses yeux et sa gorge se noua.

— Moi ? dit-elle en se forçant à regarder Antonia dans les yeux. Je suis enceinte.

— Qu'est-ce qu'elle t'a dit ?

Grace avait rejoint sa mère et regardait d'un air furieux Antonia qui s'éloignait.

— Rien ! fit Mattie qui craignait un esclandre. Elle... elle m'a demandé si j'étais enceinte.

— Tu aurais dû lui dire qu'il s'agissait de l'enfant de Richard.

— Grace !

— Bon, d'accord, peut-être pas, admit Grace avec un haussement d'épaules avant d'ajouter dans un sourire : Mais c'est Richard qui a payé les sous-vêtements de soie que tu portes, non ? Quel dommage qu'elle ne le sache pas !...

Quelle injustice, songeait Antonia, rongée par la jalousie, à quelques pas de Tessa et de Ross. Si cette sale garce n'avait pas réussi à se faire engrosser, tout aurait été différent.

Durant les jours qui avaient suivi la mort de Richard, elle avait été anéantie, bien sûr, et en même temps heureuse. Ross lui était revenu. D'une certaine façon, c'était presque parfait... tout comme autrefois... jusqu'à ce qu'il ait ce stupide accident et que Tessa accoure à son chevet en la chassant sans cérémonie du paysage. Depuis lors, Ross la traitait, elle, Antonia, telle une sorte de vieille tante fragile ; il était aimable, attentionné... et distant. Pas question de laisser cette odieuse comédie se poursuivre. Elle l'aimait trop. Il était temps qu'il s'intéresse de nouveau à elle. Qu'il s'y intéresse sérieusement. L'ignorer ainsi, prétendre qu'elle n'existait quasiment pas était tout simplement une *injustice*.

Tout se passa en moins de cinq secondes. Pour Tessa qui regardait par hasard, l'incident sembla durer beaucoup plus longtemps, comme au ralenti. À un moment donné, Antonia se tint, un verre à la main, devant *La Réception*. L'instant d'après, elle se pencha pour ôter sa chaussure gauche et s'élança en chancelant. Le talon aiguille brisa le verre et creusa un trou au milieu de la toile. Quelqu'un cria. Le bruit du tableau qui se déchirait et du châssis en bois qui grinçait parut remplir la pièce entière. Un silence effaré s'était fait que rompirent les craquements de verre lorsque Antonia recula pour admirer son œuvre.

Adam se rua sur elle, le visage blanc de fureur. Muet de peur de proférer des obscénités, il l'empoigna et la tira violemment vers la sortie.

Voilà ! songea Antonia avec un sentiment de triomphe. Désormais, Ross saurait qu'il ne pouvait la renier. L'expression du visage de Tessa la récompensa de ses efforts.

— Ross ne vous aime pas, dit-elle à haute voix afin que tout le monde l'entende. C'est moi qu'il aime, il m'a toujours aimée...

La large main d'Adam s'écrasa sur sa bouche. Elle tenta de la mordre mais n'y parvint pas. En un instant, ils avaient franchi une porte-fenêtre et se retrouvèrent sur la terrasse. Ross les suivait, constata-t-elle avec soulagement. Tout allait bien, il était là, tout allait redevenir comme avant...

— Je vais appeler la police, dit Adam d'un ton menaçant.

— Seigneur ! s'écria Ross en secouant la tête, est-ce que les choses ne sont pas assez sordides comme ça ? C'est l'exposition de Tessa, n'y mêlons pas la police. Pour le moment du moins...

Sa main s'était refermée sur le bras d'Antonia sans grande tendresse mais, après l'étreinte digne d'un ours d'Adam Perry, c'était beaucoup mieux. Tout en se laissant entraîner vers la serre, elle jeta à Ross un sourire enjôleur.

— Je savais que tu comprendrais...

Il ouvrit la porte, poussa la jeune femme à l'intérieur et referma derrière lui. Puis il tourna vers elle un regard noir de colère et d'incrédulité qui la fit frémir.

— Je ne comprends pas, dit-il en détachant les syllabes. Je ne comprends fichtrement rien à ce que tu manigances. Tu es folle !

— Non.

Ses jambes flageolèrent et elle se laissa tomber sur une chaise en osier. Pourquoi ne comprenait-il pas ? Pourquoi ne la prenait-il pas dans ses bras pour la rassurer, lui dire que dorénavant tout irait bien ?

— Non, je ne suis pas folle, reprit-elle, les yeux emplis de larmes. Je t'aime.

Exaspéré, Ross se détourna pour éviter de la frapper.

— Ne fais pas l'idiote, bon sang !

— Je ne fais pas l'idiote, sanglota Antonia, en fouillant dans son sac à la recherche d'un mouchoir. Et tu m'aimes ! Nous étions heureux jusqu'à ce qu'*elle* arrive. Elle a tout gâché. Et quand Richard est m... mort, tu es revenu et nous étions de nouveau heu... heureux. Tu ne l'aimes pas, tu ne *peux* pas l'aimer... ce n'est pas *juste !*

Tout allait terriblement mal. Elle ne parvenait même pas à trouver son mouchoir. Tout en farfouillant à l'intérieur du sac, ses doigts rencontrèrent le petit flacon de somnifères que le médecin lui avait prescrits après la mort de Richard.

— Si c'est ce que tu crois, répliqua Ross d'un ton ironique, alors tu es vraiment folle. Seigneur ! tu es venue pour bousiller l'exposition de Tessa et tu t'attends à ce que j'*applaudisse ?*

Il lui tournait toujours le dos. Sans prendre le temps de réfléchir, Antonia déboucha le flacon et en versa le contenu dans le creux de sa main. Il y avait à peu près une vingtaine de comprimés, mais ils étaient lisses et faciles à avaler. Quelqu'un avait oublié sur la table un verre de vin dont elle se servit. Lorsqu'elle les eut avalés, avec un léger haut-le-cœur, elle sourit. À présent, Ross serait contraint d'agir. Il ne pourrait plus prétendre qu'il s'en moquait, songea-t-elle avec la certitude du triomphe.

— Regarde ! dit-elle, du ton de la conversation.

Il se retourna et vit le flacon vide qu'elle brandissait.

— Je viens de prendre ces comprimés. Tous !

— Parfait, dit Ross sans s'émouvoir. Pourvu que ça marche !...

# 59

— Je suis navrée…

Tremblant de tous ses membres, Tessa s'emmitoufla avec Olivia dans la veste d'Adam.

— Mais je ne pouvais pas rester là. Ce n'est pas raisonnable ? Eh bien, tant pis ! Je suis fatiguée d'être patiente et compréhensive. Cette fichue bonne femme fait tout ce qui lui passe par la tête et Ross, que fait-il ? Il accourt comme un petit chien et me plante là !

Holly ne sut que répondre. Elle n'avait jamais vu Tessa piquer une telle colère. Elle aussi avait froid mais Adam n'avait qu'une veste. Ils auraient plus chaud en tout cas dans la voiture.

Adam ouvrit les portières et aida Tessa à s'installer avec Olivia sur la banquette arrière.

— Où voulez-vous aller ? Chez vous ?

— N'importe où, bredouilla Tessa en claquant des dents.

Puis elle se couvrit les yeux et secoua la tête.

— Pardon, pourrions-nous attendre ici quelques minutes ? Peut-être Ross s'est-il débarrassé d'elle… S'il me cherche… Je ne peux pas disparaître sans un mot…

— Bien sûr, dit Adam. Ne vous excusez pas. Nous attendrons autant que vous voudrez.

— Répète ! ordonna Ross.

La situation risquait d'être grave. Il pouvait affronter un torrent de larmes, mais cette brusque euphorie était inquiétante. Antonia était réellement fière de ce qu'elle avait fait. Et elle avait bien souligné que s'il ne venait pas à son secours, plus personne ne le pourrait ensuite.

— Des comprimés de Mogadon, environ quarante ! mentit Antonia avec un grand sourire malgré une élocution un peu pâteuse. Du paracétamol... à peu près trente. Je les ai pris avant de venir. Et qu'est-ce que j'ai bu ? Huit ou neuf verres de vin, peut-être plus. Chéri, je peux mourir en plein milieu de ta splendide serre. Et tu te souviendras de moi chaque fois que tu y mettras les pieds...

Ross se souvint de la ravissante sœur d'un camarade de collège. Plaquée par son fiancé, elle avait pris quinze cachets de paracétamol, et ce qui n'avait été qu'un appel au secours, typique de l'adolescence, avait tourné à la tragédie. Le médicament avait eu des effets insidieux. Le lendemain, assise sur son lit d'hôpital, élle étreignait la main du fugueur et riait de sa stupidité. Deux jours plus tard, le foie avait lâché et une semaine plus tard elle était morte.

Antonia avait pris deux fois plus de paracétamol et un flacon entier de somnifères.

— Je vais appeler une ambulance, dit-il en s'élançant vers la porte.

— Si tu me laisses, annonça tranquillement Antonia, je mets en morceaux cette verrière et je me coupe les poignets.

Bluff ou pas, il ne pouvait courir ce risque. Il n'était pas non plus assez fort pour la maîtriser. Mais s'il attendait qu'elle tombe dans le coma, ce pouvait être trop tard.

— Qu'est-ce que tu veux exactement ?

— Toi ! Je te veux ! J'irai à l'hôpital si tu m'y emmènes. Mais seulement avec toi.

— ... il ne s'est même pas *demandé* ce que je pouvais éprouver devant tous ces gens qui regardaient et chuchotaient. Et moi qui restais là comme une idiote, à l'attendre.

Tessa ne pouvait plus se taire. Toutes les frustrations des mois passés, si longtemps contenues, remontaient en un flot incoercible. Elle s'en moquait. Elle était lasse à mourir d'Antonia Seymour-Smith et déroutée par l'humiliante trahison de Ross. Elle avait eu besoin de lui et il avait disparu. Elle en avait assez.

— Ce sont les journalistes qui vont s'amuser, poursuivit-elle amèrement. J'ai hâte de voir ce qu'ils vont en tirer.

— Mais, mon petit, Ross n'a fait que...

— Je vous en prie, Adam ! coupa-t-elle, ne lui cherchez pas d'excuses. Je veux m'en aller.

Elle s'interrompit brusquement. Holly suivit la direction de son regard et son cœur se serra en apercevant Ross et Antonia qui se dirigeaient à pas lents vers le parking mal éclairé.

— Ô Dieu ! souffla Tessa. Et moi qui croyais qu'il allait s'inquiéter à mon sujet. Quelle farce !

La main chaude d'Adam lui caressa l'épaule.

— Laissez-moi aller lui parler...

— Non ! Regardez-les !

À travers la vitre teintée de la fenêtre arrière, elle vit Antonia chanceler et se raccrocher à Ross. Il avait mis son bras autour de sa taille et, malgré sa propre claudication, la soutenait et lui murmurait des encouragements tout en l'entraînant vers sa voiture garée à moins de trente mètres de la Rolls-Royce d'Adam.

— Elle a gâché toute la soirée, chuchota Tessa, ahurie. Elle a gâché l'une des soirées les plus importantes de ma vie et c'est elle qu'il réconforte.

— Oh, Tess, tu ne peux pas rester là, toute seule, gémit Holly en suivant son amie dans le cottage obscur.

Comme Tessa allumait la lumière, le téléphone se mit à sonner. Malgré tout, elle se prit à espérer.

— Allô ?

— C'est Tessa Duvall ? Andy Llewellyn du *Evening Post* à l'appareil. Avez-vous quelque commentaire à faire au sujet de...

Elle raccrocha et débrancha la prise du téléphone.

— Holly a raison, dit Adam, que voulez-vous faire ?

Le teint livide mais les yeux secs, Tessa serra Olivia contre elle. Tant qu'elle aurait sa fille, rien d'autre n'aurait d'importance. Regrettant d'avoir entraîné Holly et Adam dans cette histoire misérable, elle parvint à sourire.

— Mon passeport est en haut.

Adam se précipita pour s'emparer du bébé aux grands yeux effarés.

— Bon, allez faire vos valises !

— C'était une plaisanterie, protesta Tessa faiblement.

— Foutaise ! dit-il. Il n'y a pas matière à plaisanter... Vous venez à Vilamoura avec nous !

— Je n'ai rien à dire, annonça Ross le matin suivant en butant sur le tenace Andy Llewellyn.

— Dites-moi au moins où se trouve Tessa Duvall ? insista le journaliste qui tenait à son scoop. Le cottage est vide et...

— Vous m'ennuyez !

Ayant dormi moins de deux heures, Ross n'avait pas la patience d'affronter des journalistes excités et leurs commentaires ineptes. Il *savait* que Tessa n'était pas chez elle. Elle n'était pas non plus chez Holly. Sans écouter les médecins, il avait laissé Antonia à l'hôpital et avait passé la nuit à sillonner Bath à sa recherche. En vain.

— Pas de commentaire ! répéta-t-il amèrement à Andy Llewellyn qui n'avait pas l'air de vouloir s'éloigner. Je parle sérieusement. Allez vous faire voir ailleurs.

— Un café ? proposa Grace après le départ du journaliste.

Il la regarda avec surprise. Vêtue d'un tailleur bleu marine, elle se tenait derrière, le comptoir de la réception.

— Qu'est-ce que tu fais là ?

— Holly est partie...

Grace avait profité des deux dernières heures pour s'encourager. Elle se lança. Quelqu'un devait le faire, après tout.

— Il vous faut une réceptionniste. Sylvie m'a montré comment faire.

Sylvie en était bien incapable, songea Ross, mais puisque Grace paraissait décidée, il ne vit pas l'utilité de discuter. Des soucis plus graves méritaient son attention : Tessa et Olivia avaient disparu. Holly avait disparu. Sans doute étaient-elles ensemble.

— Où est partie Holly ? demanda-t-il en affectant l'indifférence.

Grace lui jeta un regard critique.

— Je l'ignore, répondit-elle sincèrement, mais elle est avec Tessa, si c'est ce que vous voulez savoir.

— Bien sûr que c'est ce que je veux savoir, jeta Ross. Elle a disparu. De nouveau. Je veux la *retrouver*, bon sang !

— Hier soir, c'est vous qui aviez disparu, lui rappela Grace. Ça l'a bouleversée. Et je ne le lui reproche pas...

Le souvenir d'Antonia, gisant inconsciente sur son lit d'hôpital tandis qu'on lui lavait l'estomac et qu'on lui installait un goutte-à-goutte, lui revint brutalement. Son état resterait critique un certain temps, avait prévenu le médecin. Elle pouvait encore mourir.

— Je ne le lui reproche pas non plus, murmura-t-il.

Il imaginait ce qu'avait dû éprouver Tessa en ne le voyant pas revenir.

— Je n'ai pas eu le choix, reprit-il. Dès que je la verrai, je pourrai tout lui expliquer.

Pour la première fois de sa vie, Grace plaignit son père. Ses yeux noirs étaient cernés. Il avait l'air dans un piteux état.

— J'ignore quand vous la verrez, dit-elle avec compassion. Quand Holly m'a appelée, la nuit dernière, elle téléphonait de l'aéroport d'Heathrow.

Max ne descendit qu'à midi.

— Que faites-vous là ? demanda-t-il, sidéré, à Grace. Où est Holly ?

La jeune fille décida qu'après la façon abominable dont il avait traité Holly pendant des mois, cet homme ne méritait aucune sympathie.

— Holly ne travaille plus ici, claironna-t-elle en jubilant. Elle est partie.

— Quoi ? Ce n'est pas possible !

Incrédule, Max examina soigneusement le petit bureau comme s'il espérait découvrir Holly cachée sous un meuble.

— Où est-elle partie ?

— Je ne sais pas, dit Grace qui regrettait de ne pouvoir photographier le visage de Max. À l'étranger…

— Mais elle ne peut pas faire ça !

— Si, elle le peut ! D'ailleurs, c'est fait !

# 60

Une agréable brise salée montait de la mer. Tessa noua un foulard autour de ses cheveux pour les écarter de son visage. Couchée sur une couverture rouge, Olivia suçait ses doigts tout en pédalant. Les clients du restaurant que tenait Adam au bord de la plage la prenaient pour la fille de Juliette, la serveuse aux yeux et aux cheveux noirs. Avec son petit corps entièrement bronzé, Olivia paraissait plus portugaise que les Portugais eux-mêmes et s'épanouissait dans le climat tempéré et chaud de l'Algarve.

Au moins quelqu'un était-il heureux, songea Tessa en sortant son carnet de croquis et sa boîte de crayons. Quant à elle, au bout de cinq semaines, elle se trouvait à court d'enthousiasme. Assumer son chagrin était déjà pénible, mais le pire était d'afficher un air enjoué.

Il le fallait cependant. Adam et Holly se souciaient de son confort avec une extrême gentillesse, et cacher ses sentiments lui avait paru la seule façon correcte de les remercier. Elle s'était entraînée à ne pas pleurer, du moins en public, et à sourire chaque fois qu'il le fallait.

Mais les sentiments qu'elle ne permettait à personne de voir, ni même de deviner, grouillaient en elle tel un nœud de vipères. De l'instant où elle se réveillait jusqu'au moment où elle finissait par sombrer dans un sommeil agité, ils ne cessaient de la harceler. La merveilleuse cuisine portugaise la laissait indifférente et elle avait maigri. Holly enviait ouvertement le ventre creux de Tessa qui, elle, se reprochait sa faiblesse. Comme elle n'était pas du genre à s'apitoyer sur son sort, elle se consumait à petit feu.

Et rien ne pouvait faire espérer que cette horrible sensation allait s'éloigner, ou seulement s'estomper. Chaque jour était aussi déprimant, aussi décourageant que le précédent. Le temps ne semblait pas du tout cicatriser sa blessure.

Mordillant le bout de son crayon, Tessa regardait la grappe de barques hissées sur le rivage et les filets étalés sur le sable blanc. La scène était si paisible, pourquoi ne pouvait-elle profiter un peu de cette sérénité ?

Mais Ross continuait à la hanter. Chaque fois qu'elle se rappelait combien il était peu fiable, lui revenaient aussi des souvenirs de rires partagés, d'intimité et d'étreintes bouleversantes. Lorsqu'elle songeait qu'il l'avait trahie, elle se souvenait au même instant de son courage, de sa compréhension et de ses nombreux gestes généreux.

C'était une situation sans issue, extrêmement déprimante. Et prétendre que tout allait bien, qu'elle contrôlait comme à l'accoutumée ses émotions était encore plus désespérant.

Adam désirait que Tessa soit heureuse au même titre qu'il désirait enflammer le cœur de Holly. Malheureusement, il doutait du succès de ces deux vœux. Holly remportait un grand succès auprès des clients et, avec une diligence touchante, elle travaillait à améliorer son vocabulaire portugais ; mais la magie n'avait pas eu lieu. Elle ne faisait jamais allusion à Max mais il sentait qu'il était présent.

Ce qui le rassurait néanmoins, c'était la froideur avec laquelle elle repoussait les hommes. Tous ceux que charmaient le corps voluptueux de Holly et ses boucles rousses faisaient tout ce qu'ils pouvaient pour la charmer en retour mais ne s'attiraient que des refus souriants. Leurs compliments la laissaient de marbre. Ces hommes splendides, à la peau hâlée et au regard sombre, ne l'intéressaient pas du tout. Mais Adam aurait été encore plus rassuré s'il n'avait pas été convaincu que cet élément irréprochable, enjoué, ardent au travail, n'était que l'enveloppe de Holly.

C'était le milieu de l'après-midi, la période paisible entre le déjeuner et le dîner, et le restaurant était pratiquement vide. Assise derrière le bar, Holly était penchée sur un livre. Lorsque Adam s'approcha, elle sursauta et le laissa tomber sur le sol.

— Je croyais que tu avais déjà lu celui-là, dit-il.

Les romans à suspense de Max Monahan occupaient tout le rayonnage supérieur de sa bibliothèque, à Bath, et elle avait reconnu plusieurs mois plus tôt avoir lu et relu chacun d'entre eux.

— Pas depuis des années, mentit Holly avec embarras.

Ces précieux volumes *étaient* Max ; grâce à eux, elle se sentait plus proche de lui. Les joues rouges malgré son bronzage, elle sauta à terre et glissa le précieux volume sous le comptoir puis elle se mit à essuyer les verres comme si sa vie en dépendait.

— Où est Tessa ? demanda-t-elle.

— Sur la plage...

Adam se hissa sur un tabouret et se servit un San Miguel.

— Je continue à me faire du souci pour elle. Crois-tu qu'elle est heureuse ici ?

C'était un sujet dont ils avaient déjà débattu et, malgré les affirmations répétées de Tessa, ils n'étaient pas convaincus. Holly, déjà très occupée à faire bonne figure, trouvait difficile de juger son amie.

— Elle a l'air d'aller bien, fit Holly en haussant les épaules. Nous nous sommes toujours tout dit. Si elle était vraiment malheureuse, je le saurais.

Mais son raisonnement la laissait sceptique.

— En tout cas, reprit-elle, elle est aussi heureuse qu'elle le serait chez elle. Elle n'a sûrement pas envie de rentrer...

— Et toi ?

Il avait vu le livre, il l'avait surprise en flagrant délit. Sans cesser d'astiquer et de ranger les verres machinalement, elle lui rendit son regard sérieux.

— Moi, si ! Mais c'est parce que je ne suis qu'une pauvre cruche.

— Tu vas t'en aller ?

Elle haussa de nouveau les épaules et se détourna.

— Non, parce que cela ne me ferait aucun bien. Il n'y a pas de fin heureuse, ni d'un côté ni de l'autre, mais au moins, ici, je fais autre chose.

L'histoire pourrait se terminer en conte de fées, songea Adam en finissant sa bière, si seulement elle pouvait oublier Max et comprendre enfin combien *lui* l'aimait.

Lorsque Max s'arrêta pour se reposer, la nuit était tombée et seule la lueur verte de l'ordinateur éclairait la pièce.

Il s'appuya sur le dossier de sa chaise et reprit la cigarette qui se consumait dans le cendrier débordant. Les mots qui se détachaient sur l'écran le ravissaient. Si tout le reste cafouillait, au moins l'écriture marchait-elle bien ; son dernier roman se développait de lui-même avec une facilité quasi miraculeuse. Après avoir abandonné le synopsis méticuleux du début, Max apprenait à se fier à son instinct. Il n'avait aucune idée de ce qui allait suivre mais savait que ce serait bon.

Tant mieux ! songea-t-il tristement. Ce livre est la seule chose correcte de ces dernières semaines. Bien que décembre commençât tout juste, les fêtes de Noël avaient déjà démarré et, soir après soir, des réceptions tapageuses d'employés de bureau se déroulaient au Manoir. D'humeur massacrante, Ross avait choisi de s'enfermer avec des piles de paperasserie, à la grande déception des clientes et au soulagement du personnel harassé. Il refusait de se joindre aux festivités. Tessa, songeait Max avec un mélange de sympathie et d'exaspération, avait des comptes à rendre.

Francine et Grace étaient ses autres sujets d'irritation. La première l'irritait parce qu'elle n'avait pas donné signe de vie depuis près de deux mois. Quant à la seconde, sa présence l'exaspérait. Et tandis que Ross semblait s'être habitué à l'idée qu'elle était sa fille et s'était mis à entretenir avec elle une amitié encore hésitante, Max était totalement incapable de considérer cette jeune fille paisible, observatrice et réservée comme sa nièce.

Heureusement, il lui restait Caroline Mortimer, songea-t-il en poussant un bouton. L'imprimante se mit à sortir les pages impeccables du manuscrit achevé. Sa venue, prévue pour le lendemain, le ravissait ; il avait hâte de lui montrer ce qu'il avait écrit. Et, n'ayant ni Francine ni Holly sous la main, il avait bien l'intention de l'attirer dans son lit.

Lorsque le téléphone sonna le lendemain à sept heures trente, il grogna dans un demi-sommeil. Mais lorsqu'il reconnut la voix de Francine, il se réveilla immédiatement.

Max ! Tu parles comme un mourant. Tu vas bien ?

Il se hissa sur un coude. Soudain, le monde se remettait à tourner rond. Peu importait que Francine eût des horaires compliqués, elle l'avait appelé, c'était l'essentiel.

— Je vais bien. Où es-tu ?

Qu'elle soit ou non en Angleterre, il devait la voir. Et comme le livre était quasiment achevé, il pouvait s'accorder deux semaines de vacances.

— À la Barbade, chéri ! Une île splendide, et une chaleur… J'ai l'impression d'être au paradis ! Et si tu voyais la vue que j'ai de ma fenêtre…

La Barbade. L'idée était alléchante, même sans l'attrait que représentait la présence voluptueuse de Francine. Rien qu'en y pensant, il se sentait tout excité.

Il regarda le ciel gris, les collines qui disparaissaient dans la brume.

— Je pense à des activités bien plus agréables sous les tropiques que de rester assis et de regarder le paysage. Si j'étais là, tu n'aurais pas le temps de…

— Oh, Max…

Le célèbre soupir sensuel de Francine se fit entendre.

— Quel vilain garçon tu fais ! C'est vrai, cela aurait été délicieux si tu avais pu…

— Je *peux* venir, coupa-t-il triomphalement. Donne-moi l'adresse. Je saute dans le premier avion.

— Max chéri…

Cette fois-ci, le soupir avait une sonorité chagrine.

— Tu ne comprends pas… Il n'est pas possible que tu viennes…

L'excitation de Max retomba et les mots lui manquèrent.

— Tu vois, il fallait que je te parle, que je t'explique que je ne ferais pas ton film, poursuivit Francine.

Son accent s'était fait plus rauque, comme cela se produisait chaque fois qu'elle s'apprêtait à lui annoncer quelque chose de déplaisant. Il serra l'écouteur à l'en broyer.

— Pourquoi ?

— Eh bien, l'autre semaine, je suis tombée amoureuse de cet homme si beau... Tu as dû entendre parler de lui, il s'appelle Pietro Giannini... Et demain matin, nous nous marions. Je suis si heureuse, Max ! Il est tout ce que je désirais... Je mourrais pour lui... Mais il a lu ton scénario et il pense qu'un tel rôle ne me conviendrait pas...

Francine reprit d'un ton enjoué :

— Alors, bien sûr, je dois lui obéir en digne épouse, et voilà, l'affaire est annulée.

Max n'en croyait pas ses oreilles. Pietro Giannini n'était pas du tout un bel homme ; il était monstrueusement riche, multimillionnaire, et il avait au moins soixante-cinq ans. C'était aussi, bien évidemment, l'un des plus puissants producteurs du monde.

— Je vois...

Pourquoi ne raccrochait-il pas ? Il avait entendu l'essentiel, après tout.

— Je savais que tu comprendrais, ronronna Francine. Nous nous sommes toujours très bien compris, n'est-ce pas, Max ? Et je suis sûre que ton film sera un succès, même si je n'y suis pas. Tu trouveras quelqu'un d'autre pour tenir mon rôle.

— J'en suis convaincu...

— Oh, Max ! J'ai quelque chose de tordant à te dire, s'écria-t-elle en s'esclaffant sans tenir compte de son manque d'enthousiasme. Mon attaché de presse m'a envoyé la semaine dernière un article affirmant que nous allions nous marier ! N'est-ce pas de la folie furieuse, chéri ? Peut-on croire sérieusement à une aussi stupide histoire... ?

Écœuré de travail et abruti par les chansons d'ivrogne qui lui parvenaient de la salle de bal où une compagnie d'assurances donnait une fête, Ross rangea ses papiers dans le tiroir de son bureau et remit sa veste.

— Demande à Hugh de garder un œil sur ces gens, dit-il à Grace en désignant les fêtards. Je sors deux heures environ.

— Bien ! N'oubliez pas que vous avez un rendez-vous à deux heures et demie avec quelqu'un de chez Comsel.

Ross avait oublié.

— Jack Dreyfuss, ajouta Grace avec obligeance. Il veut organiser un séminaire de vente pour deux cents personnes, à la mi-janvier.

— Parfait !...

Il eut un bref sourire. La contrepartie agréable du départ précipité de Holly avait été la découverte des qualités de Grace, sans qui l'hôtel aurait pu mettre la clef sous la porte. Elle était au courant de tout, devançait les événements et il lui était extrêmement reconnaissant de sa discrète efficacité.

— Merci.

Comme il se dirigeait vers la porte, elle le rappela.

— Pourriez-vous dire à maman que je ne serai pas de retour avant huit heures ce soir ?

Étonné, il se retourna.

— Comment diable savais-tu que j'allais voir ta mère ?

Grace rougit.

— Pardon... Je le savais... Vous aviez l'air d'en avoir besoin.

Il était étrange, songea-t-il quinze minutes plus tard en se garant, que Mattie soit la personne avec laquelle il se sente le mieux à présent. Il avait pris l'habitude de lui rendre visite une ou deux fois par semaine, simplement pour vérifier qu'elle allait bien, et, peu à peu, cette habitude était devenue nécessité.

Il n'y avait qu'avec elle qu'il pouvait réellement se détendre ; seule Mattie comprenait la torture qu'il endurait. Elle parlait de Richard, lui de Tessa. Ils n'évitaient pas les confidences et se quittaient, soulagés, du moins pour un certain temps.

# 61

— Alors ? grogna Max.

La présence de Caroline Mortimer, réputée pour être l'agent littéraire la plus délurée de Londres, n'avait pas réussi à l'égayer. Il se sentait d'humeur belliqueuse et le regard hargneux de la jeune femme révélait un même état d'esprit.

— Max, c'est bon, dit Caroline d'une voix plate.

Elle rajusta les épaulettes de sa veste en daim, montrant ainsi son embarras.

— Tout en ne l'étant pas, si tu comprends ce que je veux dire.

Ils n'avaient pas encore été au lit, se rappela-t-il ; elle était probablement frustrée. Un déjeuner au lance-pierre, suivi d'une heure de lecture rapide, technique à laquelle elle devait aussi sa réputation, n'incitait pas à la bonne humeur. À moins qu'il ne s'agisse d'une plaisanterie... Bon sang, il savait bien que son dernier roman était excellent...

— De quoi parles-tu ? demanda-t-il d'un ton rude en désignant les piles du manuscrit. C'est brillant ! Je n'ai jamais écrit aussi facilement de toute ma vie. Les mots venaient tout seuls...

Caroline s'appuya sur le dossier de sa chaise pivotante et alluma une cigarette. Ses yeux rusés fixaient Max avec une lueur ironique.

— Écoute, la franchise, c'est mon boulot ! C'est ce qui me vaut mes misérables dix pour cent, grands dieux ! Max, c'est un bon roman, mais ce n'est pas ton style. Ça ne marchera pas. Tes lecteurs attendent de l'action, du sexe, du suspense, de la violence et encore du sexe. Ce que tu leur donnes là, c'est une foutue histoire d'amour.

— Comment ?

Éberlué, Max bondit sur ses pieds et la dévisagea.

— De quoi parles-tu ? s'énerva-t-il.

Il lui arracha la cigarette des mains. Sans s'émouvoir, Caroline en sortit une autre et l'alluma.

— Fais-moi confiance ! dit-elle après avoir soufflé un rond de fumée parfait. J'excelle dans mon métier et tu le sais, alors fais-moi confiance. Nous pourrions publier ce roman, bien sûr, mais ce n'est pas ce que les lecteurs attendent de Max Monahan, aussi suis mon conseil et sors-le sous un autre nom. Le livre est bon, Max, il est merveilleux. Si je n'étais pas agent littéraire, il me ferait pleurer. Mais il s'agit d'une histoire d'amour qui ne laisse pas d'être étonnante : qui est cette femme dont tu es fou ? Allons, Max, je suis très intriguée. Parle-moi d'elle. Tu sais que tu peux me faire confiance...

Elle ne comprenait rien à rien. C'était la dernière trahison, et la pire peut-être. Max, qui n'avait pas l'habitude de la critique, continuait à la fusiller du regard.

— Je ne suis fou de personne, jeta-t-il.

Caroline se contenta de hausser les épaules avec le sourire de celle à qui on ne la fait pas.

— Tu te trompes ! insista Max en écrasant son mégot.

Son cerveau chassait désespérément l'idée troublante qu'elle pouvait avoir raison.

— Je ne me trompe jamais ! répondit Caroline après un regard à sa montre. Max, penses-y. Peut-être est-il temps que tu t'arrêtes... Ce n'est pas une éventualité aussi horrible que ça, aussi cesse de te débattre. Bon, j'ai un train à prendre dans une heure. Nous la passons au lit ou non ?

— Sûrement pas ! grogna Max.

Il était exaspéré. Elle n'était pas la seule à pouvoir se montrer désagréable.

— Mon Dieu, et en plus il est fidèle, remarqua-t-elle avec un sourire ironique.

Elle se leva, lissa sa jupe et tapota le manuscrit.

— Crois-moi ou non, je suis contente, Max. Tu n'es pas bâti pour le célibat...

— Tu as perdu la tête !

— Relis-le, chéri, conseilla-t-elle en jetant joyeusement son sac sur l'épaule. Lorsque tu te seras calmé. Tu t'en rendras compte par toi-même.

Max lâcha quelques jurons indistincts. Il se sentait dépassé par les événements, anéanti.

— Et cesse de croire qu'il s'agit d'une chose honteuse, conclut Caroline en tournant la poignée de la porte. Rien n'est plus naturel. Qui que ce soit, elle a de la chance !

Max débrancha le téléphone et ouvrit la bouteille de bon vin qu'il avait prévu de boire avec Caroline Mortimer. Les quatre heures et demie suivantes, il les passa à relire le manuscrit. Quand il eut fini, la bouteille était vide ainsi que le paquet de cigarettes et il avait mal au dos.

Pis, il était contraint d'admettre que Caroline avait eu raison.

Bon sang, jura-t-il intérieurement en regardant les pages éparpillées sur le lit. Comment cela avait-il pu se produire ?... Sincèrement, il n'en avait pas été conscient... Comment un tel personnage avait-il pu se faufiler dans *son* roman et y prendre une telle place ? En particulier quand ce caractère évoquait jusqu'au moindre trait, jusqu'à la plus petite bizarrerie, celui de Holly King.

D'accord, il ne la détestait plus. La vraie Holly était très différente de la première impression qu'elle donnait ; son instinct grégaire et le style excessif de ses vêtements ne l'offensaient plus. Elle était indubitablement de bonne compagnie, au lit et ailleurs. Au début, lorsqu'elle avait multiplié les efforts pour attirer son attention, il avait instinctivement reculé, effrayé par ces démonstrations quasi animales de dévotion. Mais, une fois calmée, comme elle se comportait, lui semblait il, à peu près normalement, elle lui avait paru beaucoup mieux. Elle était drôle et gaie. Au lit, tout avait bien marché. Et surtout, ils se comprenaient l'un l'autre. Max pouvait très bien admettre qu'un homme, quelqu'un qui serait du genre à se marier, pût s'éprendre de Holly et vouloir l'épouser.

Mais à présent, il lui fallait reconnaître qu'il s'était attaché à elle malgré lui, plus qu'il ne l'avait prévu, ni même perçu.

Qui l'eût cru ? se demanda-t-il en faisant glisser son doigt sur le bord de son verre. La vie était vraiment étrange, mais si Caroline croyait qu'il allait laisser le cœur l'emporter sur la tête, elle le connaissait mal. Heureusement qu'il n'était vraiment pas du genre à se marier...

Quelle chance que Grace soit rentrée chez elle, songea Ross. Même la très diplomate Sylvie avait pris un air glacial pour lui annoncer qu'il avait une visite.

Un instant plus tard, la porte de son bureau s'ouvrait et Antonia apparaissait, l'air circonspect, le visage hiératique.

Il ne l'avait pas vue depuis six semaines. Elle avait bien pris du Mogadon mais elle avait menti au sujet des comprimés de paracétamol. Le lavage d'estomac avait suffi et elle avait pu quitter l'hôpital quelques jours plus tard. Selon le psychiatre qui l'avait soignée, elle souffrait d'une dépression réactionnelle. Avec le temps, elle assumerait son chagrin et apprendrait à supporter le passé. Un comportement impulsif, antisocial, n'était pas la solution...

— Le passé est derrière toi, lui avait rappelé Ross lorsqu'elle lui avait rapporté cette conversation.

Remords et colère se mélangeaient en lui. Si Antonia n'avait pas détruit sa propre vie, elle avait bien gâché celle de Ross.

— En ce qui me concerne, je ne veux plus te revoir, avait-il affirmé.

Et voilà qu'elle réapparaissait, drapée dans un imperméable vert olive, chaussée de bottes en cuir blanc, l'air un peu effrayée mais résolue. Si elle se mettait à l'embêter de nouveau, il l'empoignerait et la jetterait par la fenêtre la plus proche. Si quelqu'un avait le droit d'adopter un comportement impulsif et antisocial, c'était bien lui.

— Je sais que tu ne voulais pas me revoir, dit Antonia, mais j'ai pensé que tu aimerais apprendre que je pars pour les États-Unis cet après-midi.

— Ah bon !

— En Floride. À Miami. Ma tante m'a invitée... pour une durée illimitée.

À cause d'Antonia, cela faisait sept semaines que Ross n'avait plus vu Tessa et Olivia. Il ignorait quand il les reverrait ni même s'il les reverrait. Il était content qu'elle parte mais il ne fallait pas qu'elle espère des adieux déchirants.

— Bien !

— Je pensais que cela te ferait plaisir, dit Antonia avec un demi-sourire.

Elle se tut puis ajouta précipitamment :

— Il m'a semblé que c'était la meilleure chose à faire. Je ne suis pas précisément en odeur de sainteté par ici, je le sais, et là-bas je pourrai commencer une nouvelle vie, sans que les gens me désignent du doigt et chuchotent dans mon dos. D'ailleurs, ajouta-t-elle avec une note de défi, je crois que Miami Beach me plaira. J'ai toujours trouvé les Américains très séduisants. Qui sait, l'année prochaine, à la même époque, serai-je peut-être remariée.

Le pauvre homme, que Dieu le protège ! songea Ross.

— Tu as vendu ta maison ? demanda-t-il d'un ton neutre.

— C'est en route. Mon notaire s'en occupe.

— Bien !

Il commençait à perdre patience. Pourquoi ne partait-elle pas ? Il leva les yeux et la vit ouvrir son sac. Un bref instant, il crut qu'elle allait en sortir une arme et lui tirer dessus.

— Je m'en vais, dit Antonia d'un ton précipité.

Les doigts tremblants, elle laissa tomber sur le bureau un petit morceau de papier plié en deux.

— Je sais que tu me détestes et que je le mérite mais je ne suis pas une garce et j'ai toujours payé mes dettes. Peut-être ne me croiras-tu pas mais je regrette d'avoir abîmé ce tableau. Donne ça à Tessa...

Sa voix s'éteignit. Bouche bée, Ross la regarda sortir.

La porte refermée, il déplia le chèque. Trois mille livres. Comme le tableau lui appartenait, il se crut autorisé à disposer du chèque. Et comme Tessa l'aurait sûrement refusé, et que cet argent venait de Richard, il décida de le donner à Mattie.

Ross empocha le chèque et, pour la première fois de la journée, un sourire éclaira son visage.

## 62

D'humeur inhabituellement détendue, Sadie Labelle s'appuya sur son dossier et sourit au serveur.

— Le repas était délicieux ! Nous prendrons le café et le cognac dehors pour profiter du soleil...

— Bien, madame ! répondit José.

Cette femme lui semblait en effet du genre à profiter de tout et de tous. La nourriture et le vin avaient adouci son caractère, mais il était évident qu'elle avait l'habitude d'obtenir ce qu'elle voulait et il n'avait pas l'intention de risquer de perdre un bon pourboire en lui annonçant que la vaste véranda était occupée par une artiste à demi nue et un bébé qui faisait ses dents. Si c'était là qu'elle voulait s'installer, qu'elle y aille !

Sadie traversa le restaurant et sortit sur la véranda inondée de soleil. Elle y découvrit une profusion de fleurs et d'élégants sièges blancs. Elle y trouva aussi un bébé, adossé à son oreiller, qui la dévisageait gravement par-dessus le bord de son berceau.

— Bonjour ! s'écria Sadie.

Elle posa son sac sur une table et s'agenouilla auprès de l'enfant.

— Mais que tu es mignon ! Et quels yeux...

— Si tes amis te voyaient... remarqua sèchement la femme qui l'accompagnait en allumant une cigarette.

— Eh bien, ils ne le peuvent pas ! répliqua Sadie avec défi. D'ailleurs, je suis en vacances et je peux faire ce qui me plaît. Tu n'es pas d'accord ? ajouta-t-elle à l'adresse du bébé. Je peux faire ce que je veux parce que même si tu étais assez grand pour parler, ça ne serait pas en anglais, alors je suis tranquille...

Les coins de la petite bouche s'affaissèrent en une grimace et un premier cri plaintif s'en échappa. Sadie se pencha et prit l'enfant dans ses bras.

— Oh non ! murmura-t-elle en embrassant la petite tête aux cheveux noirs, oh non ! ne pleure pas ! Allons ! En voilà un gentil garçon...

— En fait, c'est une fille...

Le biberon d'Olivia en main, Tessa était restée sur le seuil pendant près d'une minute, hésitant à en croire ses yeux. Puis elle s'était demandé si Sadie Labelle la reconnaîtrait.

À présent, elle n'en doutait plus.

— Elle commençait à pleurer, dit Sadie comme pour se justifier.

— Tenez, donnez-lui ça ! Elle a faim, dit Tessa que la déconfiture de la journaliste enchantait.

— Alors, fit Sadie lorsqu'elles furent enfin installées autour d'une table comme de vieilles amies, c'est là que vous vous cachiez ?

— Je ne me cache pas ! J'avais seulement besoin de m'éloigner...

Son regard douloureux démentait sa voix calme.

— C'est drôle que vous vous connaissiez toutes les deux, fit la femme qui accompagnait Sadie. Je suis désolée, mais je ne vous situe pas. Vous êtes célèbre ?

Tessa sourit en secouant la tête.

— Je ne vous connais pas non plus. Je m'appelle Tessa Duvall et voici ma fille, Olivia.

Sa main tendue fut serrée avec fermeté.

— Enchantée ! Je suis Barbara Labelle et cette personne très mal élevée est ma fille, Sadie.

Curieusement, Tessa n'avait jamais imaginé que Sadie Labelle pût avoir une mère.

— Et comment vous êtes-vous rencontrées ? insista Barbara après une gorgée de cognac.

— Je l'ai interviewée, dit Sadie posément, ce qui fit rire sa mère aux éclats.

— Ah ! N'en dites pas plus, s'écria-t-elle en scrutant le visage de Tessa. Elle vous a fait pleurer ?

— Non ! En fait, elle a très bien jugé les caractères. Pas le mien, ajouta-t-elle en regardant Sadie. En ce qui me concerne, vous vous trompiez. Mais concernant Ross, vous aviez parfaitement raison !

En apprenant que le mariage Monahan-Duvall avait été annulé à la dernière minute, la journaliste avait éprouvé du remords. Elle n'avait pas eu l'intention de provoquer une réaction aussi dramatique. Parfois, son propre pouvoir l'inquiétait.

Comme si elle avait lu dans ses pensées, Tessa reprit :

— Votre article n'y était pour rien. Je ne suis pas crédule à ce point…

— Oh… Tant mieux !

Sadie éprouvait un certain malaise ; ce style d'entretien n'était pas celui auquel elle était habituée. Et la présence de sa mère, qui jubilait visiblement de son embarras, n'arrangeait pas les choses.

— Pourquoi ? s'écria Barbara.

Son regard d'un gris métallique examina la jeune femme mince en Bikini assise à côté d'elle.

— Que s'est-il passé ? insista-t-elle. J'imagine qu'il s'agit d'un homme ?

— Mère…

Sadie la supplia du regard. Barbara haussa les épaules.

— Chérie, ça m'intéresse !

— Je ne vous en veux pas, fit Tessa que la gêne évidente de Sadie Labelle amusait au plus haut point.

Qu'elle ait une mère était déjà une révélation. Qu'elle lui soit soumise enchantait Tessa.

— J'étais liée avec le père d'Olivia, reprit-elle en se tournant vers la redoutable Barbara. Heureusement, je me suis enfuie. J'ai découvert juste à temps qu'il ne me... convenait pas.

— J'ai appris ce qui s'était passé à l'exposition, glissa Sadie.

Bonne observatrice, elle était capable de discerner ce qui se cachait derrière cette attitude calme. Tessa ne la trompait pas une minute, et maintenant qu'elle la rencontrait dans des circonstances très différentes, la vieille animosité, aggravée peut-être par le remords, s'estompait.

— Antonia Seymour-Smith a pris trop de calmants et Ross a dû l'emmener à l'hôpital.

— Je sais, j'ai lu les journaux, dit Tessa. Mais il reste qu'il m'a laissée tomber quand j'avais le plus besoin de lui et je ne vois pas pourquoi je devrais continuer à encaisser ce genre de choses. Antonia était tout le temps là. Chaque fois que tout allait bien entre nous, elle sortait du décor et s'arrangeait pour tout gâcher...

Sadie regarda Olivia, blottie dans ses bras. Après avoir avalé avec avidité le contenu de son biberon, elle reposait dans une torpeur proche de l'extase. Les yeux mi-clos sous le soleil, elle nouait et dénouait ses petites mains sous le menton.

— Elle doit manquer à Ross, dit-elle sans quitter des yeux le bébé somnolent.

Le regard de Tessa s'emplit aussitôt de larmes.

— Oui, sûrement, mais je ne peux pas rentrer. Pour que nous vivions normalement, il faut que je l'oublie. Et mes amis se sont montrés si gentils...

— L'amitié est quelque chose d'important, dit Barbara Labelle.

Son passé aurait suscité l'intérêt de nombreux biographes. Même sa fille à l'esprit si vif n'en connaissait pas la totalité. Elle finit son café et écrasa sa seconde cigarette d'un geste énergique.

— Mais ce n'est pas ce qui fait tourner le monde, mon petit. Croyez-moi !

— Je ne vais pas rentrer, répéta Tessa, l'air navré. J'aimais Ross mais cela faisait trop mal. C'est mieux ainsi. Je ne veux pas passer le reste de ma vie à souffrir.

— Quelle entêtée, fit Barbara en lui tapotant la main. J'aime ça chez une fille. D'ailleurs, c'est ce qui a dû séduire votre jeune homme.

# 63

— J'aimerais parler à Ross Monahan, demanda Sadie, une semaine plus tard.

C'était la veille de Noël. Après avoir longuement réfléchi, elle s'était persuadée qu'elle avait raison. Et même si elle avait tort... eh bien, c'était quelque chose qu'elle devait faire, voilà tout.

— Il n'est pas là en ce moment, répondit Grace en jonglant avec le téléphone pour s'emparer d'un bloc-notes. Si vous le désirez, je peux prendre votre numéro et lui demander de vous rappeler. Ou bien, si c'est professionnel, je peux vous passer Max Monahan. Il pourra vous aider, sûrement.

Ce n'était pas la première fois qu'elle décourageait adroitement de tels appels. Depuis la disparition de Tessa, de nombreuses femmes téléphonaient pour inviter Ross à un dîner ou à une réception. Cette fois-ci, bien que ce ne soit pas Clarissa Fox, la plus tenace du lot, Grace soupçonnait son interlocutrice d'appartenir au groupe de ces entreprenantes auxquelles Ross ne s'intéressait pas le moins du monde.

Flûte, songea Sadie qui aurait aimé lâcher la nouvelle à Ross en personne. Mais on l'attendait dans moins d'une heure à la première d'une série de trois fêtes prometteuses. C'était maintenant ou jamais. Parler à Max n'était peut-être pas si mal après tout, décida-t-elle en pianotant sur l'accoudoir de son fauteuil. Il pourrait lui dire si elle s'égarait. Car on pouvait supposer que Ross ne souhaitait pas savoir où se trouvait Tessa.

— Parfait, dit-elle vivement, passez-moi Max !

— S'il vous plaît, compléta Grace à mi-voix.

Lorsqu'elle entra chez Max quinze minutes plus tard, après avoir frappé, elle le trouva, les pieds sur son bureau, l'air pensif.

— Je suis désolée de vous déranger, dit Grace en déposant devant lui une gerbe de bons de commande, mais Ross n'est pas là. Si vous pouviez les signer, je les posterais cet après-midi.

Le regard songeur de Max se déplaça sur la jeune fille.

— Où est Ross ? demanda-t-il.

— Il est parti il y a une demi-heure, répondit-elle d'un air gêné. Voir une amie.

— Ta mère, tu veux dire.

Avec un soupir irrité, il attrapa son stylo et apposa sa signature sur le premier bon.

— Que se passe-t-il entre eux ? Ils se remettent ensemble ou quoi ?

— Bien sûr que non ! s'écria Grace. Vous le savez parfaitement ! Ross aime Tessa et maman comprend ce qu'il endure, c'est tout.

— Hmmm...

Inquiète de le voir transpercer du stylo la pile entière de bons à signer tant il y mettait de hargne, elle se pencha en avant. Ses yeux s'arrêtèrent sur un morceau de papier. Elle sursauta et s'en empara vivement.

— C'est pas vrai ! Vous avez l'adresse de Tessa ? Vous la connaissiez et vous n'en avez rien dit à Ross... ?

Elle était blanche de fureur. Instinctivement, Max tenta de lui arracher le papier. Puis il se contrôla.

C'était trop tard. Elle en savait trop. Et elle était la fille de Ross. Au moins le dilemme serait-il partagé. Il lui fit signe de s'asseoir.

— Je ne la connaissais pas. Le coup de fil que tu m'as passé était de Sadie Labelle. Il semble qu'elle soit tombée sur Tessa la semaine dernière alors qu'elle était en vacances. Pour une raison que j'ignore, elle a changé d'avis sur son compte et m'a donné son adresse.

— C'est fantastique ! cria Grace en saisissant le téléphone. Appelez-le ! Je vais vous donner le numéro de maman.

— Grace, calme-toi ! J'ai bien réfléchi à la question.

— Vraiment ?

Elle le défia du regard et, pour la première fois, Max saisit une légère ressemblance avec Ross. Il prenait cet air-là, adolescent, lorsque quelqu'un lui disait qu'une chose était impossible ; il faisait ensuite son maximum pour lui prouver l'inverse.

— Oui, répondit-il fermement. Écoute : demain, c'est la veille de Noël. L'hôtel est plein… On va avoir un travail fou jusqu'après le Nouvel An… Ross ne peut absolument pas s'éloigner pour régler ses problèmes…

— Mais…

— Je suis en train de raisonner, reprit-il d'un ton sévère, ne m'interromps pas ! Je me rends parfaitement compte qu'elle lui manque beaucoup mais ça fait deux mois que ça dure, il s'y est forcément habitué ! S'il l'appelait, ce soir ou demain, et qu'ils se disputent encore, tous deux passeraient un mauvais moment. Aussi, je pense que nous devrions garder cette information pour nous, préserver le *statu quo* si tu préfères. Et dès que les fêtes seront passées, nous lui donnerons l'adresse. Alors, il fera ce qu'il voudra.

Le regard que Grace lui jeta exprimait incompréhension et pitié.

— Max, dit-elle enfin avec l'expression d'une maîtresse d'école déçue, vous avez écrit un tas de bouquins. J'en déduis que vous devez être intelligent... Mais cette idée est la plus stupide que vous ayez jamais eue...

Max se renversa dans son fauteuil et éclata de rire.

Grace y répondit par un sourire hésitant.

— Bon, que devrions-nous faire, à ton avis ? lui demanda-t-il, un peu admiratif envers cette pâle jeune fille résolue qui lui faisait face.

Peut-être Grace, sa nièce, n'était-elle pas si mal...

— Je vais vous le dire, répondit-elle avec un sang-froid parfait, c'est très simple !

Ce ne serait pas le plus heureux des Noëls, songea Holly, mais au moins Tessa et elle seraient-elles réunies.

Heureusement, l'Algarve évoquait bien peu cette fête. Le soleil, le sable et l'ambre solaire auraient suffi à égarer l'esprit anglais le plus traditionnel. Tant mieux, décida-t-elle mélancoliquement en enfilant une vieille chemise en coton délavé dont elle enfonça les pans dans un blue-jean encore plus usagé. Si elle pouvait faire comme si le 25 décembre n'était pas le lendemain, elle franchirait peut-être facilement ce cap.

# 64

Adam et Tessa, José, Luisa et Anna étaient assis au bar lorsque Holly descendit les rejoindre. Le déjeuner était terminé et le restaurant fermé jusqu'au lendemain de Noël. Tous fêtaient l'événement ou, du moins, faisaient semblant. Adam ouvrait une troisième bouteille de champagne et Anna avait apporté des cuisines un grand plat de paella aux fruits de mer. Olivia, bien installée sur les vastes cuisses de Luisa, jouait aux billes avec des olives et poussait des cris de joie chaque fois qu'Adam lui en renvoyait une. L'une d'elles atterrit entre les deux seins voluptueux de Luisa et, au sourire complice qu'elle échangea avec Adam, Holly comprit soudain que Luisa était amoureuse.

Après tous les remords que lui avait inspirés son indifférence, elle aurait dû s'en réjouir. Mais cette découverte la laissa désemparée ; elle se sentit encore plus seule. Dans un geste de défi, elle vida son verre d'un coup et le remplit à nouveau. D'ici à trente-deux heures, Noël serait passé. Avec un peu de chance et en buvant beaucoup, elle dormirait bien douze heures.

Quelques minutes plus tard, elle reçut un second choc. Une haute silhouette sombre se dressait sur le seuil de la pièce. On n'en voyait pas le visage à cause du contre-jour mais Holly l'identifia immédiatement.

Son corps entier frémit, son ventre se noua et avaler lui devint impossible. Fourchette pointée en direction de la porte, elle tenta d'attirer l'attention de Tessa.

Cette dernière, envahie d'un espoir fou et aveuglée par la lumière, regarda l'homme de grande taille, aux cheveux noirs, dont l'une des mains était enfoncée dans une poche ; elle crut voir Ross. Le cœur battant, elle était déjà levée lorsqu'elle se rendit compte de son erreur.

Sans un regard pour Holly, Max traversa la pièce, salua Adam d'un signe de tête et se tourna vers Tessa. Il avait eu beau répéter son discours pendant les vingt-quatre dernières heures, il ne savait par où commencer.

Tessa rompit le silence. Furieuse d'avoir pris un frère pour l'autre, elle balaya sa déception et prit un ton désinvolte.

— Qu'est-ce que c'est ? Le règlement de comptes à OK Corral ? Si tu as l'intention de tirer, Max, nous ferions mieux d'aller dehors...

— Merci, fit Max à Adam qui lui tendait un verre.

Comme Holly n'avait même pas eu droit à un regard du nouveau venu, Adam en eut pitié et remplit aussi son verre. Au visage livide de la jeune femme, il comprit qu'elle en avait besoin.

— Pas d'ironie, je te prie, fit Max.

Il prit une gorgée et défia silencieusement Tessa de l'interrompre.

— Je sais pourquoi tu es partie mais tu aurais dû laisser à Ross la possibilité de s'expliquer, reprit-il. Il n'a pas eu le choix ce soir-là. S'il n'était pas resté avec Antonia, elle aurait pu mourir. Et maintenant, il est devenu insupportable à vivre parce qu'il t'aime et que tu lui manques à un point tel qu'il ne sait plus que faire de lui-même. Personne d'autre ne l'intéresse, Tess. C'est toi qu'il veut. J'ai pris l'avion parce que je veux que tu réfléchisses sérieusement à ce que tu veux, *toi*. Et pour te ramener à la maison, aujourd'hui.

Un lourd silence s'installa. Tous les regards convergèrent sur Tessa. Personne ne remarqua que Holly versait une larme en entendant Max tenir des propos aussi émouvants. Dieu, elle l'aimait tant... Pourquoi n'avait-il jamais pu lui dire semblable chose ?

Tessa avait trop souffert pour ne pas se méfier. Ses yeux verts se fixèrent avec circonspection sur Max.

— Ce que je ne *veux pas*, c'est faire partie d'un bizarre triangle amoureux. Je ne veux plus être bafouée. Et je refuse de passer ma vie à me demander ce qu'Antonia Seymour-Smith va dire... faire... ou détruire. À peine Ross et moi avions-nous fait connaissance qu'elle était là et...

— Elle est partie en Floride, coupa Max. Elle sait qu'elle n'a plus rien à faire à Bath. Elle ne reviendra pas.

Tessa repoussa ses cheveux en arrière.

— Et si je manque tant à Ross, reprit-elle d'un ton accusateur, pourquoi n'est-il pas venu lui-même ? Pourquoi t'a-t-il envoyé réclamer mon pardon ? Il a trop de travail à l'hôtel ?

Elle est à court d'arguments, songea Max. L'attitude calme de Tessa ne le trompait pas. Les jambes bronzées se pressaient contre le pied du tabouret au point de s'y blesser. Tous ses muscles étaient tendus. Et il aurait parié que son cœur battait la chamade.

— Ross ignore que tu es là, répondit-il tranquillement. Il ne sait même pas que j'ai quitté l'Angleterre. C'est l'idée de Grace, en fait... Nous ne savions que lui offrir pour Noël, ajouta-t-il après une pause.

Tessa ne put retenir ses larmes ; elle savait qu'elle allait partir. Elle avait essayé d'être forte mais ça n'avait pas marché. Dieu, que la vie était donc compliquée ! Elle ne pouvait contrôler les sentiments que lui inspirait Ross Monahan. Elle avait lutté de toutes ses forces, et cependant, à aucun moment elle n'avait cessé de l'aimer.

— Alors je suis le petit cadeau bon marché de la dernière minute ? dit-elle sans pouvoir retenir un sourire.

— Tu parles d'un cadeau bon marché ! s'écria Max en simulant l'exaspération. Tu n'as pas idée de ce que ça coûte de louer un avion et de le faire attendre sur l'aire de stationnement à l'aéroport de Faro pendant que tu es là à discuter d'argent et à laisser s'écouler ces minutes scandaleusement chères ? Pour l'amour de Dieu, ma petite dame, nous avons un horaire à respecter ! Vas-tu te décider à faire tes bagages ou dois-je me charger de ça aussi ?

Pendant que Tessa montait rassembler ses affaires, Anna et José allèrent à la cuisine terminer la vaisselle. Adam était sorti en compagnie de Luisa et d'Olivia et Holly resta seule avec Max.

Le silence était insupportable. Les nerfs à vif, elle s'éclaircit la gorge... chercha que dire... ne trouva pas... s'éclaircit la gorge de nouveau.

— Tu es enrhumée ? demanda Max.

L'aide était appréciable. Elle secoua la tête.

— Non...

— Hmmm...

Il se hissa sur un tabouret et alluma une cigarette. Pour la première fois depuis son arrivée, son regard se posa sur Holly.

Elle regretta de n'être ni maquillée ni parfumée. Elle se sentit nue, laide, misérable au point d'avoir envie de disparaître et de mourir.

— Bon ! fit Max dans un grand effort que Holly ne sembla pas apprécier à sa juste valeur.

Et pourtant, il fallait qu'il parle…

— Comment vas-tu ? demanda-t-il. Tu te plais ici ?

— Oui, marmonna Holly d'un ton peu convaincant.

— Bien, parfait !

Il écrasa sa cigarette dans le cendrier et en sortit une autre.

— Le climat est agréable… Le restaurant marche ?

C'était affreux. Max ne pouvait même plus lui parler. Il en était réduit à un papotage sans intérêt digne de deux étrangers.

— Oui, très bien !

— Et Adam et toi, ça marche bien aussi ?

La question avait été posée d'une voix indifférente. Piquée au vif, Holly redressa la tête.

— Nous ne sommes pas ensemble, rectifia-t-elle.

Sa question la laissait à la fois irritée et soulagée ; au moins savait-elle que Max ignorait pourquoi elle avait quitté l'hôtel. Son honneur était sauf.

— Vous n'êtes pas ensemble, répéta-t-il pensivement.

La fumée de sa cigarette montait paresseusement vers le plafond.

— Alors pourquoi es-tu venue ici ?

— Eh bien… j'en avais envie.

Elle sentit ses joues s'enflammer.

— Comme tu le disais, le climat est agréable… il y a la mer… la plage… on peut prendre des bains de soleil…

Elle s'interrompit. Max était intelligent et la connaissait bien. Holly baissa la tête, terrassée par la certitude qu'elle perdait la face, qu'elle s'était de nouveau humiliée.

Quant à Max, il comprit que l'heure était venue de faire son second discours. Comme les déclarations spontanées n'étaient pas son fort, il avait éprouvé le besoin de choisir ses mots avec soin, de les répéter intérieurement, sans l'aide de Grace cette fois-ci. Il ne s'agissait pas de déclarer à Holly un amour éternel ni de lui demander de l'épouser ; il ne désirait pas qu'elle puisse le poursuivre six mois plus tard.

— Bon, fit-il encore en écrasant sa cigarette d'une main peu assurée, maintenant que Tessa rentre à Bath, je me demandais si tu avais envie de rester ici... Si c'est ce que tu veux, très bien, rien à dire ! Mais je me disais que tu aimerais peut-être rentrer aussi... Tu vois, après ton départ, il s'est trouvé que je me suis rendu compte que mes sentiments à ton égard n'étaient pas aussi... Bien sûr, tu sais ce que je pense des relations à long terme... Il n'est pas question de mariage, tu connais mon opinion... Mais, par ailleurs, vivre avec quelqu'un qu'on connaît et qu'on aime bien... ce n'est pas forcément aussi affreux que je le pensais, alors je me disais que si tu avais l'intention de revenir, nous pourrions... enfin, tu vois... faire un essai.

La sueur perlait sur sa nuque. Il ne se souvenait pas d'avoir allumé sa troisième cigarette qui se consumait pourtant allégrement entre ses doigts. Un jour, il y avait de cela des années, on l'avait prié, sans la prévenir, de parler devant sept cents personnes du monde de l'édition. Mais cela avait été un jeu d'enfant en comparaison.

À présent, c'était fait. Il avait exprimé avec clarté et concision ce qu'il était venu dire. La balle était dans le camp de Holly.

Elle cilla.

— Comment ?

— Bon sang, Holly ! Tu n'as pas écouté ?

Elle lui jeta un regard ahuri.

— Si, j'ai écouté. Mais je n'ai rien compris. Peut-être que si tu recommençais, plus lentement...

Le cœur de Max se serra. Elle ne plaisantait pas.

Dans un geste de désespoir, il repoussa ses cheveux humides.

— Écoute, je ne te demande pas de m'épouser, je dis seulement que j'aimerais refaire un essai. Un essai sérieux. Holly, je crois que je t'aime.

Le silence persista.

— Alors ? s'impatienta-t-il.

Sa chemise lui collait dans le dos et il ne lui restait qu'une seule cigarette.

— Dis quelque chose, pour l'amour de Dieu !

Oscillant sur son tabouret, Holly se raccrocha au bord du comptoir.

— Je n'en suis pas certaine, murmura-t-elle, mais il me semble que je vais m'évanouir...

— Normalement, tu ne devrais pas pleurer, remarqua doucement Adam.

Par la fenêtre de Holly, il pouvait voir Max charger les affaires de Tessa dans le taxi.

En le voyant apparaître sur le seuil de sa chambre, Holly avait arrêté de faire ses bagages et avait fondu en larmes.

— C'est ce que tu as toujours désiré, lui rappela-t-il, tu devrais être heureuse.

— Je suis heureuse... lâcha Holly dans un sanglot. C'est le plus beau jour de ma vie... Oh, Adam, tu as été si gentil avec moi et je t'ai maltraité... Tu dois me détester...

Les bras chargés de vêtements, elle se tenait au milieu de la petite pièce. Adam s'approcha d'elle.

— Espèce de petite sotte, dit-il avec une tendresse sincère, bien sûr que je ne te déteste pas. Et tu ne m'as pas maltraité. Il se trouve simplement que tu n'as pas pu tomber amoureuse de moi.

— J'ai essayé, dit Holly en s'essuyant les yeux avec une chemise en soie, je regrette de n'y être pas arrivée. Tout le monde me disait que tu étais merveilleux mais...

— Ces choses-là viennent d'elles-mêmes, on ne peut les provoquer, dit Adam.

— Tu es merveilleux...

Elle fondit de nouveau en larmes, jeta sur le lit la chemise froissée et reprit :

— Finalement, c'est sans doute aussi bien que cela n'ait pas marché entre nous. Tu es beaucoup trop gentil pour moi !

La seconde suivante, elle était dans ses bras, secouée de sanglots.

— Nous resterons amis, n'est-ce pas ? Nous garderons un contact... Je veux que nous soyons toujours amis...

— Nous avons toujours été amis !

Adam l'embrassa sur le front puis s'écarta afin de la regarder.

— Quoi que tu fasses, chérie, ne perds pas ton temps à te tracasser pour moi. Si cela n'affecte pas trop ton amour-propre, je n'ai pas l'intention de passer le reste de ma vie à me lamenter.

— Tu rencontreras quelqu'un, j'en suis sûre ! dit Holly avec ferveur. Et tu seras le plus merveilleux mari du monde.

— J'en suis convaincu, répondit-il modestement. Et si j'ai besoin de références, tu seras la première à qui j'en demanderai, c'est promis.

— Je te ferai un certificat enthousiaste, affirma Holly.

— Parfait !

Il déposa un baiser sur sa joue humide. Par-dessus son épaule, il aperçut Max et Tessa qui attendaient à côté du taxi.

— Et... est-ce que tu pourrais l'écrire en portugais ?

Holly resta bouche bée puis éclata de rire.

— Espèce d'hypocrite ! C'est Luisa ?

Adam répliqua avec innocence :

— À quoi crois-tu que nous occupions nos nuits ces derniers jours ? À jouer au Scrabble bilingue ?

# 65

— On se croirait dans un asile de fous, grogna Ross comme une farandole bruyante traversait le hall en éborgnant au passage les sapins de Noël. Et où diable est passé Max ? Tu m'avais dit qu'il était allé acheter quelques cadeaux !

Il était neuf heures et demie. Grace, qui travaillait depuis le matin, raccrocha le téléphone et reprit son jus d'orange. Elle venait d'apprendre qu'ils seraient là dans dix minutes.

— Il ne va pas tarder. Et, s'il vous plaît, ne prenez pas mon verre... Je n'en aurai peut-être pas d'autre avant des heures...

Après l'avoir goûté, Ross fit la grimace.

— Berk... pas de vodka. Je croyais que c'était moi qui manquais d'esprit festif.

— Allons, un peu d'entrain ! dit Grace avec un sourire de sympathie. C'est une belle réception, reprit-elle. Et c'est Noël. Vous devriez essayer de vous amuser. Ou au moins faire semblant...

— Ho, ho ! fit-il pour s'encourager à rentrer dans la salle de bal, merci, tu m'as grandement aidé.

— C'est normal, répondit Grace en lorgnant à nouveau sur sa montre, c'est ainsi qu'une fille est censée se comporter à l'égard de son père.

— Je suis très nerveuse, dit Tessa comme la voiture remontait l'allée. Vraiment nerveuse. Mon Dieu, et si nous avions commis une énorme erreur ?

— Alors, il ne me resterait plus qu'à te ramener à l'avion, soupira Max.

— Ne te moque pas de moi, gémit-elle. Je suis morte de peur. Regarde, il y a des centaines de voitures… Ça veut dire qu'il y a encore une réception. Et tu sais très bien que chaque fois que je viens à une réception ici, il se produit quelque chose d'épouvantable.

— Mais non, chantonna Holly. Et la première fois ? Il ne s'est rien passé d'épouvantable…

— Tu fais allusion au matin où je me suis réveillée seule dans le lit de Ross ? Il m'avait laissé vingt livres et un mot pour m'expliquer comment sortir…

L'expression de Holly la fit rire aux éclats.

— Sans blague ? s'écria celle-ci. Tu ne m'en avais pas parlé…

Tessa haussa les épaules.

— Tu l'aurais fait, toi ?

Le rapide regard qu'échangèrent Holly et Max ne lui échappa pas.

— Je ne crois pas, dit Holly.

Le souvenir de la nuit qu'elle avait passée dans le lit de Max la fit sourire.

— Tu ne m'as pas laissé vingt livres, murmura-t-elle.

— Chérie, tu n'avais rien fait pour les mériter, répliqua-t-il en débouclant la ceinture de sécurité. D'un Monahan, on n'obtient rien sans rien. En affaires, nous sommes…

— Allez-vous cesser de bavarder et m'aider à sortir de cette fichue bagnole ? s'énerva Tessa, soudain impatiente.

Maintenant qu'ils étaient là, elle avait hâte d'en finir. Si Ross devait lui dire qu'il ne voulait plus d'elle, le plus tôt serait le mieux.

— Hmmm, fit Max en examinant son corps mince tandis qu'il lui ouvrait la porte.

Tessa, qui tenait Olivia, lui jeta un regard soupçonneux.

— Hmmm quoi ?

— Hmmm, vingt livres, répondit-il en riant, c'est beaucoup. Tu dois être une affaire formidable.

Ross se tenait au fond de la salle de bal lorsqu'il aperçut son frère. Les amis de Max qui le collaient depuis deux heures allaient enfin le laisser tranquille !

Puis il vit Holly et le verre qu'il portait à sa bouche resta en suspens. La léthargie abrutissante dans laquelle il baignait depuis plusieurs semaines se dissipa d'un coup. Que faisait-elle là... ? Comment et quand était-elle revenue... ? Est ce que cela signifiait que Tessa était de retour ?

L'espoir le taraudait tandis qu'il scrutait la foule qui les entourait ; Tessa restait invisible. Sans les quitter des yeux, il déposa son verre derrière lui. Le verre tangua dangereusement et une main plongea pour le retenir.

— Merci, dit Ross sans se retourner.

Mais son regard découvrit soudain dans l'angle un bras mince et hâlé qui repoussait une mèche blonde...

— Tout va bien, fit Tessa d'un ton résolument désinvolte, ç'aurait été dommage de le gaspiller !

Bouche bée, Ross resta muet, les yeux rivés sur la jeune femme.

Les genoux flageolants, celle-ci se força à enchaîner d'une voix défaillante.

— En fait, on dirait que tu as bien besoin d'un verre. Ce n'est que du jus d'orange ? La veille de Noël ? Je n'aurais pas pensé...

— Tessa, tais-toi !

Soulagée, elle hocha la tête.

— Bien !

L'essentiel, songeait Ross, était de découvrir *pourquoi* elle était revenue. Avant qu'il ne se couvre de ridicule. Ses yeux noirs, impassibles, examinèrent la mince silhouette bronzée. Elle portait une curieuse robe blanche toute droite qui ressemblait plutôt à un T-shirt détendu et un collier de petits coquillages irisés. Le soleil avait doré ses jambes nues. Il baissa les yeux jusqu'aux sandales dorées à talons plats puis les remonta. La tenue était étrange mais indéniablement dans son style. Elle était superbe.

— Où est Olivia ?

— En train de se faire dorloter par Grace, répondit Tessa qui ignorait toujours ce qu'il ressentait.

— Alors, où étais-tu exactement ?

— Au Portugal. En Algarve.

— Avec Holly ?

— Avec Holly ! acquiesça-t-elle en retenant son souffle.

— Et pourquoi es-tu là maintenant ?

On eût dit l'interrogatoire déplaisant d'un directeur d'école. Elle se mit à douter. Mais puisqu'elle était là, autant aller jusqu'au bout ; au moins, en aurait-elle le cœur net...

— Tu m'as manqué, dit-elle en le regardant dans les yeux. J'ai essayé de t'oublier mais ça n'a pas marché. Je suis revenue...

Elle s'interrompit avec un geste vague de la main. Les mots lui faisaient défaut.

— ... parce que... bon sang, que c'est difficile... Tu me manquais et je devais te revoir. Je n'aurais pas dû m'enfuir. La fuite ne résout rien... Oh, pour l'amour de Dieu, Ross... pourquoi restes-tu silencieux ? Tu sais que je déteste quand tu me regardes ainsi sans mot dire... C'est injuste !...

— Tu ne m'en as pas encore laissé le temps, répondit-il. Viens, allons dans un endroit un peu plus…

— Non ! protesta Tessa. Tu pourrais te mettre en colère.

On sentait sa frayeur. Ross en perdit son impassibilité.

— Alors, qu'attends-tu de moi ?

— Dis-moi ce que tu veux. Veux-tu que je m'en aille… ou non ?

Elle se déplaça gauchement d'un pied sur l'autre.

— Je suis désolée, reprit-elle, mais il faut que je le sache. Cette année-ci de préférence.

— Bien !

Il fit une pause, comme si la question méritait réflexion.

— Bien ! répéta-t-il. Je te veux. Tu dois le savoir. Est-ce que je ne te l'ai pas montré depuis le premier jour ?

Le soulagement lui fit tourner la tête.

— Maintenant, qu'attends-tu d'autre ? insista Ross comme elle restait muette. Que je te le prouve ?

Avec un léger sourire, Tessa hocha lentement la tête.

— Ici, en public ?

Le visage de la jeune femme se crispa mais elle acquiesça de la tête.

— Nous pourrions aller dans un endroit plus intime ?

— Non !…

— Tu es sûre que ça ne te gênera pas ?

— Sûre !

— Bien !

Il fit un pas vers elle et ses doigts s'attaquèrent à la fermeture Éclair de son pantalon.

— Allons-y !

Son cri étouffé interrompit son geste.

— Je suis très gênée, murmura-t-elle en retenant un fou rire.

Et elle se retrouva dans les bras de Ross sous les yeux de centaines de curieux. Le brouhaha s'était tu. Tous retenaient leur souffle.

— Je t'ai proposé de nous réfugier dans un endroit plus intime, murmura Ross, enchanté de lui.

Blottie contre sa poitrine solide et chaude, elle fit oui de la tête.

— Te connaissant, j'aurais dû me méfier, chuchota-t-elle. Ross, tout le monde nous regarde. J'ai honte. Allons dans ton bureau...

— Non, tu pourrais te mettre en colère, dit-il en l'imitant. Je suis très bien ici et je me moque bien des curieux...

Tessa ouvrit la bouche pour protester mais elle en fut empêchée par les lèvres de Ross qui se collèrent aux siennes et la vieille magie... cette magie irrésistible... revint en force. Elle se cramponna à lui, sans plus se soucier des centaines de regards qui les fixaient. Ross seul comptait... L'avoir retrouvé était tout ce dont elle avait besoin pour être vraiment heureuse... Et le bonheur l'avait fuie si longtemps qu'elle avait du mal à le croire enfin là.

— Excusez-moi, fit la voix de Max de l'autre côté de la pièce, mais est-ce que vous vous connaissez tous les deux ?

— Pas encore très bien, murmura Ross contre la bouche de Tessa.

Puis, des deux mains, il l'écarta et la regarda gravement dans les yeux. Elle se mit à trembler de tous ses membres, frustrée du baiser interrompu et anxieuse.

— Je t'aime, dit Ross, et sa voix basse résonna dans la salle. Je veux t'épouser et je ne veux plus que tu me quittes, *jamais*.

Les yeux de Tessa s'emplirent de larmes. Ross avait eu des torts, sans aucun doute, mais elle savait qu'elle l'avait blessé, qu'elle l'avait publiquement humilié en l'abandonnant presque au pied de l'autel. Qu'il l'aimât toujours était déjà étonnant, vu sa fierté et son succès auprès des femmes. Mais qu'il souhaitât toujours l'épouser tenait du miracle.

Pétrifiés, quatre cents invités attendaient sa réponse.

— Parle plus fort, on ne t'entend pas ! cria Holly.

Pour la première fois, Ross s'aperçut que Max tenait la jeune fille par la taille. S'il n'avait pas été si occupé, il en aurait été stupéfait.

— Oui, parle à voix haute, murmura-t-il à Tessa. C'est palpitant !

Tessa comprit pourquoi il s'y prenait ainsi. L'assurance n'était qu'une façade. Sous son attitude calme et désinvolte, se cachait un homme qui doutait sincèrement de lui, et cette fragilité lui plut. Comment le repousser ?

— Bien sûr que je t'aime, dit-elle enfin, et un chœur enthousiaste s'éleva de la salle. Et si tu es sûr de vouloir m'épouser, alors, c'est d'accord, je t'épouserai. Et je *jure* de ne plus jamais m'en aller.

Le public s'emballa. Des cris de joie et un tonnerre d'applaudissements jaillirent. Ross enlaça Tessa et l'embrassa avec une ferveur qui déclencha un nouveau rugissement approbateur.

— Bon sang, murmura-t-il, je te désire follement !

— Allons dans ton bureau avant que ça ne devienne indécent.

— Bonne idée ! Heureusement que je porte une veste assez longue.

— J'ai des nouvelles pour toi, murmura-t-elle en l'embrassant dans le cou. Tu as oublié de remonter ta braguette.

Tandis qu'ils se frayaient un chemin dans la foule, Ross chuchota :

— Pense un peu à tous les problèmes que tu nous aurais évités si tu avais accepté de m'épouser la première fois que je te l'ai demandé.

— Manquer tout ça ? dit Tessa en affectant d'être vexée. Cette scène est très romanesque. Je ne l'aurais manquée pour rien au monde.

— À propos de romanesque, que se passe-t-il là-bas ? demanda Ross en jetant un coup d'œil sur Max et Holly. J'ai d'abord cru à une hallucination mais je suis obligé de me rendre à l'évidence : mon frère aîné est en train d'embrasser ta meilleure amie.

— Parles-en à Rosa Polonowski, dit Tessa.

Jamais de sa vie elle ne s'était sentie aussi heureuse, et cette certitude l'aveugla soudain. Devant eux, sur le seuil, se tenait Grace, portant Olivia dans les bras.

— Oh, Ross, bredouilla Tessa en fouillant dans sa poche à la recherche d'un mouchoir. Je déteste pleurer en public, mais je crois bien que je vais devoir m'y résigner.

— Ne pleure pas ! Écoute plutôt, j'ai quelques bonnes nouvelles pour toi. J'ai porté ton tableau à un restaurateur de Londres et il l'a réparé. *La Réception* est aussi belle qu'avant !...

— Vraiment ? dit-elle en souriant à travers ses larmes. Et moi, j'en ai peint un autre : *Réception-Deux*.

Ross lui essuya tendrement les yeux.

— Je suis content que la fête de ce soir soit privée. Pas de journalistes, grâce au ciel ! Voilà au moins un événement qui ne fera pas couler d'encre !

— Malheureusement, on ne peut pas tout avoir ! s'écria Andy Llewellyn triomphalement comme Tessa, Ross et Olivia atteignaient la sortie. Souriez pour la photo ! Encore une fois ! Merci !...

# AVENTURES & PASSIONS

## 7 juillet

### Kerrigan Byrne

***Amitié - Lady le jour, joueuse la nuit***

*Inédit*

Orpheline, Cecelia Teague était promise à un avenir bien triste, jusqu'à ce qu'un bienfaiteur inconnu surgi du passé scandaleux de sa mère la prenne sous son aile. Envoyée dans une prestigieuse pension puis à l'université, Cecelia va faire son entrée dans le monde quand elle hérite d'une maison de jeu à la réputation douteuse. Désormais, elle doit vivre deux vies : celle d'une jeune femme convenable sensible au charme de lord Ramsay, et celle de la tenancière avisée d'un tripot sur lequel enquête justement lord Ramsay.

✦

### Suzanne Enoch

***Les MacTaggert - Un diable d'Écossais***

*Inédit*

Miranda Harris adore son frère, Matthew. Pourtant, lorsqu'il lui propose d'accepter que le peu scrupuleux capitaine Vale lui fasse la cour pour éponger ses dettes de jeu, elle refuse catégoriquement. Que faire pour sauver l'honneur de la famille ? Miranda a une idée. Pourquoi ne pas demander l'aide d'un joueur émérite, Aden MacTaggert ? Elle lui enseignera les règles de la bonne société anglaise et il lui apprendra à jouer aux cartes. Affaire conclue. Si cette association anglo-écossaise se transforme vite en amitié, l'amour pourrait bien troubler les règles du jeu.

Anne Gracie

***Mariages de convenance - La mariée était en rouge***

*Inédit*

Lady Georgiana Rutherford, jeune fille effrontée qui fait fi des conventions, n'a pas l'intention de se marier. Ayant grandi dans la pauvreté, elle ne veut ni renoncer à sa fortune ni dépendre du bon vouloir d'un homme. Encore moins d'un homme aussi insupportable que le duc d'Everingham. Plus elle le défie, plus le duc la désire. Jusqu'à cette soirée, lors d'un bal, où ils échangent une étreinte passionnée. Pris sur le fait, le duc annonce leurs fiançailles, au grand dam de Georgiana. Sa vengeance sera terrible. Le jour du mariage, elle s'avance vêtue d'une robe rouge sang...

✦

Joanna Shupe

***Cinquième Avenue - L'imposteur des beaux quartiers***

*Inédit*

Marion Greene est la fille d'un richissime homme d'affaires qui, pour financer ses bonnes œuvres, n'hésite pas à visiter discrètement les poches des messieurs qu'elle croise au casino. Lorsqu'elle est prise la main dans le sac par l'avocat de son père, le très séduisant Franck Tripp, non seulement ce dernier ne la dénonce pas, mais il lui propose un dîner en tête à tête ! D'abord surprise, la voleuse au grand cœur accepte, bien décidée à découvrir ce que cache cette surprenante invitation...

Sherry Thomas

***Lady Sherlock - Conspiration à Belgravia***

*Inédit*

Sous l'identité de Sherlock Holmes, Charlotte Holmes s'est forgé une belle réputation de détective, en parvenant à résoudre de nombreuses énigmes. Un jour, l'épouse de son cher ami lord Ingram lui demande de retrouver son premier amour, un certain Myron Finch. Quelle surprise de découvrir qu'il s'agit du demi-frère illégitime de Mlle Holmes ! Cela aurait-il un lien avec le cadavre découvert dans les bas-fonds de Londres ? Et qui est cet amoureux transi qui la poursuit de ses assiduités ? Quand l'esprit de déduction de Charlotte est à l'œuvre, rien ne saurait lui résister ! Enfin, presque...

✦

Amanda Quick

***La nuit des amants***

*Inédit*

Á vingt-quatre ans, Victoria Huntington se croit bien armée pour résister aux assauts des chasseurs de dots... jusqu'à ce qu'elle subisse le siège de Lucas Colebrook, le troublant comte de Stonevale. Au sein de cette volière emplumée qu'est la bonne société, c'est un faucon. Et quand il lui promet de folles escapades nocturnes, Victoria ne résiste pas à la tentation. Aveuglée par la passion, elle ne se doute pas que la cour assidue et merveilleuse de Lucas cache de bien sombres desseins...

Emily Larkin

***Sortilèges amoureux - Les petits secrets de Letitia***

*Inédit*

La belle Letitia Trentham jouit d'une fortune considérable, éprouve un profond mépris pour les chasseurs de dots et possède un don étonnant pour déceler les mensonges. Lorsque le major Icarus Reid, tout juste revenu de la terrible bataille de Vilmeiro, se présente devant elle, c'est justement pour utiliser ses talents et retrouver l'homme qui l'a trahi et vendu à l'ennemi. La jeune femme accepte. Entraînée dans sa quête de vérité, Letitia n'hésite pas à enfreindre les règles de son milieu, à changer d'identité, à débusquer secrets et mensonges, jusqu'à l'ultime révélation qui changera sa vie...

✦

Lisa Kleypas

***La ronde des saisons - Un diable en hiver***

Qui aurait cru qu'après ses amies Annabelle et Lillian, ce serait au tour de la timide et bégayante Evangeline Jenner de se trouver un mari ? Et quel mari ! Non content d'être un débauché notoire, un aristocrate plein de morgue, Sebastian, lord Saint-Vincent, vient de trahir son meilleur ami en tentant d'enlever sa richissime fiancée... Et c'est pour échapper aux griffes de sa famille qu'Evangeline va signer un pacte avec ce diable d'homme : en échange de sa protection, Sebastian aura sa fortune, mais il n'aura ni son corps ni son cœur...

3685

*Composition*
FACOMPO

*Achevé d'imprimer en Italie*
*par* GRAFICA VENETA
*le* 2 mai 2021

Dépôt légal : juin 2021
EAN 9782290259702
OTP L21EPSN002258N001

ÉDITIONS J'AI LU
87, quai Panhard-et-Levassor, 75013 Paris

*Diffusion France et étranger : Flammarion*